Nina Jansen
Kira Maeda
Jazz Winter
Sarah Schwartz
Kim Landers

Wenn es dunkel wird

im

Märchenwald ... 2

Erotische Märchen

Plaisir d'Amour Verlag

Nina Jansen, Jazz Winter, Kira Maeda,
Kim Landers, Sarah Schwartz

Wenn es dunkel wird
im Märchenwald ... 2

Erotische Märchen

© 2010 Plaisir d'Amour Verlag, Lautertal
Plaisir d'Amour Verlag
Postfach 11 68
D-64684 Lautertal
www.plaisirdamourbooks.com
info@plaisirdamourbooks.com
© Coverfoto: Sabine Schönberger (www.sabine-schoenberger.de)
ISBN 978-3-938281-62-8

Ritter Blaubart

SARAH SCHWARTZ

Es war einmal ein Rittersmann, den man nicht edel nennen kann. Er schlug der Frauen Köpfe ab, und legte sie in frühes Grab …

Dichte Schneeflocken trieben über Bäume und Grabsteine. Sie legten sich auf die geharkten Wege, bedeckten das welke Laub auf den Grasflächen und benetzten Amelies kaltes Gesicht. Einige blieben auf den Wimpern und der Haut liegen. Sie schmolzen und hinterließen eine feuchte Spur.

Amelie beachtete die Schneeflocken in ihrem Gesicht nicht. Sie stand vor dem Grab mit dem steinernen, aufgeschlagenen Buch, auf dessen Innenseiten die Namen ihrer Eltern prangten.

Tränen weinte sie keine mehr. Nicht heute. Zwei Jahre war es her, laut dem Datum im Steinbuch. Zwei Jahre, dass das Auto von der Straße abgekommen und gegen einen Baum geprallt war. Manchmal war es auch für Amelie zwei Jahre her. Manchmal hundert. Und manchmal war es, als sei es erst gestern geschehen.

Die Erinnerung an die Rose in ihren kalten Händen kehrte zurück. Längst waren die dünnen Stoffhandschuhe durchnässt. Sie kniete nieder und legte die Blume ab. Der Schnee setzte sich auf die weißen Blütenblätter.

„Ich gehe bald fort", flüsterte sie ihren Eltern zu. „Ich verlasse die Stadt. Lara und ich haben uns entschieden, einen neuen Anfang zu machen. Ich komme also nicht mehr so oft. Seid bitte nicht traurig deshalb."

Stille umgab sie. Auch in ihrem Herzen hörte sie an diesem Tag keine Antwort. Die Kälte kroch in sie hinein, schien sich dort wohlzufühlen.

„Ich werde in München eine Stelle antreten. Und Lara geht zum Studieren nach Paris. Kunst. Ihr solltet ihre Bilder sehen! In den letzten zwei Jahren hat sie sich ganz und gar verändert. Ihr wäret stolz auf sie." Sie verstummte.

Der Schnee rieselte lautlos. Unbeeindruckt von ihren Worten. Die Stille ließ alles unwirklich werden. Es war, als sei sie ein Teil eines Bildes, das ihre Schwester gemalt hatte. Eine kleine, dunkle Gestalt im schwarzen Fellmantel vor schneebestäubten Grabsteinen und Bäumen. An vielen Stellen hatte sich Raureif gebildet. Alles um sie her wirkte verzaubert in seiner Lautlosigkeit, abgerückt von der Welt.

Es knackte in den Büschen hinter ihr. Ein Geräusch, als würde jemand durch das Laub schleichen, um dann auf einen Ast zu treten. Amelie fuhr beunruhigt herum. Die Nachrichten der vergangenen Monate schossen durch ihre Gedanken und verdrängten die winterliche Ruhe des Friedhofs.

Was, wenn er hier ist?

Die Befürchtung war paranoid. Warum sollte der Mörder, den die Presse „Blaubart" nannte, ausgerechnet hier auf diesem Friedhof sein? Amelies Herz schlug hart gegen ihren Brustkorb. Die Wolkenbänke über ihr schienen herabzusinken und sie zu erdrücken. Angespannt starrte sie in die Büsche.

Es war bestimmt nur ein Tier. Ein Vogel. Oder eine streunende Katze.

Ein Schauder überlief sie, der nicht von der Kälte des Schnees herrührte. Jemand beobachtete sie!

„Das ist doch Unsinn", sagte sie in die Stille. „Diese Nachrichten machen einen verrückt. Heute ist nicht einmal Vollmond!"

Der Gedanke beruhigte sie. Der „Blaubart" hatte eine Frau in einer Vollmondnacht getötet. Irena Kartowski. Er hatte ihr den Kopf abgeschlagen. Bisher hatte man nur ihren Körper gefunden. Der Fundort lag keine zwanzig Kilometer entfernt. Zwei weitere Frauen waren in den beiden nachfolgenden Vollmondnächten spurlos verschwunden. Eine dieser Frauen war Marie, kaum siebzehn Jahre alt und eine Zeichenschülerin von Amelies Schwester. Lara war untröstlich gewesen, als ihre Schülerin und Freundin verschwand.

Seit diesen Vorfällen ging die Angst in ihrem kleinen Dorf um wie ein Heer aus marodierenden Soldaten. Gerade in den Vollmondnächten wagte sich keine Frau mehr allein hinaus.

Amelie schaffte es nicht, ihren Blick von den Büschen zu lösen. Sie schlang die Arme um ihren Körper.

„Ich gehe jetzt", sagte sie laut. In ihren Gedanken stieg das Vermisstenbild von Irena Kartowski auf, das sie auf Stefans Schreibtisch auf der Polizeiwache der Kreisstadt gesehen hatte. Irena war eine schöne Frau gewesen. Genau wie Marie. Schön und jung.

Amelie wollte sich nicht ausmalen, welches grausame Schicksal vielleicht alle drei Frauen teilten.

Ich muss endlich hier weg, ins Warme.

Sie warf einen letzten Blick auf das Grab. Die weiße Rose war vollständig mit Schnee bedeckt. Nur ihre Form war noch auf dem schwarzen Marmor auszumachen.

Amelie machte einen zögernden ersten Schritt vom Grab fort, dann einen zweiten. Es waren gut zweihundert Meter bis zum Parkplatz, auf dem ihr kleiner roter Volvo stand.

Das Gefühl, beobachtet zu werden, verstärkte sich. Ihr Herz schlug heftiger. Amelies Atem beschleunigte sich, als würde sie joggen.

Die Büsche und Bäume auf ihrer rechten Seite grenzten den Friedhof vor der Mauer ab. Dort standen keine Grabsteine mehr. Die Sträucher boten genug Raum für einen Menschen, um sich zwischen ihnen, den Tannenzweigen und Baumstämmen zu verbergen.

Amelie bewegte sich langsam vorwärts. Sie hatte im Fernsehen gesehen, dass man bei einer Verfolgung nicht davonrennen sollte, sondern ruhig bleiben musste.

Ist ja nett, was Ratgeber einem alles nahelegen.

Der Instinkt, davonzurennen, war übermächtig. Sie fühlte sich wie ein Tier, das einen Feind gewittert hatte. Einen mächtigen Feind. Ein Raubtier. Gleich würde es aus den Büschen hervorpreschen und seine Zähne in ihren Hals graben.

Wieder raschelte es in den Sträuchern, keine drei Meter vom Weg entfernt. Ein dunkler Schatten erschien an einer Stelle mit kahlen Zweigen. Ein Schatten, groß wie ein Mann!

Amelie schrie auf und rannte los. Ihre Stiefelabsätze schlugen auf den hart gefrorenen Sandweg. Sie sah nicht zurück. Panisch floh sie zum schmiedeeisernen Tor, an der kleinen Kapelle mit dem Kreuz vorbei, bis auf den Parkplatz. Sie griff mit zittrigen Händen nach dem Autoschlüssel in ihrer Tasche und schaffte es beim ersten Versuch, die Tür aufzuschließen.

Sie sprang in den Wagen, schlug die Tür zu und drehte den Schlüssel um.

Dann erst sah sie zurück. Sie keuchte auf. Was sie sah, musste eine Täuschung sein. Eine Wahnvorstellung ihrer überreizten Sinne. Aber es wirkte verdammt real!

Gib Gas, Kleines. Hau einfach ab, verdammte Scheiße!

Neben dem Ausgangstor an der Seite der Kapelle stand eine dunkle Gestalt. Sie war im Schatten einer Tanne nur schemenhaft zu sehen. Vermutlich war es ein Mann. Er trug einen weiten, schwarzen Mantel, und hielt in der ausgestreckten Hand einen glänzenden, langen Gegenstand. Ein Schwert. Der hohe, schlanke Körper ragte neben dem Tor auf wie der Geist eines Ritters.

Amelie fuhr mit quietschenden Reifen an. Sie sah in den Rückspiegel.

Der sonderbare Mann war verschwunden.

Erst mehrere Kilometer später beruhigte sich ihr Atem. Sie war einfach losgefahren - Hauptsache, fort. Nun kehrte sie um. Das Dorf war klein. Der Friedhof lag zwar ein Stück außerhalb, aber eben doch nicht so weit von ihrem Haus entfernt, wie sie gefahren war.

Sie hatte zuerst überlegt, sofort zur Polizeiwache der Kreisstadt zu fahren, doch es war schon spät.

Stefan ist sicher schon bei uns.

Der Polizist war der Verlobte ihrer Schwester und seit fünf Jahren Bewohner dieser lieblichen Ortschaft. Vor vier Jahren hatte er Lara zurückgeholt, nachdem sie fortgelaufen war, weil sie sich mit den Eltern nicht verstand. Außerdem war Lara dieser Ort unsäglich auf die Nerven gegangen. Als sechzehnjähriger Mensch musste man hier eingehen vor Langeweile. Es gab kein Kino und das einzige Restaurant war die Stammkneipe aller nicht-anonymen Alkoholiker des Dorfes.

Lara fuhr auf das Ortsschild zu. Inzwischen hatte sich ihr Herzschlag beruhigt. Der Mann auf dem Friedhof musste nicht der Mörder gewesen sein. Sie war sich im Nachhinein nicht mehr sicher, ob der lange Gegenstand in seiner Hand wirklich ein Schwert gewesen war. Konnte es nicht auch ein Rechen oder ein sehr langer Regenschirm gewesen sein, und ihre überreizte Fantasie hatte daraus die Waffe eines Ritters gemacht?

Amelie ging vom Gas und fuhr an einem Anwesen am Rand des Dorfes vorbei. Die hohen, weißen Mauern waren schneebedeckt und wirkten wie der Wall eines Schlosses. Das riesige, kunstvoll gefertigte Tor zeigte zwei auf den Hinterbeinen aufgerichtete Löwen. Neben dem Tor prangte auf einem schwarzen Schild ein silberner Namenszug: Alain Depát.

Amelie lächelte unwillkürlich. Der junge Mann ließ sich kaum im Dorf blicken. Es wurde viel über ihn getratscht, denn als Alleinerbe einer über Jahrzehnte leer stehenden Villa, war er für die Dorfbewohner ein Fremdkörper. Zudem über die alte Villa noch vor wenigen Jahren die unheimlichsten Spukgeschichten umgegangen waren.

Die Alkoholikerfraktion in der Kneipe „Zum Hirschen" wusste jedenfalls samt dem Nähkranz der alten Emma Herzog sehr genau, dass Alain Depát der Mörder in ihrem kleinen Gemeindekreis war.

Amelie hatte den jungen Mann ein Mal aus seiner Limousine steigen sehen, um Post in den schiefen Briefkasten neben dem Ganzjahres-Maibaum einzuwerfen.

Wie ein Mörder sah er nun wirklich nicht aus, eher wie ein Filmstar.

Amelie wurde rot, als sie an den erotischen Traum dachte, den sie nach diesem Erlebnis gehabt hatte. Alain hatte sie in seiner Limousine mitgenommen wie der Prinz im Märchen sein Dornröschen. Was er alles auf den cremefarbenen Rücksitzen mit ihr getrieben hatte, war ebenso märchenhaft gewesen. Und ungemein belebend.

Sie stellte das Auto in der Zufahrt zum Haus ab. Auch ihr Anwesen war beachtenswert, aber nichts im Vergleich zu der Villa, die Alain Depát, sehr zum Ärger der Dorfgemeinde, komplett renoviert hatte. Wochenlang war der Gesamtverkehr des Dorfes um zweihundert Prozent angestiegen, und ständig hatten unverschämte fremde Möbelspediteure – manche sogar aus Frankreich! – oder Bauarbeiter nach dem Weg zur Villa gefragt.

Jetzt aber war Ruhe eingekehrt, und man hörte und sah nichts mehr von dem attraktiven Mann. Dafür wurde um so mehr geklatscht.

Amelie betrat den Flur und legte ihren Mantel ab. Ihr Blick fiel im Halbdunkel auf eines der zahlreichen Bilder ihrer Schwester. Es zeigte eine schwarze Krähe mit weit geöffneten Schwingen und blutverschmiertem Schnabel.

Sie hat den Tod unserer Eltern auf ihre Weise verarbeitet.

Im Wohnzimmer brannte kein Licht. Amelie stieg die Treppe zum Dachgeschoss hinauf, denn sie musste unbedingt sofort jemandem von ihrem Erlebnis auf dem Friedhof erzählen.

Sie blieb stehen, als sie das leise Stöhnen hörte. Ein Keuchen. Tief und animalisch. Die dunkle Frauenstimme war ihr bestens bekannt.

Zögernd trat sie näher an die geöffnete Tür des Ateliers heran. Mitten zwischen Leinwänden und auf dem Boden abgestellten Farbpaletten lag ein Mann auf dem Boden, über dem eine Frau saß. Es war kein Licht an. Das Zwielicht des Abends fiel durch die große Scheibe in der Dachschräge und machte die beiden Menschen vor ihr zu Scherenschnitten.

Amelie wollte auf sich aufmerksam machen, zögerte aber. Fasziniert sah sie zu, wie Lara sich auf Stefans Körper bewegte. Ihre langen blonden Haare hoben sich eine Nuance heller ab als die restlichen Schatten.

Mit angehaltenem Atem stand Amelie da. Ihre Schwester war frei in ihren Bewegungen, anmutig und völlig enthemmt. Eine Tänzerin, die sich im Takt ihrer Musik wiegte.

Sie schläft mit Stefan, wie sie malt, fuhr es Amelie durch den Kopf.

Stefan stöhnte und griff nach Laras Hüften. Er zog sie auf sich, beschleunigte den Takt, in dem sie eins wurden. Sein muskulöser Körper dirigierte, was auf ihm geschah.

Lara ließ sich willig führen. Ihr Stöhnen wurde lauter, ihre Bewegungen heftiger.

Amelie spürte ihre heißen Wangen. Sie sollte nicht hier stehen. Die Hitze breitete sich in ihr aus, sank tiefer. Sie fühlte ihre Schenkel. Ihr Innerstes.

Laras Stöhnen mischte sich mit einem Fauchen. Stefan lachte leise.

Amelie fuhr zurück. Was tat sie hier überhaupt? Das ging sie nichts an. Leise schlich sie zur Treppe und die Stufen hinab. Sie war kaum unten angelangt, als ein heller Ton durch den Flur stieß. Es klingelte. Die Geräusche aus dem Dachgeschoss brachen ab.

Amelie ging eilig zur Tür, ehe ihre Schwester sie am Aufgang der Treppe sehen konnte. Ihre Beine fühlten sich weich an, das Blut pulsierte in ihrem Unterleib.

Wer kann das sein? Sie riss die Tür auf. Der Schneefall war noch stärker geworden und wirbelnde Flöckchen umwehten den Mann im schwarzen Mantel, der vor ihr aufragte. Es war Alain! Alain Depát! Er stand dicht vor ihr, blickte auf sie herab. Sein bleiches Gesicht mit den weichen Lippen wurde schwach vom Licht des Flurs beleuchtet. Graugrüne Augen sahen sie so unverwandt an, dass ihre Wangen erneut heiß wurden. Es war, als könne er ihre Lust sehen. Als wisse er von ihrem verbotenen Tun, die eigene Schwester beobachtet zu haben. Unter seinem Blick war sie nackt. Seine Stimme hatte einen spöttischen Unterton.

„Komme ich ungelegen?"

„Nein! Äh ... doch, aber ..." Amelie biss sich auf die Unterlippe. „Kommen Sie rein."

Er lächelte amüsiert. „Sie scheinen sich nicht sicher zu sein."

„Es geht schon. Kommen Sie mit ins Wohnzimmer. Möchten Sie einen Tee? Sie sind sicher ganz durchgefroren."

„Haben Sie Kaffee?"

„Ich setze einen auf."

Sie half ihm, den schneebedeckten Mantel auszuziehen und an die Garderobe zu hängen. Während er ins Wohnzimmer ging und ganz selbstverständlich in den weinroten Sessel neben dem Kamin sank, eilte Amelie in die Küche.

Alain! Was machst du hier?

Sie hielt die Neugier kaum aus, wollte ihn aber nicht mit ihrer Frage überfallen. Erst als sie mit dem Kaffee auf einem Tablett zurückkam, fragte sie beiläufig. „Was treibt Sie zu uns?"

Er nahm die kochend heiße Tasse, ohne mit den Wimpern zu zucken.

Noch ehe er antworten konnte, traten Lara und Stefan ein.

„Oh!" Lara klatschte in die Hände. „Was für ein ungewöhnlicher Besuch! Der mysteriöseste und bestangezogenste Mann im Umkreis von hundert Kilometern beehrt uns." Sie ließ sich schwungvoll neben Amelie auf die Couch fallen. Stefan setzte sich zögernd neben sie.

Alain lächelte. „Ich gebe zu, mein Besuch ist in der Tat ungewöhnlich, Lara. Ich darf doch Lara sagen, oder?" Seine graugrünen Augen waren interessiert auf das dünne, weiße Hemd gerichtet, unter dem sich Laras harte Brustspitzen abzeichneten.

Amelie spürte einen Stich in ihrem Magen. Kaum hatte ihre Schwester den Raum betreten, beherrschte sie ihn. Wie konnte sie nur so dreist flirten, während ihr Verlobter neben ihr saß? Stefan schien sich nicht daran zu stören. Er beobachtete den Mann im Sessel aufmerksam.

Lara lächelte. „Natürlich, Alain." Sie sah ihn auffordernd an.

Alain blickte auf die Kaffeetasse in seinen Händen, dann sah er zu Amelie. Sofort fühlte sie sich wieder nackt. Der Traum mit der Limousine kam in allen Einzelheiten zurück. Seine Aufforderung, sie solle sich ausziehen, sein erhitzter Körper auf ihrem.

„Ich will Sie nicht länger auf die Folter spannen, Lara. In diesem Dorf gehen Gerüchte um, die mir nicht gefallen. Mein zurückgezogenes Leben und mein Reichtum ziehen das an." Sein Blick begegnete dem von Stefan. „Ich weiß, dass ich weit oben auf Ihrer Liste der Verdächtigen stehe."

Stefan versuchte nicht, es zu leugnen. In seinen Augen lag Misstrauen.

Alain stellte die Tasse ab und lehnte sich im Sessel zurück.

„Ich möchte sie alle drei einladen, in der nächsten Vollmondnacht meine Gäste zu sein. Ich gebe eine meiner Feiern. Einen Maskenball. Ich habe ihn bewusst auf die Vollmondnacht gelegt, und ich würde mir wünschen, dass jemand aus dem Dorf bei mir ist. Sollte wieder eine Frau verschwinden, können Sie bezeugen, dass ich nichts damit zu tun haben kann."

Amelies Herzschlag beschleunigte sich. Eine Feier in Alains Villa? Ein Fest an seiner Seite? Das war ihre Chance, ihm näherzukommen.

„Warum wir?", platzte es aus ihr heraus, bevor ihre Schwester das Gespräch wieder an sich reißen konnte. Alains Blick glitt über ihren Körper. Ihr war, als könne sie diesen Blick unter ihrer Bluse und dem schwarzen Rock spüren.

„Nun", Alain wandte den Blick von ihr ab und sah Stefan an. „Zum einen, weil Sie, Stefan, Polizist sind, und mich ohnehin überwachen, zum anderen, weil ich denke ..." Er zögerte und setzte neu an. „Meine Feierlichkeiten sind nicht kompatibel mit den Moralvorstellungen eines Großteils der einheimischen Bevölkerung. Aber ich denke, Sie können damit umgehen."

„Was soll das heißen?", fragte Lara mit Unschuldsmiene.

„Es sind sehr freizügige Veranstaltungen. Allerdings sind Sie nicht verpflichtet, an diesen ... Freizügigkeiten ... teilzunehmen. Seien Sie einfach anwesend, und helfen Sie mir auf diese Art, mit den Gerüchten Schluss zu machen."

Lara und Stefan sahen sich unbehaglich an.

Alains Blick begegnete dem von Amelie. Sie tauchte in das Graugrün seiner Iris ein, fühlte sich umschmeichelt, geborgen. Es war, als würde eine leise Stimme zu ihr sprechen, die sie nicht verstand. Aber sie fühlte instinktiv, was die Stimme wollte: Sie sollte Alains Bitte folgen. Sollte zu ihm kommen. In sein Anwesen. Es war wichtig.

„Wir kommen!", sagte sie impulsiv, ehe die beiden anderen reagieren konnten.

Ihre Schwester sah sie überrascht an. Ihre Augen verengten sich leicht – ein Anzeichen von Ärger.

„Nun, so wie es aussieht, haben Sie meine Schwester schon für sich gewonnen."

Amelie schluckte nervös. Lara war zu Recht ungehalten. Wie kam sie dazu, über die Köpfe der anderen hinweg eine Entscheidung zu fällen?

Alain stand auf. „Danke. Ich freue mich auf das Fest. Mein Fahrer wird Sie am Samstag gegen zwanzig Uhr abholen. Für Essen und Trinken ist gesorgt. Vergessen Sie nicht, dass es ein Maskenball ist. Das Motiv ist ‚Märchen und Mythen der Welt'." Er lächelte gewinnend.

Stefan stand ebenfalls auf. „Ich muss sehen, ob ich es einrichten kann, zu kommen. Wie Sie wissen, bin ich in diesen Nächten beschäftigt."

„Was könnte wichtiger sein, als Ihren Hauptverdächtigen zu observieren?", entgegnete Alain spöttisch. „Einen schönen Abend noch."

Amelie brachte ihn zur Tür. Als er ihr zunickte, glaubte sie erneut, die fremde Stimme zu hören. Ein Flüstern und Fauchen wie Wind, der durch die Ritzen des Hauses pfiff. Sie sollte kommen. Sich ihm anvertrauen. Sich ihm hingeben.

Verwirrt schüttelte sie den Kopf, während er im Schneetreiben verschwand.

Das sind sicher die Nachwirkungen von meinem Erlebnis auf dem Friedhof. Ich muss Stefan und Lara davon erzählen, ehe es mich völlig aus der Bahn wirft.

Doch jedes Mal, wenn sie zu ihrem Bericht ansetzen wollte, verhinderte etwas in ihr, dass sie sprach. Ständig sah sie Alain vor sich. Seinen hohen, schlanken Körper. Diese graugrünen Augen mit den langen Wimpern. Die harte Linie des Kinns unter den weichen Lippen. Sie hörte nur halbherzig zu, als Lara und Stefan eine erhitzte Debatte über das Fest und die Einladung führten.

Spät am Abend räumte sie die Tasse ab, die Alain hatte stehen lassen. Sie blickte hinein. Die Tasse war komplett gefüllt. Er hatte das Getränk nicht angerührt.

In dieser Nacht träumte Amelie wieder von Alain. Sie war in einer Burg, hing gefesselt in Metallketten an der steinernen Wand und musste zusehen, wir ihre Schwester Alain nahm. Beide beachteten sie nicht. Die Wut in ihr war mörderisch. Benommen wachte sie auf, und musste sofort an Alain und seine Einladung denken. Was würde dieser Maskenball ihr bringen? Würde sie Alain näherkommen? Sie dachte an seinen unnachgiebigen Blick, die kräftigen Hände und die verführerische, spöttische Stimme. Ihr fiel der Text eines alten Lieblingsliedes ein.

„Wenn er mich ruft, hält mich nichts mehr zurück."

Sie seufzte wohlig. Gleichzeitig spürte sie Angst. Ihr Magen kribbelte, wenn sie an Alain dachte. Was würde passieren, wenn sie sich nicht zurückhielt? Wenn sie bereit war, an den „Freizügigkeiten", die er erwähnt hatte, teilzunehmen? War es nicht das, zu dem er sie indirekt aufgefordert hatte? Ihren Traum in seiner Limousine wahr werden zu lassen?

Hoffentlich geht die Zeit bis zum Vollmond schnell herum.

Die schwarze Limousine stand vor dem Haus. Nervös zupfte Amelie an dem weißen, mittelalterlichen Kleid, das sie sich im Internet bestellt hatte. Es war teuer gewesen. Dafür stand es ihr ausgezeichnet. Sie trug einen Reifrock und ein Korsett darunter. Beides betonte ihre schlanke Figur.

Der Fahrer öffnete ihr die Tür. Er hatte sich als Pierre vorgestellt, als Angestellter und Freund Alains.

„Sie sehen zauberhaft aus, Madame." Er lächelte gewinnend. Sein Gesicht war grober als das von Alain, aber auch von ihm ging eine Ausstrahlung aus, die Amelie verunsicherte. Trotz der derben Züge war er attraktiv. Er schien genau zu wissen, was er wollte und wo sein Platz in der Welt war.

Amelie setzte sich auf den Rücksitz neben ihre Schwester.

Lara trug ein flammend rotes Kleid, das noch aufwendiger gearbeitet war als ihr eigenes. Auf ihrem Kopf saß eine festgesteckte silberne Krone. Stefan sah nicht weniger eindrucksvoll aus, er war in Samt gehüllt, die schwarzen, kniehohen Stiefel boten einen reizvollen Kontrast zu der teuren Gewandung. Sie saßen majestätisch auf der Rückbank, König und Königin.

Amelie fühlte sich plötzlich unwohl neben ihnen. Ihre Schwester war so viel selbstsicherer als sie. Früher war das nicht so gewesen. Ein wenig wehmütig erinnerte sie sich an die Zeit, als sie die schönere Schwester gewesen war. Der Mittelpunkt der Schule. Doch nach dem Tod ihrer Eltern hatte Lara sie überholt, sowohl an Selbstsicherheit als auch an Anmut. Würde Alain sie überhaupt beachten oder hatte er nur Augen für Lara?

Er hat mich gerufen. Er will, dass ich komme.

Entgegen der Logik ließ dieser Gedanke sie nicht los. Er beruhigte sie. Sie war Alain willkommen.

Pierre hielt vor dem Tor des Anwesens, stieg aus und ging zur Anlage. Während das gewaltige Tor automatisch zur Seite glitt, betrachtete Amelie die hohen, weißen Steinmauern, die das Anwesen einschlossen. Wie lang mochten sie sein? Einen Kilometer? Anderthalb? Hinter diesen Mauern lag ein eigener Wald. Es gab sogar einen verfallenen, steinernen Turm, der von einem älteren Gebäudeteil erhalten geblieben war.

Dunkle Szenen von geheimnisvollen Ritualen stiegen in ihr auf. Was konnte alles hinter solchen Mauern geschehen?

Sei nicht albern, wies sie sich zurecht.

Pierre stieg wieder ein, und lenkte den Wagen einen sandigen Weg hinauf zu einem großen Gebäude in barockem Stil. Es war eine hohe Halle mit kunstfertigem Dach. In ihr befand sich der größte Fuhrpark, den Amelie je gesehen hatte. Staunend betrachtete sie die Wagen, die hier standen. Nur die erlesensten Marken waren vertreten. Alte Wagen standen neben neuen. In der rechten hinteren Ecke ragten zwei Kutschen auf. An einer eigenen Ausfahrt parkte ein polierter schwarzer Ferrari.

„Er muss wirklich verdammt viel Geld haben", murmelte sie.

„Lass dich nicht von ihm einwickeln." Laras Stimme klang besorgt. „Wir müssen misstrauisch bleiben."

Amelie nickte. Wie oft hatten sie in den letzten Tagen darüber gesprochen, ob Alain nicht doch etwas mit den Morden zu tun hatte. Amelie hielt es für Unfug. Allerdings hatte Alain kein Alibi. Wie jeder männliche Dorfbewohner war er zu diesem Thema befragt worden. Stefan wollte die Möglichkeit nutzen, sich genau im Anwesen des Mannes umzusehen.

Pierres Augen waren dunkel, als er Amelie seinen Arm darbot.

„Du bist die hübscheste Jungfrau, die ich je gesehen habe."

Amelie wurde rot. „Eigentlich bin ich eine Prinzessin. Der Versand hat leider die Krone vergessen."

Er lächelte. „Das ist kein Widerspruch. Es gibt auch jungfräuliche Prinzessinnen."

Er führte sie durch den Fuhrpark, erklärte hin und wieder etwas zu einem Auto und geleitete sie anschließend den Hauptweg entlang zu den Stufen, die zum Hauptportal der Villa führten.

Amelie fühlte sich tatsächlich wie eine Prinzessin, als sie auf dieses Gebäude zuging. Es war ein Bauwerk aus einer anderen Zeit. In der Dunkelheit des winterlichen Abends sah man weder einen Blitzableiter noch andere Zugeständnisse an die Moderne. Selbst das Licht in den Fenstern flackerte weich – Kerzenschein.

Es ist wie das Schloss aus meinen Träumen. Und warum soll ich nicht träumen, für diese eine Nacht? Sie ermahnte sich, wachsam zu bleiben, wie sie es ihrer Schwester versprochen hatte. Doch der Reichtum und die Pracht, die sie umgaben, erschlugen sie nahezu.

Auch in der Eingangshalle herrschte barocker Prunk vor. Alles war groß, weit und bunt. Gold und Rot herrschten vor. Stuckwerk und Spiegel, wohin sie blickte.

Von der Treppe her sah sie Alain auf sich zukommen. Er war nicht verkleidet und trug auch keine Maske. Einzig seine Haut war geschminkt und noch heller, als sie ohnehin war. Sie schimmerte alabastern. Sein schwarzer Smoking saß perfekt. Die halblangen dunklen Haare waren zurückgekämmt.

„Willkommen", sagte er mit einem Lächeln und nahm ihre Hand, um sie zu küssen.

Amelie umklammerte die weiße Halbmaske, die sie sich noch nicht aufgesetzt hatte. „Sie sind nicht verkleidet", sagte sie verwundert.

Lara lachte hinter ihr. „Natürlich ist er das. Er ist Dracula. Graf Dracula. Oder hast du die spitzen Eckzähne nicht bemerkt?"

Alain neigte den Kopf in Laras Richtung. „Zumindest eine Person hat es erkannt. Kommen sie. Ich führe sie in den Bankettsaal."

Alain bot Amelie seinen Arm. Sie legte ihre Hand darauf und spürte seine

Muskeln unter dem Smoking. Sie sah zu ihm auf. Ob er auch nur ein Mal in der Art an sie gedacht hatte wie sie an ihn? Träumte er von ihrem Körper wie sie von seinem? Es war zum Verrücktwerden. Wie konnte sie nur denken, dass ein Mann wie er – reich, attraktiv, der alles hatte – eine Frau wie sie begehren könnte. In dem zehn Kilometer entfernten Gymnasium mochte sie eine Schönheit gewesen sein. Aber sie war keine Frau von Welt. Keine weit gereiste Millionärstochter, die einem Mann wie ihm stilsicher und formvollendet begegnen konnte. Am liebsten wäre sie davongelaufen.

Zum Glück lenkte die ungewöhnliche Umgebung sie ab.

Amelie kam aus dem Staunen nicht hinaus. Immer wieder musste sie sich zusammenreißen, die Wände, Decken und Böden nicht anzustarren. Den teuren Parkettboden mit dem mäandernden Muster, die Samtvorhänge, die wuchtigen Bilder mit den schweren Rahmen und die bemalten Kassettenfenster über ihr. All das entstammte einer anderen Zeit. Mehr noch: einer anderen Welt. Und sie war plötzlich ein Teil davon. Sie ging an der Seite des Hausherrn, gehörte dazu. In einem deckenhohen Spiegel sah sie ihr Gesicht mit den dunkelblauen Augen. Ihre schwarzen Haare waren zu einer kunstvollen Frisur aufgesteckt, die Friseurin des Nachbarortes hatte ganze Arbeit geleistet. Ein Lächeln stahl sich auf ihre Züge. Sie sah gut aus – umwerfend gut. Vielleicht war es doch verfrüht, davonzulaufen.

„Woher haben Sie all Ihr Geld, Alain?"

„Meine Familie war einmal adelig. Grundbesitz, aber auch Beziehungen haben über Jahrhunderte hinweg zu diesem Reichtum geführt."

Sie erreichten den Bankettsaal. Laute Stimmen und Gelächter klangen daraus hervor. An einer langen Tafel saßen an die fünfzig Menschen. Alle Anwesenden sahen reich und jung aus wie Schauspieler und Spitzensportler. Sie standen in der Blüte ihres Lebens. Wertvoller Schmuck blitzte im Licht der dicken Kerzen, die in Leuchtern mit langen eisernen Ketten steckten. Eigentlich hatte Amelie die Maske, die sie der Hand hielt, aufsetzen wollen, doch jetzt schämte sie sich für dieses preiswerte venezianische Modell, das in keiner Weise mit den Masken der Anwesenden konkurrieren konnte. Sie steckte die Maske kurzerhand in den Beutel, in dem ihre Schminksachen und ihr Handy lagen.

Pierre ging an ihnen vorbei zu einem Flügel. Er setzte sich und begann, ungeachtet der Menschenmenge zu spielen. Während Amelie verblüfft stehen blieb und dem barocken Stück lauschte, beachteten die anderen Gäste die Musik gar nicht, als seien sie das Spielen gewohnt. Amelie konnte sich kaum losreißen, musste aber ihrer Schwester und Alain folgen, wenn sie nicht den Anschluss verlieren wollte.

„Bitte sehr", Alain wies auf einen leeren Stuhl gleich neben dem Kopfende der langen Tafel. Sie setzte sich und sah auf die Vorspeisen, die in greifbarer Nähe zwischen silbernen Kerzenständern auf glänzenden Platten lagen: Pyramiden von Schinkenröllchen mit Melonenstücken, Flusskrebse und Garnelen waren auf Reishäppchen drapiert, Spieße aus weißem Fleisch, überzogen von einem hellbraunen Soßenmuster und Lachs neben kunstvoll angeordneten geflochtenen Brotkörben.

Alain bemerkte ihren Blick. „Zum Glück gibt es fünfzig Kilometer weiter einen guten Partyservice. Greifen Sie ruhig zu."

Lara bediente sich bereits, während Stefan den Gastgeber betrachtete.

„Finden Sie es nicht makaber, in einer Nacht zu feiern, in der vielleicht eine Frau ermordet wird?"

Amelie umklammerte den weißen Samtbeutel auf ihrem Schoß. Wie konnte Stefan so undiplomatisch sein? Legte er es auf einen Streit an?

Alains freundliche Miene veränderte sich nicht. „Ich hoffe, dass in dieser Nacht niemand stirbt. Und wenn, können Sie es kaum mir anlasten." Beim Sprechen zeigten sich seine spitzen Eckzähne. Amelie fiel auf, dass in seinem silbernen Becher kein Wein war. Auch seine Essplatte sah unbenutzt aus.

Kein Wunder, wenn ich künstliche Zähne im Mund hätte, würde ich auch nichts essen.

Stefan brummte, schien sich aber mit der Antwort zufriedenzugeben.

Lara legte ihm ein Stück Lachs auf den Teller. „Sei kein Griesgram, Stefan. Immerhin hat uns Alain extra eingeladen. Wir können später sein Anwesen durchsuchen und deine Zweifel zerstreuen."

„Nur zu", Alain lehnte sich zurück und ließ seine Blicke über den Tisch und seine Gäste streifen. Ihm schien zu gefallen, was er sah. Zuletzt blickte er auf Amelie. Während Stefan und Lara ihre Masken bereits aufgesetzt hatten, saß sie ohne da.

„Sie tragen Ihre Maske nicht", stellte er fest. Lag in seinen Worten eine Rüge?

„Sie tragen ebenfalls keine."

„Richtig. Aber vielleicht brauche ich ja keine. Vielleicht ist mein Gesicht Maske genug."

„Vielleicht habe ich im Gegensatz zu Ihnen nichts zu verbergen."

Er lachte leise. „Mag sein."

Sie sahen einander an. Hitze stieg in ihr auf. Wieder war ihr, als höre sie diese Stimme, die sie umschmeichelte, die um sie warb. Dieses Mal konnte sie verstehen, was die fremde Stimme sagte. *Später*, schien sie zu flüstern. *Später.*

Verwirrt schüttelte sie den Kopf.

Alain erhob sich. „Ich muss noch ein wenig Small Talk führen. Fühlen Sie sich ganz wie zu Hause, Amelie." Er nickte ihr zu und ging zu einer kleinen Gruppe von Gästen, die bei Pierre am Flügel standen und sich unterhielten.

Amelie lauschte den schwermütigen Klängen des Flügels. Die Musik nahm sie gefangen und übertönte die Gespräche, lenkte sie ab von den neugierigen Blicken, die ihr immer wieder begegneten.

In dieser Musik liegt eine Schwermut, die schön ist. Verlorene Heimat. Unsterblichkeit.

Amelie schloss die Augen, um sich ganz auf die eindringlichen Töne konzentrieren zu können.

In ihrer Gedankenwelt tauchten all die Menschen im Raum plötzlich wieder auf. Sie tanzten miteinander, die Säume der prachtvollen Gewänder schleiften über das Parkett. Alain stand vor ihr, zog sie mit sich hinaus auf die Tanzfläche. Seine Hände lagen um ihre Hüften. Er stieß sie von sich, drehte sie. Ihre Füße gehorchten seinen stummen Befehlen. Immer wieder kamen sie einander nahe, wurden getrennt. Ihr Herz schlug heftig, während er sie an sich zog. Näher. Seine Lippen berührten ihre, seine Hand auf ihrer Hüfte brannte. Lust breitete sich in ihr aus. Sie wünschte sich nur noch, ganz ihm zu gehören, nackt zu sein, alles zu tun, was er von ihr verlangte.

„Amelie, du träumst."

Laras Stimme riss sie in den Bankettsaal mit der hohen Decke und den Kerzenleuchtern zurück. Sie blickte in das Gesicht ihrer Schwester, die ihr gegenübersaß.

„Das ist ein Ort zum Träumen."

Stefan schüttelte den Kopf. „Ich weiß nicht. Je länger ich hier sitze, desto eher bin ich bereit, zu glauben, dass Alain wirklich etwas mit den verschwundenen Frauen zu tun haben könnte. Der Typ hat eine echte Profilneurose."

Amelie sah ihn nachdenklich an. „Warum glaubst du eigentlich, dass es ein Mann ist? Irena könnte doch auch von einer Frau getötet worden sein."

„Der Schwerthieb war sehr kraftvoll geführt. Außerdem ist diese Art von Gewalt typisch für einen Mann. Eine Frau nimmt vielleicht Gift oder ein Messer. Aber nicht unbedingt ein Schwert. Vermutlich hat der Mörder zu fechten gelernt."

„Trotzdem muss der Mörder nicht aus unserem Ort kommen. Er könnte auch weiter entfernt wohnen."

„Er könnte sich auch im Raum befinden."

Lara sah ihn verärgert an und er schwieg.

Amelie wünschte sich, dass der Verlobte ihrer Schwester endlich aufhörte, für schlechte Stimmung zu sorgen. Dass Alain ein Mörder war, war ausgesuchter Unsinn. Es gab dafür keine Beweise. Allein der Tratsch der Dörfler hatte zu diesen Behauptungen geführt.

Vermutlich hat Stefan seine eigenen Vorbehalte gegen Alain. Er und Lara sehen sich viel zu intensiv an.

Wieder fühlte sie einen Stich. Mit Lara konnte sie einfach nicht mithalten. Nicht mit diesen anmutigen Bewegungen und diesem blonden Haar, das das Licht trank. Sicher, auch sie sah gut aus, und sie hatte nie einen Mangel an Angeboten gehabt. Doch so selbstsicher wie ihre Schwester würde sie nie werden. Wenn Lara sich bewegte, war sie der strahlende Mittelpunkt eines jeden Raumes. Selbst hier war es nicht anders. Viele Blicke lagen auf der Frau im roten Kleid, die eben genießerisch ein Stück rohen Lachs aß.

Aber Stefan sieht aus wie ein Filmstar. Eigentlich braucht er den Vergleich mit Alain nicht zu scheuen. Seine Eifersucht ist unnötig.

Obwohl Stefan fast zehn Jahre älter war als Lara, sah man ihm dieses Alter nicht an. Er wirkte wie Anfang zwanzig.

Amelie kniff die Lippen zusammen. *Die beiden haben sich. Warum muss Lara überhaupt mit Alain flirten?*

Sie blickte zu Alain hinüber, der in ein Gespräch mit einem zierlichen Rotkäppchen verwickelt war. Es schien Ewigkeiten zu dauern, bis er sich von der zierlichen Frau löste und an seinen Platz zurückkehrte.

Zwei Bedienstete in Anzügen trugen die Vorspeisen ab, der Hauptgang wurde serviert. Amelie versuchte, Alain in ein Gespräch zu verwickeln. Sie wollte ihre Chance nutzen. Vermutlich hatte sie nur diesen einen Abend, ihn besser kennenzulernen.

„Sie leben wie ein Ritter im Mittelalter."

Er lächelte sein rätselhaftes Lächeln. „Viel besser. Den meisten Rittern ging es lange nicht so gut. Sie hatten kein Geld und mussten sich gegen die Dunkelheit erwehren."

„Die Dunkelheit?" Amelie glaubte, sich verhört zu haben.

„Vampire, Werwölfe, Dämonen. Die Wesen der Nacht."

„Sie machen sich über mich lustig."

Er grinste jungenhaft. „Ein wenig. Sie sehen hinreißend aus, wenn Sie verwirrt sind."

Amelie griff errötend nach ihrem Weinbecher. „Vampire. Werwölfe. Interessieren Sie sich speziell für dieses Thema? Immerhin sind Sie als Graf Dracula verkleidet."

Ihre Schwester und Stefan hörten aufmerksam zu.

„Ich mag Mythen und Legenden. Besonders düstere Legenden."

„Wie die von Geschöpfen, deren Kräfte in Vollmondnächten am größten sind?", hakte Stefan lauernd nach. „Die bei Vollmond morden müssen?"

„Sie geben nicht auf, was?"

„Ich mache meinen Job."

„Nun, ich kenne da in der Tat eine Legende. Sie handelt von Vampiren, die vor zweihundert Jahren hier in dieser Gegend ihr Unwesen getrieben haben sollen. Ein ganz besonderer Stamm. Jeder Mensch, der von ihnen gebissen und zum Vampir gemacht wurde, erwachte zum vollen Mond in seinem Grab. Und er hatte Durst."

„Halten Sie sich für einen solchen Vampir?"

„Ganz sicher nicht."

„Glauben Sie, der Mörder könnte sich für ein dunkles Wesen halten?"

Alain seufzte. „Vergessen wir doch einmal dieses leidige Mordthema. Der Abend ist zu schön für diesen Schatten." Er sah Amelie an. „Das Thema Ritter sagt mir da eher zu. Ein Ritter hatte seine Dame zu beschützen. Er schrieb ihr Lieder, ging auf Questen, um ihr zu imponieren. Soweit zumindest die romantische Variante, und ist sie nicht in der Tat romantisch? Ein Mann, der alles tut, um eine Frau zu beschützen. Eine Frau, die er anbetet." Sein Blick hielt den ihren gefangen.

Amelie wurde schwindelig. Seine Stimme erfüllte sie. Wollte er ihr indirekt sagen, dass er sie *anbetete*? Sie atmete tief ein und krampfte ihre Finger um den Becher.

„Sie verstehen sich auf Komplimente."

„Ich mache nur welche, wenn ich es ernst meine." In seinen Augen lag ein Versprechen.

Amelie wurde heiß. Eine Weile aß sie schweigend, weil sie nicht wusste, was sie entgegnen sollte. Lara und Stefan sprachen leise miteinander. Alain tat, als habe er nichts gesagt. Er sah über die große Tafel hinweg. Die Gäste unterhielten sich angeregt. Amelies linker Nachbar sprach mit ihr über das Leben in einem Dorf – er stammte seiner Aussage nach aus Paris und begriff nicht, wie man am Ende der Welt leben konnte, so wie Alain und Amelie.

Immer noch spielte Pierre am Flügel. Amelie fühlte sich leicht und frei. Der schwere Rotwein stieg ihr zu Kopf, doch er war viel zu gut, um ihn nicht zu trinken. Die Kellner gossen eifrig nach.

Als das Essen vorüber war, lauschte sie noch lange der bewegenden Musik und trank ihren Wein. Der Duft von heißem Wachs lag feierlich im Raum.

Es dauerte, bis sie bemerkte, dass Stefan und Lara nicht mehr am Tisch saßen. Spionierten sie nun tatsächlich das Haus aus? Amelie hoffte, sie taten es nicht. Stefans Widerwille gegen Alain schmerzte sie.

Die Musik war verstummt. Als sie sich genauer umsah, stellte sie fest, dass viele Gäste fehlten.

„Wo sind denn alle hin?"

Alain hielt inne – er wollte eben einen Schluck Wein nehmen. „Oh, meine Gäste kennen sich hier aus und wissen, was wo zu finden ist. Bleiben Sie lieber hier, Amelie. Das wird besser sein."

Forderte er sie heraus? Sie sah ihn eindringlich an. „Vielleicht will ich aber nicht hierbleiben."

Er zögerte. War es Verlangen, das in seinen Augen lag? „Nun ... ich kann es Ihnen gern zeigen, wenn Sie wünschen."

Amelie stand auf. „Warum nicht."

Er erhob sich anmutig. Jede seiner Bewegungen war perfekt. Wie konnte sich ein Mensch nur so präzise bewegen? Ob er viel Sport trieb? Amelie hatte schon ihre Schwierigkeiten damit, im Sommer regelmäßig zu joggen, und an den See zu fahren.

„Kommen Sie." Er bot ihr seinen Arm. „Ich kenne einen Ort, der Abstand und Einblick zugleich gewährt."

Amelie folgte ihm mit klopfendem Herzen. War sie zu forsch gewesen? Die Neugierde machte sie leichtsinnig. Aber wie sollte eine Frau rational denken, wenn sie in diese Augen sah? In dieses alles verschlingende Graugrün. Schattig, geheimnisvoll. Ein Tor zu einer Seele. Was lag alles in dieser Seele verborgen?

Sein Körper roch herb, aufregend. Seine Schritte waren fest. Er wusste, wohin er wollte. Einen Moment hatte Amelie Furcht, dass er doch der Mörder war. Dass er sie in einen Raum brachte, in dem er mit ihr allein war, um sie zu töten.

Sie blinzelte benommen. *Das ist nur meine Aufregung, ihm so nah zu sein. Die Angst, vor ihm nicht zu bestehen.*

Sie stiegen eine Treppe hinauf. Amelie hörte ein Murmeln und Flüstern. Stimmen aus weiter Ferne. Eine Frau stöhnte. Langsam, lang gezogen. Künstlich und lustvoll zugleich. Als würde sie nicht um ihretwillen stöhnen, sondern weil man es ihr befohlen hatte.

Das obszöne Geräusch verunsicherte Amelie. Wollte sie es wirklich sehen? Wollte sie wirklich in diese bizarre Welt eintauchen, die so weit von ihrem Alltag entfernt lag wie der Mond? Was würde das mit ihr machen?

Alain spürte ihr Zögern. Er blieb auf den Treppenstufen stehen. Seine Stimme war freundlich.

„Sie sind noch sehr jung, Amelie. Kaum eine Frau. Wenn Ihnen das hier zu viel ist ...."

Amelie sah ihn verärgert an. Kaum eine Frau? „Provozieren Sie mich nicht."

„Es ist mir ernst. Ich möchte Sie nicht überfordern."

„Wie alt sind sie überhaupt?" Er sah keinen Tag älter aus als zwanzig.

„Möchten Sie, dass ich lüge?"

Sie schüttelte den Kopf. Es spielte keine Rolle. Älter als Mitte dreißig konnte er auf keinen Fall sein. Aber was machte das schon? Sie war erwachsen und sie hatte sich immer schon zu älteren Männern hingezogen gefühlt. Zu Männern, von denen sie etwas lernen konnte und die in der Lage waren, sie zu beschützen.

Sie ging weiter. Alain hatte sie losgelassen und lief langsam hinter ihr her. Wachsam.

Amelie hatte das Ende der Treppe erreicht. Über ihr befand sich ein kuppelförmiges Dach. Die Decke war bemalt und zeigte eine weiße Steinbalustrade vor einem blauen Himmel, in dem zwei Engel schwebten.

Amelie öffnete leicht den Mund und schloss ihn wieder. Der männliche Engel war wohl Eros. Was er da oben mit seiner geflügelten Begleiterin tat, war sicher nicht im Mittelalter entworfen worden.

„Sie haben Sinn für …" Sie verstummte, als ihr Blick hinunter in den kreisrunden Saal fiel, der unter ihnen lag. Das Bild an der Decke war eine Spiegelung der tatsächlichen Architektur. Sie stand an einem weißen, steinernen Geländer, vor dem sich eine kreisrunde Öffnung auftat. Unten im Saal waren gut zehn Menschen zu sehen. Drei befanden sich genau unter ihr. Es waren Pierre, das Rotkäppchen und eine bleiche Frau mit Schwanenflügeln. Die Flügel waren alles, was sie noch trug. Sie kniete vor einem samtenen roten Hocker. Aus ihrer Kehle kam das Stöhnen, das Amelies Weg begleitet hatte. Andere Frauenstimmen mischten sich damit. Leisere Stimmen, die weiter entfernt waren.

Sie waren nicht die Einzigen, die ganz mit sich beschäftigt waren. Amelie sah eine Frau und einen Mann im Liebesspiel auf einer roten Couch. Eine weitere Frau lag nackt auf einem weißen Teppich, allein. Ihre Finger lagen über ihrer Scham. Sie bewegte ihre Hand genüsslich. Ihre langen, roten Haare waren wie ein Fächer über den weißen Flokati gebreitet. Nicht weit von ihr waren mehrere Pflanzen in Kübeln aufgestellt. Dahinter gab es ein Gitter, ähnlich in der Form einer Garderobe. Aber es war keine Garderobe. Es war ein zwei Meter hoher Käfig, in dem eine weitere Frau stand. Amelie konnte sie hinter den Grünpflanzen nur verschwommen sehen, doch sie glaubte, zu erkennen, dass die Fremde – die noch vollständig bekleidet war – ihre Arme über dem Kopf hielt. Waren sie an eine Querstrebe des Käfigs festgekettet? Sie schluckte.

„Die meisten meiner Gäste kennen sich sehr gut." Alain trat dicht an sie. „Sie nutzen die Gelegenheit dieser Feste. Wo sonst haben sie so viel Freiheit in einer derartigen Umgebung?"

„Man könnte meinen …" Amelie verstummte. Sie fühlte sich wie in einem Edelbordell, wollte Alain aber nicht beleidigen. Oder war das für ihn vielleicht gar keine Beleidigung? Was war er für ein Mensch? Wie musste ein Mensch sein, um so freizügig zu leben?

Sie blickte auf die Frau mit den weißen Flügeln. Pierre stand vor ihr, während das Rotkäppchen sich hinter ihr aufbaute. Noch immer war ihr Stöhnen das Lauteste im Saal.

Rotkäppchen griff unter ihren Umhang und zog eine dünne Peitsche heraus. Sie rieb sie am nackten Gesäß der blonden Schwanenfrau, während Pierre vor ihnen stand und ihnen zusah. Er trug noch immer seinen Anzug. Amelie ertappte sich bei dem Gedanken, dass er ihn ausziehen sollte. Ihre Zunge benetzte ihre trockenen Lippen.

Alains Blick folgte ihrem. „Dir gefällt Pierre."

Sie sah ihn an. „Das klingt eifersüchtig." War er das? Sie erwartete, dass er ihr sagen würde, dass sie eingebildet war. Dass er jede haben konnte. Dass er sie nicht wollte.

Stattdessen packte er ihr Kinn und küsste sie. Amelie war so überrascht, dass sie sich nicht wehrte. Seine Lippen waren weich und fest zugleich. Seine Zunge erkundete ihre. Von seinen falschen Zähnen fühlte sie nichts. Er musste sie abgelegt haben. Sie umklammerte seine Schultern. Seine Küsse schmeckten nach mehr. Nach einem Versprechen, das er ihr längst gegeben hatte, und das er nun einlöste.

„A... Alain ...", brachte sie atemlos hervor, unschlüssig, ob sie ihm Einhalt gebieten wollte. Es wäre klüger. Aber ihr Körper war nicht klug. Ihr Körper forderte das ein, was sie sich schon so lange wünschte. Sie schmiegte sich an ihn. Ließ ihre Hand von seiner Schulter zu seiner Brust wandern. Sie spürte, wie sein Brustkorb sich hob und senkte, und glaubte, seinen Herzschlag unter ihren Fingern zu fühlen. Doch es war nur ihr eigener Herzschlag, ihr Blut, das durch ihren Körper pulsierte.

„Ich will dich schon so lange", flüsterte er an ihrem Ohr, während er sie an sich drückte. „Wie oft habe ich dich gesehen, auf einem meiner Spaziergänge, ohne mich bemerkbar zu machen. Wie oft habe ich mich zurückgehalten, weil du so entsetzlich jung ..."

Sie verschloss seinen Mund mit ihren Lippen. Sie wollte es nicht hören. Sie war alt genug. Sie wollte ihn fühlen, ihn ganz und gar spüren.

Alain schob sie ein Stück von sich. „Dreh dich um. Und sieh zu, was dort unten geschieht."

Sie wagte nicht, zu widersprechen. Etwas in seiner Stimme klang gequält. War es für ihn tatsächlich so furchtbar, eine Zwanzigjährige zu begehren? Sie konnte es sich nicht vorstellen. Liebte er sie? Sagte er ihr nur, was sie hören wollte, oder was er *glaubte*, was sie hören wollte? Ihre Lippen brannten. Ihr Körper stand in Flammen. Sie spürte sein hartes Glied an ihrer Hüfte, als sie sich umdrehte und hinuntersah.

Das Rotkäppchen hatte den langen roten Mantel abgelegt. Eine hellrote Korsage schimmerte im Kerzenlicht. Die milchigen Brüste lagen darüber. Die Frau trug hellrote Strapse. Eine Unterhose erkannte Amelie nicht. Dünne, rote Handschuhe bedeckten die Finger, zwischen denen sie die Peitsche drehte. Die Spitze fuhr über das Gesäß und die Seiten der Schwanenfrau. Sie liebkoste die Innenseiten der Schenkel.

Die nackte Frau mit den Flügeln lag mit dem Bauch auf dem Samthocker und bot sich willig dar. Pierre näherte sich ihr. Er öffnete seine Hose. Die Aufforderung war eindeutig. Die Frau hob ihren Kopf mit den schweren blonden Haaren. Sie umschloss das pralle Glied mit ihren Lippen.

Amelie fühlte Alains Hände an ihren Seiten. Seine Brust, die nah an ihrem Rücken lag. Sie sah zu, wie der Kopf der Fremden sich bewegte, während die Peitsche sie weiter streichelte.

Sie stellte sich vor, sie würde da unten liegen und Alain würde vor ihr stehen.

„Langsamer", befahl Pierre unter ihnen. Seine Stimme war leise, und doch konnte Amelie sie gut verstehen.

Der Kopf der Frau bewegte sich langsamer. Pierre stützte ihn, um ihr die Bewegung zu erleichtern. Rotkäppchen ließ die Peitsche zwischen die Schenkel der Frau wandern. Der dünne, harte Stock musste genau über der Klitoris liegen. Hin und her zog sie den Stiel, während die Frau unten auf dem Parkett verhalten stöhnte. Ihr Kopf glitt vor und zurück. Pierre keuchte leise.

Rotkäppchen nahm die Peitsche und zog sie zurück. Sie wendete sie und fuhr mit dem Griff zwischen die feuchten Schamlippen. Amelie sah mit großen Augen zu, wie mehr und mehr des Griffes in der nackten Frau verschwand.

Alains Hände lagen plötzlich auf dem Stoff von Amelies weißem Kleid. Sie fuhren über ihren Bauch und die Seiten, hin zu den Brüsten. Seine Fingerspitzen umschlossen ihre harten Knospen. Fester. Es schmerzte süß. Sie keuchte lauter auf als Pierre.

Pierre schien es gehört zu haben. Sein Blick glitt hinauf, suchte ihren. Amelie wurde noch heißer. Sie dachte daran, zu fliehen, doch Alain hielt sie fest umklammert. Und wie hätte sie gehen können, während seine Hände auf ihr lagen? Es gab keinen Ort, an dem sie lieber sein wollte. Trotzdem schämte sie sich.

Pierre wandte den Blick von ihr und Alain ab. Ihre Anwesenheit schien ihn nicht zu stören, fast war es, als sei er nicht überrascht, sie zu sehen.

Der Griff der Peitsche glitt in die Frau unter ihnen hinein und aus ihr heraus. Sie stöhnte lauter. „Noch nicht", hörte Amelie Pierres Stimme.

„Er hat uns gesehen", flüsterte sie.

„Na und?", murmelte Alain. Seine Hände fuhren in ihren Ausschnitt, arbeiteten sich auf ihrer nackten Haut vor. „Erregt dich das nicht?"

Sie hätte es gern geleugnet, aber sie wusste nicht, wie. Ihr gespannter, erhitzter Körper, das leise Keuchen und das Zittern ihrer Lippen verrieten ihre Lust.

Alains Hand fuhr über den Stoff, hin zu dem heißen Brennen zwischen ihren Beinen. Der Reifrock unter dem Überkleid hielt seine Finger fort, und doch spürte Amelie sie, als sei nichts zwischen ihnen und ihrer Haut.

„Wie feucht bist zu, Prinzessin?", flüsterte er an ihrem Ohr. Amelie konnte nicht antworten. Atemlos sah sie zu, wie Rotkäppchen die Peitsche wieder hervorzog. Pierre legte den Kopf zurück, während die Frau ihn weiter leckte.

Amelie hörte das leise Ratschen des versteckten Reißverschlusses. Alain zog ihr Kleid der Länge nach auf. Er löste den steifen Reifrock. Amelie hielt die Arme dicht an ihrem Körper, als er die Ärmel nach unten schob. Das Kleid rutschte über ihre Schultern. Bald lagen Kleid und Reifrock auf dem Boden. Amelie stützte sich gegen das Geländer. Alains Zunge berührte ihren Hals und die nackten Schultern. Sie erkundete ihren Körper. Seine Finger betasteten das gestickte Korsett, die Spitzen der Unterhose und der halterlosen Strümpfe.

Unter ihnen wurde Pierre lauter. Die Frau löste sich von ihm. Das Stöhnen wurde leidenschaftlicher. Ihr kam es. Die Peitsche lag nun wieder zwischen ihren Beinen, strich über ihre Klitoris, während Rotkäppchen ihr mit der freien Hand einen leichten Schlag auf das weiße Gesäß gab.

Hinter sich spürte Amelie, wie Alain sich von ihr löste. Sein Glied lag an ihr. Sie streifte ihre Unterhose ab, kaum wissend, was sie tat. Ihr Körper wollte nur noch eins.

Sie stöhnte auf, als er in sie drang und sich vorsichtig in ihr bewegte. Ihre Hände umklammerten das Geländer, suchten Halt.

Unten zwang Rotkäppchen Pierre zu Boden. Sie setzten sich ineinander, zwei Leiber ohne Anfang und Ende. Die Frau mit den Flügeln wand sich allein, presste sich an den Hocker.

Um Amelie verschwamm die Welt. Alain. Sein Duft umfloss sie, sie spürte ihn wie in ihrem Traum. Seine Hände hielten sie, hoben sie an, als wöge sie nichts.

„Alain". Sie wusste kein anderes Wort mehr. Alles wurde ausgelöscht. Als sie die Augen ein Stück öffnete, sah sie Pierre, der hinaufstarrte. Sie war froh, noch das weiße Korsett zu tragen. Trotzdem schloss sie die Augen, um Pierres lüsternem Blick nicht begegnen zu müssen.

Gleichzeitig spürte sie, dass das eng geschnürte Korsett ihr die Luft raubte. Ihr schwindelte. Aber das war egal. Alles war egal. Wenn Alain jetzt nur nicht aufhörte! Wenn er weitermachte, sie mit sich nahm. Ganz gleich wohin.

Eine leise Melodie riss sie aus ihrer Ekstase. Es war eine elektronische Klaviermusik. Verwundert blinzelte sie. Alain zog sich aus ihr zurück.

„Was ...?"

Alain fluchte. „Eine wichtige Meldung. Ich ... Es tut mir leid, ich muss telefonieren. Am besten gehst du zurück in den Bankettsaal, es kann eine Weile dauern." Er löste sich von ihr und zog den Reifrock und das Kleid hoch. Er half ihr in die Ärmel und schloss fürsorglich den Reißverschluss des Kleides. „Glaub mir, wenn es nicht so wichtig wäre ..." Er verstummte. Die nächsten Worte waren leise. Ein Flüstern. Waren sie nur eine Fantasie? Bildete sie sich seine Worte ein?

„Ich liebe dich."

Er war so plötzlich fort. Sie stand allein am Geländer. Ihre Oberschenkel waren feucht.

„Alain?" Sie sah sich suchend nach ihm um. Wohin war er so schnell verschwunden? Ärgerlich berührte sie ihr Kleid über dem heißen, enttäuschten Brennen zwischen ihren Schenkeln. Er war verschwunden.

Sie fühlte ihre Nacktheit unter dem Stoff. Wo war ihre Unterhose? Verwirrt trat sie einen Schritt zur Seite. Sie war nicht mehr da. Er musste sie mitgenommen haben! Wollte er später fortsetzen, was sie begonnen hatten?

„Auf was habe ich mich da nur eingelassen?"

Amelie versuchte, von der langen Treppe zurück zum Bankettsaal zu finden. Dabei war sie in Gedanken versunken. Alains Worte gingen ihr nicht aus dem Kopf.

Sie wusste nicht, wie es passiert war, aber plötzlich stand sie in einem ihr vollkommen fremden Flügel der Villa. Ihr fröstelte. Es war merklich kühler in diesem Trakt. Ihr Blick wanderte über die verschlossenen Türen. Eine fiel ihr besonders auf. Sie war dunkler und schwerer als die anderen. Amelie konnte es sich nicht erklären, aber die Tür zog sie magisch an. Sie ging darauf zu und drückte die goldene Klinke. Abgeschlossen.

„Was machen Sie hier?", knurrte eine tiefe Stimme hinter ihr.

Amelie fuhr herum. Vor ihr stand Pierre. Wie hatte er sich so lautlos anschleichen können? So schnell? Noch vor wenigen Sekunden hatte sie durch den Flur gesehen, und er war leer gewesen.

„Ich ... ich habe mich verirrt." Sie straffte ihre Schultern. „Und ja, ich bin neugierig. Ist das verboten? Was ist in diesem Raum?"

Pierres schwarze Augen sahen sie sonderbar an. In einer Mischung aus Zorn, Erstaunen und Belustigung.

„Eigentlich sollten Sie den Weg zu dieser Tür gar nicht ..." Er hielt inne, als habe er etwas Verbotenes sagen wollen. „Alain hat viele Geheimnisse. Es ist besser, Sie dringen nicht zu tief in sie ein. Kommen Sie, ich führe sie zurück zu den anderen."

Er wandte sich ab und ging voran. Amelie überlegte, ob sie ihn noch etwas fragen sollte, ließ es dann aber. Sie würde Alain selbst fragen, wenn er zurückkehrte.

Pierre führte sie in den Bankettsaal. Sie waren gar nicht so weit entfernt, wie Amelie befürchtet hatte. Stefan und Lara konnte sie nicht entdecken. Ob die beiden sich unter die anderen Gäste gemischt hatten? Vergnügten sie sich irgendwo miteinander? Die Villa hatte sicher mehr als einen solchen Raum, wie sie ihn gesehen hatte.

Amelie trat an die große Terrassentür und sah hinaus in den winterlichen Garten. Sie schob die schwere Tür auf und trat in die Kälte. Die kahlen Bäume waren in der Dunkelheit kaum auszumachen. Über ihnen hing der volle Mond. Irgendwo heulte ein Hund. Es klang, als würde ein Wolf heulen. Fröstelnd floh sie ins Warme zurück.

Alain hat viele Geheimnisse.

Der Satz ließ sie nicht mehr los.

Es dauerte über eine Stunde, bis Alain zurückkam. Auch Lara und Stefan ließen sich nicht blicken. Amelie beobachtete solange die anderen Gäste und ihre fantasievollen Kostüme. Sie dachte über Alains Geheimnisse nach und darüber, dass er gesagt hatte, er liebe sie. War das die Wahrheit?

Amelie erschien es wie blanke Ironie, als Stefan, Lara und Alain gemeinsam den Raum betraten. Erst waren sie allesamt verschollen, und dann kamen sie Seite an Seite.

Alain kam zielstrebig auf sie zu. „Es tut mir leid, dass es so lange gedauert hat."

Lara sah zwischen ihm und ihr hin und her. „Wir wollen dann gehen. Ohne Alains Hilfe hätten wir uns in diesem Irrhaus hoffnungslos verlaufen." Ihr Gesicht sah angespannt aus.

„Ist etwas passiert?", fragte Amelie besorgt.

Lara schüttelte den Kopf. „Nein, nein." Sie sagte es eine Spur zu schnell. „Aber es ist spät. Ich will nach Hause."

Stefan nickte grimmig.

Amelie sah zu Alain. Sie wollte noch nicht gehen. Sie wollte mehr von ihm. Von seinen Geheimnissen. Sie wollte mit ihm reden, und vor allem wollte sie das zu Ende bringen, was sie begonnen hatten.

„Ich bleibe noch."

Laras Augen weiteten sich. „Aber wie kommst du dann heim?"

„Du kannst gern über Nacht bleiben, Amelie. Ich habe genug Gästezimmer", kam Alain ihr zu Hilfe.

„*Du?*", echote Stefan zynisch. „Haben wir etwas verpasst?"

Ärger stieg in Amelie auf. „Ich bin alt genug, zu wissen, was ich tue."

„Wie du meinst." Stefan wandte sich ab. Amelie musste daran denken, dass ihr Verhältnis zu ihm oft angespannt war. Er war ihr zu missmutig, zu forsch und er verbrachte sehr viel Zeit mit ihrer Schwester, in der sie nicht wusste, was die beiden taten. Stefan und Lara hatten schon seit zwei Jahren ihre Geheimnisse und ihr Leben. Und jetzt sollten sie ihr ihres lassen.

„Ruf mich an", sagte Lara besorgt. Sie warf Alain einen misstrauischen Blick zu.

Amelie nickte. „Das mache ich. Kommt gut heim." Sie begleitete die beiden bis zum Ausgangsportal. Ein wenig mulmig war ihr schon zumute. Aber sie konnte und wollte nicht mehr zurück. Wann immer ihr Blick auf Alain fiel, schlug ihr Herz schneller.

Sie wandte sich ihm zu, kaum dass ihre Schwester gegangen war. „Wo warst du so lange?"

„Telefonieren. Geschäftliche Probleme. Ich handele mit Aktien, oder besser: Ich lasse handeln. In Städten wie New York und Tokio sind die Zeiten einfach anders."

„Sicher." Amelie musste an München und Paris denken. An die beiden Städte, in die Lara und sie umziehen wollten. Zum ersten Mal seit Langem wünschte sie sich, sie könne hier bleiben. In diesem Sechzigseelendorf. Bei Alain.

„Komm." Wieder bot er ihr den Arm. Amelie hängte sich gern ein. Sie fühlte sich wohl an seiner Seite.

Zurück im Bankettsaal wurden sie aufgehalten. Eine Reihe von Gästen verabschiedete sich. Weitere Gäste redeten mit Alain. Es dauerte, bis er sich losreißen konnte. Es war spät, fast schon früh. Amelie fühlte verwundert, dass sie überhaupt nicht müde war. Alains Gegenwart belebte und berauschte sie. Dazu kam, dass Pierre wieder auf dem Flügel spielte. Sie hätte ihm die ganze Nacht lang zuhören können. Mit geschlossenen Augen lauschte sie der Musik.

Alains Stimme holte sie in den Bankettsaal zurück. „Wenn ich dich so zuhören sehe, wünschte ich, ich hätte auch Klavierspielen gelernt."

Sie öffnete die Augen und sah in das schattige Grün seiner Iris.

„Was hast du denn stattdessen gelernt?"

„Fechten, Malen, ein wenig Philosophie. Ich wollte immer leben wie ein Dandy, und jetzt tue ich es. Leben wie Baudelaire und die ‚Blumen des Bösen' schreiben. Oder wenigstens ein Gedicht über die Schönheit." Er sah sie intensiv an.

Sie wich dem Blick nicht aus. „Dann will ich hoffen, du hast eine bessere Meinung von den Frauen als ein Dandy."

Sein Gesichtsausdruck war ernst. „Wenn du glaubst, ich spiele nur mit dir, dann irrst du dich. Du bedeutest mir sehr viel. Schon seit Längerem."

Amelie sah ihn unsicher an. „Warum hast du dich mir dann nie genähert?"

„Das ... hat seine Gründe." Er schwieg. Der Saal hatte sich geleert. „Möchtest du tanzen?"

Sie schüttelte den Kopf. Am liebsten hätte sie sehr klar geantwortet, was sie wollte, doch sie hielt sich zurück. Er hatte eine ganz andere Erziehung genossen als sie. Sie wollte nicht derb und stumpfsinnig wirken. Anscheinend verriet ihr Gesicht ohnehin, was sie wollte. Er grinste, als er in ihre Augen sah.

„Verstehe." Er zog sie vom Stuhl und nahm sie mit. Auf dem Weg hinaus gab er Pierre ein paar Anweisungen. Er verabschiedete zwei weitere Gäste. Dann waren sie endlich allein.

Alain führte sie in den runden Saal, in dem sie Pierre und seine Begleiterinnen beim Liebesspiel beobachtet hatten. Die meisten Kerzen waren erloschen, aber noch immer verbreiteten die restlichen Flammen ein warmes Licht. Der Raum lag in einem schattigen Halbdunkel. Gerade hell genug, um zu sehen, dass er leer war.

Amelies Blick wanderte über den Teppich, auf dem die schöne Rothaarige gelegen und sich befriedigt hatte. Sie lief zu den Pflanzenkübeln, hinter denen das Gitter aufragte. Ihre Hand berührte das kalte Metall der Käfigstäbe.

Alain trat hinter sie. „Möchtest du wissen, wie es sich anfühlt, da drin zu stehen?" Er griff an ihr vorbei und drückte auf eine Vertiefung im Metall. Die Tür vor ihr sprang ein winziges Stück auf. Amelie zögerte.

„Wir kennen einander kaum."

Seine Hand legte sich um ihren Nacken, ganz behutsam. „Ich tue nichts, was du nicht willst. Diesen Knopf kannst du auch von innen betätigen. Man ist in diesem Käfig nie wirklich eingesperrt. Das, was einen zurückhält, sind die Fesseln an der Decke." Er wies auf die metallenen Handgelenksfesseln, die von einer Strebe herabfielen.

Amelie trat zurück, damit sie die Tür weiter öffnen konnte. Sie trat ein. Er schloss die Tür. Ihre Finger berührten erneut das kalte Metall. Dieses Mal von innen. Es war ein sonderbares Gefühl. Hilflos. Ausgeliefert. Aber auch lustvoll. Sie sah ihn an.

„Bist du jetzt der schwarze Ritter, der seine Prinzessin gefangen hält?"

Er grinste. „Allerdings. Ich werde Lösegeld für dich fordern. Du hast ja keine Ahnung, wie viel Geld es verschlingt, ein Anwesen wie dieses zu führen. Da muss man erfinderisch sein. Wie viel denkst du, ist deine Schwester bereit, zu zahlen?"

„Nicht mehr als meinen Erbanteil." Amelie wurde rot. Was ging ihn das an? Sie streckte die Hände nach den Fesseln aus. Versuchte, sich vorzustellen, wie es war, gefesselt hier zu stehen. Jeglicher Fluchtmöglichkeit beraubt. Es war sicher unangenehm, die Arme längere Zeit über den Kopf zu halten. Sie umklammerte mit den Händen die Handschellen. Ihr Brustkorb hob und senkte sich.

Alains Blick lag unverwandt auf ihr. Er schien zu mögen, was er sah.

„Warum hast du meine Unterhose mitgenommen?" Amelie musste die Frage einfach stellen.

„Vermisst du sie?"

„Gib mir eine Antwort."

„Bist du gerade in der Position, Forderungen zu stellen?" Sein Grinsen war unverschämt. Aber auch verdammt niedlich. Amelie seufzte.

„Gibt es eine Möglichkeit, mein Eigentum zurückzuerhalten?"

„Vielleicht. Wenn du da herauskommst und endlich das tust, was du kaum erwarten kannst."

Sie lächelte. Sie konnte es wirklich kaum erwarten, aber sie liebte die Vorfreude. Wie schnell konnte ein Orgasmus vorbei sein.

Sie umschlang die Gitterstäbe und presste sich so dicht an ihn, wie es ihr innerhalb des Käfigs möglich war.

„Wie kannst du mich lieben, wo du mich kaum kennst?"

„Wie kannst du mich begehren, ohne mehr als meinen Namen zu wissen?"

Er sah sie unverwandt an. Gern hätte sie ihn geküsst, aber der Gitterabstand zwischen ihnen war eng. Sie öffnete die Tür und trat ihm entgegen. Er umarmte sie und presste sie an sich.

All die Hitze, die sie heute bereits gespürt hatte, schien sich in ihrem Inneren gesammelt zu haben. Flammender als der Schein der Kerzen. Eine lodernde Fackel, die jede Berührung noch mehr entfachte.

Sie stöhnte auf. Er zog sie mit sich, hin zu der roten Couch. Seine Hände fanden den Reißverschluss schnell. Wieder fielen Reifrock und Kleid zu Boden. Amelie stieg über beides hinweg, ehe sie die Couch erreicht hatten. Er drückte sie auf das rote Polster.

„Zieh das aus." Sein Blick lag auf dem weißen Korsett.

„Mach es doch selbst." Ihre Zunge fuhr über ihre Lippen. Sie wollte viel lieber *ihn* ausziehen. Ihn endlich nackt sehen. Diesen Körper ganz zu ihrer Verfügung haben.

Er löste das oberste Häkchen. Langsam öffnete er das Kleidungsstück. Ihre Brust kam nach und nach zum Vorschein. Weiß und rund, anmutig gewölbt. Sie konnte sehen, dass er mochte, was er sah. Sie griff nach ihm. Streifte seine schwarze Jacke ab. Es war angenehm warm im Raum, viel wärmer als in den langen zugigen Fluren. Es machte ihr nichts aus, nackt bis auf die Spitzenstrümpfe und Schuhe vor ihm zu liegen.

Er zog das Korsett unter ihr hervor und ließ es neben der Couch zu Boden fallen. Seine Lippen senkten sich auf ihre Brüste, umspielten die empfindlichen Spitzen. Wieder und wieder leckte er darüber, während sie die Augen schloss. Ganz weit entfernt meinte sie, den Flügel zu hören, die leise Melodie, die noch immer erklang.

„Wenn du dieses Mal wieder gehst, kratze ich dir die Augen aus", flüsterte sie.

Seine Hände waren überall auf ihrem Körper, erkundeten jeden Zentimeter Haut.

„Das könntest du gar nicht", hauchte er zurück. „Dafür liebst du meine Augen viel zu sehr."

Sie keuchte auf, als sein Finger in sie drang. Erst einer, dann zwei. Er füllte sie aus, spürte ihre Feuchte. Sie wollte ihn auf sich ziehen.

„Nein." Er ließ sie los und hinterließ schwarze Leere. „Ich will dir zusehen. Spreiz deine Beine und mach es dir selbst."

Sie spürte, wie nun auch ihr Gesicht heiß wurde. *Ich hätte mir nicht so viele Gedanken um seine gute Kinderstube machen müssen. Seine Worte sind nicht minder derb als meine Gedanken.*

Amelie überlegte, ob sie darauf eingehen sollte. Sie wollte ihn jetzt. Aber andererseits war die Vorfreude so süß. Sie dachte daran, dass sie sich noch nie vor einem Mann befriedigt hatte.

Ihre Hand wanderte zu ihrer Scham. Sie spreizte ihre Beine, bewegte ihren Mittelfinger langsam auf ihrer Klitoris. Alain saß am Rand der breiten Couch und starrte interessiert auf ihre Bewegungen. Es erregte sie, wie er dasaß und sie anstarrte. Seine Augen spiegelten ihr Verlangen. Wieder fuhr sie sich mit der Zungenspitze über die Lippen, mehr unbewusst als bewusst.

Es ist wie in meinen Träumen. Nein, besser.

Seine Hand legte sich auf ihr aufgestelltes Knie. „Woran denkst du jetzt?"

„An dich. An die Träume, die ich von dir hatte." Ihre Finger streichelten weiter, trieben sie rasch einem Höhepunkt entgegen, den sie so schnell nicht haben wollte. Nicht ohne ihn.

Sein Blick war überrascht. Seine Hand rutschte von ihrem Knie, wanderte tiefer.

Sie rieb schneller, konnte die Spannung kaum noch ertragen. Er griff nach ihren Fingern und zog sie fort. Dann beugte er sich in ihren Schoß. Seine Lippen waren warm und weich. Seine Zunge teilte ihre Schamlippen. Er kostete sie. Fuhr mit der Zungenspitze über ihre Klitoris.

Amelie ballte die Hände zu Fäusten. Ihr ganzer Körper spannte sich. Ein Bogen, dessen Sehne nicht losgelassen werden wollte.

„Hör auf", keuchte sie. Sie wollte, dass er in ihr war. In ihr kam. Sie ganz in Besitz nahm.

„Es gefällt dir doch, oder?", murmelte er zwischen seinen Zungenbewegungen.

„Viel zu gut."

Er ließ von ihr ab und lachte leise. Seine Hände strichen über ihren Bauch, wanderten weiter, über die Brüste und ihren Hals. Sein verlangender Blick sagte mehr als jedes Wort.

„Zieh dich endlich aus", forderte sie. Sie sah zu, wie er es tat. Sich Stück für Stück vor ihr entblößte. Sein Körper schimmerte hell im Kerzenlicht. Die dunklen Haare waren verstrubbelt von ihren Berührungen. Sie liebte es, durch diese Haare zu fahren.

Er kann nicht über dreißig sein.

Amelie starrte auf diesen perfekt geformten Körper. Wie viel Zeit musste man im Fitnessstudio verbringen, um so auszusehen? Vermutlich hatte Alain in einem seiner Räume sein privates Studio. Trainierte er länger als eine Stunde am Tag?

Er kam zu ihr auf die Couch, setzte sich wieder neben sie. Staunend berührte sie die harten, langen Muskeln an seinen Armen. Endlich konnte auch sie ihn erforschen. Mit der Hand unsichtbare Muster auf ihn malen. Er war schön. Schöner als jeder Mann, den sie kannte.

„Hat ein Gott dich geformt?", flüsterte sie in die Stille.

Alain beugte sich zu ihr. „Von Gott oder Satan. Engel oder Sirene. Gleichviel ..."

Es schien ein Zitat zu sein, doch er sprach nicht weiter. Seine Lippen lagen wieder auf ihren, machten, dass sie sich vollkommen fühlte. Sie gehörte zu ihm, wollte die Ewigkeit mit ihm teilen.

Sie versanken ineinander. Nur ihre Lippen und Hände berührten einander. Amelie wünschte sich, der Moment möge nie vergehen. Gleichzeitig verlangte ihre Lust Erlösung. Sie zog ihn auf sich.

Er hob ihr Becken an, kniete sich halb unter ihre aufgestellten Beine. Amelie keuchte, als er in sie drang. Sie endlich erfüllte. Sie streckte sich ihm entgegen. Alain führte sie und trug zugleich einen Teil ihres Gewichtes. Er stützte ihr Becken. Seine Hände umschlossen ihren Po.

„Gleichviel", murmelte sie, noch an das Zitat denkend, mit dem er ihr geantwortet hatte.

Seine dunkle Stimme führte das Zitat fort. „Nur gib mir, o Herrin, samtäugige Fee, du Wohlklang und Leuchten und Duft, das verschönert ich wähne, die hässliche Erde und leichter den Augenblick seh."

Seine Augen funkelten im Licht der Kerzen. Sie erschienen ihr dunkler, animalischer. Auch seine Haut wurde dunkler. Oder war es ihre Wahrnehmung, die schwächer wurde? Sie löste sich in ihm auf. Ließ sich willig von ihm führen. Stoß für Stoß wuchs ihr Verlangen. Zugleich wehrte sie sich gegen die Erlösung. Mit aller Kraft versuchte sie, sich und ihn hinzuhalten.

„Entspann dich", flüsterte er.

„Nein." Sie wollte nicht. Sie wollte, dass es andauerte. Dass sie sich nie wieder trennten. Sie sah in seine Augen, die fast schwarz waren. Etwas darin entfachte sie ganz und gar. Ihr Blut war Kerosin, brennend, vernichtend.

„Noch nicht", stieß sie hervor.

„Oh doch." Er nahm sie härter. „Ich will es."

Amalie gab ihre Spannung auf, verlor sich restlos in ihm. Der Orgasmus überwältigte sie. Er machte sie zu einem unbedeutenden Nichts. Aber es fühlte sich nicht schlecht an. Sie war nicht mehr, und doch war sie in Alain geborgen und er in ihr. Ihre Schenkel zitterten vor Anstrengung. Sie musste an die Frau mit den weißen Flügeln denken, die vor wenigen Stunden keine zehn Meter entfernt über dem roten Samthocker gelegen hatte. An ihr lustvolles Stöhnen.

Dieses Mal war es ihr Stöhnen, das laut durch den Raum hallte, hin zu der Decke, an der Eros mit seiner Begleiterin flog und ihr zuzwinkerte.

Sie erwachte in einem riesigen französischen Bett. Es war groß genug für vier Leute. Ihr Kleid lag ordentlich auf einem Stuhl neben dem Bettpfosten. Von Alain war nichts zu sehen. Sie lag allein in dem zehn Meter langen altmodischen Schlafzimmer. Auch hier prangten Bilder und Spiegel. Zwei Schwerter hingen übereinander auf kostbaren dunkelroten Halterungen. Schwere Samtvorhänge sperrten einen Großteil des Lichtes aus. Nur ein grauweißer Streifen zwischen zwei Bahnen kündete davon, dass es schon Vormittag oder Mittag sein musste.

„Alain?"

Er kam sofort in den Raum, als sie ihn rief, setzte sich zu ihr auf das Bett. Seine graugrünen Augen waren aufmerksam auf sie gerichtet, die dunklen Haare noch unfrisiert. Sie standen in alle Richtungen ab. Amelie griff nach einer Strähne und ließ sie durch ihre Finger gleiten. Er hielt ihre Hand fest.

„Guten Morgen, Prinzessin. Pierre bringt dir gleich Frühstück. Ich habe leider schon wieder zu arbeiten." Er gab ihr einen zärtlichen Kuss. „Möchtest du vielleicht fernsehen?"

„Warum nicht." Amelie war noch halb im Reich der Träume. Alles um sie her war neu, aufregend wie die Bilder der letzten Nacht in ihrer Erinnerung. Sie roch den Duft von Kaffee.

Alain zog einen Samtvorhang ihr gegenüber zur Seite. Zum Vorschein kam ein Flachbildschirm, der die halbe Wand bedeckte. Er drückte ihr die Fernbedienung in die Hand und verschwand wieder.

Während Pierre ihr auf einem silbernen Tablett das Frühstück brachte, zappte Amelie die Programme durch. Pierre war gerade aus dem Raum, als sie einen kleineren Sender entdeckte. Einen Regionalsender. Es liefen Nachrichten. Der Untertitel sorgte dafür, dass sie sich an ihrem Buttercroissant verschluckte: Blaubart hat erneut zugeschlagen.

Amelie wagte es nicht, den Ton lauter zu stellen. Eine plötzliche Furcht überkam sie. Sie hörte dem Bericht der Reporterin zu. Keine dreißig Kilometer entfernt war wieder ein Mensch enthauptet worden. Ein junger Mann war es dieses Mal. Zwanzig Jahre alt. Man hatte ihn erst vor zwei Stunden gefunden.

„Die Polizei geht davon aus, dass der Mord gegen Mitternacht geschah. Von der Mordwaffe und dem Täter fehlen bisher jegliche Spuren. Dazu kommen weitere Rätsel. So hat sich eine junge Frau gemeldet, die berichtet, kurz vor dem Mord überfallen worden zu sein. Der Täter hat aus unerfindlichen Gründen von ihr abgelassen. Ob dieser Täter der ‚Blaubart‘ ist, ist nicht gesichert." Die Frau im blauen Anzug redete weiter, doch Amelie hörte gar nicht mehr zu.

Mitternacht! Zu diesem Zeitpunkt war Alain verschwunden gewesen. Er hatte sein Telefonat geführt. Konnte es sein, dass er doch etwas mit diesem Mord zu tun hatte? Dass er sie, Lara und Stefan, als Alibi benutzte? Der Gedanke war grauenhaft. Er wütete in ihr.

Alain ist kein Mörder!, schrie eine Stimme in ihrem Kopf. Trotzdem machte sie den Fernseher aus, als sie Schritte hörte. Ganz so, als wolle sie nicht bei etwas Verbotenem ertappt werden. Ihre Gedanken überschlugen sich. Und wenn er es doch war? Wie schnell fuhr man mit einem Ferrari dreißig Kilometer? Ihr Blick fiel auf die beiden Schwerter an der Wand. Er hatte fechten gelernt. Sicher konnte er auch jemanden köpfen.

Ihr wurde übel und sie stellte das Tablett zur Seite.

Alain betrat den Raum, als würde er spüren, dass etwas nicht stimmte. „Ist alles in Ordnung?"

„Ja", sie fühlte, dass ihre Stimme zitterte.

„Du siehst blass aus ..." Er zögerte. „Ich wünschte, ich könnte noch bleiben, aber ich muss leider für ein, zwei Stunden weg." Sein Gesicht war verärgert. „Es ist wegen dieser Sache von letzter Nacht. Versprich mir bitte, dass du hier bleibst, Amelie. Es ist wichtig. Ich muss mit dir reden, ehe du nach Hause gehst." Seine Stimme war eindringlich und ernst.

Amelie konnte nur an den Fernsehbericht des Regionalsenders denken. Ihre Angst war wie ein schwarzes Loch, das jede Logik vernichtete. „Okay", hauchte sie. Er sollte glauben, dass er seinen Willen bekam. Was sie wirklich tat, brauchte er nicht zu wissen.

Er küsste sie auf die Stirn. „Danke." Mit wenigen Schritten verließ er den Raum.

Amelie sprang aus dem Bett. Sie folgte ihm. Sie konnte nicht begründen, warum, aber sie wollte genau wissen, was er tat.

Er ging durch den Flur in den Gang, der zur Treppe führte. Amelie versteckte sich hinter der Biegung und folgte ihm erst, als sie ihn nicht mehr hörte. Als sie hinter der nächsten Biegung hervorkommen wollte, schrak sie zurück.

Volltreffer, flüsterte eine kalte Stimme in ihr. Da stand er. Neben einem Bild, das ein nacktes Mädchen neben einem Gerippe zeigte. Amelie wusste, dass es ein Dürer Nachdruck war.

Was tut er da?

Alain machte sich neben dem Bild zu schaffen. Er hielt etwas in der Hand, das plötzlich nicht mehr da war. Gab es ein Geheimfach in der Wand?

Er hob den Kopf und drehte ihn in ihre Richtung.

Amelie zuckte heftig zurück und lehnte sich mit klopfendem Herzen an die Wand. Sie wartete lange, ehe sie sich in das geräumige Schlafzimmer zurückzog.

Vom Fenster aus sah sie seinen schwarzen Ferrari davonfahren.

Er ist weg. Zeit, herauszufinden, was hier vor sich geht.

Amelie hatte sich flüchtig gewaschen, angezogen und war anschließend in ihrem Kleid mit dem weißen Tragebeutel zurückgekehrt. Sie sah den langen Flur mit den Spiegeln und Bildern hinunter. Es war niemand zu sehen. Sie ging zu dem Dürer, der den Tod und ein Mädchen zeigte. Neben dem Bild hatte sich Alain zu schaffen gemacht. Dort hatte er etwas versteckt.

Es geht mich nichts an, flüsterte eine Stimme in ihr. Doch ihre Neugierde trieb sie vorwärts. Schon fuhren ihre Finger über die Wand neben dem Bild. Es dauerte nicht lange, bis sie die Vertiefung fand. Sie befand sich gut versteckt in einem Blütenmuster. Die gelbe Samttapete gab ein Stück nach. Amelie drückte fester. Schon fürchtete sie, die Tapete zu zerreißen, da gab es ein leises Geräusch. Sie sah sich erschreckt um, aber außer ihr war niemand im Flur. Hastig blickte sie wieder auf die Wand. Der Lichtschalter neben dem goldumrahmten Bild war zur Seite geglitten und gab eine dunkle Öffnung frei. Sie beugte sich hinab und blickte hinein. Ein Kabel war nicht zu sehen. Der Lichtschalter war nur eine Attrappe. Vor ihr befand sich ein gut fünfzehn Zentimeter langer Hohlraum. In ihm lag ein großer, altmodischer Schlüssel. Amelie nahm ihn an sich und drückte erneut auf die Vertiefung in der Tapete. Der Lichtschalter glitt zurück an seinen Platz.

Sie sah auf den Schlüssel. Das Metall lag kalt in ihrer Hand. Sie steckte den Schlüssel in den weißen Beutel zu ihrem Handy.

Ob das der Schlüssel zu dem Raum von letzter Nacht ist? Dem verbotenen Raum?

Sie hatte Alain danach fragen wollen und es dann doch vergessen. Zu gut erinnerte sie sich an Pierres Blick, als sie vor der Tür gestanden hatte. Er hatte sie angesehen, als habe sie etwas Verbotenes getan. Zugleich war er verwundert gewesen, wie sie überhaupt den Weg zu jenem sonderbaren Zimmer im Erdgeschoss gefunden hatte.

Aber warum hätte ich den Weg nicht finden sollen?

Amelie stand unschlüssig im Flur.

Alains Geheimnisse gehen mich nichts an. Trotzdem ... Wenn er der Mörder ist? Wenn er ...

Sie wollte es nicht zu Ende denken. Ihr Atem beschleunigte sich. Sie ging zurück in das geräumige Schlafzimmer. Sie konnte den Duft seines herben Parfüms noch riechen. Nein. Niemals konnte er ein Mörder sein. Doch der Zweifel blieb. Der Bericht in den Nachrichten kam ihr wieder in den Sinn. Mitternacht. Vielleicht war Alain nicht die ganze Nacht in der Villa gewesen. War das nicht allein Grund genug, ihn zu verdächtigen? Warum lud er sie, Stefan und Lara erst ein, um seine Unschuld zu beweisen, nur um dann doch das Anwesen zu verlassen, oder zumindest so lange allein zu telefonieren, dass es keinen Beweis mehr für seine Anwesenheit auf dem Grundstück gab?

Ich werde nachsehen gehen, um mich zu überzeugen, wie lächerlich meine Vermutungen sind.

Mit dem Schlüssel im Beutel machte sie sich auf den Weg zu dem Raum vom gestrigen Abend. Sie fand ihn nicht. Verwirrt ging sie zurück zum Bankettsaal. Die Villa war groß, aber so groß war sie auch nicht. Wie konnte es sein, dass sie den Raum nicht mehr fand? Es war wie verhext. Sie begann erneut mit der Suche. Dieses Mal versuchte sie, sich nicht auf die Suche zu konzentrieren. Wie am Abend zuvor ging sie in Gedanken versunken dahin, vergessend, was sie eigentlich wollte. Sie dachte an Alain. An die sonderbare Stimme, die sie in seiner Nähe zu hören glaubte. Ob sie sich Sorgen um ihren Geisteszustand machen musste? Hatte das Erlebnis auf dem Friedhof noch Nachwirkungen? Und warum hatte sie niemandem davon erzählt?

Sie hob den Blick, als sie plötzlich vor einer Tür stand. Sie befand sich in einem Abschnitt der Villa, den sie schon drei Mal durchquert hatte. Vor ihr war die gesuchte Tür. Warum hatte sie diese Tür übersehen? Sie war auffällig. Das Holz war dunkler und schwerer als das der anderen Türen. Abweisender.

Als sie den Schlüssel hervorzog, zitterten ihre Hände. Sie drehte den Schlüssel im Schloss. Er passte. Vorsichtig drückte sie die goldene Klinke hinab. Das Licht vom Flur war hell genug, um den Lichtschalter schnell zu finden. Helligkeit flammte auf, als sie ihn drückte.

Amelie war fast ein wenig enttäuscht. Nichts. Der Raum vor ihr sah nicht anders aus, als die anderen Räume des Anwesens. Sie trat ein und schloss die Tür hinter sich.

Schwere Teppiche bedeckten den Boden. Sie sah weitere Bilder von Dürer, einige Zeichnungen von Leonardo da Vinci, die sie durch die Malbücher ihrer Schwester kannte. In einer Vitrine lag herrlicher Schmuck aus Gold und Edelsteinen. Versteckte Alain den Schlüssel deshalb? Weil hier seine wertvollsten Schätze lagen? Die Tür zu dem geheimen Zimmer war deutlich dicker. Trotzdem ließ sich ein so einfaches Schloss sicher leicht von einem professionellen Dieb aufbrechen. Warum also dieses Versteckspiel mit dem Schlüssel?

„Sonderbar", murmelte sie, während sie über den rot-weißen Teppich lief. Es gab keine Sitzmöbel. Nur die Vitrine und einen hohen Kleiderschrank. Amelie öffnete ihn neugierig und fand jede Menge Kostüme darin. Frauen wie Männerkleidungen, die alt wirkten und aussahen, als könne man sie auf einer Bühne tragen. Waren es wirklich Kostüme oder Kleider aus einer anderen Zeit? Amelies Finger strichen über ein hellblaues Kleid aus Seide. Wie gern würde sie es anprobieren.

Sie seufzte und schloss den Schrank wieder. Das alles hier ging sie wirklich nichts an. Sie drehte sich zur Tür um – und sah das Tapetenmuster in der Ecke des Raumes! Die Struktur glich auffällig der im oberen Flur. Mehrere Blüten waren dort eingearbeitet. Es sah genauso aus wie an der Stelle, an der man in das Blütenmuster hineindrücken konnte, um das Geheimfach des Schlüssels zu öffnen.

Ob es hier auch ein Geheimfach gibt? Ihre Neugier war geweckt. Sie tastete die Wand ab – blassgrüne Seidentapete – und fand eine Vertiefung. Aufgeregt drückte sie darauf. Sie musste sich mit ihrem ganzen Körpergewicht dagegen lehnen, ehe sich etwas regte. Ein Geräusch ließ sie herumfahren. Der gesamte Kleiderschrank fuhr zur Seite, als stände er auf Schienen. Hinter ihm war die tapezierte Wand zurückgeglitten.

Dahinter zeigte sich eine dunkle Öffnung, so groß wie eine kleinere Tür. Eine Treppe führte hinunter in die Dunkelheit. Einen Lichtschalter suchte sie vergeblich.

Amelie holte ihr Handy hervor und hielt das schwache Licht des Displays in die Dunkelheit. Stufe um Stufe kletterte sie hinab. Die Finsternis schien dichter zu werden, nach ihr zu greifen. Was würde sie in der Tiefe erwarten?

Es wurde mit jeder Stufe hinab kälter. Amelie zitterte. Sie kam in einen kleinen Raum. Er war winzig. Sie erkannte im schwachen Licht des Displays zwei Pfosten. Ihr Zittern wurde stärker. Das konnte, das durfte nicht sein!

Sie hob das Handy, sah in das schreckverzerrte Gesicht einer Frau. Ihr Kopf war auf dem Pfahl aufgespießt wie auf einer Lanze. Das Fleisch sah aus, als würde die Frau noch leben.

Sie schrie. Das Handy entglitt ihr. Dunkelheit umschlang sie.

„Oh bitte, Gott, bitte." Sie sank auf die Knie und tastete nach dem Handy.

Die Köpfe zweier Frauen. Er war es! Alain war der „Blaubart". Tränen liefen über ihre Wangen. Die Kälte war ganz in sie gedrungen. Es gelang ihr kaum, das Telefon zu fassen. Endlich hatte sie es. Sie presste es an sich und kroch die Treppe hinauf. Sie musste Hilfe holen. Bevor es zu spät war. Was würde Alain tun, wenn er wusste, dass sie sein grausiges Geheimnis kannte?

Sie suchte die Vertiefung in der Wand und ließ den Schrank vor den Zugang zu der Eiskammer fahren. Zusätzlich hörte sie ein Geräusch in der Wand, als sie sich an ihren alten Platz schob.

Mit zitternden Fingern wählte sie ihre Telefonnummer.

Lara hob sofort ab. „Hallo?"

Amelie konnte nicht sprechen. Noch immer liefen Tränen über ihre Wangen.

„Amelie?" Die Schwester klang beunruhigt. „Ich sehe deine Nummer im Display. Sag doch was!"

„Lara ... Hol mich hier raus, bitte, er ... Er ist es, Lara! Er ist es ... Der Blaubart! Du musst sofort kommen! Hörst du?"

„Mein Gott ... Du musst sofort da raus!"

„Ich werde versuchen, zum Tor ..."

Sie verstummte, als sie Geräusche auf dem Flur hörte. Hastig legte sie auf. War das Alain? War er schon zurückgekommen? Sie eilte zur Tür. Alles war wieder still. Eilig schlüpfte sie hinaus in Richtung Bankettsaal. Da war jemand! Sie versuchte, sich zu sammeln, sich den Schrecken nicht anmerken zu lassen. Aber das war unmöglich. Ihr war übel. Der Anblick der abgetrennten Köpfe hatte sich tief in ihre Erinnerung gebrannt. Irenas Gesicht. Und das von Marie.

Ich muss hier raus!

Sie stürmte die Treppe hinunter. Unten in der Eingangshalle stand Alain. Warum hatte sie keinen anderen Weg gewählt? Warum war sie nicht doch über den Bankettsaal geflohen, die Tür zum Garten hinaus? Jetzt war es zu spät. Sie umklammerte den Stoffbeutel mit dem Handy.

Eben war Alain noch im Flur gewesen, oder war das Pierre gewesen? Sie hatte gehofft, der Weg hinaus sei frei. Ein Fehler. Alain hatte sie bereits gesehen.

„Amelie." Er trat ihr lächelnd entgegen. Sie wollte nur an ihm vorbei. Rannte blind zum Ausgang.

Er hielt sie fest. „Was ist passiert?"

Panik überkam sie. „Lass mich! Ich muss ..."

„Du bist ja ganz verstört." Sein Griff wurde fester. Schmerzhaft fest.

Sie wimmerte. Sie wollte ihn schlagen, ihn treten. Wie hatte er das tun können? Zwei so blutjunge Frauen, die mitten im Leben standen. Er hatte sie ermordet! Er war ein Monster!

„Lass mich los!"

Seine Finger krallten sich in ihre Schultern. „Du warst in meinem privaten

Raum. Du hast es herausgefunden", stellte er fest, als habe er ihre Gedanken gelesen. „Hast du es deiner Schwester gesagt?"

Sie konnte nicht antworten. Die Angst machte sie sprachlos.

Er weiß es! Mein Gott, er weiß es! Er wird mich auch töten!

Sie riss sich los.

„Amelie, warte! Lass es mich erklären!"

Sie stolperte tränenblind zur Ausgangstür. In einem Zimmer seines Hauses hingen zwei Frauenköpfe. Vermutlich war der Rest der Leichen dort auch irgendwo verborgen. Was, zur Hölle, sollte es da zu erklären geben?

Sie konnte kaum atmen. Jeder Atemzug schmerzte wie Feuer. Sie hoffte, dass ihre Schwester kommen würde. Dass irgendjemand kam. Sie rannte den Sandweg hinunter am Fuhrpark vorbei, in Richtung Ausgang. Schon von Weitem sah sie, dass das Tor geschlossen war. Es ragte meterhoch vor ihr auf, ein unüberwindliches Hindernis. Sie blickte zurück. Hinter ihr lief Alain. Er verfolgte sie!

Sie schrie auf, und rannte auf den Wald hinter dem Garten zu. Vielleicht konnte sie sich dort verstecken, bis Stefan und Lara hier waren. Ihre Schwester würde ganz sicher kommen. Sie musste einfach kommen! Amelie schluchzte und stolperte zwischen die kahlen Rosenbeete. Der Himmel war grau und wolkenverhangen. Obwohl es erst Nachmittag war, war es düster wie in der Dämmerung.

„Amelie!", hörte sie Alains Stimme. „Amelie, bitte bleib stehen!"

Sie sah wie unter einem Zwang zurück. Er stand nah am Tor, ein silbernes Schwert in der Hand. Er sah genauso aus wie der Mann an der Kapelle auf dem Friedhof, nur dass er keinen schwarzen Mantel, sondern ein weißes Hemd trug.

Er ist dieser Mann, durchfuhr es Amelie. *Er hat mich damals schon beobachtet! Und er verfolgt mich. Die ganze Zeit über verfolgt er mich!*

Hatte er es nicht selbst gesagt? Er begehrte und verfolgte sie schon länger. Er war ein Psychopath, der mit seinen Opfern spielte. Ob er die anderen Frauen auch zu sich eingeladen hatte? Hatte er sie ebenso verführt, wie er sie verführt hatte?

Sie riss sich zusammen und rannte weiter. Durch den Garten. In den Wald hinein. Im Schnee sah man ihre Spuren. Aber was sollte sie tun? Sich ihm stellen? Niemals! Sie blickte zu dem kleinen Turm, der ihr gestern bereits aufgefallen war. Er war von einem älteren Gebäude übrig geblieben, vermutlich von einem Kloster. Vielleicht konnte sie sich darin verschanzen, bis Stefan und Lara hier waren.

Der Gedanke gab ihr neue Kraft. Sie hetzte auf den Turm zu. Sie hatte die Tür des Turms fast erreicht, als sie einen schwarzen Schatten an sich vorbeifliegen sah.

Zu spät, dachte sie entsetzt. Gleichzeitig begriff sie nicht, was da vor sich ging. So schnell konnte kein Mensch sein! Gleich würde das Schwert durch die Luft sausen. Gleich würde ihr Kopf in den Schnee fallen. Sie schrie.

„Amelie", sagte eine vertraute Stimme.

Ihr Atem beruhigte sich ein wenig. Sie sah in Stefans vertrautes Gesicht mit den kurzen, dunkelblonden Haaren. Erleichterung durchflutete sie.

„Stefan! Er ist es! Er ist der Blaubart! Er ist bewaffnet! Hast du deine Pistole?"

„Ja." Stefans Stimme war kalt wie die Luft, die sie umgab. Amelie sah verwirrt in sein Gesicht. War das wirklich Stefan? Er sah anders aus. Das Gesicht war bleicher, der Ausdruck der Augen glühend. Er wirkte wie ein Wahnsinniger.

Neben ihm trat ihre Schwester zwischen den Tannen hervor.

„Wie seid ihr über die Mauer gekommen?", fragte Amelie irritiert. Sie konnte nicht einordnen, was sie sah. Sollte sie sich nicht freuen? Lara und Stefan retteten sie! Das sagte ihr Verstand. Ihre Instinkte sagten ihr etwas anderes: Jetzt war es zu spät, ihre Flucht war gescheitert. Alles war verloren. Sie sog scharf die Luft ein.

„Was ... was geht hier vor?"

„Meine große, neugierige Schwester." Lara grinste und zeigte dabei zwei lange, scharfe Eckzähne. „Wie werde ich es genießen, dein Blut zu trinken."

„Lara?" Amelie glaubte, zu träumen. Das musste es sein! Sie lag noch in Alains großem Bett. Das alles konnte nicht real sein. Niemand konnte so blass sein wie Lara. Ihr Herz raste. Sie war die Beute, Lara die Jägerin. Ihr Körper ließ keinen Zweifel daran, dass es so war.

Ihre Schwester trat auf sie zu. „Schade, dass wir so wenig Zeit zum Spielen haben. Aber wann habe ich schon die Gelegenheit, einen Mord zu begehen, und ihn einem anderen in die Schuhe zu schieben? Die Zeitungen werden glauben, dass es Alain war. Und niemand wird mich verdächtigen. Die arme, zurückgelassene Schwester."

„Du willst mich umbringen?" Amelie stolperte über ihre eigenen Füße. Sie landete vor ihrer Schwester im Schnee – aber war das noch ihre Schwester? Dieses Ding, das nach Gefahr und Tod roch?

„Nimm es nicht persönlich. Du bist uns im Weg. Ich will das Haus und das Geld für mich. Das Erbe unserer Eltern. Damit wir dort einen neuen Vampirclan gründen können. Du bist nur eine Schachfigur, die geopfert werden muss. Wenn du früher ein wenig netter gewesen wärst, hätte ich dich vielleicht in den Clan aufgenommen. Aber seien wir ehrlich. Wir beide waren immer Konkurrentinnen."

„Was?", stammelte Amelie. „Du ..." Sie sah zu ihrer Schwester auf. „Es gibt keine ..."

„Vampire?" Lara grinste vergnügt. „Oh doch, aber wir haben es gut vor dir geheim gehalten. All unsere Untaten. Das war sicherer. Außerdem hatte ich eine Rechnung zu begleichen. Du warst der Mittelpunkt der Schule. Das Lieblingskind unserer Eltern. Immer haben sie dich bevorzugt. Aber dafür mussten sie zahlen, nicht wahr? Zahlen mit ihrem Leben."

Amelies Gedanken überschlugen sich. „Du hast ...", brachte sie hervor.

„Unsere geliebten Eltern getötet? Oh ja. Und ich will, dass du es weißt, ehe du stirbst. Stefan hat mich ins wahre Leben geführt. Ein göttliches Leben. Und Götter haben keine Eltern."

Amelie versuchte verzweifelt, aufzuwachen. Ein eisiger Wind zerrte an ihr. Der Boden war kalt und das dünne weiße Kleid schützte sie nicht vor der Nässe.

„Lara, das kann dir nicht Ernst sein! Du kannst mich nicht töten!"

„Oh doch. Und ich werde damit durchkommen. Das ist das Schöne. Wir werden einfach behaupten, dass es Alain war, der dich angefallen und getötet hat. Schließlich haben wir auch mit ihm noch eine Rechnung offen. Das Leben ist manchmal so einfach."

Stefan hob seine Waffe. „Ich erschieße Alain. Weil er dich getötet hat." Der Vampir lächelte.

„Wie ... Ich ..." Amelie konnte keinen klaren Gedanken fassen. Tränen stiegen in ihre Augen. Das durfte alles nicht sein! Das durfte es nicht!

Stefan sah sich um, als schien er auf etwas zu warten.

„Beeil dich, Lara, er müsste gleich hier sein. Ich rieche ihn schon."

Amelie schluchzte. „Du kannst keine Vampirin sein!"

Lara beugte sich zu ihr herab. Ihr kalter Finger strich zärtlich über Amelies Wange. „Doch, das bin ich schon ziemlich lange. Hast du dich nie gewundert, warum sich mein Auftreten so plötzlich geändert hat? Warum ich erblüht bin wie eine Rose? Als Stefan mich damals in Paris fand – als ich fortgelaufen war – da gab er meinem Dasein einen Sinn. Er machte mich zu seinesgleichen. Seit über zweihundert Jahren existiert er schon. Als Mitglied eines Stammes, dessen Clankinder bei Vollmond erwachen. Er hat mich erwählt, mich zu etwas Besserem gemacht. Verstehst du das?"

Amelie schüttelte stumm den Kopf. Sie verstand überhaupt nichts.

Lara lächelte nachsichtig. „Das macht nichts. Mach dir keine Sorgen. Du gehst gern an das Grab von Mama und Papa, nicht? Schon bald wirst du neben ihnen liegen und keine Fragen mehr haben." Ihr Mund öffnete sich. Die langen Zähne waren spitz wie Dolche. Amelie versuchte, zu entkommen. Vergeblich. Lara packte sie und biss zu.

Ihre Zähne schlugen mit einem harten Krachen aufeinander. Amelie wurde von einer Kraft herumgerissen, die den Stoff über ihrer Schulter zerfetzte. Sie fühlte ein scharfes Brennen, als spitze Nägel in ihr Fleisch drangen und ihre Haut zerrissen. Die Welt drehte sich um sie. Als sie wieder klar sehen konnte, lag sie ein Stück entfernt auf dem Boden.

Alain stand mit erhobenem Schwert zwischen ihr und den beiden Vampiren.

„Ich habe lange nach euch gesucht. Nach denjenigen, die das Abkommen brechen und neue Vampire erschaffen."

„Einer vom alten Blut." Stefan lächelte. „Du hältst dich wohl für einen Wächter."

„Ich bin ein Wächter. Schon vor zweihundert Jahren tötete ich deinen Stamm. Aber du entkamst mir. Ich folgte dir. Bis ich dich fand."

„Und damit sind wir wohl im Hier und Heute angekommen." Stefan klang amüsiert. „Aber du bist nicht so stark wie ich, Werwolf. Selbst bei Vollmond nicht. Sogar meine Kinder kannst du nur in diesen Nächten töten. In den Nächten deiner größten Kraft. Wie wagst du es dann, zu glauben, es mit mir aufnehmen zu können?"

„Wer sagt denn, dass es schwer war, Marie und Irena zu töten?", fragte Alain kalt zurück.

Lara fauchte wütend. „Dass du es gewagt hast, Halbblut! Sie waren unsere Geschöpfe!"

„Bluttrinker. Mörderinnen. Das waren sie! Genau wie dieser Junge, den ich letzte Nacht töten musste! Wenn ich ihn nicht aufgehalten hätte, hätte er eine Frau angefallen."

Stefan verdrehte die Augen. „Mir kommen die Tränen. Und was hast du mit Gabriele gemacht? Sie war mein besonderer Liebling."

„Für sie war es noch nicht zu spät. Ich fand sie rechtzeitig. Sie ist in Sicherheit, an einem Ort, den du niemals finden wirst."

„Wir werden sehen. Doch zuerst das Wesentliche." Stefan hob seine Waffe. „Silberkugeln. Es ist zwar nur ein Mythos, aber nenn mich ruhig altmodisch."

Alain knurrte. „Lass uns kämpfen."

Lara lachte. „Du kannst deinen Tod ja gar nicht erwarten!" Sie sprang vor. Alain schlug mit dem Schwert zu, doch die Vampirin tauchte spielerisch unter der Klinge hindurch. Schon war sie an seinem Arm, packte ihn und zog ihn herum. Alain stieß ihr den Knauf des Schwertes gegen den Kopf. Lara taumelte kreischend zurück.

Stefan schoss. Er traf Alain in der Bewegung. Alain sprang vor, die Schusswunde ignorierend. Amelie sah erstarrt, wie sich eine rote Blume auf dem Stoff seines Hemdes entfaltete.

„Alain!", plötzlich hatte sie Angst um ihn. Aber war er nicht genauso böse und wahnsinnig wie ihre Schwester und Stefan? Sie dachte an die Köpfe in der kleinen Kammer unter dem geheimen Raum. Sie versuchte, zu begreifen, was da eben gesprochen worden war. Waren die Köpfe in der Kammer etwa Köpfe von *Vampirinnen?* Hatte Alain sie wirklich töten *müssen?* Sie hielt sich die Stirn. Das alles war nicht real. Gleich wachte sie auf. Gleich war es vorüber. Aber sie wachte nicht auf. Sie blieb in diesem Albtraum gefangen.

Ein wildes Knurren war zu hören, als Alain sich auf Stefan warf. Die Waffe in Stefans Hand fiel zu Boden. Gleichzeitig warf sich auch Lara auf die Kämpfenden. Amelie konnte kaum folgen, so schnell bewegten sich die drei.

Alain wurde davongestoßen. Er krachte gegen die Wand des Turmes und sackte in sich zusammen. Stefan hob das Schwert vom Boden auf, das der Schwarzhaarige fallen gelassen hatte.

„Du hast uns lange genug im Weg gestanden! Wir wären schon wesentlich weiter mit unseren Plänen, wenn du dich nicht eingemischt hättest, Halbblut!"

„Danke für das Kompliment." Alain stand mühsam auf und nahm eine Kampfhaltung ein. Amelie sah, dass seine Beine zitterten. Sein weißes Hemd war kaum mehr weiß. Die rote Blume wurde immer größer.

„Nun, Werwolf." Stefan stapfte mit erhobenem Schwert auf ihn zu. „Auch dir lässt sich der Kopf abschlagen, weißt du?"

„Du hast nur eines vergessen."

Stefan ließ sich nicht beirren. Er hatte den blutenden Mann fast erreicht und hob das Schwert zum tödlichen Hieb.

Amelie sah ihre Schwester, die mit glänzenden Augen zusah.

Ist das noch meine Lara? Dieses Ding? Wenn Marie und Irena auch solche ... Wesen geworden sind, dann war es gut, dass Alain sie getötet hat.

Sie spürte ihren brennenden Arm, an dem Alain sie fortgerissen hatte, damit Lara sie nicht beißen und töten konnte. Er hatte ihr das Leben gerettet. Keiner beachtete sie. Sie griff nach der Schusswaffe, die Stefan im Kampf verloren hatte. Der Waffe mit den Silberkugeln.

Sie erinnerte sich, dass Stefan es war, der ihr an einem Sommerabend gezeigt hatte, wie man eine Waffe entsicherte.

Das Schwert sauste durch die Nacht.

Grimmig zielte sie auf Stefans Körper und schoss. Was auch immer das für ein Wahnsinn war, sie musste ihm nachgeben, wenn sie überleben wollte. Sie musste versuchen, zu glauben, was sie hier sah! Zu glauben, dass es Werwölfe und Vampire gab und sie in den Fokus einer zweihundert Jahre währenden Fehde geraten war! Sie und Lara.

Alain warf sich zur Seite, als das Schwert hinunterfuhr. Der Schuss traf. Stefan zuckte und fuhr herum. Mit einer Hand berührte er das Einschussloch in seiner Seite. Er sah Amelie an. Seine gelben Augen brannten.

„Dafür wirst du langsam sterben", knurrte er zornig.

Kreatürliche Angst durchflutete Amelie. Sie robbte auf dem Boden zurück, doch ehe sie auch nur einen Meter weit gekommen war, packte ihre Schwester sie an der Kehle und riss sie hoch.

„Ich hätte dich schon viel früher töten sollen, Schwesterherz. Aber ich wollte es auskosten. Und ich wollte warten, bis dich keiner sucht. Spätestens, wenn du nach München gegangen wärst, hätte ich Schluss mit dir gemacht. Keiner hätte nach dir gefragt. Oh, wir hätten so viel Spaß haben können."

Sie umschloss Amelies Handgelenk, bis es knackte. Mit einem Aufschrei ließ Amelie die Waffe los. Tränen traten in ihre Augen.

„Warum, Lara?" Sie wusste, wie albern, wie sinnlos die Frage war. Lara hatte ihr bereits alles erklärt. Ihre Verbindung zu Stefan. Ihren Fall zur Vampirin. Zu einem Monster. Ihren Hass auf sie, die Jüngere und Schönere der beiden. Das Lieblingskind ihrer Eltern. Und dennoch begriff Amelie gar nichts.

Alain hatte sich inzwischen aufgerichtet und stand Stefan unschlüssig gegenüber. Sein Blick glitt von dem Schwert in Stefans Hand zu Amelie.

Da durchdrang ein lautes Heulen die Nacht. Die Wolken gaben den Mond frei. Sein bleicher Schein fiel auf Alains Gesicht. Die schattengrünen Augen wurden schwarz. Seine Haut verfärbte sich dunkel. Haare sprossen aus ihr hervor.

Sein Mund öffnete sich. Das Heulen, das daraus hervorkam, ließ Amelie erstarren. Lara und Stefan sahen sich alarmiert an. Lara stieß sie unsanft auf den Boden. Amelie wimmerte, als ihre eigenen Zähne ihre Lippen zum Bluten brachten. Der Blick der Schwester war gierig auf sie gerichtet. Ihre Zungenspitze schnellte hervor, als wolle sie Amelie das Blut von den Lippen lecken.

„Mach endlich Schluss mit ihm, Stefan!"

Stefan schlug mit der Klinge zu. Ein Pfeil sauste durch die Luft. Amelie keuchte und blinzelte. Die Ereignisse überschlugen sich! Sie sah mehrere dunkle Gestalten aus dem Wald hervorkommen, halb Mensch, halb Tier. Einige waren bewaffnet.

Stefan brüllte. Der Pfeil hatte sich von hinten in seine Schulter gebohrt – genau in die Schulter des Armes, mit dem er das Schwert führte. Die Waffe fiel zu Boden.

„Ich sagte doch, du hast etwas vergessen", knurrte Alain. Seine langen Wolfszähne blitzten im Silberlicht des Vollmonds. „Mein Rudel."

„Weg hier!" Lara rannte los. Mehrere Pfeile trafen sie, noch ehe sie die Mauer des Anwesens erreichte. Auf der Mauer standen vier schwarzfellige Schützen.

Stefan sah, wie seine Geliebte zusammenbrach. Er packte Alain am Hals. Knurrend und tobend rangen die beiden miteinander. Amelie konnte kaum erkennen, wer oben und wer unten lag. Die Welt verschwamm um sie her, die Schnelligkeit der Bewegungen verursachte ihr Schwindel.

Da flog plötzlich etwas heran. Ein dunkler Schatten warf sich durch die Nacht. Ein leises Pfeifen von Stahl. Stefans Kopf fiel zu Boden.

Pierre stand über dem Werwolf und dem Vampir. Er sah aus wie ein Wesen aus einem Albtraum. Amelie schluchzte auf. Ihr Blick suchte die Schwester am Boden. Lara rührte sich nicht mehr.

Alain stieß den Körper Stefans von sich. „Danke, Bruder."

Obwohl er stark blutete, kümmerte er sich nicht um die Wunde. Amelie hörte seine leise knirschenden Schritte auf dem schneebedeckten Gras. Als sie aufblickte, beugte er sich zu ihr herab. Sie erschrak vor seiner Gestalt. Dem tierischen Gesicht mit den schwarzgrünen Augen. Er war eine groteske Mischung aus Wolf und Mann.

„Amelie", sagte er sanft. „Du brauchst keine Angst zu haben. Wir wollten dir nie etwas tun. Wir wollten dich beschützen." Er streckte die Hand aus, ohne sie zu berühren. „Wir ahnten, dass Stefan der Vampir ist, den wir suchten. Wir befürchteten, dass ihr beide – Lara und du – das entweder nicht wusstet, oder mit ihm verbündet wart. Deshalb habe ich euch eingeladen. Ich wollte herausfinden, ob ihr noch Menschen seid. Leider war es für deine Schwester bereits zu spät."

Über Amelies Gesicht liefen Tränen. „Lara", flüsterte sie.

„Sie ist gefallen. Vermutlich war sie zuvor schon auf dem falschen Weg. Stefan hat sie verführt und zu einer der seinen gemacht. Er wollte einen neuen Clan gründen. Unser Kampf währt schon lange. Seinen letzten Clan haben wir vernichtet. Doch wir sind einander erst heute leibhaftig begegnet. Bisher entkam uns Stefan. Dank deiner Hilfe ist er jetzt tot."

Amelie schluchzte. Sie verstand das alles nicht. Das war alles zu viel. Sie sah in diese dunkelgrünen Augen, die langsam heller wurden. Der Mond verschwand hinter den Wolken. Alain wurde in wenigen Augenblicken wieder zu dem attraktiven Mann, den sie kennengelernt hatte. Zu einem Menschen.

„Hab keine Angst", hörte sie Pierres Stimme neben sich. „Du bist in Sicherheit."

„In Sicherheit? Aber ... die Leichen ... Ich meine, die Köpfe ..." Übelkeit schüttelte sie.

„Vampire", erklärte Alain knapp. „Lara und Stefan haben sie zu Vampiren gemacht. Es waren die ersten Clanmitglieder, die sie haben wollten. Doch sie waren unerfahren. Ihr Blutdurst hat sie verraten, und so konnten wir sie aufspüren. Ich ... ich musste sie köpfen. Vampire sind nicht anders zu töten, und es ist gut, ihren Kopf gerade in der ersten Zeit von ihrem Körper getrennt zu halten, damit sie nicht wieder ..." Er verstummte. „Lass uns das alles später besprechen, okay? Ich erkläre dir alles, aber nicht jetzt. Komm mit mir. Raus aus der Kälte. Bitte." Er sah sie flehend an.

Amelie nahm Alains Hand. Er zog sie an sich. Sie lag in seinen Armen und weinte, bis keine Träne mehr in ihr war.

Die Sonne schien hell auf ein weißes Märchenland. Amelie blickte auf das verschneite Grab ihrer Eltern. Alain hielt ihre Hand.

„Es tut mir leid, dass ich ihren Tod nicht verhindern konnte. Lange Zeit wusste ich nicht, dass Stefan der Vampir ist, der sich hier einen neuen Clan aufbauen wollte. Wenn ich es früher herausgefunden hätte, wäre deine Schwester ihm vielleicht nicht zum Opfer gefallen."

Amelie schmiegte sich an ihn. „Ich glaube, um so bösartig zu werden wie sie, muss bereits der Keim des Bösen in einem stecken. Lara war immer anders als ich. Erfüllt von Wut und Hass. Ich wollte es bloß nicht wahrhaben. Ich wollte meine heile Welt behalten, und meine Schwester. Besonders nach dem Tod meiner Eltern." Sie musste an die Bilder ihrer Schwester denken. Die dunkle Gewalt, die dort vorherrschte.

„Oder glaubst du, dass mir dasselbe passieren wird? Dass ich auch beginne, wahllos zu töten?" Sie atmete schneller. Der Gedanke erschreckte sie.

Er neigte den Kopf zu ihrem dunklen Haar und atmete tief ein. „Nein, du bist nicht wie sie. In dir ist nicht einmal jetzt Wut." Er seufzte. „Du riechst noch immer wie eine Rose. Obwohl ich dich ..." Er verstummte. Sein Gesicht war dunkel und von Trauer erfüllt. „Ich wollte dir das nicht antun, Amelie. Ich wurde auserwählt, ein Werwolf zu werden, und mitzuhelfen, den Bestand der Vampire in Grenzen zu halten. Du dagegen hast etwas Besseres verdient."

Amelie berührte ihren Fellmantel über der Stelle, an der sein Nagel tief in ihr Fleisch gefahren war und sie zum Bluten gebracht hatte. Er hatte sie vor Stefan schützen wollen und sie verletzt. In einer Vollmondnacht. Die Verletzung hatte ausgereicht, sie zu verwandeln.

„Was geschah, sollte so sein." Sie suchte seinen Blick. „Ich möchte bei dir bleiben. Bei dir und deinen Wölfen. Für immer."

Sie spürte die herannahende Nacht. Den vollen Mond, der den Wald hinter der Villa beleuchten würde. Ihr Blut pulsierte heftiger. Das erste Anzeichen der Wandlung. Lust stieg in ihr auf, wenn sie daran dachte, was sie dort alles im Schnee tun würden. Das Graugrün seiner Augen wandelte sich in die Farbe von schattigem Moos.

In ihren Gedanken tauchte sie in die Bilder der letzten Vollmondnacht ein. Ihr Körper hatte sich gewandelt. War stärker und lustvoller geworden. Die Kälte konnte ihm nichts anhaben. Unter dem Licht der Sterne hatten sie sich einander hingegeben. Erst als Menschen. Dann als Wölfe. Amelie vermisste besonders diese letzte Vereinigung. Dieses animalische übereinander Herfallen. Jeder Geruch war farbenfroher, jedes Gefühl intensiver. Ein Taumel der Ekstase, der die Welt um sie her in Vergessenheit sinken ließ.

Es war, als würden sie dasselbe denken. In seinem Blick spiegelte sich ihr Verlangen.

„Gehen wir", flüsterte er rau.

Amelie sah ein letztes Mal auf das Grab ihrer Eltern. Sie würde nicht mehr wiederkommen. Zumindest nicht sehr bald. Sie hatte ihren Platz gefunden und Abschied genommen. Alain war jetzt ihre neue Familie. Das Rudel war ihr Schutz und ihr Trost.

„Ja. Gehen wir. Die Nacht wartet auf uns."

Aladin und die Wunderlampe

KIM LANDERS

„Leila, Leila. Was soll ich mit dir nur anfangen? Aus dir wird nie ein guter Dämon werden." Amir, der beleibte Meisterdschinn stützte seine Keulenarme in die Hüften und schüttelte den Kopf, dass sein riesiger, grüner Turban wackelte.

Leila hätte sich am liebsten weggezaubert, aber es wäre sinnlos gewesen, dem mächtigen Amir entkommen zu wollen.

„Diesmal kannst du nicht mehr mein Herz mit deinem Zuckermündchen und deinen traurigen Kulleraugen erweichen. Die Liste deiner Verfehlungen ist zu lang. Wenn es nur deine vielen Missgeschicke beim Zaubern wären. Aber du hast Ali Babas Schatz in einen riesigen Haufen Sesamkörner verwandelt. Das war zu viel."

„Das war doch nur ein kleiner Irrtum." Leila unterdrückte nur mühsam ein Kichern, als sie an Ali Babas verdutztes Gesicht beim Betreten der Höhle dachte, in der er den Räuberschatz vermutete. Aber es hatte ihr in den Fingern gejuckt, dem arroganten Kerl einen Streich zu spielen.

„Ein guter Dschinn treibt kein Schindluder mit seinen magischen Kräften!", donnerte Amir und knurrte. Leila schrak zusammen, als sie erkannte, wie ernst es ihm war. Mit tränenverschleiertem Blick sah sie zu ihm auf. Das stimmte Amir milder, seine Miene entspannte sich.

Er seufzte auf und legte ihr einen Finger unters Kinn.

„Es ist eine Schande, eine mandeläugige Schönheit wie dich in eine Lampe zu verbannen. Doch die Strafe hast du dir selbst zuzuschreiben."

„Aber ich konnte doch nicht wissen …", versuchte Leila sich zu verteidigen, während sie an ihrem kastanienbraunen Zopf zupfte, der über ihrer Schulter hing.

„Schweig! Bei Allah, du hättest deinem Gebieter Husein gehorchen müssen. Er war eine gute Wahl. Aber nein, du verweigerst dich ihm und …"

„Dieser grobschlächtige Kerl besaß keine Manieren und stank wie ein Kameltreiber. Er hat sich strikt geweigert, ein Bad zu nehmen. Ich hätte es nie ertragen, wenn er mich berührt hätte. Dann wollte er mich mit Gewalt zu Liebesdiensten zwingen! Ich musste mich doch wehren." Ekel überkam sie, wenn sie an sein ständiges Rülpsen und Schenkelklopfen dachte. Wie sollte sie es da reizvoll finden, in ihm Begierde zu wecken? Leila drückte den Rücken durch und hielt dem wütenden Blick Amirs stand.

Sie wusste nicht, woher sie den Mut nahm, ihm zu widersprechen und zitterte vor Furcht und Empörung am ganzen Körper. Lieber würde sie lange Zeit in der Lampe verbringen, als sich solch einem abstoßenden Mann hinzugeben.

„Er war dein Gebieter! Deine eigene Wahl war erst recht nicht überzeugend."

Flammende Hitze schoss in Leilas Wangen. Das Fiasko ihrer Prüfung hätte sie am liebsten vergessen, wie das Gelächter der anderen Dschinn, als sie davon erfuhren.

Jeder Dämon musste geprüft werden, ob er die Wünsche seines Herrn erfüllen konnte. Dazu zählte auch, ihm körperliche Befriedigung zu verschaffen.

Doch Leila hatte mit Husein ihre Chance vertan. Verzweifelt flehte sie Amir um eine zweite an, die er ihr gewährte.

Sie durfte sich selbst einen Gebieter erwählen, an dem sie ihre Verführungskünste erproben konnte. Ihre Wahl fiel auf einen gut gebauten Jüngling mit sanftmütigem Wesen. Vom ersten Moment an war sie von ihm angetan und setzte alles daran, in ihm die Wollust zu wecken.

Am Anfang sah er ihrem aufreizenden Bauchtanz, den sie vortrefflich beherrschte, interessiert zu. Sie schwang lasziv ihre wohlgeformten Hüften und schenkte ihm ihr betörendes Lächeln. Auch ihr zärtliches Massieren und Streicheln seines nackten Oberkörpers auf den plüschigen Kissen genoss er mit wohligem Seufzen. Sie wurde kühner und öffnete seine Hose, um sich seiner Männlichkeit zu widmen. Aber der Anblick, der sich ihr bot, löste in ihr Entsetzen aus, denn es fehlte ihm ein wichtiger Körperteil.

„Wie hätte ich denn ahnen können, einen Eunuchen aus dem Harem des Sultans ausgewählt zu haben?"

„Du hast dich täuschen lassen. Nichts hast du gelernt und unsere dämonischen Gesetze missachtet. Diene deinem Gebieter, messe ihn nicht an seiner äußerlichen Gestalt, und vor allem verliere nicht dein Herz an ihn, sonst trifft dich die Verbannung."

Leila wollte etwas erwidern, aber Amir bedeutete ihr mit einer Geste, zu schweigen.

„Von diesem Tage an sollst du tausend Jahre in einer Lampe auf deine Befreiung warten", hob er beschwörend an und klatschte in die Hände.

„Das kannst du doch nicht machen! Ich flehe dich an! Ich verspreche dir bei Allah und allem, was mir heilig ist, mich zu bessern." Leila sank vor Amir auf die Knie und sah flehend zu ihm auf.

Aber diesmal erkannte sie Unnachgiebigkeit in seinem Blick und wusste, dass die Strafe folgen würde.

Amir verbannte sie in eine Lampe, die er Ali Baba übergab, der sie mit Genugtuung in seiner Höhle zwischen den Juwelen vergrub.

Seitdem harrte sie auf einen Herrn, der sie von diesem Schicksal erlöste.

In ihren Träumen erlebte sie die Begegnung mit einem atemberaubenden

Mann, ihrem Gebieter. Sie war eben nicht nur ein Dschinn, sondern eine Frau mit Gefühlen. Wie jede ihresgleichen, hoffte sie insgeheim, bei ihrem Herrn für immer bleiben zu dürfen.

Sie schwor sich, nie ihn, aber ihn so zu verwöhnen, dass er sie nicht mehr gehen ließe.

Leila seufzte auf und befürchtete, für immer in Vergessenheit zu geraten. Einsame Jahrhunderte vergingen in der Alabasterlampe, die sie gefangen hielt …

Endlich, nach einer halben Ewigkeit, durchbrach ein Lichtstrahl die Dunkelheit und weckte Leila. Ein scharrendes Geräusch verriet, dass jemand über ihr die Steinplatte, die den Höhleneingang verschloss, beiseite-schob. Ein bärtiger Alter mit mächtigem Turban beugte sich mit einer Fackel herab.

„Hier ist es! Aladin, komm her! Jalla, jalla!", rief er. Leilas Puls beschleunigte sich in der Hoffnung auf eine Befreiung. Aufgeregt presste sie ihre Nase an die dünne Wand der Alabasterlampe, um besser sehen zu können.

„Ich komm ja schon, Onkel Abdul", hörte sie eine tiefe, melodische Stimme über sich, die zweifellos einem jüngeren Mann gehörte. Ob der Mann auch so aussah, wie es der Klang seiner Stimme versprach?

„Geh runter und sieh gefälligst nach. Erst dann bekommst du deine Belohnung." Die Stimme des Alten klang barsch.

Ein Körper zwängte sich durch die schmale Höhlenöffnung und glitt herab.

„Ich bin jetzt unten, Onkel." Es war ein junger Mann, der dicht vor ihrer Lampe stand.

Er hielt eine brennende Fackel in der Hand und schwenkte sie über dem Meer von Juwelen, die Leila umgaben und ebenso in Vergessenheit geraten waren.

„Und was siehst du, Neffe?"

„Unglaubliche Schätze! Zwar staubig, aber …"

Er bückte sich und hob eine Perlenkette aus dem Staub auf. „Aber schön", ergänzte er voller Ehrfurcht.

Leila sah in ein gut geschnittenes Gesicht mit schwarzen Augen und sinnlichen Lippen. Sie hielt den Atem an. Dieser sympathisch wirkende Mann entsprach genau ihren Vorstellungen eines Gebieters.

Schwarzes, dichtes Haar quoll unter einem schlecht gewickelten Turban hervor, wenn man das schiefe Kunstwerk auf dem Kopf als solchen überhaupt bezeichnen konnte.

Seine Kleidung, bestehend aus einer verschlissenen Leinenhose und einer viel zu knappen Weste, ließ keinen Zweifel über seine mittellose Herkunft offen. Dennoch musste Leila gestehen, dass er trotzdem ausgesprochen attraktiv wirkte, sah sie einmal von seinem staubverschmierten Gesicht ab. Ein kleines Bad würde Wunder bewirken. Schon allein die Vorstellung, ihn nackt in einem See baden zu sehen, erschien ihr durchaus reizvoll. Der sollte, nein, der musste ihr Herr werden.

Nur wenige Schritte trennten ihn von der Lampe. Wenn er sie jetzt aufheben und daran reiben würde, hätte ihre Einsamkeit endlich ein Ende. Leila klatschte voller Freude in die Hände. „Oh, bitte, bitte, nimm die Lampe. Lass mich frei", sagte sie beschwörend.

Der Alte beugte sich herab und befahl Aladin, ihm so viel von den Kostbarkeiten zu reichen, wie er fassen konnte. Aladin tat, wie ihm geheißen und reichte unermüdlich unzählige Perlenketten, goldene Münzen und Edelsteinringe nach oben. Dabei trat er achtlos gegen ihre Lampe, die ein Stück weit durch die Luft flog. Leila wurde hochgeschleudert und fiel unsanft auf ihr Hinterteil. Verdammt, jetzt musste er doch die Lampe bemerkt haben.

„Nun heb sie schon auf", murmelte sie und knetete aufgeregt ihre Finger. Voller Spannung verfolgte sie seine Schritte.

„Das ist nicht genug! Ich will den Rubin des Prinzen. Bring ihn mir. Er muss tiefer in der Höhle verborgen liegen."

Aladin verschwand auf Geheiß des Onkels tiefer im Dunkel der Höhle. „Ich habe ihn!", rief er nach einer Weile und kehrte strahlend zurück. Er musste sich strecken, um den funkelnden Ring in das Körbchen seines Oheims zu legen, das dieser nach unten reichte.

„Wunderbar! Welch ein Juwel!" Die Augen des Alten leuchteten auf, bevor er den Ring küsste.

„Jetzt reiche mir das Seil, Onkel, damit ich nach oben klettern kann. Ich freue mich schon auf meine Belohnung."

Doch anstelle des Seils wurde der Eingang mit der Steinplatte wieder verschlossen. Das Geräusch der reibenden Steine verursachte eine Gänsehaut bei Leila.

„Was soll das? Onkel, öffne mir." Eilige Schritte entfernten sich und gedämpftes Gelächter erklang. Aladin sprang nach oben, doch er erreichte nicht einmal mit seinen Fingerspitzen die Felsplatte.

„Dieser elende Sohn eines Sandwurms hat mich betrogen!", rief er und ballte die Hände zu Fäusten. „Wenn ich den erwische …"

Leila hätte ihm gern geholfen. So musste sie hilflos zusehen, wie Aladin vergeblich versuchte, an der steilen Felsenwand emporzuklettern und schließlich kapitulierte.

Sie fühlte Mitleid mit ihm, als sie Enttäuschung und Zorn in seinen Augen las.

„Hol mich hier raus! Ich kann dir helfen!", rief sie und trommelte mit den Fäusten gegen die Alabasterwand. Aber er konnte sie nicht hören. Bei Allah und allen guten Geistern, wenn sie doch nur diese verdammte Lampe verlassen könnte.

Aladin setzte sich inmitten der schimmernden Pracht aus Perlen, Gold und Geschmeide auf den Boden. Laut verfluchte er seinen Onkel, der die Höhle zugeschüttet hatte, um sich seiner zu entledigen.

Seine Hände waren von den vergeblichen Befreiungsversuchen aufgeschürft.

Als die Fackel dann auch noch erlosch, fluchte er umso mehr. Leila war froh, dass sie wie eine Katze im Dunkeln sehen konnte, und beobachtete ihn.

Aladin bettete seinen Kopf auf die Knie.

„Oh, Jasmin!" Er seufzte auf, riss den Turban vom Kopf und fuhr sich durchs Haar.

Leila fragte sich, wer diese Jasmin sein sollte und verspürte einen Anflug von Eifersucht.

Aladin ließ den feinen Sand durch seine Finger rinnen. Grübelnd zog er mit der Spitze seines Schnabelschuhs Furchen in den Staub und stieß dabei wieder gegen ihre Lampe. Diesmal stutzte er, hob sie auf und betastete sie.

Endlich. Leila stemmte die Hände in die Hüften. „Nun reib schon den Staub runter und lass mich raus!"

„Ah, eine Lampe. Wenn sich noch ein Tropfen Öl darin befindet, kann sie mir wenigstens Licht spenden", murmelte er, während seine schlanken Finger den Alabaster vom Staub befreiten. Das führte er so sanft aus, als streichelte er sie. Vor lauter Aufregung hielt Leila den Atem an. Sie spürte, wie die magische Energie in ihren Körper zurückkehrte und ihre Sinne sensibilisierte. Es kribbelte herrlich in ihren Fingerspitzen.

Allmählich begann die Lampe, durch die entfesselten Zauberkräfte zu leuchten.

„Endlich frei!" Jubelnd drehte Leila sich mit ausgestreckten Armen im Kreis. Das Kribbeln fuhr durch ihren ganzen Körper. Nach langer Zeit fühlte sie sich wieder lebendig. Sie kniff sich in die Arme, um sich zu vergewissern, dass sie nicht träumte. Tatsächlich pulsierte das Leben durch ihre Adern. Wie eine Wolke begannen sich die magischen Kräfte in ihr auszubreiten, drangen aus ihren Fingerkuppen und Zehenspitzen, und hüllten sie in einen Nebel.

Mithilfe dieses Zaubernebels verließ sie die Lampe, um sich vor Aladin als Frau zu materialisieren. Sie schnipste mit den Fingern. Einen winzigen Moment später hielt sie die Lampe in der Hand, in der eine kleine Flamme züngelte, und reichte sie ihm. Aladin sprang erschreckt rückwärts.

„Beim Barte des Propheten! Wer bist du? Eine Halluzination? Oder hat Allah meine Gebete erhört und schickt mir Rettung?", rief er aus.

Leila verbeugte sich vor ihm. „Zu deinen Diensten. Mein Name ist Leila, ich bin dein Dschinn. Du hast mich befreit." Sie ging um Aladin herum und zupfte dabei an ihrem langen, braunen Zopf. Der Rock ihres grünen Seidenkleides raschelte leise. „Bei Allah, ich habe schon gedacht, ich müsste in dieser Lampe noch weitere tausend Jahre verbringen."

„Ein Dschinn?"

Fast hätte Leila über seine verdutzte Miene gelacht, aber sie durfte es sich nicht mit ihrem ersten Gebieter verscherzen, sonst würde sie den Meisterdschinn wieder verärgern und weitere tausend Jahre in der Lampe schmoren.

„Sag bloß, du weißt nicht, was ein Dschinn ist?"

Aladin betrachtete sie nachdenklich, Ratlosigkeit lag in seinem Blick.

„Du weißt es also nicht." Leila stöhnte auf und rollte mit den Augen. Das fing ja gut an. Ungeübter Dschinn trifft unwissenden Gebieter. Konnte das gut gehen?

„Du hast an der Lampe gerieben und mich heraufbeschworen", erklärte sie und deutete auf die Lampe.

„Das ist ein Scherz."

„Nein, ist es nicht. Ich will nachsichtig sein und dir die Aufgabe eines Dschinns erklären. Das bedeutet, dem Gebieter zu dienen, Wünsche zu erfüllen. Du hast genau drei Wünsche frei. Ich warte auf deinen Befehl."

Aladin strich grübelnd über sein glatt rasiertes Kinn.

„Allah meint es gut mit mir." In seinen dunkelbraunen Augen blitzte es freudig auf.

„Ja, mein Gebieter."

„Erfüllst du mir wirklich jeden Wunsch?" Er lächelte sie an. Ein jungenhaftes Lächeln, das Leila unwiderstehlich fand.

„Sagen wir mal, fast jeden", antwortete sie.

„Und was darf ich nicht wünschen?"

„Nun, wir Dschinns haben feste Regeln. Wir dürfen niemanden töten oder verletzen oder sonst welchen körperlichen Schaden zufügen. Auch können wir keine Toten zum Leben erwecken oder die Gefühle eines Menschen beeinflussen. Sonst darfst du dir alles wünschen."

Aladin grinste noch breiter.

„Mmh. Schade, dabei hätte ich so gern meinen Oheim auf einem Kamelrücken festgebunden und mit der Peitsche durch die Wüste jagen lassen."

„Nein, diesen Wunsch kann ich dir unmöglich erfüllen. Er verstößt gegen das Dschinn-Gesetz." So etwas taten nur schwarze Dschinn, mit denen sie nichts zu tun haben wollte. Das verschwieg sie ihm.

„Nun gut. Aber ungeschoren soll er mir nicht davonkommen."

„Was nützt dir die Rache? Sie bringt nur Unglück. Allah wird ihn seiner gerechten Strafe zuführen. Der Rubin des Prinzen, den er mitgenommen hat, wurde einst vom berühmten und grausamen Räuber Husein gestohlen. Der Rubin ist verflucht. Dein Onkel wird damit nicht glücklich werden."

Wenn sie noch an diesen Husein und seine Zudringlichkeit dachte, schüttelte es sie.

„Ja, die Wege Allahs sind unergründlich. Das Kismet bestimmt unseren Weg. Du hast recht, ich will jetzt lieber über meine Wünsche nachdenken und keinen Gedanken an meinen Oheim verschwenden."

Aladin setzte sich neben die Lampe in den Schneidersitz und strich nachdenklich über sein Kinn, auf dem schwarze Stoppeln sichtbar waren.

„Jeder Wunsch sollte wohl überlegt sein. Es gibt so vieles, was ich mir wünsche. Ein Palast mit eigenen Dienern! Ich brauche nur mit den Fingern zu schnippen und werde bedient. Speisen nach Wunsch, jeden Tag mein Leibgericht … mh. Täubchen in Safransoße. Nie wieder stehlen müssen, das wäre famos." Aladin hielt in seiner Aufzählung inne. Sein Blick richtete sich in die Ferne und seine Miene nahm einen verklärten Ausdruck an.

„Und eine Frau wie Jasmin, deren Haut sich glatt wie ein Pfirsich anfühlt. Das Haar, seidig und duftend. Der heilige Mohammed weiß, wie ich es genießen würde, wenn sie mich mit ihren Händen und Lippen auf einem Diwan verwöhnte. Doch um sie werben zu können, muss ich reich sein, ein Prinz oder besser noch ein Kalif …" Er schloss versonnen die Augen. Wieder verspürte Leila einen Anflug von Eifersucht in sich aufsteigen.

„Komm mal wieder runter von deiner Wolke." Sie stieß ihm den Ellbogen in die Rippen.

„Schlag dir das mit der Prinzessin aus dem Kopf. Ich kann sie nicht in dich verliebt machen. Und in welcher Reihenfolge soll ich bei den Wünschen beginnen?", fragte sie. Leise murmelnd wiederholte er seine Worte. Eifrig breitete Leila ihre Arme aus, um es in die Tat umzusetzen.

„Halt, halt! Nicht so schnell. Ich habe doch nur laut nachgedacht." Er umfasste ihren Arm, der unter der Berührung zu prickeln begann. Dieser Gebieter ging ihr unter die Haut, wofür sie ihre lange Einsamkeit verantwortlich machte. Mit ihren magischen Kräften war auch die Frau mit Gefühlen und Begierden aus dem jahrtausendealten Schlummer erwacht.

„Ach so …" Sie sah zu ihm auf und glaubte, in seinen dunklen Augen zu versinken.

„Hol mich erstmal hier raus", befahl er.

„Wohin?"

„Einfach nur raus aus diesem Loch."

„Wunsch Nummer eins", zählte sie auf.

Sofort konzentrierte sich Leila auf das Ausführen seines Wunsches, was ihr nicht leicht viel, denn seine Nähe brachte sie völlig durcheinander. Bei Allah, sie musste sich zusammenreißen. Mit geschlossenen Augen zog sie mit den Händen einen Kreis in der Luft. Einen winzigen Moment später befanden sie sich außerhalb der Höhle. Jedoch steckte Aladin bis zur Brust in einer Sanddüne.

Die gleißende Sonne blendete ihn und brannte auf seinen nackten Schultern.

„Was soll das denn?", fuhr er sie an. „Ich wollte gewiss nicht die Höhle verlassen, um in einer Düne zu verdorren!"

„Oh, entschuldige." Setzte die Kette ihrer Missgeschicke sich fort? Das passierte ihr nur, wenn sie sich nicht genügend konzentrieren konnte. Schuld daran war nur er mit seiner sinnlichen Ausstrahlung. „Ich mach's gleich wieder gut."

„Das will ich hoffen." Aladin kniff die Lippen zusammen. „Du bist mein Dschinn und musst mir gehorchen. Das hast du selbst gesagt. Oder willst du, dass ich dich wieder in diese Lampe zurückwünsche?"

„Bitte, nein. Du bist mein erster Gebieter ..."

„Hol mich jetzt sofort hier raus!", befahl er und versuchte gleichzeitig, sich mit seinen Händen zu befreien. Wie gebannt starrte Leila auf das Spiel seiner Muskeln. Erst sein anklagender Blick riss sie aus der Starre.

„Ja, ich mach ja schon." Sie wollte ihn nicht verärgern, aber irgendwie irritierte er sie.

Wenig später stand Aladin vor ihr und klopfte sich den Sand aus der Hose.

„Hättest du mich denn nicht gleich nach Bagdad zaubern können?" Seine Augenbrauen zogen sich drohend zusammen.

„Aber du hast mir doch nicht gesagt, wohin du willst", verteidigte sie sich. Wie sollte sie alles richtig machen, wenn er ihr nicht genau erklärte, wohin er wollte?

„Worauf wartest du noch? Auf nach Bagdad." Kaum hatte er diese Worte ausgesprochen, wurde er von einem Strudel erfasst, der ihn mitriss und mitten auf dem belebten Basar Bagdads ausspuckte, direkt vor die Füße eines wütenden Kamels. Hart landete er auf seinen Knien und wäre fast von dem aufgebrachten Tier überrannt worden. Mit einem Hechtsprung rettete er sich zur Seite. Als das Tier schnaubend an Aladin vorbeigerannt war, sprang er auf. Wütend funkelte er Leila an, die ihren Blick senkte und verlegen an ihrem Überkleid aus Brokat zupfte.

„Beinahe hätte mich das Kamel zertrampelt!" Er kniff die Lippen zusammen.

„Dein Zauber scheint mir lebensgefährlich zu sein."

„Ich war mir sicher … Das wird nicht wieder vorkommen. Wirklich. Ich rechne das auch nur als *einen* Wunsch", stammelte Leila und verwünschte sich insgeheim. Hoffentlich würde der Meisterdschinn ihre Mogelei nicht bemerken.

„Das will ich hoffen, sonst … Komm, lass uns zu meinem Haus gehen."

Er drehte sich um und lief mit weit ausholenden Schritten an den Ständen der Händler vorbei, dass Leila Mühe hatte, mitzuhalten.

Aladin konnte sein Glück noch immer nicht fassen, der Höhle entronnen zu sein. Er hatte schon seine Gebeine zwischen Juwelen verrotten sehen.

Endlich würden seine Wünsche wahr werden! Als Kind hatte er seinem Großvater gelauscht, der von Dschinn erzählte. Die Geschichten fand er zwar faszinierend, hielt sie aber für Märchen. Dass gerade er einem Dämon begegnete, noch dazu einem ausgesprochen begehrenswerten Geschöpf, wäre ihm nie in seinen kühnsten Träumen in den Sinn gekommen.

Mit geröteten Wangen stand sie jetzt neben ihm, ihr Blick flog von der Stadtmauer über die Händler bis zur Moschee. Sie war grazil wie eine Gazelle mit dem schwingenden Gang einer Tänzerin. Wenn sie ging, wippte bei jedem Schritt ihr kleiner Busen, dessen rosiger Ansatz im Ausschnitt ihres golddurchwirkten Brokatübergewands zu sehen war.

Während er heimlich den Anblick genoss, bewunderte Leila die handbemalten Krüge, die an einem der Marktstände angeboten wurden. Sie bückte sich, um einen aufzuheben. Unterhalb ihres Überkleides, das ihr bis zur Taille reichte, schmiegte sich der seidene Kaftan eng an ihren Po. Rosa Haut schimmerte verführerisch unter dem zarten Stoff hindurch.

Es juckte Aladin in den Fingern, herzhaft zuzugreifen.

Sie ist keine Frau, sondern ein Dämon, ermahnte ihn seine innere Stimme und riss ihn damit aus seinen lustvollen Tagträumen.

Er schüttelte den Kopf, als könne er die Gedanken daraus verbannen.

Leila kam bei dem Anblick des bunten Markttreibens aus dem Staunen nicht hinaus. Es lag schließlich über tausend Jahre zurück, seit sie einen Basar besucht hatte. In der Luft schwebte der intensive Duft von Gewürzen, gemischt mit dem des süßen Honigs. Kaftane, Entaris und Wickelgewänder in allen Farben lagen auf den Tischen. Ein Äffchen turnte auf der Schulter eines Händlers und krähte vergnügt. Erschreckt wich sie zurück, als ein Feuerschlucker ihnen seine Kunst demonstrierte.

Der Basar lag mitten in der Kasbah Bagdads. Enge, dunkle Gassen wanden sich um den Platz, auf dem einst die Soldaten des Kalifen für ihre Kämpfe trainiert hatten.

Der Turm der Moschee bohrte sich über den Dächern der Altstadt in den wolkenlosen Himmel. In den Bogengängen, die zu ihrer Rechten lagen, boten Obsthändler Datteln, Feigen und andere Früchte an. Zielstrebig steuerte Aladin diesen Bereich an, der im Schatten lag, denn die Mittagssonne brannte erbarmungslos auf sie herab. Wie eine eingeölte Götterstatue glänzten Aladins nackte Arme. Sie stellte sich vor, wie es wäre, ihm zentimeterweise den Schweiß vom Körper zu waschen und dabei das Spiel seiner Muskeln unter der Haut zu erfühlen.

„Trödel nicht", riss Aladin sie aus ihren Gedanken und sah sie mürrisch an.

Leila wollte protestieren, folgte ihm jedoch schweigend. Dabei betrachtete sie ausgiebig seine Bewegungen, die kraftvoll und geschmeidig zugleich waren. Bevor sie zu einem Dämon geworden war, hatte sie einmal einen Jungen geliebt, der Aladin sehr ähnlich war. Seinen Namen hatte sie vergessen.

Aladin drängte sich durch die immer dichter werdende Menge der Basarbesucher. Dabei ergriff er ihre Hand und zog sie mit sich. Diese Berührung löste in Leila überwältigende Gefühle aus. Es fühlte sich so vertraut an, als würden sie sich bereits eine Ewigkeit kennen. Sie würde ihm jeden Wunsch erfüllen.

Vor den Ständen der Obsthändler hielten sie an. Während Aladin mit einem Händler um den Preis für eine Handvoll reifer Datteln feilschte, bemerkte Leila, wie seine Hand in Sekundenschnelle zwei rote Äpfel aus einem Korb stahl und sie unbemerkt in der Hosentasche verschwinden ließ. Erstaunt schwieg sie. Sie verließen den Stand, ohne die Datteln zu kaufen. Leila warf einen Blick über die Schulter zurück, um sich zu vergewissern, dass der Händler nichts vom Diebstahl bemerkte hatte. Erleichtert atmete sie auf.

Sicher bugsierte Aladin sie weiter durch das Gedränge, vorbei an den vielen Händlern, die aus allen Gegenden des Landes nach Bagdad gekommen waren, um ihre Ware anzupreisen.

„Warum hast du gestohlen?", flüsterte sie nach einer Weile, als sie sicher war, dass sie niemand belauschte, und hielt ihn am Arm fest.

Er blieb stehen und drehte sich zu ihr um.

„Aus Gewohnheit. Stehlen gehört in Bagdad zum Überleben", erklärte er mit ernster Miene.

„Aber ich kann dir doch alle Speisen herbeizaubern."

„Ja, das stimmt, aber ich stehle, seit ich denken kann. Es gehört zu meinem Leben. Und außerdem will ich keinen der beiden Wünsche vergeuden." Er grinste sie an.

Plötzlich wandte er sich um.

„Warte bitte einen Moment. Bin gleich wieder zurück."

Leila beobachtete, wie er auf zwei Kinder zuging, die sich in den Schatten einer Mauer drängelten und mit großen Augen auf die Früchte starrten, die in einem Korb zu ihren Füßen lagen. Aus ihren ausgezehrten Körpern sprach der Hunger.

„Verschwindet, Diebesgesindel!" Ein Händler stieß sie grob beiseite. Ängstlich duckten sie sich und wollten fortrennen.

Da zog Aladin die beiden Äpfel aus seiner Tasche und reichte sie ihnen. Sofort erhellten sich die Mienen der beiden Jungen, die hastig nach den Früchten griffen und herzhaft hineinbissen.

Diese Geste machte Aladin noch sympathischer. Leila schämte sich, weil sie nicht selbst die beiden Jungen bemerkt hatte. Hunger kannte sie nur aus Erzählungen.

Aladin kehrte mit einem Lächeln zu ihr zurück.

„Das war wirklich edelmütig von dir", begrüßte sie ihn voller Bewunderung.

„Hunger tut weh. Ich kenne dieses Gefühl zur Genüge. Schließlich zähle ich zu den Ärmsten Bagdads."

Er nahm ihre Hand und zog sie weiter durch die schnatternde Menge. Aladin blieb abrupt stehen, dass Leila gegen ihn prallte.

„Was ist? Warum gehen wir nicht weiter?", fragte sie.

Laute Rufe hallten von den Mauern und alle strömten plötzlich zur Mitte des Marktplatzes. Schellentrommeln und Flöten ertönten. Aladin schloss sich dem Strom der anderen an.

„Eine wichtige Persönlichkeit scheint heute den Markt zu besuchen. Komm, lass uns nachsehen. Oft werden Münzen geworfen."

Noch ehe Leila protestieren konnte, folgte sie ihm in das dichte Gedränge schwitzender Leiber.

Von Weitem erkannte sie eine Sänfte, die auf den Schultern von vier schwarzen Männern ruhte. Zwei weitere Diener mit wichtigen Mienen flankierten sie.

Die weichfließenden, grünen Vorhänge verhinderten die Sicht auf die Person in der Sänfte.

Leila bemerkte das fiebrige Glänzen in Aladins Augen, als allgemeiner Jubel ausbrach. Er reckte wie alle anderen erwartungsvoll seinen Kopf weit nach vorn, aber die wichtige Persönlichkeit in der Sänfte gab sich nicht zu erkennen.

Leila beschloss, ein wenig nachzuhelfen. Sie spitzte die Lippen und pustete, bis ein leichter Wind aufkam, der den Vorhang anhob und über das Dach klappte. Ein ehrfürchtiges Raunen ging durch die Menge. Leila bereute ihre Entscheidung, denn in der Sänfte saß die schönste Frau, die sie je gesehen hatte. Kein Gesichtsschleier verhüllte ihr herzförmiges Gesicht mit den schräg geschnittenen Augen. Die Haut war makellos, Lippen und Augen perfekt geschminkt. Lange, schwarze Wimpern warfen Schatten auf ihre hellen Wangen. Sie zog einen Schmollmund, der sicher auf Männer verführerisch wirkte. Neben ihr kam sich Leila unscheinbar und blass vor, obwohl der Meisterdschinn ihr mehrfach versichert hatte, wie anziehend sie wirkte und wie leicht es ihr fallen würde, ihren Gebieter allein durch ihren Anblick zu bezaubern. Aladin jedoch schien gegen ihre Reize immun zu sein. Schließlich hätte er mehr erfreut sein können, einen weiblichen Dschinn befreit zu haben.

Wie gebannt hing er dagegen am Anblick der Schönen, die huldvoll ihre Hand hob.

„Jasmin", flüsterte er voller Bewunderung. Wie er diesen Namen aussprach, erweckte in Leila wieder diesen Anflug von Eifersucht, der sich wie ein Stein in ihrem Magen ballte.

Energisch zog sie Aladin am Arm, aber er konnte sich nicht losreißen und gaffte diese Jasmin mit offenem Mund und Hundeblick an. Das ärgerte Leila.

„Nun weißt du, wer in der Sänfte sitzt.. Du wolltest doch zu deinem Haus gehen." Sie benötigte zwei Versuche, um Aladin aus der Starre zu reißen.

„Schon gut", murrte er und ging seufzend weiter. Leila folgte ihm.

Aladin schwieg, er schien in Gedanken weit entfernt zu sein. Bestimmt dachte er wieder an die Schöne aus der Sänfte. Ohne auf Leila zu achten, marschierte er weiter.

Sie hätte zwar gern noch eine Zeit lang auf dem Basar verweilt, um alles in Ruhe zu betrachten, aber sie musste ihrem Herrn folgen.

Der Besucherstrom lichtete sich, als er sie aus der Kasbah durch ein enges Gassengewirr führte, das an der steinernen Brücke endete, die sich über den Tigris spannte. Hier, außerhalb des Zentrums, erschien die Stadt wie ausgestorben.

Am anderen Flussufer thronte oben auf einem Berg der Palast des Kalifen mit seinen unzähligen Spitztürmen und der prächtigen goldenen Kuppel, die im Sonnenlicht glänzte. Aladin wirkte entspannter.

„Siehst du, da hinten?" Er zeigte auf eine weit entfernte Häuserzeile unterhalb des Palastes. „Da befindet sich mein bescheidenes Haus." Bilder drängten sich Leila auf.

Plötzlich glaubte sie sich zu erinnern, schon einmal während ihres menschlichen Daseins hier gewesen zu sein, einst in den Palastgärten gespielt zu haben. Fast meinte sie, das Plätschern des Wasserspiels zu hören, das sie damals bewundert hatte.

Die Palastgärten des Kalifen waren einzigartig und die schönsten, die sie je gesehen hatte, mit prächtigen Herbstanemonen und duftendem Kletter-jasmin. Aber die eigentlichen Attraktionen waren die Wasserspiele, die in allen Variationen existierten und in der Hitze Abkühlung versprachen. Es war ein bewegender Moment, sich dieser Erinnerung bewusst zu werden.

Aladin, der ihr Zögern bemerkt hatte, drehte sich zu ihr um.

„Was ist?" Eine Mischung aus Neugier und Ungeduld lag in seiner Stimme.

„Ich bin schon einmal vor langer Zeit hier gewesen", flüsterte sie. Eine Träne stahl sich aus ihrem Auge.

„Wie kann das sein? Du warst in der Lampe eingeschlossen und hast mir gesagt, ich wäre der Erste, der dich befreit hätte. Außerdem gibt es keine Dschinn, die in Bagdad leben, davon wüsste ich." Er schmunzelte.

„Das stimmt. Auch ich war einmal ein Mensch, der in dieser Stadt gelebt hat." Die Gefühle drohten, sie zu überwältigen. Mit einem Mal schien es ihr, zu Hause angekommen zu sein.

Aladin wischte ihr mit dem Daumen die Träne fort, die über ihre Wange lief. Mitgefühl lag in seinem Blick. Am liebsten hätte Leila ihr Gesicht in seine Hand geschmiegt, stattdessen stand sie stocksteif da und sah ihn an.

„Vergiss die Vergangenheit, vor dir liegt die Zukunft. Komm, lass uns weitergehen", sagte er sanft. Leila schüttelte den Kopf.

„Ich bin das Laufen nach tausend Jahren nicht mehr gewöhnt. Meine Füße sind voller Blasen. Ich habe eine bessere Idee." Sie schnippte lächelnd mit dem Finger. Aladin zog fragend die Brauen hoch.

„Ich habe mir aber gar nichts gewünscht."

„Stimmt. Der Teppich ist so was wie ein Freund, der mich auf Schritt und Tritt begleitet. Er zählt nicht." Sie zwinkerte ihm zu.

Aus dem Nichts war vor ihnen ein Teppich aufgetaucht, der lautlos in der Luft schwebte.

„Wie ist das möglich?", rief Aladin und griff nach dem Teppich, um sich zu vergewissern, dass dieser kein Trugbild war. Zum Glück befand sich niemand in der Nähe, der sie beobachtete.

„Du hast wohl vergessen, dass ich ein Dschinn bin?" Leila lachte über seine verdutzte Miene und wischte sich die letzten Tränenspuren aus den Augenwinkeln. Mit einer Geste bedeutete sie dem Teppich, sich zu ihren Füßen zu begeben.

Leila sah fragend zu Aladin, der noch immer zögerte, ihr auf den Teppich zu folgen.

„Steig auf oder willst du wirklich bei der Hitze den weiten Weg zu deinem Haus laufen?" Sie streckte den Arm aus und winkte ihn mit dem Finger zu sich.

„Und wenn uns jemand sieht?"

Sie winkte ab. „Die sind doch alle auf dem Basar. Nun komm schon.‟

Es dauerte einen Moment, bis Aladin ihr folgte. Kaum hatte er den Teppich betreten, erhob dieser sich in die Luft, und er hatte Mühe, das Gleichgewicht zu halten. Aladin schwankte und versuchte, sich mit den Armen auszubalancieren, was ihm bei der Geschwindigkeit, mit der sich der Teppich nach oben bewegte, nicht gelang. Der Fahrtwind riss ihn um. Aladin suchte nach Halt und fand ihn bei der knienden Leila. Dann rappelte er sich hinter ihr auf die Knie. Seine Hände umfassten ihre Brüste. Aber er schien es nicht zu bemerken, sondern starrte fasziniert über ihre Schulter auf Bagdad hinab. Dafür Leila umso mehr. Die Wärme seiner Hände drang durch ihre Kleidung und ergoss sich wie ein Strom glühender Lava in ihre Adern. Ihre Brustwarzen verhärteten sich, in ihrem Schoß begann es, zu pulsieren, als sein muskulöser Brustkorb sich auch noch an ihren Rücken schmiegte. Leila hielt den Atem an. Der Teppich verlangsamte sein Tempo.

Sie umfasste Aladins Hände und begann mit diesen, ihre Brüste sanft zu massieren. Er sog geräuschvoll die Luft ein. Langsam schob sie seine Arme an ihrem Körper hinab bis zu ihren Hüften. Er ließ es geschehen, aber sie spürte deutlich seine Anspannung. Sein Atem beschleunigte sich. Ihr Puls raste wie verrückt.

Halt! Wenn sie jetzt nicht aufhörte, würde sie ihm wie eine reife Frucht in die Arme sinken. Sie atmete tief durch und stieß lachend seine Hände fort. Er durfte von ihr kosten, häppchenweise, ohne sie ganz zu bekommen, aber genug, um sich nach ihr zu verzehren. Noch immer klangen die Worte des Meisterdschinns in ihren Ohren: „Willst du, dass er dich begehrt, gestehe ihm nur wenige, aber intime Berührungen zu. Er darf niemals glauben, du seist leicht zu haben. Männer lieben es, um eine Frau zu werben. Das ist der Reiz, der sie gefangen nimmt.‟

Wenn nur nicht ihre Gefühle derart verrücktspielen würden.

„Ich weiß nicht, was es da zu lachen gibt? Schließlich ist es für mich nicht alltäglich, mit einem Teppich zu fliegen‟, knurrte Aladin. Sie erkannte die Verärgerung, die in seiner Stimme mitschwang, und verstummte sofort. Das Beste war, ihn abzulenken.

„Ist das nicht herrlich? Genieße den Ausblick. Ganz Bagdad liegt uns zu Füßen. Schau, dort hinten nähert sich der Stadt eine Karawane. Und jetzt liegt der Palast unter uns.‟ Leila beugte sich über den Teppichrand und zeigte auf die riesige Kuppel, die sich unter ihnen wölbte.

Aladin lugte vorsichtig nach unten. Offensichtlich misstraute er den Flug-künsten des Teppichs.

Aber Leila gelang es, seine Zweifel zu zerstreuen.

„Keine Panik. Der Teppich gehorcht mir aufs Wort. Wenn ich es nicht möchte, dass wir abstürzen, wird es auch nicht geschehen. Also entspann dich."

Leila fühlte sich so lebendig, was nicht zuletzt an der Gegenwart ihres überaus attraktiven Begleiters lag. Aus dem Augenwinkel beobachtete sie Aladin, der zunehmend kühner wurde, sich hinlegte und weit über den Rand des Teppichs hinauslehnte, um die Welt aus der ungewohnten Perspektive näher zu betrachten. Leila hätte den Teppich ewig fliegen lassen, nur um länger in seiner Nähe zu sein. Sie robbte dicht an Aladin heran und ließ sich von ihm die einzelnen Gebäude aus der Vogelperspektive erklären. Aus jedem seiner Worte sprachen Begeisterung und Liebe zur Heimatstadt. Sie hätte ihm ewig lauschen können.

„Davon habe ich schon immer geträumt. Ich fühle mich wie ein Vogel!", rief er und breitete seine Arme aus.

„Fast. Da oben sind die Aufwinde noch besser und man fühlt sich wie ein Falke."

Leila befahl dem Teppich, emporzusteigen. Aladin stieß Jubelschreie aus, als er nach oben katapultiert wurde, um gleich darauf in rasantem Tempo zur Erde zurückzugleiten. Dann schwebten sie wieder über den Dächern Bagdads.

„Na, wie hat dir das gefallen? Habe ich dir zu viel versprochen?"

„Nein, es war wunderbar!" Seine Augen strahlten wie die eines kleinen Jungen. Doch dann wechselte der Ausdruck darin und plötzlich schien die Luft elektrisiert.

Sie legte ihre Hand auf seinen Arm. Heiß durchfuhr es sie, als sie spürte, wie sich seine Muskeln darunter anspannten.

Das Lächeln auf seinem Gesicht wich. Ihre Blicke tauchten ineinander, die Zeit schien stillzustehen. Für einen Moment glaubte sie, so etwas wie Begehren in seinen Augen aufblitzen zu sehen. Doch schon war der Eindruck verflogen und sie senkte den Blick.

„Da unten ist mein Haus. Befiehl dem Teppich, zu landen", sagte er mit rauer Stimme.

„Nein, lieber dort hinten zwischen den Palmen, wo uns keiner beobachten kann. Die Menschen könnten sich vor einem fliegenden Teppich fürchten. Zum Glück sind die meisten noch immer auf dem Basar." Er nickte.

Leila bewegte ihre Hand langsam nach unten, woraufhin der Teppich sich senkte. Sie hatte den Flug genossen und bereute das schnelle Ende. An seiner Seite fühlte sie sich mehr als Frau denn je. Er weckte alle Sinne in ihr.

Die Gegend wurde von kargen Lehmhäusern dominiert, die von der Armut seiner Bewohner zeugten. Die Menschen saßen mit hängenden Köpfen auf den Stufen vor ihren Eingängen. Aus ihren Mienen sprach Hoffnungslosigkeit. Dieser Anblick rührte Leila und erinnerte sie an die beiden Jungen von vorhin.

Aladin begrüßte im Vorbeigehen eine alte Frau, auf deren Lippen ein schwaches Lächeln erschien.

Dann führte er Leila in sein Haus, das ein karger, quadratischer Raum war, in dessen Mitte eine Feuerstelle platziert war. Sein Bett bestand aus einem Teppich und einem zerschlissenen Seidenkissen.

„Das ist mein bescheidenes Haus." Er stöhnte auf. „Mit diesem Reichtum kann ich bestimmt eine Prinzessin beeindrucken", sagte er und zog eine Grimasse. Seine Gedanken galten wieder der Prinzessin aus der Sänfte. Warum war sie auch nur so dumm gewesen, den Vorhang der Sänfte anzuheben? Für diese Torheit hätte Leila sich sogar selbst in die Lampe zurückgewünscht. Sie rang sich ein Lächeln ab, als sie sich Aladin zuwandte.

„Ach, willst du das? Ich dachte, du wolltest mit mir über deine übrig gebliebenen Wünsche reden."

„Genau. Und Jasmin ist einer davon." Immer wenn er den Namen der Prinzessin aussprach, gab es Leila einen Stich. Am liebsten hätte sie ihn gefragt, was er an ihr so begehrenswert fand. Ja, zugegeben, sie war schön. Aber war sie auch klug und mochte ihn? Wenn sie nur gekonnt hätte, hätte sie diese Jasmin in eine Schlange verwandelt, so wie es ein anderer Dschinn mit einer Nebenbuhlerin getan hatte. Leila stellte sich Aladin vor, der Flöte spielend vor einem Korb saß, aus dem sich eine Schlange mit Jasmins Gesichtszügen erhob.. Sie musste ein Kichern unterdrücken.

„Du weißt, ich habe dir gesagt, dass wir Dschinn keine Gefühle beeinflussen können. Ich kann sie also nicht dazu bringen, sich in dich zu verlieben."

„Nein, aber du kannst es mir erleichtern, dass sie sich in mich verliebt. Welche Frau könnte schon solch einem gut aussehenden Kerl wie mir widerstehen?" Er grinste sie frech an.

„Na, du bist ja ganz schön eingebildet. Welche Erfahrung mit Frauen ihrer Art besitzt du denn, dass du dich so sicher fühlst, sie für dich zu gewinnen? Sie ist kein Mädchen deines Standes. Solch ein bunter Schmetterling will mehr, ist verwöhnt. Da kommen nur die besten Blüten infrage. Du musst ihr schon einiges bieten und nicht nur materiell. Du musst sie auch als Mann faszinieren. Dazu ist es wichtig, ihre Gewohnheiten und Leidenschaften zu kennen. Hat sie dir diese schon verraten? Kennst du ihre Vorlieben beim Essen, Schlafen, der Liebe?"

Aladin prustete los. „Als Frau sollte sie eher die meinen kennen." Wieder folgte ein unverschämtes Grinsen.

„Wenn du dich wie ein Pascha benimmst, wirst du sie nie gewinnen."

Leila redete sich in Rage, ihre Stimme überschlug sich fast.

„Traust du mir etwa nicht zu, eine Frau glücklich zu machen?" Und ob, dachte sie, aber das durfte sie ihm auf keinen Fall sagen.

„Wie viele Frauen hast du schon kennengelernt, wie viele davon geküsst, mit wie vielen das Lager geteilt?" Sie stellte sich vor ihn hin, die Arme in die Taille gestützt.

„Was geht es dich denn an?", herrschte er sie an.

„Wenn ich dir helfen soll, diese Jasmin zu kriegen, muss ich schon einiges über dich wissen. Also sag mir die Wahrheit."

Aladin räusperte sich und sah auf seine nackten Füße.

„Da waren schon welche, aber …", begann er.

„Aber keine wie sie, nicht wahr?" Leila verdrehte die Augen.

„Keine war mit ihr vergleichbar. Nur ein Blick aus ihren Augen bringt Männerherzen zum Schmelzen. Und dann diese Lippen …"

„Genug. Spar dir das für später auf. Lass uns überlegen, wie wir am besten vorgehen." Leila umkreiste Aladin und betrachtete ihn von oben bis unten.

„Was ist? Warum siehst du mich so an?" Wenn er nur wüsste, wie gut er aussah … Nie würde sie ihn kampflos dieser Prinzessin überlassen. Dennoch musste sie ihm das Gefühl vermitteln, wie sehr sie seine Wünsche ernst nahm.

„Du trägst Arme-Leute-Kleidung, gehst barfüßig und stinkst wie ein Ziegenhirt. So willst du doch deiner Angebeteten nicht entgegentreten." Leila zupfte an seiner Hose, deren Saum vor Schmutz strotzte. Der Gürtel hatte auch schon bessere Zeiten gesehen. Sie beugte sich vor, schnupperte an ihm und rümpfte die Nase.

„Was macht dich zur Expertin?" Missbilligend kniff er die Lippen zusammen.

„Ich will dir zugutehalten, dass du das erste Mal einem Dschinn begegnet bist und nicht deren Aufgaben kennst. Unsere Aufgabe ist es auch, für das Wohlergehen unseres Gebieters zu sorgen und natürlich, ihn glücklich zu machen." Aladin umfasste ihre Schultern und sah sie eindringlich an.

„Genau, also lass dir was einfallen. Ich begehre Jasmin mehr als alles andere. Ich wünschte, du machst aus mir einen Prinzen oder Kalifen, egal was, nur hilf mir, damit ich sie näher kennenlernen kann."

Leila erkannte, wie ernst es ihm damit war, und das stimmte sie traurig. Half sie ihm aber nicht, würde er sie in die Lampe zurückverbannen.

„Gut, dein Wunsch sei mir Befehl. Fangen wir gleich an. Als Erstes musst du ein Bad nehmen, denn Prinzessinnen besitzen besonders feine Nasen. Und danach werden wir dich einkleiden."

Aladins beleidigte Miene amüsierte Leila.

„Aber ich besitze keinen Zuber, und ein Badehaus kann ich nicht bezahlen."

„Ich könnte zwar ein paar Münzen herzaubern, doch das würde wieder einen Wunsch bedeuten. Ich glaub, ich hab eine bessere Idee. Ich kenne da nämlich eine Oase, schön wie das Paradies …", sagte sie mit einem Lächeln auf den Lippen.

Ein leichter Wind machte die Hitze erträglicher, als sie die palmengesäumte Oase mit dem Teppich erreichten. Leila erinnerte sich an die enthusiastischen Beschreibungen anderer Dschinn, die diese Wüsteninsel als Paradies bezeichneten. Und sie hatten nicht untertrieben, es war ein grünes Juwel, gespeist von einem sprudelnden Quell inmitten einer kargen Sand-landschaft. Nur die Karawanen, die von der Seidenstraße nach Arabien zogen, passierten sie und hielten an, um ihre Kamele zu tränken und sich zu stärken.

Sanft glitt der Teppich hinab. Aladins Augen weiteten sich vor Staunen angesichts der ungewohnt üppigen Vegetation inmitten der persischen Wüste.

Leila nahm ihn wortlos bei der Hand und führte ihn einen schmalen Pfad zwischen blühenden Kakteen entlang, der zu einem zentral gelegenen, kleinen See führte.

„Bei Allah, du hast nicht zu viel versprochen. Hier muss das Paradies ge-legen haben. Einfach traumhaft, besser als in jedem Badehaus." Der Blick, mit dem er sie bedachte, wärmte ihr Innerstes.

„Das Quellwasser ist etwas ganz Besonderes, es umschmeichelt die Haut. Alte Legenden erzählen, dass schon Mohammed hier gebadet haben soll. Entkleide dich und genieße dein Bad."

Er zögerte einen Moment und sah sie fragend an, als er den Gürtel seiner Hose öffnete.

„Du bist nicht der erste Mann, den ich nackt sehe. Aber ich werde mich um die Seifenessenzen kümmern. Wenn du bereit bist, rufe mich."

„Heißt das, du wirst mir einen ganzen Harem herbeizaubern, der mich waschen wird?" Er strahlte sie an.

„Das könnte dir so passen. Du wirst mit mir vorlieb nehmen müssen oder willst du einen Wunsch opfern?", antwortete sie schnippisch.

„Und wenn du mir nicht genügst?"

„Dann hast du eben Pech gehabt. Wenn du erstmal mit Jasmin verheiratet bist, musst du dich mit einer Frau begnügen."

„Wieso? Jeder Kalif kann sich einen Harem erlauben." Er grinste sie frech an.

„Wir können das Ganze natürlich auch lassen. Ich reiche dir besser Schwamm und Seife, damit du dich selbst waschen kannst."

„Muss ich dich immer wieder darin erinnern, dass du mein Dschinn bist, der mir meine Wünsche erfüllen soll? So leicht kommst du mir nicht davon.

Für heute reicht es mir, mit dir vorliebzunehmen." Sein Blick war abschätzend, glitt vom Kopf bis zu den Füßen, als würde er ein Kamel auf dem Basar begutachten.

„Na, vielen Dank." Am liebsten hätte sie ihn im See untergetaucht, um ihm eine Lektion zu erteilen.

Aladin entledigte sich rasch seiner Kleidung, während Leila ihn aus dem Augenwinkel betrachtete und so tat, als rühre sie Essenzen an.

Mit einem lauten Platschen, begleitet von einem Jubelschrei, sprang er ins Wasser. Sie bewegte ihre Finger und schon stand neben ihr ein Korb, der einen Schwamm, verschiedene Seifen und Flakons mit weiteren Duftessenzen enthielt. Bevor sie den Korb hochhob, entledigte sie sich ihres Übergewands und begab sich im hauchdünnen Seidenkaftan, der mehr von ihrem Körper enthüllte als ihn verdeckte, zu Aladin.

Ausgelassen wie ein kleiner Junge planschte er im Wasser. Seine Kleidung lag achtlos am Ufer. Er hatte ihr den Rücken zugewandt. Leila verharrte einen Augenblick und betrachtete seine wohlgeformte Kehrseite. Neben breiten Schultern besaß er einen festen, runden Hintern, der in gerade, kräftige Beine mündete. Aladins Körperbau erschien ihr perfekt. Wie mochte es sein, ihn an seinen intimsten Stellen zu berühren? Begehren flammte in ihr auf und bewirkte wieder das vertraute Ziehen in ihrem Schoß, das sie durch ihn kennengelernt hatte. Langsam schritt er tiefer in den See, bis er bis zur Taille im Wasser stand. Auf seinem schwarzen Haar lag ein blauer Schimmer. Leila konnte es kaum abwarten, ihn einzuseifen und mit den Fingern durch sein dichtes Haar zu fahren. Er sollte sich immer an diesen Moment erinnern.

Ihr Herz klopfte vor Erregung, als sie ihm mit Schwamm und einem Stück Seife ins Wasser folgte. Sie öffnete ihren Zopf, und ihr kastanienbraunes Haar fiel in weichen Wellen bis zu ihren Hüften hinab. Aladin war mit sich selbst beschäftigt, dass er ihre Anwesenheit nicht bemerkte. Er tauchte unter, um gleich darauf prustend wieder den Kopf aus dem Wasser zu heben.

Leilas feuchtes Kleid klebte wie eine zweite Haut an ihrem Körper. Es erregte sie, als das seichte, warme Wasser sanft plätschernd ihren Körper umspülte und der Stoff über ihre Brustwarzen rieb. Deutlich zeichneten sich ihre harten Knospen ab, die sich bei jedem Atemzug hoben und senkten.

Aladin wandte sich langsam zu ihr um. Sein Blick wanderte erstaunt von ihrem Gesicht über ihre runden Brüste und verweilte eine Zeit darauf, bis er erneut nach oben sah und sich ihre Blicke trafen. In seinen Augen lag Begehren. Leilas Herz raste wie ein Trommelwirbel, aber sie bemühte sich, sich nichts anmerken zu lassen, so wie sie es gelernt hatte.

Aladin war überaus attraktiv und anziehend. Sie musste sich vorsehen, wenn sie nicht ihren Kopf verlieren wollte. Ihn zu gewinnen und diese verdammte Prinzessin vergessen zu lassen, bedeutete, kühl zu bleiben, gleichgültig, wie schwer es ihr fiel. Innerlich stöhnte sie auf, denn sie wusste, dass ihm längst ihr Herz gehörte, und sie befürchten musste, ihre Gefühle in einem schwachen Moment zu verraten.

Stell dir vor, es ist eine Übung, rief sie sich zur Ordnung und setzte ihr betörendes Lächeln auf, das sie einst vor einem Spiegel einstudiert hatte. Er watete ihr ein Stück entgegen, bis seine Männlichkeit nur knapp bedeckt war. Leila blickte in das klare Wasser auf sein Glied, das sich unter ihrem Blick aufrichtete. Nur mühsam unterdrückte sie jede Regung, die ihm ihr Frohlocken verraten hätte. Sie trat dicht vor ihn und bemerkte zufrieden, wie Aladin schluckte. An seiner Wange zuckte ein nervöser Muskel.

Sie hob den Schwamm in die Höhe, bevor sie ihn ins Wasser tauchte und langsam einseifte. Sein Körper war angespannt, wie der einer Katze, bevor sie sich auf ihre Beute stürzte.

Leila begann mit seinen Schultern, ohne den Blick von ihm abzuwenden. In kleinen Kreisen seifte sie ihn mit dem Schwamm ein, bis ein weißer Film auf seiner Haut perlte, arbeitete sich zu seiner Brustmitte vor, strich über seine Brustwarzen, um schließlich tiefer zu gleiten.

Während sie mit der einen Hand seinen Bauch und Oberschenkel bearbeitete, legte sie ihre zitternde Hand auf sein Gesäß. Sofort verspürte sie, wie sich die Muskeln dort noch mehr anspannten. Sein Blick wurde schläfrig, und mit jedem Atemzug hob und senkte sich sein Brustkorb schneller.

Leila spürte, dass die Feuchte zwischen ihren Schamlippen nicht nur vom See herrührte. Die plötzlich entstehende Wärme in ihrem Schoß erzeugte ein angenehmes Kribbeln, das eine Gänsehaut verursachte. Kontrollier dich, ermahnte sie sich, obwohl das Verlangen in seinen Augen sie fast die Beherrschung verlieren ließ. Sie lehnte sich ein wenig zurück, legte den Kopf in den Nacken und schüttelte ihr Haar aus. Dabei zog sie ihn am Hintern zu sich heran. Mit einem Aufstöhnen riss er sie in seine Arme und presste seine Lippen heiß und fordernd auf die ihren. Mit seiner Zunge nahm er ihren Mund in Besitz und erkundete jeden Zentimeter darin. Ihr Körper begann, zu glühen, ausgelöst durch die Süße des Kusses, der zärtlicher nicht sein konnte. Seine Lippen schmeckten herrlich nach Kokos.

Leila zwang sich, den Kuss nicht zu erwidern, obwohl es sie nach mehr verlangte.

Stattdessen stieß sie ihn sanft von sich und lächelte ihn an.

„Wir sind doch noch gar nicht fertig mit der Reinigung, Aladin", tadelte sie ihn mit heiserer Stimme und kniff ihm in seinen Hintern.

„Ich werde dich verwöhnen, wie du es noch nie erlebt hast", versprach sie flüsternd.

„Wie soll ich aufhören, wenn deine Berührungen mich vor Lust wahnsinnig machen?", presste er hervor. „Ich will dich an den gleichen Stellen anfassen und sehen, wie sich dein Blick vor Wollust verschleiert." Aladin packte ihr Handgelenk und riss ihr den Schwamm aus der Hand, um ihn im hohen Bogen fortzuwerfen. Nicht weit von ihnen entfernt platschte er ins Wasser. Diese einfache Berührung reichte Leila, um ihre Knie weich wie Butter werden zu lassen.

Dann umschlang er mit seinen Händen ihre Taille und presste sie so fest an sich, dass sie nach Luft rang. Seine Lippen küssten ihre Schulter und hinterließen eine flammende Spur, die das Feuer der Leidenschaft in ihr schürte. Sie war überrascht über die Heftigkeit ihrer Gefühle und wünschte sich, dass er sie nahm, heiß und fordernd. Mit seinen Zähnen knabberte er sanft an ihrer Haut. Sie legte den Kopf in den Nacken und schloss leise seufzend die Augen, gab sich seinen drängenden Händen hin, die ihren Hintern fest umschlossen und sie vor wachsender Lust zittern ließen.

Seine Hüften rieben sich an ihrem pulsierenden Schoß. Die Bewegung trieb sie fast in den Wahnsinn.

Aladin hob ihr Becken an und legte ihre Beine um seine Hüften, dass sie sein Glied durch den Stoff an ihrem Kitzler spürte. Mit einem Stöhnen umschlossen seine Lippen die ihren. Sie nahm nichts mehr um sich herum wahr, konzentrierte sich nur auf das Glühen in ihrem Unterleib. *Mach weiter, dring endlich in mich ein*, dachte sie, aber dann sah sie plötzlich die Prinzessin vor sich und das ernüchterte sie mit einem Schlag. Was tat sie hier eigentlich?

„Aladin, hör auf", bat sie ihn und stemmte energisch die Hände gegen seine Brust, obwohl sie es sich eigentlich nicht wünschte. Allah allein wusste, wie schwer es ihr fiel, ihn in diesem Moment des Verlangens zurückzuweisen.

„Prinzessin Jasmin ist die, die du willst. Ich bin nur dein Dschinn." Aber die Frau, die dich begehrt, wollte sie ihm entgegenschreien. Aladin erstarrte. Der Name Jasmin brachte ihn wieder zurück.

Sein Griff lockerte sich und Leila rutschte an ihm hinunter. Ihre Wangen glühten und alles in ihr sehnte sich schmerzhaft nach ihm und seinen Liebkosungen. Doch jetzt war nicht der richtige Zeitpunkt.

Aladin knurrte. Die Enttäuschung stand ihm ins Gesicht geschrieben.

Er wollte sich von ihr zurückziehen, aber sie fasste seinen Arm.

„Deshalb musst *du* nicht deines Vergnügens beraubt werden", sagte sie und sah zu ihm auf.

„Keine Sorge, dafür ziehe ich dir keinen Wunsch ab."

Einen Moment lang dachte sie, er würde sich umdrehen und gehen, doch er verharrte.

„Nun gut", antwortete er.

„Genug gebadet. Sonst wird deine Haut noch ganz schrumpelig." Sie kicherte.

„Jetzt werde ich dich massieren."

In seinen Augen blitzte es bei dieser verlockenden Aussicht auf.

Wenig später lag Aladin bäuchlings auf einer Strohmatte, Leila kniete mit gespreizten Beinen über ihm, einen Flakon mit duftendem Massageöl in der Hand. Vorsichtig benetzte sie ihre Hand mit dem Öl, eine besondere Duftkreation des Meisterdschinns Amir, die die Lust wecken sollte.

Langsam begann Leila, seinen Rücken zu massieren. Wohlig seufzte Aladin auf und rekelte sich. Keinen Zentimeter seiner Haut ließ sie aus. Sie war glatt und unter ihr spannten sich seine Muskeln. Darüber zu streichen, jede kleinste Wölbung zu ertasten und seine Reaktion darauf zu beobachten, war für sie berauschender als Haschisch. Als sie seinen festen Hintern knetete, sog er die Luft ein. Aladin wirkte angespannt und entspannt zugleich. Die richtige Stimmung, um weiterzugehen.

Leicht wie Schmetterlinge strichen ihre Fingerspitzen über seine gesamte Kehrseite. Diese einfache Berührung bereitete auch ihr Lust, als sie spürte, wie er sich ihren Händen entgegenreckte. Sie ergötzte sich an dem sinnlichen Duftgemisch von Öl und Aladins Körper. Mit ihren Knien glitt sie zwischen seine Schenkel. Bereitwillig spreizte er sie von allein. Alles an ihm schien wie geschaffen dafür zu sein, sie zu beglücken. Nur musste auch er das erkennen.

Wieder benetzte sie ihre Finger mit dem Duftöl und zog eine feuchte Spur von seinem Hintern bis zum Hoden. Als sie ihn sanft zwischen ihren Fingern knetete, stöhnte er tief auf. Er hob leicht sein Gesäß an, das sie ihn besser befingern konnte. Prall lag sein Hoden in ihrer Hand und verstärkte das irrsinnige Kribbeln in ihrem Schoß. Sie wollte sich darüber beugen, um das Objekt ihrer Begierde zu umzüngeln, aber sie tat es nicht. Es sollte ihm nur einen kleinen Vorgeschmack auf weitere Zärtlichkeit geben. Leila wollte quälend langsam seine Lust steigern, ihn an den Rand des Wahnsinns treiben. Sich Zurückziehen, um sich dann weiter, kühner vorzuwagen, schürte das Feuer der Sinne. Aber es fiel ihr unendlich schwer, kontrolliert vorzugehen. Sie hätte lieber auch ihren eigenen Empfindungen freien Lauf gelassen.

Zum Abschluss gab sie ihm einen Klaps auf sein Hinterteil und bat ihn, sich auf den Rücken zu legen.

Mit geschlossenen Augen gab Aladin sich ihren Händen hin. Seine Brustwarzen ließ sie mit dem Öl aus und beugte sich stattdessen hinab, um sie nacheinander in den Mund zu nehmen, daran zu saugen und zu knabbern.

Leila liebte seinen Geschmack – ein wenig salzig, vermischt mit dem holzigen Geschmack des Öls. Er brummte leise, sein Atem beschleunigte sich.

Immer weiter begaben sich ihre Hände auf die Körperreise, tropften behutsam Öl auf seine erhitzte Haut, klopften, kneteten und massierten ohne Unterbrechung. Leila zitterte vor Vorfreude, je näher sie sich seinem erigierten Glied näherte, das leicht zuckte. Seine Eichel schimmerte bereits feucht. Nie hätte sie geglaubt, wie schwer ihr die Beherrschung fiel, sich nicht einfach auf ihn zu setzen, um seinen Phallus einzuführen. Sie verzichtete, in der Hoffnung, dass dieses Erlebnis und sie für ihn unvergesslich würden und er sie bat, bei ihm zu bleiben.

Während sie seine Oberschenkel einstrich, umkreiste ihre Zunge die Spitze seiner Lust. Ihr Schoß zog sich dabei krampfhaft zusammen, als stecke er in ihr. Nur allein die Vorstellung, dass er ihr Innerstes ausfüllte, machte sie vor Verlangen schwindlig, dass sie sich mit den Händen abstützen musste.

Aladin krallte seine Hände in den Sand und stöhnte. Das beflügelte Leila. Immer schneller züngelte sie über seine Eichel. Geräuschvoll sog er die Luft ein. Schließlich widmete sie sich erneut seinem Hodensack, um ihn sanft zu kneten. Er seufzte, stöhnte und brummte abwechselnd. Noch immer hielt er seine Augen geschlossen. Seine Nasenflügel bebten vor Erregung und seine Lider flatterten. Leila fühlte, wie die Feuchtigkeit aus ihrer Vagina an ihren Beinen entlanglief. Fast hätte sie seine Hände ergriffen, um sie an ihre Brüste zu legen, damit er sie knetete, dann auf ihren pulsierenden Schoß gepresst, so stark gierte auch sie nach Erfüllung. Aber noch war die Zeit nicht reif. Stattdessen hob sie ihr Bein über seinen Körper und kniete sich an seine Seite, um nicht mehr in Versuchung zu geraten. Womöglich hätte sie sich auf ihn gestürzt und ihn angefleht, sie zu nehmen. Doch sie durfte die Beherrschung nicht verlieren, wenn sie ihr Ziel erreichen wollte. Nur er und das Stillen seiner Lust standen im Mittelpunkt, nicht sie.

Ihr Mund umschloss die feuchte Gliedspitze, leckte und saugte daran. Dabei unterdrückte sie mit aller Macht die immer stärker werdende Begierde, die wie eine starke Woge von ihr Besitz ergriff. Bleib standhaft, ermahnte sie sich. Aladin hob sein Becken an. Er schrie auf, als sie sein Glied tiefer in den Mund nahm und die Lippen rhythmisch zusammenpresste. Es fühlte sich samtig und glatt an, schmeckte salzig und süß zugleich. Eine Mischung, von der sie nicht genug bekommen konnte. Das brennende Ziehen in ihrem Unterleib ließ sich kaum noch regulieren.

Immer drängender und schneller wiederholte sie diese Liebkosung. Leilas Erregung steigerte sich ins Unermessliche, bis sie glaubte, vor unerfüllter Lust zu bersten. Mit all ihrer Kraft presste sie die Schenkel zusammen, um das Gefühl zu unterdrücken. Dann fühlte sie, dass sein Höhepunkt nahte, und war gleichzeitig erleichtert und frustriert. Sie ließ von ihm ab und mit einem Aufschrei spritzte der Samen aus seinem zuckenden Penis. Aladins Muskeln erschlafften. Er rang nach Atem und sah sie aus halb geöffneten Augen an. Leila konnte den Ausdruck in seinen von Lust verschleierten Augen nicht deuten. Aber eine Wärme lag darin, die ihren aufgewühlten Sinnen irgendwie gut tat. Er streckte die Hand nach ihr aus, wollte ihr Gesicht berühren. Einen Moment verharrte er in der Bewegung und zog sie dann zu ihrer Enttäuschung zurück. Mit keiner Silbe erwähnte er, ob es ihm gefallen hatte. Du hast darauf gehofft, dass er dir gesteht, es genossen zu haben, dich gar zu begehren, schalt sie sich. Bitterkeit stieg in ihr auf. Sie fühlte sich plötzlich ausgebrannt und leer. Mühsam kämpfte sie gegen die aufsteigende Enttäuschung an, denn ihr Körper brannte vor ungestillter Befriedigung. Ein dicker Kloß saß in ihrem Hals, weil sie die Tränen unterdrückte. Krampfhaft suchte sie nach Worten, um die plötzliche Stille zu überbrücken. Ihre Beine zitterten noch immer vor Erregung, die nur langsam abebbte. Sie setzte sich hin und umschlang ihre Knie mit den Armen.

„Das war ein kleiner Vorgeschmack auf das, was du von deiner Braut verlangen kannst. Wir wollen dich jetzt einkleiden und den Plan besprechen, wie du Jasmin gewinnen kannst." Nur mit Mühe brachte sie ein Lächeln zustande und verdrängte die aufsteigende Sehnsucht. Ihre Stimme klang deprimiert und heiser.

Aladin setzte sich auf und blinzelte in die Sonne.

„An so was könnte ich mich glatt gewöhnen." Er grinste sie an.

„Wirst du auch dann mein Dschinn bleiben, wenn ich mit Jasmin zusammen bin?", fragte er leise und zeichnete mit dem Finger Kreise in den Sand.

Das könnte dir so passen! Uns gibt es nicht im Doppelpack. Entweder sie oder ich.

„Nein, denn bis dahin habe ich dir alle Wünsche erfüllt."

„Was geschieht mit dir danach?" Darüber wollte sie lieber nicht nachdenken.

„Da warte ich auf einen neuen Gebieter." Wenn er wüsste, wie schwer ihr diese Worte fielen. Verdammte Traurigkeit.

Plötzlich sprang Leila auf und fuchtelte mit den Armen in der Luft.

„Keine Worte mehr, jetzt müssen Taten folgen. Dein zweiter Wunsch, ein Edelmann zu sein, soll dir erfüllt werden. Du brauchst passende Kleidung."

Unsichtbare Hände trugen kostbare Gewänder herbei, Turbane, mit Edelsteinen besetzte Gürtel und goldene Schnabelschuhe. Aladin setzte sich auf und bestaunte das Angebot.

„Und was gefällt dir davon am besten?"

„Ich kann mich gar nicht entscheiden. Vielleicht alle?" Er kratzte sich verlegen am Kopf und lächelte. Sie würde diesem jungenhaften Lächeln nie widerstehen können.

„Ganz schön unverschämt. Aber meinetwegen, sie sollen dir gehören."

Die Ablenkung durch die Kleiderauswahl tat Leila gut, denn immer wieder sah sie vor ihrem geistigen Auge Aladins lustverkrampften Körper und verspürte ein starkes Verlangen.

Gemeinsam entschieden sie sich für eine Hose, darüber einen dunkelblauen Waffenrock mit goldener Schärpe. Die Krönung war ein weißer Turban, in dessen Mitte ein riesiger Saphir sein Feuer versprühte. Aladin war in dieser Kleidung kaum wiederzuerkennen. Wenn ihn schon die Tracht eines armen Mannes attraktiv erscheinen ließ, so übertraf seine Erscheinung in den kostbaren Gewändern all ihre Erwartungen. Da könnte auch eine Prinzessin seinem Charme nicht widerstehen. Leider. Seine dunklen Augen ruhten auf ihr, während er sich lachend im Kreis drehte. Leila hatte ihm einen Spiegel herbeigezaubert, in dem er sich begutachten konnte.

„Bei Allah und allen Propheten, ich sehe wirklich aus wie ein Kalif. Jasmin wird nie den Straßenmob in mir erkennen. Danke, Leila." Er sprang nach vorn, hob sie auf seine Arme und wirbelte sie lachend herum.

„Meine Träume werden endlich wahr. Ich kann es kaum glauben, Leila! Aber was nützt mir die Kleidung, wenn ich keine Diener und Titel besitze!"

„Du hast recht, es muss ein Gefolge sein, das noch größer ist als das des Kalifen von Bagdad. Eine Frau wie Jasmin muss beeindruckt werden. Sie ist Reichtum und tausend Diener gewöhnt, die ihr jeden Wunsch von den Augen ablesen, wie du das tägliche Brot. Erst dann wird der Kalif dich empfangen, damit du um ihre Hand anhalten kannst. Doch bedenke, dieses wäre dein letzter Wunsch." Aladin nickte. Wahrscheinlich hätte er ihr in diesem Moment alles versprochen, so strahlte das Glück aus ihm.

„Vielleicht kann ich sie auch so beeindrucken", sagte er und deutete auf sich.

„Aufgeblasener Gockel. Du glaubst doch nicht wirklich, dass sie sofort in deine Arme sinkt, nur weil du gut gekleidet bist."

„Nun gut, ich will mir Zeit lassen und den letzten Wunsch genau überlegen."

In Leilas Kehle saß ein dicker Kloß, sie fühlte sich miserabel. *Dumme Gans, musstest du es so weit kommen lassen? Dir wird es genauso ergehen wie den anderen Dschinn, die sich in ihre Gebieter verliebt haben. Er wird seinen letzten Wunsch nie dir widmen. Aber du hast es ja darauf angelegt, beschwer dich nicht.* Sie musste einfach hoffen, dass Aladin seine Zuneigung zu ihr entdeckte und darüber hinaus diese Jasmin vergaß. Doch die Zweifel in ihrem Inneren wuchsen ebenso wie die Bedenken, das Werben um Jasmin auf einer Lüge aufzubauen. Als hätte Aladin ihre Gedanken erraten, wurde seine Miene plötzlich ernst.

„Was ist, wenn Jasmin erfährt, dass ich gelogen habe?"

„Dann ist sie bestimmt bereits in dich verliebt", beschwichtigte Leila ihn. Aber die Falten auf seiner Stirn glätteten sich nicht.

„Wir können sie doch heimlich beobachten. Dann finden wir heraus, welche Vorlieben sie hat, damit es dir leichter fällt, sie zu gewinnen. Vielleicht ergibt sich für dich die Gelegenheit, mit ihr zu reden. Was hältst du von meinem Vorschlag?"

Leila musste zugeben, dass ihre Neugier überwog, um zu wissen, an welche Frau ihr Gebieter sein Herz verloren hatte.

„Ein guter Vorschlag." Aladin nickte.

„Gut, lass uns nach Bagdad zurückkehren, damit wir beginnen können."

Aladin betrachtete nachdenklich Leilas Profil, die sanft geschwungene, kleine Stupsnase und die roten Lippen, die ihn nicht nur an den Rand des Wahnsinns gebracht, sondern ihn auch gebrandmarkt hatten. Nie glaubte er, etwas Wunderbareres erlebt zu haben als die mit ihr geteilten Momente der Lust.

Doch sie war keine Frau, wenn sie auch so aussah und sich anfühlte. Sie war ein Dschinn, ein Dämon, der seinem Gebieter jeden Wunsch erfüllen musste. Wie konnte er das nur vergessen?

Die Sonne versank am Horizont und tauchte die Berge in ein rotgoldenes Licht, als sie Bagdad erreichten. Der wolkenlose Himmel versprach eine sternenklare Nacht. Eine Nacht der Liebenden. Fast hätte Leila laut geseufzt. Wie gern hätte sie diese mit Aladin genossen. Stattdessen galten seine Gedanken dieser Jasmin, die ihr immer unsympathischer wurde. Leila biss die Zähne zusammen und setzte eine gleichmütige Miene auf.

Sie überflogen die Stadt, hörten den Muezzin, der vom Minarett aus die Menschen zum Abendgebet rief. Der Tigris glitzerte silbrig im Mondschein unter ihnen und die letzten Boote segelten in den heimatlichen Hafen ein.

Der Palast des Kalifen war rundum von Fackeln beleuchtet. Lautlos und durchs Dunkel unbemerkt, schwebte der Teppich auf die Gärten zu, in denen unzählige Lampen warmes Licht spendeten. Die Schatten der Flammen tanzten an den Marmorwänden.

Leila vermutete die Prinzessin auf einem Spaziergang durch die Gärten und befahl dem Teppich, inmitten eines verwaisten Atriums zu landen.

„Du bleibst hier und verbirgst dich dort in der Nische", befahl sie Aladin und deutete auf eine überdachte Mauerecke, die einen Menschen verbergen konnte.

„Du kannst mir nicht einfach befehlen, was ich tun soll. Du bist mein Dschinn, ich erteile die Befehle!" Empörung schwang in seiner Stimme mit.

„Gut, dass du dich daran erinnerst. Und deshalb werde ich allein die Prinzessin suchen. Ich kann mich im Gegensatz zu dir in eine Fliege verwandeln und unbehelligt Ausschau halten. Du würdest sofort von den Wachen festgenommen werden. Pass lieber auf dich und den Teppich auf. Ich bin gleich zurück." Sie klatschte in die Hände, woraufhin sich der Teppich zusammenrollte. Aladin hob ihn auf.

„Lass mich nicht zu lange warten", sagte er knurrend.

„Keine Angst. Sobald ich sie gefunden habe, kehre ich zurück. Und keinen Mucks, sonst nimmt man dich gefangen und foltert dich.

„Danke, darauf kann ich verzichten." Aladin zog sich mit dem Teppich unter dem Arm tiefer in die Mauernische zurück.

Wenig später surrte Leila als Fliege durch die Luft. Sie umrundete die plätschernden Wasserspiele, flog durch einen Bogengang, dessen Wände bis zur Decke blau gekachelt waren, ohne die Prinzessin zu finden. Sie wollte bereits aufgeben, als sie leises Gelächter und Flötenspiel hörte.

Voller Neugier steuerte sie eine Terrasse an, die unterhalb des Haupttraktes lag. Von Weitem erkannte sie auf einem Berg Kissen liegend die Prinzessin, umringt von einer Schar Haremsdamen, die sie mit Musik und Tanz unterhielten. Gelangweilt starrte Jasmin vor sich hin. Leila konnte Aladin verstehen. Jasmin war wunderschön, zart wie eine Puppe, bei der man sich fürchtete, sie bei Berührung zu zerbrechen.

Doch es gab da einen kalten Ausdruck in ihren Augen, der Leila missfiel. Du bist nur eifersüchtig und willst sie ins schlechte Licht rücken, tadelte sie sich.

Die Prinzessin hangelte Weintrauben von einem goldenen Tablett, das neben ihr stand, und winkte mit strenger Miene eine der Frauen herbei, deren hellrotes Haar im Kerzenschein wie Feuer leuchtete. Die Frau näherte sich Jasmin, in ihren großen Augen lag Furcht.

„Bring mir von der Kamelmilch. Aber schnell", befahl Jasmin. Die Rothaarige verneigte sich und eilte mit kleinen Trippelschritten davon.

„Könnt ihr nicht mal was anderes spielen? Diese alten Weisen langweilen mich." Jasmin wandte sich an die anderen und gähnte laut. Sofort wechselten die Spielerinnen die Melodie.

Die Prinzessin lispelte. Das würde Aladin bestimmt missfallen. Leila lächelte triumphierend. Ihre Gedanken wurden durch die Rückkehr der Rothaarigen unterbrochen, die mit einer metallenen Karaffe auf einem Tablett zurückkehrte. Sie zitterte. Vor der Prinzessin angekommen, verneigte sie sich und reichte Jasmin das Tablett. Dabei kippte die Karaffe um und der Inhalt ergoss sich über den Schoß der Prinzessin. Wutentbrannt sprang sie auf. Fast sah es so aus, als würde sie das schlotternde Bündel, das vor ihre Füße sank, schlagen. Stattdessen zog sie grob am Zopf der

Dienerin, dass diese aufschrie.

„Du weißt, welche Strafe dich erwartet? Aus meinen Augen! Bringt sie fort!" Jasmins Miene war wutverzerrt. Sie ließ von der Rothaarigen ab und gab zwei Frauen neben sich ein Handzeichen.

Diese Giftschlange wollte Aladin zur Frau nehmen?

Sie musste ihm davon erzählen, damit er die wahre Jasmin erkannte.

Leila flog zu der Stelle zurück, an der sie Aladin zurückgelassen hatte.

Aladin war des Wartens auf Leila überdrüssig. Verflucht! Wo blieb sie denn so lange? Sie konnte doch nicht von ihm erwarten, dass er hier bis in alle Ewigkeit auf sie wartete. Er trat einen Schritt aus dem Dunkel und blickte um sich. Keine Palastwachen weit und breit. Erleichtert wagte er sich weiter vor. Über ihm wölbte sich der samtene Nachthimmel mit den zahllosen Sternen. Außer dem Zirpen der Grillen herrschte Stille.

Aladin beschloss, nach Leila oder der Prinzessin Ausschau zu halten. Im Schein der Fackeln wandelte er unbemerkt durch Bogengänge, an deren Säulen sich duftender Jasmin emporrankte, bis er die Palastgärten erreichte.

Genussvoll sog er den betörenden, süßen Duft ein, der ihn an sein prickelndes Erlebnis in der Oase erinnerte. Leilas Körper duftete auch nach Jasmin, was auf ihn stärker als jedes Aphrodisiakum gewirkt hatte.

Plötzliche leise Schritte weckten seine Aufmerksamkeit. Sie kamen aus dem Garten, der hinter einem gefliesten Rundbogen lag.

Aladin lugte vorsichtig um die Ecke.

Ein langes, schmales Wasserbecken zog sich wie ein schnurgerades Band durch den Garten. Seerosen blühten darin, und an den Rändern spien zahlreiche Steinfiguren Wasser aus. Das Plätschern besaß eine beruhigende Wirkung. Er wollte sich gerade wieder umdrehen, als er am hinteren Ende des Beckens im Halbdunkel eine Bewegung wahrnahm. Er erkannte die Prinzessin, die hervortrat, sich auf eine Mauer setzte und ins kühle Nass hinabblickte. Voller Bewunderung betrachtete Aladin ihr Profil, das wie gemeißelt erschien. Alles an ihr wirkte perfekt, das zarte Gesicht mit der hellen Haut und den schrägstehenden Augen, genau so wie das schwarze, seidig schimmernde Haar, das bis zu ihren Hüften reichte.

Jetzt war die Gelegenheit gekommen, sich ihr zu nähern. Davon hatte er immer geträumt.

Jasmin summte vor sich hin, während ihre Hände ins Wasser tauchten.

Sie bemerkte ihn erst, als er dicht vor ihr stand. Erschreckt sprang sie auf. „Wer seid Ihr? Was wollt Ihr hier?", fragte sie und funkelte ihn empört an. Ihre Stimme klang schrill, und sie lispelte.

Ihre Worte ähneln dem Zischen einer Schlange, dachte Aladin. Dennoch verbeugte er sich tief. „Mein Name ist Aladin. Ich bin gekommen …"

„Ich kenne dich nicht. Wenn du nicht sofort verschwindest, rufe ich die Wachen!", unterbrach sie ihn. Die Prinzessin kniff die Lippen zusammen und war im Begriff, nach den Wachen zu rufen.

„Nein, bitte, wartet. Ruft nicht. Euch wird nichts geschehen. Bitte verzeiht mein Eindringen. Lasst mich erklären, holde Prinzessin.

Ich bewundere Euch, solange ich denken kann. Ihr seid schöner als jede Wüstenrose. Es war nur mein Wunsch, Euch ein einziges Mal gegenüberzutreten, um meine Bewunderung auszusprechen."

Jasmin entspannte sich. Ihr Blick glitt abschätzend über seine Erscheinung. Aladin war froh, die edlen Kleider zu tragen und fühlte sich sicher. Ein Lächeln umspielte ihre Lippen, das nicht verhehlte, wie sehr er ihr gefiel. Er hatte sie immer nur flüchtig aus der Nähe gesehen, aber sie vergöttert wie keine andere Frau.

Wie oft hatte er von dieser Begegnung geträumt, sich hundertfach die Worte zurechtgelegt, die er ihr sagen wollte, wie begehrenswert sie war, wie bewundernswert, wie schön … Doch jetzt blieben sie ihm im Hals stecken.

Stocksteif stand er da und starrte sie schweigend an. Das Bild von Vollkommenheit, begann zu bröckeln. Der Blick aus ihren Augen wirkte berechnend, um ihren Mund lag ein zynischer Zug und ihr Sprachfehler störte ihn. Sie streckte ihre Hand aus und strich über seine Wange.

Da schob sich ein anderes Gesicht vor seine Augen, mit sinnlich vollen Lippen und einer kleinen Stupsnase, die sich keck nach oben reckte. Alles an diesem Gesicht wirkte warm und einladend.

„Du gefällst mir. Küss mich", forderte Jasmin und reckte ihm ihren Mund entgegen. Aladin war so überrascht, dass es ihm die Sprache verschlug. Sein Blick fiel auf die einladenden, roten Lippen vor ihm. Dann beugte er sich langsam hinab und küsste sie. Ihre Lippen waren kühl und sehr weich, sie öffneten sich bereitwillig.

Das Geräusch davoneilender Schritte ließ sie auseinanderfahren.

„Ich muss gehen", sagte Aladin. Zurück zu Leila. Sanft schob er die Prinzessin von sich, verneigte sich und drehte sich um. Dann hastete er davon und ließ die verdutzte Jasmin allein zurück.

Leila konnte es noch immer nicht fassen, dass sie Aladin und Jasmin zusammen gesehen hatte, Während sie überall nach ihm suchte, nutzte er die Gelegenheit aus, sich der Prinzessin zu nähern. Leila presste die Lippen aufeinander. Die beiden so vertraut miteinander zu sehen, stachelte erneut ihre Eifersucht an. Hatte sie wirklich geglaubt, nach dem intimen Erlebnis in der Oase, ihn für sich gewonnen zu haben?

Und das Schlimmste war, dass beide ein attraktives Paar abgaben.

Sie musste Aladin über Jasmin die Augen öffnen.

Die Prinzessin beherrschte den koketten Augenaufschlag und Schmollmund vortrefflich und Aladin ließ sich von ihr blenden. Leilas Kehle war vor Enttäuschung wie zugeschnürt. In der Oase hatte sie geglaubt, nicht nur Begehren in seinen Augen zu lesen, sondern Zuneigung. Ein fataler Irrtum. Wahrscheinlich hatten seine Gedanken dabei nur Jasmin gegolten. Diese Vorstellung schnitt in ihr Herz wie ein Messer.

Sie würde dieser Jasmin Eselsohren wachsen lassen oder noch besser einen Elefantenrüssel. Vielleicht noch einen Kamelhöcker und eine gespaltene Schlangenzunge.

Mit Tränen in den Augen wartete sie auf Aladins Rückkehr.

Die Zeit des Wartens dehnte sich in die Länge. Von Unruhe erfasst, lief Leila hin und her, legte sich Worte zurecht, um sie im nächsten Augenblick zu verwerfen. Sie hatte kein Recht, ihm Vorhaltungen zu machen. Schließlich war sie nur sein Dschinn. Dabei wollte sie mehr für ihn sein.

Beschwingten Schrittes kehrte Aladin zurück, ein Lächeln auf den Lippen.

„Wo bist du gewesen? Du solltest doch hier auf mich warten", herrschte sie ihn an.

Aladins Miene verfinsterte sich. „Du bist nicht meine Gebieterin, sondern ich der deine. Hast du das wieder vergessen?" Drohend schoben sich seine Augenbrauen zu einem Strich zusammen.

„Nein, habe ich nicht. Du hättest entdeckt werden können." Leila stemmte ihre Hände in die Hüften.

„Ich wollte nicht mehr länger untätig rumsitzen und bin in den Garten gegangen."

„Was wolltest du denn im Garten?" Sie lauerte auf seine Antwort.

„Ich wollte Jasmin sehen und fand sie dort. Das war die Gelegenheit. Bei Allah, sie ist wirklich schön, so …" In seine Augen trat ein verzückter Ausdruck, als er nach den passenden Worten suchte.

Bei seiner Schwärmerei ballte sich Leilas Magen zu einem Stein zusammen. „Sie lispelt", warf sie ein.

„Süß, nicht wahr?"

„Du findest das süß?" Leilas Stimme wurde vor Empörung lauter.

„Und sie besitzt ein weiches Herz."

„Oh, ja …" Leila rollte mit den Augen und stöhnte auf. Konnte Aladin wirklich so blind sein? Du bist rasend vor Eifersucht, meldete sich eine Stimme in ihr. „Du kennst sie nicht. Von einem einzigen Gespräch kann man niemanden kennen." Dann erzählte sie ihm davon, was sie auf der Terrasse beobachtet hatte.

Aladins Gesichtsmuskeln spannten sich an. Er knirschte mit den Zähnen. „Du sagst das nur, weil du mir mein Glück missgönnst. Du bist eifersüchtig auf sie." In seinen Augen blitzte es auf.

„Pah! Ich und eifersüchtig! Das ist die Wahrheit. Und wie steht es mit dir? Hast du ihr die Wahrheit gestanden? Dass du ein Bettler bist?"

„Was geht es dich an? Du bist nur mein Dschinn. Du verstehst doch nichts von menschlichen Gefühlen." Grob umfasste er ihren Arm und funkelte sie wütend an.

Seine Worte trafen sie tief. Was wusste er schon von ihren Gefühlen!

„Das ist nicht wahr. Wie kann man nur so blind sein. Wenn sie erfährt, wer du bist, wendet sie sich von dir ab. Sie würde nie einen Bettler und Dieb zum Mann nehmen." Tief atmete sie ein, um dann einzulenken. „Ich möchte nicht, dass du in dein Unglück rennst."

„Das tue ich, wenn ich auf dich höre. Ich lasse mir nichts von einem Weib sagen, schon gar nicht von einer, die ein Dschinn ist. Ich wünschte, du kehrst zurück in deine Lampe."

Seine Worte trafen sie wie ein Fausthieb ins Gesicht. „Du weißt nicht, dass du gerade deinen letzten Wunsch …" Doch schon war es zu spät.

Leila fühlte den Sog der magischen Kräfte, die sie in die Lampe katapultieren würden. Aladin hatte seinen letzten Wunsch genannt.

Er begann, vor ihr zu verschwimmen, seine Worte verklangen.

Ihr Körper begann sich aufzulösen, als der blaue Zaubernebel sie umgab. Dann zog sie eine gewaltige Kraft rückwärts. Leila wurde durch die auf sie einwirkenden Kräfte gelähmt. Schließlich befand sie sich kurz darauf in der Lampe.

Sie war zornig auf sich selbst und traurig, weil sie Aladin nie wiedersehen würde. Vielleicht musste sie wieder tausend Jahre warten, bis ein Gebieter sie aus der Verbannung erlöste.

Trübsinnig betrachtete Leila den Schatz. Hier hatte alles begonnen. Ihre Begegnung war vielversprechend gewesen und endete in einem Desaster. Es war eine Geschichte, wie sie anderen zuvor auch geschehen war, ein Dschinn, der sich in seinen Gebieter verliebt hatte. Doch das tröstete sie nicht.

Leila streckte sich auf dem Boden aus und schloss die Augen. Deutlich sah sie Aladins Gesicht vor sich, die Leidenschaft in seinen Augen. Sie würde genügend Zeit haben, sich in ihren Träumen nach ihm zu verzehren.

Leila wusste nicht, wie viel Zeit vergangen war, als ein Lichtstrahl ihre Lampe traf. Mühsam öffnete sie die bleiernen Lider. Niemand sollte ihre Lampe mehr finden. Und einen neuen Gebieter wollte sie auch nicht. Zu spät. Jemand rieb an der Lampe und mobilisierte ihre magischen Kräfte. Leila wehrte sich dagegen, indem sie versuchte, den blauen Zaubernebel zu unterdrücken. Da klopfte es gegen die Lampe.

„Leila, du hast etwas Wichtiges vergessen", hörte sie eine vertraute

Stimme, die ihr Herz schneller schlagen ließ. Es war Aladin, der die Lampe in seiner Hand hielt.

Sie stand auf und verschränkte die Arme vor der Brust.

„Aber das verrate ich dir erst, wenn du rauskommst", ergänzte er.

„Ach, lass mich doch in Ruhe, ist mir egal", murmelte sie vor sich hin. Dabei war es ihr ganz und gar nicht gleichgültig. Sie verfluchte ihre Neugier.

„Bitte." Der warme Klang in seiner Stimme ließ ihren Widerstand schwinden, aber sie zögerte. Bestimmt benötigte er ihre Hilfe wegen Jasmin. Sollte er sie doch allein erobern.

Aladin seufzte auf. „Wenn du nicht freiwillig rauskommst, muss ich dich eben zwingen." Unermüdlich rieb er an der Lampe.

Leila spürte, wie die Kräfte in ihr sich entfalteten, nach außen drängten und sie zwangen, ihr Gefängnis zu verlassen.

Verärgert stand sie vor Aladin. Ihr Blick fiel auf ihren Teppich, der eingerollt neben ihm lag.

„Du hättest meinen Teppich auch behalten können. Dazu musstest du dich nicht hierherbemühen. Gib schon her." Sie streckte den Arm aus, um den Teppich an sich zu nehmen, was Aladin vereitelte, indem er sie am Arm packte.

„Den meinte ich eigentlich nicht", sagte er sanft und lächelte sie an.

Ehe sie etwas antworten konnte, zog er sie in seine Arme und verschloss ihr den Mund mit einem leidenschaftlichen Kuss.

„Sondern?", fragte sie, als er für einen Moment ihren Mund freigab.

„Mich."

„*Du* hast mich doch weggewünscht", warf sie ihm vor und schürzte die Lippen.

„Weil du mich bis zur Weißglut gereizt hast. Ich wusste, dass du mir nachspioniert und mich mit Jasmin im Garten gesehen hast. Warum gibst du nicht endlich zu, dich in mich verliebt zu haben?" Sanft küsste er ihre Nasenspitze.

„Du hast doch immer nur von Jasmin geschwärmt, warst nach eurer Begegnung im Garten von ihr betört. Da wurde mir klar, wie sehr du sie begehrst. Ich war für dich doch nur dein Dschinn."

„Aber nur, um dich eifersüchtig zu machen, damit du endlich gestehst. Ich habe mich auf den ersten Blick in dich verliebt. Aber du hast mir zu verstehen gegeben, dass du nicht mehr in mir siehst als deinen Gebieter, dem du jeden Wunsch erfüllen wolltest. In der Oase hast du mich zurückgestoßen."

„Weil ... weil ... Du hättest es ändern können." Leila kaute auf ihrer Lippe.

„Jasmin interessiert mich nicht. Jetzt halt deinen süßen Mund. Als dein neuer und alter Gebieter befehle ich dir nun, dich mir hinzugeben." Er lachte leise und biss ihr ins Ohrläppchen.

„Halt! Ab jetzt bin ich kein Dschinn mehr. Man darf nicht zweimal einen Geist heraufbeschwören, dann verliert er seine magischen Kräfte. Du kannst also nicht mehr mein Gebieter sein", begehrte sie auf und schob ihn fort.

Aladin lächelte. „Als dein Mann werde ich zu deinem Herrn und Gebieter."

Leila sah zu ihm auf.

„Und es macht dir wirklich nichts aus, dass ich nicht mehr zaubern kann?"

„Nein, Hauptsache, *du* bist bei mir." Er küsste sie sanft auf die Nasenspitze.

„Wenigstens darf ich den fliegenden Teppich behalten. Er ist nämlich ein Geschenk von Amir."

Aladin hielt Leilas Lampe in der Hand.

„Ich glaube, die brauchen wir nicht mehr." Schwungvoll warf er sie die Sanddüne hinab.

Leila fiel ihm lachend in die Arme. Sie fühlte sich wie befreit.

„Jetzt ist es an der Zeit, dass du mir einen Wunsch erfüllst, ohne Magie", raunte er und presste seine Lippen in ihre Halsbeuge. Sein heißer Atem bewirkte, dass sich ihre feinen Nackenhärchen aufstellten. Dann flüsterte er ihr ins Ohr, wonach es ihn verlangte.

„Zu deinen Diensten." Sie deutete eine Verbeugung an und strahlte.

Leila schnippte mit den Fingern. Der Teppich rollte sich auf und glitt neben sie.

Sie bedeutete Aladin, ihr zu folgen. Stattdessen hob er sie auf die Arme.

„Es wird ein besonderes Erlebnis sein, sich über den Wolken zu lieben." Leila umschlang lächelnd Aladins Nacken und zog ihn zu sich herab, während der Teppich auf ihren Wink hin immer höher stieg. Sie sahen sich lange in die Augen. Deutlich erkannte sie darin Begehren. Ein Schauder lief ihren Rücken entlang, angesichts der Vorfreude auf das Bevorstehende. Heiß pressten sich seine Lippen auf die ihren. Dieser eine Kuss reichte bereits aus, um ihren ganzen Körper in Flammen zu setzen. Mit sanftem Druck bahnte sich seine Zunge den Weg in ihre Mundhöhle, um dort mit der ihren zu tanzen. Als ihre Zungenspitzen sich trafen, durchzuckte es sie wie ein Blitz. Bei Allah, dieser Mann konnte küssen wie kein anderer. Voll Verlangen erwiderte sie sein Zungenspiel.

Ihre Augen schlossen sich wie von selbst, als sie diese bohrende Lust in ihrem Schoß verspürte, die nach Erfüllung schrie. Sie riss ihm den Turban vom Kopf, um ihre Finger in seinem dichten Haar zu vergraben. Nichts ersehnte sie mehr als eine langsame, köstliche Verführung. Als seine Finger an ihren harten Knospen zupften und sie zwirbelten, legte sie mit einem wohligen Seufzen den Kopf in den Nacken, um sich dieser süßen Qual hinzugeben.

Ungeduldig zerrte er an den goldbestickten Knöpfen ihres Entaris, des Übergewandes, das sie über dem transparenten Seidenkaftan trug. Leila schälte sich mithilfe Aladins aus ihrer Bekleidung. Sie wurde von einer unbeschreiblichen Gier nach seiner nackten, herb duftenden Haut gepackt, die sie ungeduldig werden ließ. Ihre Hände legten sich gegen seine Brust und rissen am Stoff seiner Kleidung.

„In dir steckt ja eine kleine Wildkatze", flüsterte er und biss sie zärtlich in die Lippe. „Das gefällt mir."

Hastig half sie ihm, sich seiner Sachen zu entledigen, bis sie endlich beide nackt auf dem Teppich hinauf zu den Wolken schwebten. Ein Schwall kalter Luft strich über ihren erhitzten Körper und konnte doch die Glut in ihrem Inneren nicht löschen.

„Meine Schöne, ich möchte dir endlich die Erfüllung schenken, die du mir in der Oase verwehrt hast", flüsterte er und widmete seine Aufmerksamkeit ihren Brüsten. Sanft umschlossen seine Lippen nacheinander ihre Knospen. Wohlige Schauder liefen ihren Rücken hinab.

„Gefällt dir das?", fragte er und hielt kurz inne.

„Ja", hauchte sie zurück und drängte sich ihm zitternd entgegen. Sie befand sich in einem ekstatischen Rausch, in dem ihr Körper einzig und allein dem Höhepunkt entgegenfieberte. Die Vorfreude, mit ihm zu verschmelzen, war das Schönste.

„Und das?"

„Oh, ja." Ihr entfuhr ein spitzer Schrei, als seine Zähne ihre Brustwarzen neckten.

Abwechselnd leckte und saugte er an den kleinen, geschwollenen Nippeln und entlockte Leila ein Stöhnen. Sie verlor in der Erregung die Kontrolle über ihre Beine, die wie die Fransen des Teppichs flatterten. Wellen der Lust eroberten ihren Körper und zentrierten sich schließlich in ihrem Unterleib. Wie sehr hatte sie sich diese Zärtlichkeit in der Oase gewünscht. Nicht in ihren kühnsten Träumen hätte sie geglaubt, irgendwann das Liebesspiel zu wiederholen. Umso aufregender war es, es in dieser Intensität zu erleben.

Aladins Zunge zog eine feuchte Linie zwischen ihren Brüsten hinab zum Bauchnabel, umkreiste ihn, bis seine Zähne sanft daran knabberten. Eine Gänsehaut breitete sich auf ihrem Körper aus, als die kühle Luft über die feuchte Haut wehte. Doch das war nichts gegen das immer lustvollere Ziehen in ihrem Inneren, das sich schier ins Unerträgliche steigerte. Alles in ihr schrie nach Befriedigung durch ihn. Aber Aladin wollte ihr diese Erlösung noch nicht gönnen, denn seine Zunge wanderte quälend weiter nach unten, bis er ihren rasierten Venushügel erreichte. Einen Moment hielt er inne, zog ihre Beine weiter auseinander, um ihre feuchte Spalte zu betrachten. Leila öffnete ihre Augen, um seine Miene zu sehen. Als sie seinen Blick auffing, erschauderte sie. Seine Augen schienen zu glühen.

„Bei Allah, jedes Stück deines Körpers scheint für die Lust geschaffen worden zu sein." Aladins Hände begannen, zu zittern. Leila erkannte, wie schwer es ihm fiel, sich zu beherrschen. Dabei erging es ihr genauso. Sie konnte den Augenblick kaum erwarten, ihn in sich zu spüren, um eins mit ihm zu sein.

Mit seinen Händen unter ihrem Hintern hob er sie ein wenig an, um sie an ihrer intimsten Stelle besser verwöhnen zu können. Leila spürte die zunehmende Feuchtigkeit zwischen ihren Schenkeln und das Kontrahieren ihrer Vagina. Fast hätte sie ihn angefleht, endlich in sie einzudringen, aber sie schwieg im Taumel der Sinnlichkeit. Aladin beugte sich herab. Seine Zunge tauchte in ihre Feuchte ein, glitt über ihre Perle und die geschwollenen Schamlippen. Wenn er jetzt nicht sofort damit aufhörte, würde sie sofort ihren Höhepunkt erleben. Als er ihre Schamlippen in seinen Mund sog, begann sie zu keuchen. Oft genug hatte sie davon geträumt, es sich in allen Farben ausgemalt, wie es wäre, wenn er sie ausfüllte. Seine Zunge lieferte einen kleinen Vorgeschmack darauf. Sie stand kurz davor, vor Lust zu explodieren.

Zu ihrer Enttäuschung ließ er plötzlich von ihr ab, doch nur, um sich langsam mit seinen Lippen wieder zu ihr nach oben zu arbeiten. Aber sie wollte ihn auch reizen, ihn mit Zärtlichkeit verwöhnen. Ihre Hand suchte seinen erigierten Phallus mit der empfindlichen Spitze. Schließlich ertastete sie das Objekt ihrer Begierde und umfasste es. Seinen Penis so prall in der Hand zu halten und die feuchte Spitze seiner Eichel zu spüren, schürte ihr Verlangen auf den bald nahenden Akt. Er sog geräuschvoll die Luft ein, als sie sein fleischiges Glied auf- und abwärts massierte. Die wildesten Fantasien kamen ihr in den Sinn, wie sie ihn ungezügelt und wild ritt, an verschiedenen Orten, im Wasser, im Wüstensand oder in der Luft. Angeregt durch diese Vorstellung steigerte sie das Tempo ihrer Finger. Laut stöhnend rief er immer wieder ihren Namen.

Seine Finger bohrten sich in ihre Oberarme. Das Blut pulsierte an diesen Stellen und rann weiter wie Feuer durch ihre Adern.

Mit einem leisen Aufschrei zwängte er sich zwischen ihre Schenkel und drang ungestüm in sie ein. Es fühlte sich viel besser an als in ihren Träumen. Unvorstellbar schön, wie sein hartes Glied sie ausfüllte. Mit langsamen Stößen tauchte er immer wieder in sie ein. Für Leila bedeutete das Hinauszögern ein quälendes Spiel.

Sie krallte ihre Finger in seinen Hintern und animierte ihn, schneller zu werden und tiefer in sie einzudringen. Wieder suchten sie den Blick des anderen, um sich der Gefühle zu versichern. Aladins Augen färbten sich im Augenblick der höchsten Erregung schwarz.

In diesem Moment nahte Leilas Höhepunkt mit solch einer Intensität, die einer Vulkaneruption glich. Bunte Punkte tanzten vor ihren Augen auf und ab. Im Zustand dieser Ekstase riss sie die Arme hoch und kreiste ihre Finger, was dem Teppich das Kommando gab, sich um die eigene Achse zu drehen. Dieses Gefühl war atemberaubend und berauschend zugleich. Sie fühlte sich schwerelos, als triebe sie im Meer der Sterne. Der Teppich wirbelte im Kreis, und Aladin steigerte das Tempo seiner Stöße, bis er sich mit einem erlösenden Schrei in ihre Vagina ergoss. Als ihre Hände schlaff herabsanken, trudelte auch der Teppich langsam aus. In ihrem Kopf drehte sich noch alles und Aladin rollte mit den Augen.

Atemlos und mit erhitztem Gesicht blickte er auf sie herab.

„Das nenne ich Magie. Es war unglaublich mit dir. Ich würde das liebend gern gleich wiederholen, vielleicht in der Oase?" Er lächelte.

„Du bist unersättlich", antwortete sie und küsste ihn verheißungsvoll.

„Das liegt an deinen Verführungskünsten, die magischer nicht sein können." Zärtlich strich er ihr eine widerspenstige Haarsträhne aus der feuchten Stirn.

„Aber zuerst sollten wir unsere Kleidung zusammensuchen, die vom Teppich gefallen ist. Ich kann sie nämlich nicht mehr zurückzaubern."

„Einverstanden. Und weil du nicht mehr zaubern kannst und ebenso wenig Geld besitzt wie ich, sollten wir uns auch ein paar von den Schmuck-stücken aus der Höhle holen. Ich bin das Stehlen leid." Aladin strahlte sie an.

„Worauf warten wir dann noch? Diese Nacht verspricht, wieder wunder-schön zu werden, und die möchte ich mit dir in der Oase genießen, mein Gebieter."

Aschenputtel

JAZZ WINTER

Der *Gentlemen Club* war die Topadresse in L.A. unter dem Deckmantel der Verschwiegenheit in den höheren Kreisen. Prostitution war zwar verboten, doch man sprach bei dieser Art von Etablissement nicht von einem Bordell, denn die offizielle Bezeichnung lautete Begleitservice oder Escort. Lisa Bell war eine Madame, vermittelte die Kontakte, vergab die Aufträge wiederum an die Mädchen, die für sie arbeiten. Die hübschen Frauen begleiteten die einsamen reichen Herren zu Festen, auf Bälle, ins Theater, zum Essen oder in die Oper und natürlich wurden sie für Sex bezahlt, wobei die Hälfte des Lohnes an Lisa abgegeben werden musste. Lisa verkaufte Träume, und ihre Mädchen verstanden es, den männlichen Kunden die perfekte Illusion einer perfekten Geliebten zu geben.

Das beste Pferdchen im Stall dieses Begleitservice jedoch war Lisas älteste Tochter Helena. Wie auf Knopfdruck schlüpfte die hübsche, langbeinige Blondine in jede vom Kunden gewünschte Rolle und wegen ihrer Modelmaße war sie sehr begehrt. Sie verfügte jedoch nicht annähernd wie ihre Mutter über den nötigen Geschäftssinn, um den Escortservice irgendwann zu übernehmen und mit Geld konnte Helena auch nicht gut umgehen. Lisa jedoch hatte einen Plan, wie sie den ausschweifenden Lebensstil und die Zukunft ihrer Tochter sichern wollte.

Lächelnd las sie die Internetseiten durch, die sie in der Suchmaschine gefunden hatte und nickte. Er war geradezu perfekt. Neureich, Geschäftsmann, unverheiratet, gerade erst in die Stadt gezogen, um neue Geschäftspartner für sich zu gewinnen. Ein Stammkunde hatte ihr von ihm erzählt und sie gebeten, ihn auf den jährlich stattfindenden Halloweenball des Gentlemen Clubs einzuladen. Navan Moore! Lisa schrieb den Namen auf eine Einladung, steckte sie in einen goldenen Umschlag und rief den Botenservice an.

„Händigen Sie diesen Umschlag nur persönlich aus, verstanden?"

Der junge Radkurier nickte schweigend und verließ das opulent eingerichtete Büro der Madame, die sich mit einem kalten Lächeln zurücklehnte. Es gab genügend Möglichkeiten, die Brieftasche dieses Mannes zu öffnen.

„Tut mir echt leid, Joy, aber ich habe hiervon keine Ahnung. Der Abfluss in der Dusche ist verstopft und ich habe bei so etwas zwei linke Hände."

Joy strich sich eine Strähne ihres schwarzen Haares, die sich aus ihrem langen französischen Zopf gelöst hatte, hinter ihr rechtes Ohr und nickte lächelnd. Dafür war sie schließlich da, Putzfrau und Mädchen für alles. Eigentlich war sie Lisas Stieftochter, doch nur wenige Mädchen, die hier lebten und arbeiten, wussten davon. Laut Lisa war Joy zwar hübsch, aber eignete sich nicht für den Begleitservice. Nachdem Graham Ashfield, Lisas Mann, gestorben war, hatte sie das Haus und das, was von dem Vermögen übrig geblieben war, geerbt, doch nur unter der Bedingung, dass sie sich um ihre Stieftochter kümmerte. Lisa funktionierte die Ashfieldvilla zum Gentlemen Club um, nahm ihre Geschäfte wieder auf, steckte das Geld in ihre Unternehmung und in Joy fand sie eine kostengünstige Arbeiterin, die sich um alle Belange kümmerte, Reinigung der Zimmer, wenn die Kunden gegangen waren, Haushalt, kleinere Reparaturen, Besorgungen für die Mädchen. Joy kümmerte sich um alles, was anfiel.

„Oh, verdammt, äh … Gleitmittel brauche ich auch noch. Wenn du so lieb wärst."

Unter den Escorts war Joy sehr beliebt, stets freundlich, nett und hatte immer ein offenes Ohr für Gespräche, egal welcher Thematik.

„Hast du die Putze gesehen?"

Gerade als Helena in Sunnys Zimmer trat, fischte Joy mit Gummihandschuhen ein benutztes Kondom aus dem Abfluss der Dusche und hielt es hoch.

„Ich hab's!"

Bei dem Anblick verzog Helena ihr Gesicht und betrachtete ihre Stiefschwester mit einem missbilligenden Blick.

„Das ist widerlich. Aber es ist der richtige Job für dich. Näher als dem Inhalt wirst du hässliches Ding keinem Mann kommen. "

Joy ignorierte die Blondine.

„Jetzt müsste die Dusche wieder funktionieren."

Sunny lächelte dankbar. Noch immer hielt Joy den dünnen Gummischlauch zwischen den Fingern und drängte sich absichtlich nah genug an Helena vorbei, um ihr das Ding fast ins Gesicht zu halten.

Joy warf das Kondom in den Müll und setzte gerade zu einer Erwiderung an, als Helena sich in ihrer gesamten Körpergröße vor ihr aufbaute. Ein süffisantes Lächeln glitt über diese perfekten roten Lippen.

„An deiner Stelle wäre ich auch gehässig und verbittert. Wenn man bedenkt, dass dein Vater per Testament verfügt hat, dass du hier im Haus bleiben musst, bis dich entweder irgendeiner armer Tropf heiratet oder du endlich dreißig wirst, damit du an das Erbe deiner Mutter kommst. Da eine Hochzeit wohl unwahrscheinlich ist, hast du noch einige Jahre vor dir und ich würde mir wirklich gut überlegen, wie du mit mir sprichst. Ich kann dir das Leben richtig zur Hölle machen."

Joy starrte in das hübsche Gesicht ihrer Stiefschwester. Als würde sich ein

Eisenring um ihr Herz legen, spürte sie einen Druck in ihrer Brust.

„Was ist das wohl für ein Gefühl, die eigene Mutter auf dem Gewissen zu haben? Nur weil sie dich geworfen hat, ist sie abgekratzt."

Jegliche Farbe wich aus Joys Gesicht und der Schmerz in ihrer Brust nahm zu. Langsam senkte sie ihren Kopf, während Helena mit einem triumphierenden Lächeln an ihr vorbeiging.

„Oh, bevor ich es vergesse, der Kamin im Büro muss gereinigt werden."

Erst, als Helena endlich verschwunden war, atmete Joy wieder.

„Das war wirklich gemein von ihr."

Sunny wollte ihren Arm tröstend um sie legen, doch Joy wich der Zuneigung aus, lächelte gequält und verließ das Zimmer. Gerade bog sie um die Ecke, um die Treppe zu erreichen, als sie stehen blieb, weil sich einer der Zimmertüren öffnete.

„Wann sehe ich dich wieder, mein Sahneschnittchen?"

„Wann immer dir danach ist, Hasenzahn."

Der ältere Herr strahlte und küsste die Hand der üppigen Frau in dem schwarzen Korsett, das ihre drallen Kurven noch mehr zur Geltung brachte. Joy drückte sich in eine der Türzargen, damit der Kunde sie nicht sah, als er ging. Leise pfiff er gut gelaunt ein Liedchen, als er die Treppe hinunterlief als hätte er von einem Jungbrunnen getrunken.

„Du kannst rauskommen, Schwesterherz."

Leonie war Joys Halbschwester und Lisas jüngste Tochter. Ihre Rubenskurven sprachen einen ganz speziellen Kundenstamm an, aber diese Männer lagen ihr förmlich zu Füßen. Joy trat aus der Türnische und schmunzelte.

„Hasenzahn?"

Die dralle Rothaarige lachte herzlich. „Er liebt es, wenn ich ihn so nenne. Komm rein, ich will dich etwas fragen."

Joy setzte sich auf das riesige Bett mit romantischem Himmel aus rotem Chiffon.

Leonie setzte sich an ihren Schminktisch, zog sich den Lidstrich nach und griff zur Bürste.

„Wann hattest du das letzte Mal richtig Spaß? Ich meine so richtig, mit einem netten Mann, der dir gefallen hat und mit dem du dich mal so richtig in eine hemmungslose, anonyme Affäre gestürzt hast?"

„Was soll die Frage? Du weißt, dass ich nicht auf One-Night-Stands stehe und wo soll ich bitte hier einen netten Mann finden?"

„Darum geht es doch, du gehst nie aus, schuftest hier rund um die Uhr für einen Hungerlohn und hast nie Spaß."

„Und du willst das jetzt ändern."

Leonie nickte und drehte sich zu ihrer Halbschwester um.

„Der Halloweenball ist morgen und *du* wirst teilnehmen."

„Vergiss es, Mutter wird sich bedanken, wenn die Putze des Hauses mit ihren Kunden flirtet."

„Mutter wird viel zu beschäftigt sein, die perfekte Gastgeberin zu spielen und außerdem werden alle kostümiert oder wenigstens mit Maske erscheinen, dass du gar nicht auffallen wirst."

Noch immer schüttelte Joy mit dem Kopf. Schon seit Jahren versuchte Leonie, sie dazu zu überreden.

„Das ist nichts für mich."

„Ach komm schon, du kennst das Motto, alles kann, nichts muss ... ein bisschen Flirten, Tanzen, Spaßhaben. Es verlangt niemand, dass du dich auf einen der Männer einlassen musst. Außerdem bist du offiziell ein Gast."

Die Rothaarige wedelte mit einer goldenen Einladung vor Joys Nase herum und lächelte strahlend.

„Woher hast du die denn?"

Das Schulterzucken als Antwort ließ Joy danach greifen.

„Cinda Lane?"

„Dein Künstlername für eine Nacht. Du schlüpfst in eine Rolle, du kannst sein, wer immer du sein willst und keiner wird Fragen stellen."

„Aber wer ist Cinda Lane wirklich?"

„Niemand, ich hab sie mir ausgedacht."

„Aber wie hast du Mutter dazu gebracht ... oh, Moment! Du hast ihre Schrift gefälscht."

Ein Grinsen kräuselte die kirschroten Lippen der Schwester. Leonie setzte sich neben sie und legte sanft den Arm um Joys Schultern.

„Komm schon. Der Ball findet dieses Jahr nicht nur mit Kunden statt, es werden auch einige andere Madames und ihre Mädchen kommen. Ich denke, Mutter hat vor, zu expandieren. Sie wird denken, du gehörst zu einer der anderen Escortagenturen. Ein bisschen Spaß, was braucht man mehr?"

„Ein Kleid."

„Oh, bitte, das ist ja wohl das kleinste Problem. Hier gibt es genügend Frauen im Haus, die dir was Hübsches leihen können. Komm schon, sag ja."

Sie sagte ja, das erste Mal in all den Jahren würde sie als maskierter Gast auf den Halloweenball ihrer Stiefmutter gehen und dieser Hauch des Verbotenen kribbelte wohlig unter ihrer Haut. Die zierliche Sunny lieh ihr ein rotes langes und sehr eng anliegendes Samtkleid. Roxanne, eine rassige Polin mit langem flachsblonden Haar, steuerte Strapse und schwarze Seidenstrümpfe bei und Lilly, die hauseigene Lolita, gab ihr eine rote Seidenmaske mit glitzernden Strasssteinchen und Federn, dazu lange Satinhandschuhe, die bis zu den Oberarmen reichten. Joy stand vor dem großen Wandschrankspiegel und erkannte sich kaum mehr. Roxanne puderte ein letztes Mal ihr Gesicht ab, als Leonie neben Joy stehen blieb und leise pfiff.

„Okay, zieh dich sofort wieder um." Sie lachte leise über ihren Scherz und verschränkte die Hände hinter ihrem Rücken.

Joy hob das bodenlange Kleid. „Ich hab aber keine passenden Schuhe."

Lilly kicherte und betrachtete diese kleinen zierlichen Füßchen eingehend. „Wo gehst du sonst kaufen? Kinderabteilung?"

„Größe fünfunddreißig, die müssten passen."

Leonie stellte die roten kleinen Samtschuhe neben Joy auf den Boden. Das Preisschild war noch eingeklebt in die Pumps.

„Das kann ich nicht annehmen."

„Und ob du kannst. Die Schuhe haben mich förmlich im Schaufenster angebettelt, dass ich sie mitnehme. Mir sind sie zu klein und zurückbringen geht nicht. Barfuß kannst du auch nicht zum Ball gehen, also …"

Zögerlich schlüpfte sie in die Schuhe und drehte sich langsam zu den vier Frauen um, die sich auf dem Bett rekelten.

„Und, was sagt ihr?"

„Sie werden dir sabbernd hinterherrennen. Ladies, ich glaube, wir haben die Nacht frei."

Das Gelächter der Frauen drang durch das ganze Haus.

Wäre die Villa nicht halloweentypisch geschmückt mit Girlanden aus Papierkürbissen, Totenköpfen, Hexenfratzen und Geistern, hätte man glauben können, dieser Ball habe einen steifen, aber durchaus eleganten Anlass. Nur wenige der Frauen waren kostümiert, trugen jedoch sehr figurbetonte Abendkleider zu Hasenohren, Katzenmasken oder was sie sonst darstellen wollten. Das Büfett war üppig und mit sehr exklusiven Halloweenspeisen versehen. Der Champagner war durch Lebensmittelfarbe blutrot oder krätzgrün gefärbt und leise düstere Orgelmusik drang durch den Eingangsbereich des Gentlemen Clubs.

Lachend und kichernd traf eine Gruppe Frauen ein und Joy schlüpfte aus den Schatten und gesellte sich dazu, als gehöre sie zu ihnen. Der Butler nahm ihre Einladung entgegen und sah nicht einmal gründlicher nach, dann öffneten sich die hohen Flügeltüren zur Eingangshalle mit dem hübschen Jagdmotivmosaik. Schmunzelnd blieb sie stehen und betrachtete den glänzenden Boden, den sie nur wenige Stunden zuvor noch kniend mit einer Bürste geschrubbt hatte. Elegant in Smokings gekleidet nickten ihr einige Männer verschiedener Altersgruppen zu und lächelten. Jetzt gehörte sie zu ihnen und dennoch kribbelte die Nervosität in ihrem Nacken. Selbst ihre Hände waren unter dem leichten Satinstoff feucht und ihr maskierter Blick huschte durch die Räume, die sie betrat, stets mit dem Pochen in ihrer

Brust, man würde sie gleich enttarnen und entdecken. Doch es geschah nicht.

Im großen Saal tanzten Pärchen eng zu moderner Musik und Gruppen standen am Rand vertieft in ihren Unterhaltungen. Um ihre Hände zu beschäftigen, griff sie nach einem Glas von einem schwarzen Tablett, das ein junger Kellner des Cateringservices an ihr vorbeitrug.

„Der gut aussehende Mann dahinten starrt dich an, seit du den Saal betreten hast."

Leonie gesellte sich an ihre Seite und schmunzelte in die Richtung der beiden Männer, die am Büfett standen und sich unterhielten. Langsam drehte Joy ihren Kopf zu ihnen, sah aber sofort wieder weg, als sie sich von dem dunkelhaarigen Mann beobachtet fühlte.

„Kennst du ihn?"

Leonie schüttelte den Kopf.

„Aber der blonde Mann daneben ist David Wyndam-Price, Adliger, Junggeselle und ein heißer Typ. Seine Freunde sind allesamt Stammkunden bei uns, aber er ist eigentlich nur selten hier anzutreffen. Scheinbar ist David aber auf den Geschmack gekommen, denn in letzter Zeit vergnügt er sich mit unseren Escorts. Er hat Sunny letzte Woche für ein Geschäftsessen gebucht und sie war völlig von den Socken."

Die zarten Augenbrauen der üppigen Frau hoben sich verschwörerisch.

„Er muss ein Hengst im Bett sein, das haben auch die anderen bestätigt."

Leonie hakte sich bei Joy unter.

„Komm, ich stell dich vor, dann hast du Gelegenheit, dieses dunkelhaarige Herzchen daneben näher unter die Lupe zu nehmen."

Kopfschüttelnd löste Joy sich aus dem Versuch der Schwester, sie hinüberzubegleiten.

„Nein!"

Doch ständig musste sie hinsehen und immer wieder traf sie der Blick des dunkelhaarigen Mannes in dem schicken teuren Smoking und dem schwarzen Satinvisier im Gesicht. Plötzlich wurde seine ungeteilte Aufmerksamkeit unterbrochen, als sich eine blonde Meerjungfrau mit langen Beinen vorstellte und ihn ganz für sich in Anspruch zu nehmen schien. Helenas professionelles Lächeln war selbst aus der Distanz deutlich zu erkennen, während sie versuchte, die beiden Herren in ein Gespräch zu verwickeln. Sie berührte gekonnt immer wieder wie zufällig den Arm des Dunkelhaarigen, als würde sie ihr Revier markieren. Selbst ihr Lachen war unecht und doch so überzeugend, dass es den Männern nicht aufzufallen schien.

Joy beobachtete von der anderen Seite der Tanzfläche die Situation und hoffte inständig, der Dunkelhaarige würde wieder hinübersehen, doch er tat es nicht. Die Musik wechselte zu einem schnelleren Beat und die Fläche vor ihr füllte sich mit Menschen, die ihr die Sicht versperrten.

„Er scheint es dir ja richtig angetan zu haben, also warum gehst du nicht rüber und …"

„Helena könnte mich erkennen und außerdem scheint sie die beiden ja gut im Griff zu haben."

Gerade hakte sich die Blondine bei dem dunkelhaarigen Mann unter und zog ihn mit sich in eins der offen stehenden Nebenzimmer, die als Lounge dienten. Der Blonde folgte ihnen.

„Ich bin hungrig, lass uns naschen gehen."

Leonie zog Joy mit sich und bahnte ihnen einen Weg über die Tanzfläche zum Büffet. Joy vergaß die leckeren Speisen und sah durch die offene Tür die drei an einer vom Catering aufgebauten Bar sitzen. Helena warf lachend ihr blondes Haar zurück und schien sich köstlich zu amüsieren.

„Mhhhh, das muscht du probieren … lecker."

Leonie hielt ihr ein Käsehäppchen entgegen und schob es Joy in den Mund, als sie gerade dankend ablehnen wollte. Sie lachte kauend.

„Los, schlag zu, dafür haben wir alle schwer geschuftet."

Joy griff nach einem der kleinen Teller und nahm ein paar der Häppchen auf.

Während sie aßen, erzählte Leonie verschiedene Anekdoten von den anwesenden Gästen, lustige, verrückte Vorlieben einige ihrer Kunden, die zum Ball erschienen waren, und die sie selbst in Säcken gekleidet wiedererkannt hätte. Joy lief mehr als einmal Gefahr, sich beim Essen zu verschlucken vor Lachen. Gemeinsam beobachtete sie, wie Lisa mit einigen Damen die Treppe emporstieg.

„Sieht so aus, als gäbe es ein geheimes Treffen der Madames. Ich würde fast meinen Arsch drauf verwetten, dass sie vorhat, die Häuser zu vereinen."

„Meinst du wirklich?"

Leonie nickte und stopfte sich ein Kaviareckchen in den Mund.

„Ich habe gehört, dass sie sich letzte Woche mit Antonio Piretti und diesem russischen Mafiaboss getroffen hat."

Mit geweiteten Augen starrte Joy ihre Halbschwester an.

„Was hat Lisa mit diesen zwielichtigen Typen zu tun?"

Leonie legte ihren Kopf schief und hielt eine sehr bedeutende Pause.

„Glaubst du etwa wirklich, dass Mutter nur diesen Escortservice hier am Start hat?"

Joy wusste, dass es auch Mädchen mit eigenen Lofts in der Stadt gab, die für sie arbeiteten. Prostitution unter dem Deckmäntelchen einer Begleitagentur war das eine, aber organisierte Kriminalität?

„Sie würde doch nie so dumm sein …"

„Ich weiß es nicht mit absoluter Sicherheit, aber irgendwas läuft hier.

Sogar die Mädels sagen, dass etwas vor sich geht. Allein, dass sie die Madames der anderen Häuser heute eingeladen hat."

Leonie räusperte sich, als Joy noch etwas erwidern wollte, dann drehte sie sich um und hielt den Atem an. Der dunkelhaarige Mann stand direkt vor ihr. Für den Bruchteil eines Augenblickes schien nichts mehr zu existieren, außer seinem hinreißenden Lächeln und dem Funkeln seiner Augen.

„Möchten Sie tanzen?"

Noch bevor sie Ja oder Nein sagen konnte, ergriff er ihre Hand und zog sie mit sich. Ein langsamer Schmusesong wurde gespielt und der Mann legte seine Hand in ihre Taille, zog sie so nah an sich, dass sie deutlich sein herbes Aftershave riechen konnte. Die Finger zwischen ihren Schulterblättern brannten sich durch das Kleid unter ihre Haut und sie konnte nur in diesen warmen, maskierten braunen Augen starren, wo sich das Lächeln seiner Lippen widerspiegelte. Er beugte sich zu ihr herunter und sein Gesicht näherte sich ihrer linken Ohrmuschel. Sein warmer Atem streichelte ihren Hals.

„Sie wirken etwas nervös. Sind Sie zum ersten Mal hier?"

Als sie nicht antwortete und weiterhin etwas steif in seinen Armen den Bewegungen folgte, beugte er sich abermals zu ihrem Ohr.

„Für mich ist es das erste Mal, dass ich auf diesem Ball bin. Ich bin Navan … Navan Moore."

Die Pause sollte ihr die Gelegenheit geben, sich selbst vorzustellen, doch Joy konzentrierte sich lieber darauf, gleichmäßig zu atmen und seine Nähe und Wärme zu genießen. Im ersten Moment fühlte sie sich einfach nur überrumpelt, doch jetzt seinen Körperduft in der Nase und die Hitze seines Körpers, fühlte sich so herrlich an, dass sie kaum Luft bekam.

„Sie reden wohl nicht viel."

Er lachte leise in ihr Ohr und zog sie noch dichter an seinen schlanken, durchtrainierten Körper.

„So könnte ich stundenlang mit Ihnen tanzen."

Erneut wechselte das Musiktempo und löste sich von ihr, drehte sie am Handgelenk einmal um ihre Achse und übernahm die Führung. Sanft schob er sie mit flinken Füßen über die Tanzfläche und sie ließ es einfach geschehen. Je länger er mit ihr tanzte, desto gelöster fühlte Joy sich und fiel sogar endlich in sein Lachen ein. Navan war ein wunderbarer Tänzer und verstand es, sich zu jeder Musikrichtung zu bewegen. Als ein Tango gespielt wurde, kribbelte ihr Körper und Hitzewellen schossen über ihre Haut. Sie bemerkte nicht einmal, dass sie mittlerweile das einzige noch tanzende Paar waren und etliche Zuschauer sich um sie versammelten. Navan führte sie sinnlich und sanft durch die Musik über die Fläche und dennoch schien es, als würde nur sie für ihn existieren. Geschmeidig und hingerissen bog er ihren willenlosen Körper, wirbelte sie wie ein Kreisel und zog sie in seine starken Arme zurück, bis sie außer Atem war. Jede Körperberührung schickte erotische Blitze durch ihr erhitztes Fleisch und sammelte sich pochend zwischen ihren Schenkeln. Noch nie hatte sie so eine Erregung beim Tanzen gespürt. Als die Musik verstummte, wallte Applaus auf und schleuderte Joy in die Wirklichkeit zurück. Hitze färbte ihre Wangen und überdeckte das peinliche Gefühl, das in ihr aufstieg, denn diese Aufmerksamkeit war ihr unangenehm und Navan schien es zu erraten.

„Durstig'?"

Joy nickte und als er sie bei der Hand von der Tanzfläche führte, schien die kleine Tanzeinlage schon wieder vergessen und erneut füllte sich die Fläche mit anderen Paaren. An der Bar bestellt er sich ein Bier und sah fragend zu ihr.

„Wasser bitte."

„Verraten Sie mir jetzt, wie Sie heißen, oder ist das ein Geheimnis?"

Sie dachte an den Namen auf der Einladung, war jedoch versucht, ihm die Wahrheit zu sagen und nahm zuerst einen Schluck von ihrem Glas.

„Cinda …"

Das Wort floss wie selbstverständlich über ihre Lippen und sie bereute die Lüge sofort, doch es war zu spät.

„Schöner Name, Cinda …"

„Wo haben Sie so tanzen gelernt?"

Sein Lachen war so herzlich und ansteckend, sie konnte kaum genug davon bekommen. Es war so leicht, sich in seiner Gegenwart fallen zu lassen, zu vergessen, wo und warum sie hier war, welche Gäste hier geladen waren und was überhaupt in diesem Haus vor sich ging. Allein er und seine Erzählungen existierten und alles um sie herum verschwamm. Sie lachte über seine Scherze. Navan besaß einen herrlich zynischen Humor und verstand es, selbst banale Geschichten so zu erzählen, dass es aufregend und lustig zugleich war. Plötzlich verstummte er und sah über ihren Kopf hinweg.

„Würden Sie mir den Gefallen erweisen, so zu tun, als wäre ich gerade der aufregendste Mann hier in diesem Saal und Sie wollten mich jetzt sofort und auf der Stelle mit Haut und Haaren vernaschen?"

Er lachte, doch diesmal erreichte sein Scherz nicht seine Augen. Irgendetwas ging hinter ihrem Rücken vor, das ihm nicht gefiel. Joy war versucht, hinzusehen, doch er hielt sie bei den Schultern davon ab.

„Die Dame, die jetzt auf uns zusteuert, ist sehr aufdringlich und nicht mein Typ. Wenn ich jetzt flüchte, würden Sie mir folgen?"

Joy sah dennoch hin. Helena steuerte mit einem entschlossenen Gesichtsausdruck auf sie zu. Sofort verbarg sie ihr Gesicht wieder und drehte sich zu

Navan um, denn die Gefahr, trotz Maske von ihrer Stiefschwester erkannt zu werden, schien zu groß. Joy nickte heftig, stand auf und griff nach Navans Hand.

„Ich weiß, wohin."

Fast rannten sie die Treppe hinauf und bogen in dem schlauchartigen Flur um die Ecke. Joy riskierte einen Blick und beobachtete Helena auf ihrer hoffnungslosen Suche, schreckte dann zurück, als die Augen der Stiefschwester die Treppe hinaufglitten. Erneut rannte sie los und zog Navan lachend hinter sich her. Er blieb stehen, rüttelte an einer Tür, die sich prompt öffnete.

„Hier ..."

Atemlos drückten sie sich mit dem Rücken gegen die geschlossene Holztür und lachten, als wären sie gerade dem schlimmsten Monster dieser Halloweenparty entkommen.

„Nichts gegen Ihre Kollegin, aber sie ist wirklich anstrengend."

Kollegin! Dieses Wort hallte in Joys Kopf nach, doch in letzter Sekunde widerstand sie dem Impuls, es richtigzustellen. Sie war nicht Joy Ashfield, er kannte sie unter einem anderen Namen ... Cinda ... sie war in die Rolle einer Cinda Lane geschlüpft, von der sie nicht einmal wusste, wer diese Frau war. Doch diese Cinda hatte mit Navan getanzt, sich mit ihm unterhalten und amüsiert. Plötzlich stand Navan direkt vor ihr, sein Gesicht war ihr so nah, dass sie trotz der Dunkelheit das feurige Leuchten in seinen Augen erkennen konnte. Seine Wärme drang durch den Samtstoff ihres Kleides und sein Atem streichelte die nackten Stellen ihres Körpers. Ihr Verstand sagte Nein, aber alles andere an ihr schrie nach seiner Berührung, wollte von ihm verführt werden und übertönte ihre Kopfstimme. Als sein Mund ihre Lippen zum ersten Mal berührte, klopfte ihr Herz so hart in ihrer Brust, dass sie fürchtete, es würde gleich zerspringen.

„Das wollte ich schon den ganzen Abend tun."

Er flüsterte auf ihre Lippen, schob seine Hände in ihr Haar und küsste sie erneut, versenkte seine Zungenspitze zwischen ihre geöffneten Lippen und alles drehte sich in ihrem Kopf. Ein leises Seufzen kroch ihre Kehle empor und endete in seinem Mund. Es war schon zu lange her, viel zu lange, dass ein Mann sie so geküsst hatte und sie wünschte sich, er würde niemals aufhören. Jedes weitere Lippenbekenntnis schickte heiße Blitze durch ihren Körper und jeder Zentimeter ihrer Haut schien in Flammen zu stehen. Seine Hände glitten über ihren Hals zu ihren Schultern und ihr Kleid raschelte leise zu Boden. Die Lippen wanderten küssend und saugend über ihre Haut. Selbst wenn sie gewollt hätte, sie konnte ihn nicht daran hindern, viel zu gut fühlte es sich an, von ihm berührt und verführt zu werden. Der Schwindel in ihrem Kopf nahm erneut zu, und wenn Navan sie nicht mit seinem Körper gegen die Tür gepresst hätte, wären ihr die Knie eingeknickt vor Schwäche. Seine Fingerspitzen glitten über ihren flachen Bauch tiefer und Joy hielt den Atem an, als er den seidenbedeckten Schamhügel kreisend nachzeichnete.

„Sag mir, dass du es auch willst."

Seine Zähne gruben sich sanft in ihre Schulter und die Zustimmung brach mit einem heiseren Schrei aus ihrem Mund. Navans Kuppen schoben sich unter die Seide, streichelten die kleinen Löckchen unter ihrem Höschen und tasteten sich tiefer. Ein Keuchen strich über ihren Hals, als er ihre Nässe fühlte, seine Finger in den heißen Spalt drangen. Die glatte Holztür gab ihren suchenden Händen keinen Halt, sich festzukrallen, also grub sie ihre Fingernägel in seine Schultern. Eine Fingerspitze fand ihre geschwollene Klitoris, umspielte sie und reizte sie, bis das Stöhnen aus ihrem Mund keine Pause mehr fand. Navan hob ihre Kniekehle und schlang sich ihr rechtes Bein um die Hüfte. Sein Atem pulsierte an ihrem Ohr und seine Fingerkuppen nahmen ihr Geschlecht in Besitz, drangen zu zweit in ihre gierige feuchte Öffnung und füllten die leere Hitze in ihr. Joy sog scharf den Atem in ihre Lungen, stöhnte die Luft wieder aus. Sie hatte vergessen, wie hart und sanft zugleich sich ein Mann anfühlte, der mit Fingern und Zunge und Lippen ihren Körper vor Lust beben lassen konnte.

„Ich will dich schmecken."

Die Worte explodierten wie ein Feuerwerk in ihrem Kopf und Navan glitt langsam vor ihr auf die Knie. Er schob ihr Höschen beiseite, und während ihre Wade auf seiner Schulter ruhte, bedeckten seine Lippen ihr ganzes Geschlecht, pressten sich fest gegen ihren Schoß und saugten ihre Nässe auf. Stöhnend schloss Joy ihre Augen und seine Zunge teilte ihre Schamlippen. Sie konnte es nicht mehr aufhalten, denn als er den Mund direkt über ihre Klitoris senkte und sanft daran saugte, kam sie so schnell und heftig, dass der erlösende Schrei aus ihrer Kehle garantiert Tote hätte aufwecken können. Zuckend tobte die Welle der Hitze zwischen ihren Schenkeln und Navan spürte diesen deutlichen Kontraktionen mit der Zunge nach, die er ganz still gegen ihr Geschlecht gepresst hielt und leise stöhnte. Mit der Erlösung brachen ihr auch die Knie ein und sie rutschte langsam mit dem Rücken zu Boden, zu ihm, der sie anstarrte wie ein Wunder. Sanft griff er mit beiden Händen nach ihrem Gesicht und küsste sie so behutsam und sanft, dass ihr erneut schwindelig wurde.

„Tut mir leid, aber ich konnte das nicht mehr aufhalten."

Sie lächelte atemlos, ließ sich von ihm zu Boden ziehen und blieb nach Luft ringend mit dem Kopf auf seiner Brust liegen. Ein leises warmes Lachen drang zu ihren Ohren.

„Das war heftig. Sogar meine Zunge hat vibriert."

Joy kicherte auf und hob ihren Kopf, um ihn anzusehen. Sein Gesicht fühlte sich unter ihren Händen erhitzt an und das Funkeln in seinen Augen hatte zugenommen. Sie spürte seine Erregung gegen ihren Bauch gedrückt und der Wunsch in ihr wuchs, seine Haut zu berühren, ohne Kleidung, pur und nackt und heiß. Sie tupfte sich mit den Lippen langsam einen süß schmeckenden Weg von seinem Mund über das Kinn zu seinem Hals hinab und Navan blieb ganz still unter ihr liegen. Ihre Finger zitterten vor Neugier und Aufregung, als sie begann, sein Hemd aufzuknöpfen. Jede Partie frei-gelegter Haut bedachte sie mit heißen Küssen und sie lauschte seinem er-regten Seufzen. Sein Schoß presste sich gegen ihr noch immer glühendes Geschlecht, hart geschwollen und Navan rieb sich an ihr. Sie zog die Schöße des Hemdes aus der Smokinghose und streichelte mit hauchzarten Be-rührungen seine Brust. Fasziniert betrachtete sie das Spiel seiner an-gespannten Muskeln unter ihren Händen, sah zu, wie sich unter ihren spielenden Fingerkuppen seine Brustwarzen zusammenzogen. Unter seinem Bauchnabel kräuselten sich seidige Locken zu einem dünnen Strich, der verführerisch den Weg wies. Langsam löste Joy den Gürtel, öffnete den Knopf und den Reißverschluss, reizte ihre eigene Geduld bis zum Zer-reißen. Eine Hand legte sich auf die leicht zuckende Wölbung, tastete, be-rührte und erriet die Größe seines Geschlechtes. Navan stöhnte leise, nicht wissend, wohin mit seinen eigenen Händen, griff er nach ihr und doch nicht, ballte die Finger zu Fäusten und vergrub sie dann in seinem dunklen Haar. Joy beugte sich über seinen Bauch und hob ihren Blick zu seinem Gesicht. Navans Augen beobachteten sie fiebrig und doch aufmerksam vor Spannung.

„Jetzt will ich dich schmecken."

Ein Keuchen drang aus seiner Kehle und die Worte schienen denselben Effekt wie zuvor bei ihr auszulösen. Seine Augen schlossen sich genüsslich. Ein losgelöstes Seufzen folgte, als sie seinen Schwanz endlich aus der Hose befreite und für einen Moment betrachtete sie ihn einfach nur still. Der harte Schaft war mit Adern durchwoben und die Eichel glänzte prall und rosig, er war nicht zu groß, aber auch nicht klein, und als sich Joys Finger darum schlossen, fühlte sie das seichte Zucken und Pochen. Er war be-schnitten und das gefiel ihr besonders. Als sie nach der Spitze leckte, zuckte sein Körper wie unter einem Peitschenhieb zusammen. Sie wiederholte es, doch diesmal blieb die heftige Reaktion aus und er schien vorbereitet, also setzte sie ihr neugieriges Spiel fort. Sie ließ die Zunge kreisend über die Eichel gleiten und züngelte an der Unterseite entlang hinunter bis zur breiten Wurzel. Ihre Finger schlossen sich fester um den Schaft und drückten sanft, doch erst, als sie ihre Lippen über die Spitze stülpte und sanft zu saugen begann, stieß Navan keuchend den angehaltenen Atem aus den Lungen. Sie nahm ihn weiter in sich auf, glitt tiefer an seinem Schwanz hinunter und ließ ihn die feuchte Wärme deutlich spüren. Seine Hände schoben sich erneut in ihr Haar und drängten ihr jedoch nichts auf. Geduldig ließ er sie spielen, lecken, lutschen und saugen, während seine Finger zärtlich ihren Kopf streichelten. Unter ihrem Lippenspiel schien er noch zu wachsen und sein Stöhnen wurde lauter. Doch an einem bestimmten Punkt wurde sein Griff in ihr Haar fester und kontrollierte ihre Bewegungen in einem erregenden, bestimmenden Rhythmus. Ihr Verlangen erwachte abermals, neue Hitze sammelte sich in ihrem Schoß und Lust pochte wild in ihrer Klitoris. Plötzlich hielt er ihren Kopf ganz still und sein Schwanz glitt langsam der Länge nach aus ihrem saugenden Mund.

„Sonst kann ich für nichts mehr garantieren."

Sein Lächeln schwang in seiner heiseren Stimme mit und es war deutlich, wie schwer es ihm fiel, sich nicht gehen zu lassen. Mit fahrigen Händen suchte er seine Hosentasche ab und keuchte enttäuscht auf.

„Verdammt ... ich hab damit nicht gerechnet und ich hab …"

Sie wusste, was er meinte und schickte eine stumme Dankesrede an Leonie, die ihr trotz ihres Widerstandes Kondome in die kleine rote Handtasche gesteckt hatte.

„Warte."

Mit tastenden Händen suchte sie nach dem Täschchen, das irgendwo am Boden gelandet sein musste. Es war zu dunkel, um genau zu sehen, aber hell genug, um seinen Körper betrachten zu können. Leise knisternd riss sie mit den Zähnen die Verpackung auf. Navan stöhnte, als sie seinen Schaft verhüllte und nicht widerstehen konnte, noch einmal mit den Lippen der Länge zu folgen, bis das Kondom ausgerollt war. Hektisch griff er nach ihr und zog sie über sich.

„Ich kann nicht mehr warten, ich will dich … jetzt … sofort …"

Er sprach ihr aus der Seele denn ihr Geschlecht pulsierte gierig, wollte gefüllt werden. Joy zog die Knie an, hob ihren Unterleib und griff zwischen ihre gespreizten Beine nach seinem Schwanz. Langsam und genüsslich ließ sie sich auf seinem Schoß nieder, füllte sich selbst mit ihm und keuchte leise auf, als er sie immer weiter dehnte. Dieses köstliche Gefühl, ihn tief in sich zu spüren und der süße Lustschmerz, als sie gänzlich auf ihm saß, presst ihr die Atemluft aus den Lungen. Zu lange her, viel zu lange her, aber ihr Körper erinnerte sich noch gut daran, wie herrlich und lustvoll es sich anfühlte.

Navan hob seinen Oberkörper und stützte sich auf einen Ellbogen, schlang den anderen Arm um ihre Taille und hielt sie, während Joy sich mit dem satten Gefühl an ihn und seine erregende Größe gewöhnte. Mit den Händen an seinem Hals und seiner Schulter hielt sie sich an ihm fest, lehnte ihre Stirn gegen seine und bewegte sich zögernd auf seinem Schoß. Langsam fand sie einen Rhythmus, ließ ihre Hüften kreisen und stöhnte in seinen geöffneten Mund, der sich unter ihren Lippen zu einem heißen, gierigen Kuss schloss.

Joy steigerte ihr Tempo, wechselte ihre Bewegungen und schob ihre Hüften auf ihm vor und zurück, rieb ihr Schambein gegen seinen Schoß, was noch zusätzlich reizte. Navans Keuchen erhob sich zu einem atemlosen Stöhnen und er schlang beide Arme um ihre Taille, saß nun unter ihr und vergrub sein Gesicht zwischen ihren weichen Brüsten. Auch Joy klammerte sich wie eine Ertrinkende an ihn, grub ihre rechte Hand fest in sein Haar und die Nägel der Linken hinterließen vor angestauter Lust rote Striemen auf seiner Schulter. Sie war zu keinem klaren Gedanken mehr fähig und ihr Verstand löste sich in purer Gier nach Erlösung auf.

Der Ritt auf Navans Schwanz nahm an Schärfe zu und hemmungslos trieb sie sich zu wilder Leidenschaft hoch, riss Navan mit sich. Hitzewellen trieben ihr Feuer unter die Haut und Schweiß rann in Strömen ihren Rücken hinunter. Kurz, bevor sie kam, spürte sie das deutliche Zucken tief in sich, das sich mit den Wellen ihres Höhepunktes vermischte und sich heiß in ihr verströmte. Navan bog ebenso wie sie den Kopf weit in den Nacken und in ihr schienen die köstlichen Explosionen nicht mehr aufhören zu wollen.

Wieder und wieder zuckte das Feuerwerk aus Lust und Erlösung durch ihr Fleisch und entlud sich in wiederkehrenden Spasmen. Keuchend landeten sie erschöpft auf dem Boden. Joy betrachtete Navans Gesicht. Sein Mund wurde von einem seligen süßen Lächeln umspielt. In diesem Moment war er nicht nur gut aussehend, er war schön, wunderschön anzusehen mit diesen markanten, entspannten Gesichtszügen und sie war versucht, sein schwarzes Satinvisier von seinem Augen zu nehmen, um ihn besser sehen können. Doch sie tat es nicht.

Irgendwann in der Nacht hatte er es selbst getan und sich die Maske vom Kopf gerissen, während er sie erneut wild und hemmungslos genommen hatte. Sie wusste nicht mehr, wie oft sie sich gegenseitig Lust verschafft und geliebt hatten, aber jetzt lag er tief versunken im Schlaf neben ihr im Bett auf dem Bauch, das Gesicht zu ihr gewandt und sie konnte nicht widerstehen, das kleine Nachttischlämpchen einzuschalten. Sein sonst makelloses Gesicht bekam durch die kleine Narbe über der linken Augenbraue noch eine besondere Schönheit.

Joy schob sich die rote glitzernde Halbmaske vom Kopf und schlüpfte leise aus dem Bett. Die Musik war verstummt und der Morgen graute bereits. Der Ball war vorbei und Cinda wurde wieder zu Joy. Sie blieb am Bettpfosten stehen und konnte sich kaum von Navans friedlichem wunderschönem Anblick lösen. Gedanklich verfluchte sie sich, denn wenn er aufwachte, würde er glauben, dass er eine Nacht mit einem Escort verbracht hatte. Für ihn war sie nicht mehr, aber er hatte ihr die schönste und aufregendste Nacht ihres Lebens beschert.

„Du bist so dumm."

Ein letztes Mal küsste sie seine Lippen und spürte den scharfen Stich, der ihr durchs Herz fuhr. Er war ein reicher Geschäftsmann und sie putzte nur die Zimmer der Mädchen in dieser Villa. Das konnte niemals gut gehen, aber wie sollte sie das ihrem Herzen klarmachen? Sie zog sich das Kleid über, raffte ihre seidige Unterwäsche zusammen und suchte nach dem zweiten Schuh. Doch egal, wo sie nachsah, er war vom Erdboden verschluckt, und als sie versehentlich gegen die Stehlampe prallte und das Geräusch ihn zu wecken schien, erschrak sie.

„Ich such ihn später …"

Dann öffnete sie die Tür leise und schlüpfte aus dem Raum.

Leise stöhnte er auf und mit noch geschlossenen Augen zog er den Gegenstand unter sich hervor, der sich unangenehm durch sein eigenes Gewicht in seine Brust drückte. Es dauerte einen Moment, bis er begriff, was er dort in der Hand hielt. Ein Schuh, roter Samt, hoher Absatz und sehr klein. Schlagartig setzte Navan sich auf und sah sich im Zimmer um. Noch immer war er in der Villa, doch er war allein. Auf dem Boden lag nur noch seine Kleidung, der Smoking, den er auf dem Ball getragen hatte. Neben ihm lag das schwarze Satinvisier und das Bett war vollkommen zerwühlt. Mit beiden Händen rieb er sich das Gesicht und ließ die Finger durch sein Haar gleiten.

„Fuck!"

Erst jetzt nahm Navan das Geräusch wahr, das ihn geweckt hatte. Das leise Summen seines Handys wurde immer aufdringlicher und lauter. Statt den Anruf entgegenzunehmen, starrte er auf das Display, blickte auf Davids Namen, der dort aufleuchtete. Verzweifelt strich er sich erneut durchs Haar und verzog leicht das Gesicht.

„Fuck!"

In höchster Eile zog er sich die Hose und das Hemd über, schlüpfte in die glänzenden Schuhe und die restliche Bekleidung legte er sich über den Unterarm. Als er die Türklinke hinunterdrückte, hielt er inne. Der Schuh lag mitten in den Laken auf dem Bett, ihr Schuh. Er wusste nicht, warum, aber er griff danach und nahm ihn einfach mit. Als er auf den Flur trat, fuhr er durch ein Aufkeuchen zusammen.

„Sorry, ich …"

Die junge Frau trug einfache Jeans und T-Shirt, dazu weiße Turnschuhe und zog ihre Baseballkappe tiefer ins Gesicht.

„Schon okay, meine Schuld. Schönen Tag noch!"

Sie hatte ihren Putzeimer mit den Wischutensilien fallen lassen und Navan bückte sich ebenfalls, um ihr beim Aufheben zu helfen.

„Nein, nein, lassen Sie, ist schon okay. Ich mach das …"

Erneut summte sein Handy, abermals leuchte der Anruf seines Freundes auf.

„Sie sollten rangehen, ist sicher wichtig."

Sie lächelte, ohne ihn direkt anzusehen.

„Sie kommen klar?"

Ihr Kopf deutete ein Nicken an und Navan hielt sich das Handy ans Ohr.

„Ja, ähm, ich bin unterwegs … erkläre ich dir später, David."

Für einen Augenblick blieb er stehen und beobachtete das leger gekleidete Zimmermädchen, das noch immer auf ihren Knien die Putzsachen zusammensammelte.

„Nochmals sorry, ich wollte Sie nicht erschrecken."

Als er ging, hatte er das Gefühl, als würde sich der Blick der jungen Frau regelrecht in seinen Rücken bohren und er fühlte sich nicht gut dabei. Er fühlte sich ertappt, denn er hatte schließlich die Nacht in dem Haus einer Madame mit einer ihrer Escorts verbracht. Doch der Gedanke an Cinda verwischte das schlechte Gefühl, etwas anderes trat an dessen Stelle, etwas, das Wärme in seinem Bauch ausbreiten ließ und in seinem Kopf hallte der Klang ihres herzhaften, schönen Lachens nach. Er stieg in seinen Wagen, legte die Sachen auf den Beifahrersitz und fuhr aus der Einfahrt der Villa. Je weiter er sich von dem Haus entfernte, desto irrealer fühlte sich die vergangene Nacht an. In seinem Kopf dröhnte es und sein Körper protestierte regelrecht gegen den Schlafmangel, denn viel Ruhe hatte er in dieser Nacht nicht bekommen, was ihn wiederum zum Schmunzeln brachte, und erneut sah er in Gedanken ihren erhitzten und erregten Körper vor sich. Gerade noch in letzter Sekunde trat er scharf auf die Bremse, fast hätte er die rote Ampel auf der Kreuzung übersehen und wäre drübergerauscht. Sein Herz hämmerte gegen seinen Brustkorb und kalter Schweiß bildete einen feuchten Film auf seiner Stirn.

„Fuck!"

Durch den harten Ruck, mit dem das Auto stehen blieb, rutschten die Klamotten von Beifahrersitz und einzig der rote Samtschuh lag noch da. Wie das Relikt aus einer anderen Dimension starrte Navan darauf und hob ihn vorsichtig, als wäre er unendlich kostbar und könnte gleich zu Staub zerfallen, auf einer seiner Handflächen empor und betrachtete ihn eingehend. Seine Erinnerung ließ den Blick abgleiten in die Ferne.

Leises Klopfen störte den Traum und würde unerträglich nervend, zerriss die Fetzen der Erinnerung an die Nacht und Navan öffnete die Augen.

Neben seinem Wagen stand ein älterer, sehr wütend dreinblickender

Mann, der schimpfend auf die Ampel zeigte.

„Die ist jetzt schon zweimal auf Grün gesprungen, bist du high oder einfach nur blöd? Beweg deine Scheißkarre aus dem Weg, sonst helf ich dir nach."

Navan hob entschuldigend seine Hände, startete den Motor erneut und fuhr los, bei Gelb und der Wagen hinter ihm musste erneut stehen bleiben. Einen Anflug von Schadenfreude konnte Navan sich nicht verkneifen und ein Grinsen glitt über sein Gesicht.

Mit schlichter Eleganz und klaren Formen und Linien bestach das Nobelhotel. Navan trat aus dem Lift, blieb im Flur der sechsten Etage stehen und atmete tief durch. Als er vor einer der Zimmertüren stehen blieb und die Faust zum Klopfen hob, öffnete sich der Raum wie von selbst und David sah ihn mit erstem Blick an.

„Wo zum Teufel bist du gewesen?"

„Reg dich ab, Dave, du klingst wie eine eifersüchtige Ehefrau."

Navan betrat das Zimmer und ließ sich in einem der extrem bequemen und weichen Sessel im Wohnzimmer fallen.

„Also? Wo hast du dich verdammt noch mal rumgetrieben? Ich hab dich irgendwann aus den Augen verloren und dann meldest du dich die ganze Nacht nicht. Ich hab mehrmals auf deinen Anrufbeantworter gesprochen und Nachrichten hinterlassen."

Navan rieb sich die Schläfen und lehnte seine Ellbogen vorgebeugt auf seine Knie.

„Wie lange sind wir jetzt schon Partner?"

„Herrje, verschon mich, Dave."

Seufzend lehnte er sich zurück und schloss die Augen, als müsste er sich gerade die schlimmsten Vorwürfe und Vorhaltungen anhören, doch David schwieg und setzte sich auf die Tischkante direkt gegenüber. Sie kannten sich schon lange, waren nicht nur Freunde, die sich blind aufeinander verlassen konnten, sondern arbeiteten auch zusammen.

„Es tut mir leid, David."

Navan rieb sich die Stirn mit einem Handballen. „Ich hab Mist gebaut."

Das auszusprechen fiel ihm unendlich schwer, denn ein schlechtes Gewissen wollte nicht in ihm aufkeimen, obwohl er wusste, dass es falsch gewesen war. „Ich … diese Frau, in Rot … du erinnerst dich?"

David nickte und je mehr er zuhörte, desto mehr legte sich seine Stirn in Falten.

„Ich hab mit ihr die Nacht verbracht."

„Du hast nicht mit ihr …"

Sie beiden wusste, was David nicht aussprach. Abrupt erhob sich der blonde Freund und schnaufte.

„Sag mir bitte nicht, du hast wirklich mit ihr gevögelt?"

Er klang verdammt wütend und starrte mit entsprechendem Gesichtsausdruck ins Leere. Navan musste diese Frage nicht beantworten, die Wahrheit stand bereits zwischen ihnen und hing wie ein dicker Nebel in der Luft. Mehrmals atmete David tief ein und aus, bevor er sich wieder umdrehte.

„Okay, du hast dich hinreißen lassen, das verstehe ich. Es wäre nicht das erste Mal, dass wir die Regeln beugen und solange die Sache zwischen uns bleibt …"

„Sie geht mir nicht mehr aus dem Sinn, Dave."

„Verdammt, Navan, du hast eine Nutte flachgelegt. Schlag sie dir aus dem Kopf."

Nutte! Navan schüttelte den Kopf, denn diese Bezeichnung wollte nicht zu Cinda passen.

„Sie ist …"

„Sie ist ein Escort, Navan. Egal, was sie getan hat, egal, wie gut sie war, oder was sie mit deinem Schwanz angestellt hat, sie ist eine Professionelle und sie weiß ganz genau, was sie tut."

„Cinda ist ganz anders, sie …"

Wie ein zorniger Stier blies David die Backen auf.

„*Cinda*. Glaubst du wirklich, sie hat dir ihren richtigen Namen verraten? Wie lange machst du das hier schon? Erst seit gestern? Sie ist nicht anders als die anderen Nutten, Navan. Je schneller du das kapierst, desto besser."

„Ich glaube nicht, dass sie wirklich eine war. Sie hat sich jedenfalls völlig natürlich und ausgelassen verhalten, ganz anders als …"

„Oh bitte, jetzt verschon du mich. Sie sind darauf gedrillt, dir das zu geben, was du willst. Es handelt sich hierbei um *Edelnutten*. Mädchen, die wesentlich talentierter als die von der Straße sind. Doch letztendlich kommt es auf dasselbe raus, sie ficken für Geld."

David griff nach dem Telefon und wählte die Nummer des Zimmerservices.

„Bringen Sie uns bitte eine Kanne sehr starken Kaffee und zweimal Frühstück. Danke!

Dann wandte er sich wieder zu Navan um.

„Wir haben heute noch einiges vor. Niemand wird davon erfahren, die Sache bleibt unter uns. Wenn das je rauskommt, ist alles für den Arsch gewesen. Verstanden?"

Navan nickte, denn er wusste, was alles auf dem Spiel stand und in seinem Hinterkopf brannten sich die Worte seines Freundes deutlich ein. Vielleicht hatte er recht und Cinda war genauso unecht und künstlich wie die anderen Frauen auf dem Ball gewesen.

„Hast du dafür bezahlt?"

Navan schüttelte den Kopf.

„Sieh lieber in der Brieftasche nach, manchmal bedienen sich diese Hühner auch selbst."

Nachgezählt fehlte nicht ein Geldschein aus Navans Börse, die er in der Innentasche seines Smokings getragen hatte.

„Nein, alles da."

„Gut, das ist sehr gut."

Navan wusste, worauf David hinauswollte.

„Es tut mir leid, Dave. Kommt nicht mehr vor."

Zur Antwort hielt David ihm grinsend die Faust hin und Navan stieß seine dagegen.

„Hat es sich wenigstens gelohnt? Oh, sag es mir besser nicht … sonst muss ich dir leider an die Gurgel gehen. Verdammt, diese Hühner waren aber auch heiß."

Sie lachten, auch wenn Navan nicht ganz so amüsiert klang.

Joy kehrte die Asche aus dem Kamin des Büros ihrer Stiefmutter zusammen, während Helena ihre langen Beine übereinanderschlug und schwer seufzte.

„Mom, dieser Navan Moore ist einfach schwerer zu knacken, als ich dachte. Fast hätte ich ihn an der Leine gehabt."

„Fast ist nicht gut genug. Ich kann wirklich nicht fassen, dass du dir von einer anderen den Kerl wegschnappen lässt."

Lisa ging in ihrem Büro auf und ab, legte die Hände in ihre schlanke Taille und wirkte maßlos enttäuscht über die Verfehlung ihrer Tochter. Sie blieb neben Helena stehen und rieb eine ihrer blonden Haarsträhnen zwischen den Fingern.

„Wir müssen einfach herauskriegen, woran es gemangelt hat."

„Ich war amüsant, ich war willig … ich hab alles getan, aber …"

„Vielleicht liegt es an deiner Haarfarbe. Nicht jeder Mann steht auf Blondinen."

„Mom, ein Mann, der nicht auf Blond steht, ist doch gar kein richtiger Mann."

„Navan Moore ist der perfekte Kandidat. Erfolgreich, wohlhabend und Single. Vergiss das nicht. Unser Plan hat mehrere Optionen."

„Ich weiß nicht, ob ich schon bereit bin, ich meine … so ein Kind könnte mir die Figur ruinieren und ganz zu schweigen von den Schwangerschaftsstreifen und Cellulitis und Beulen und Windeln und …"

Joy hielt in ihrer Arbeit kurz inne und konnte kaum fassen, wessen sie da gerade Zeuge wurde.

„Es geht nur darum, dass er dich schwängert, alles andere überlässt du einfach mir. Glaub mir, der Plan ist perfekt, schließlich habe ich darin Erfahrung."

Es war nicht das erste Mal, dass Joy davon hörte, denn Leonie hatte diese Vermutung bereits erwähnt und auch Lisas Verhalten ihrer zweiten leiblichen Tochter gegenüber sprach Bände darüber, dass diese jetzt erwachsene Frau damals nur ein Mittel war, Graham Ashfields Brieftasche zu öffnen. … *aber Daddy war viel zu anständig und es war ihm egal, was die Leute darüber dachten, dass er ein Callgirl geheiratet hat.* In Joys Kopf hallte Leonies Stimme nach, doch damals hatte sie es nicht wahrhaben wollen, doch jetzt die Andeutung zu hören aus dem Mund der Frau, die ihren Vater geheiratet hatte, war wie ein Stachel tief im Fleisch, der sich jetzt erneut meldete und sich noch weiter hineinbohrte.

„Hör zu, David Wyndam-Price und Navan Moore haben sich für drei Uhr zu einem Termin angekündigt. Natürlich werde ich ihnen das Buch vorlegen, aber ich werde versuchen, dass du ausgewählt wirst und ich will herausfinden, was Navan Moore tatsächlich für Vorlieben hat. Überlass das mir …"

Helena erhob sich grazil von ihrem Stuhl und nickte.

„Na gut, aber ich werde mir nicht die Haare färben."

„Wenn es nötig ist, um ans Ziel zukommen, wirst du auch das in Kauf nehmen, verstanden?"

Helena grummelte vor sich hin, doch sie widersprach ihrer Mutter nicht.

„Bist du immer noch nicht fertig?"

Die barsche Ansage riss Joy aus ihren Gedanken und sie fegte hastig die Asche zusammen, entfachte ein neues Feuer im Kamin und verschwand leise aus dem Büro.

Auf dem Flur drückte sie sich mit dem Rücken gegen die Wand. Navan! Ihr Herz pochte so stark in ihrer Brust, dass sie fürchtete, es würde gleich zerspringen. Den ganzen Tag über konnte sie kaum an etwas anderes denken und doch, die Begegnung am Morgen, als er sie nicht wiedererkannt hatte, saß tief. Zuerst war sie erleichtert gewesen, doch im Nachhinein war es ihr schwergefallen, ihm nicht nachzurennen, alles richtigzustellen, was an Lüge zwischen ihnen in der Nacht gefallen war und wie sie fühlte.

„Hey Joy, bist du in Ordnung? Du siehst aus, als hätte dich ein Zug überrollt."

Leonie war vor ihr stehen geblieben und ihr Gesichtsausdruck wirkte alarmierend besorgt. Die Rothaarige schlang einen Arm um die schmale Schulter der Halbschwester und führte sie in ihr Zimmer.

„Setz dich erstmal und dann erzähl es mir."

Joy zögerte, doch dann erzählte sie von der Unterredung zwischen Lisa und Helena, ließ kein Detail aus. Leonie nickte, während ihr Gesicht immer mehr von Schatten überzogen wurde. Ihr sonst so ansteckendes Strahlen verlor sich mit jedem Wort und Joy bereute es fast.

„Ich wusste es, dieses Miststück."

„Glaubst du, Daddy hat gewusst, dass sie ihn nur benutzt hat?"

Leonies Schultern hoben sich und dann schüttelte sie den Kopf.

„Ich weiß es nicht. Er war nicht dumm und schon gar nicht so naiv, zu glauben, dass man nur an das Gute in einem Menschen glauben muss, damit er wirklich gut ist. Ich glaube, er hat sie wirklich nur geheiratet, weil ich unterwegs war, aus Verantwortungsgefühl."

Die Halbschwester klang bitter und Joy umarmte sie tröstend.

„Er hat dich geliebt, das weißt du doch."

Leonie nickte an ihrer Schulter, seufzte leise.

„Aber wenn ich nicht gewesen wäre, dann …"

„Hör auf damit. Er hat seine eigenen Entscheidungen getroffen und weißt du was? Ich bin froh, dass es dich gibt. Daddy hat uns beide geliebt und ich bin sicher, er hätte niemals anders entschieden. Er wollte dir ein Vater sein, und ich für meinen Teil kann sagen, er war der beste Vater der Welt."

In Leonies grünen Augen schimmerten Tränen, dennoch lächelte sie zustimmend.

„Ja, das war er wirklich."

Nachdem Leonie sich die Nase geputzt hatte, kehrte auch das Strahlen wieder auf ihr Gesicht zurück.

„Aber was machen wir jetzt mit deinem Navan?"

„Er ist nicht mein Navan. Ich glaube, für ihn war das nicht mehr als nur eine heiße Nacht mit einem Callgirl. Mehr nicht."

„Ja, mag sein, aber du kennst Mutters Pläne. Sollten wir das nicht wenigstens versuchen, zu verhindern?"

Der Gedanke, dass er tatsächlich ebenso benutzt werden sollte wie ihr Vater, gefiel ihr ganz und gar nicht, doch schließlich war er ein intelligenter und erwachsener Mann. Joy schüttelte den Kopf.

„Nein, es ist seine Entscheidung und seine eigene Dummheit, wenn er darauf reinfällt. Wir reden hier schließlich von Helena. Für eine Nacht kann sie die perfekte Schauspielerin mimen, aber alles, was darüber hinaus läuft …"

Leonie lachte herzlich auf.

„Du hast recht, trotzdem, ich bin ziemlich neugierig. Ich werde versuchen, heute bei dem Termin dabei zu sein. Ich will wissen, was das für ein Mann ist, der dich sogar zu einem One-Night-Stand verführen kann."

„Mister Wyndam-Price und Mister Moore, es ist mir eine Freude, sie wiederzusehen.“

So wie Lisa Navans Hand länger als nötig hielt und ihn musterte, kribbelte es unangenehm in seinem Nacken. Die junge Frau, die neben ihrem Büro-sessel stehen geblieben war, besaß ein unglaublich ansteckendes und strahlendes Lächeln.

„Ob sie eine echte Rothaarige ist?“ David beugte sich grinsend zu Navan herüber, nachdem sie beide auf der anderen Seite des Schreibtisches Platz genommen hatten.

„Das ist Leonie, meine zweite Tochter. Ich hoffe, es ist den Herren recht, wenn sie bleibt.“

Beide nickten und Navan genoss sogar Leonies Anwesenheit, die die an-gespannte Atmosphäre lockerte. Lisa faltete ihre Hände über dem Goldenen Buch des Gentlemen Clubs, einem Katalog mit den Steckbriefen und Bildern der Frauen, die für Lisa arbeiteten, und lächelte aufgesetzt.

„Woran haben die Herren denn für das feierliche Dinner heute Abend ge-dacht? Etwas Spezielles?“

„Nun, unsere Geschäftsfreunde sind ohne Begleitung angereist, das würde bedeuten, wie benötigen etwa sechs Damen zur Unterhaltung.“

„Kein Problem, wenn Sie sich im Buch umsehen, werden Sie für jeden Geschmack fündig werden. Was bevorzugen Sie denn persönlich, Mister Moore?“

Navan fühlte sich ertappt, als sein Name fiel. Davids Lächeln wurde zu einem Grinsen, und noch bevor Navan antworten konnte, übernahm David wieder die Fäden.

„Nun, er hat wohl einen Narren an einer Dame namens Cinda Lane ge-fressen.“

Der Versuch von Lisa, ihre Stirn zu runzeln, schlug fehl, die künstlich ge-glättete Haut bewegte sich keinen Millimeter, dank Botox.

„Oh, Cinda Lane … ja, ich denke, das ließe sich einrichten.“

Sie musterte Navan eindringlich und lächelte noch immer.

„Helfen Sie mir kurz auf die Sprünge Mister Moore. Sie müssen wissen, ich beschäftige viele Damen, und Namen sind mir leider ein Graus. Würden sie die Dame bitte genauer beschreiben?“

„Schwarzes langes Haar, bis zur Hüfte, schlanke Figur, bernsteinbraune Augen, ein sehr offenes, ehrliches Lächeln … sie hat ein rotes Kleid ge-tragen.“

Erneut hatte David für Navan geantwortet und er nickte nur zustimmend. Nachdem David sich wieder beruhigt hatte, war er auch bereit gewesen, ihm zuzuhören.

„Und ihr Name war Cinda Lane, richtig?“

„Ja, das hat sie mir jedenfalls gesagt.“

„Nun, sie wissen ja, Namen … manche Mädchen benutzen mehrere Pseudonyme für ihre verschiedenen Talente und nach den Vorlieben ihrer Kunden.“

Noch immer hielt sie das Buch unter ihren Händen und machte nicht den Anschein, die beiden Herren hineinsehen zu lassen.

„Warum überlassen die Herren nicht mir einfach die Wahl der Damen. Ich werde Ihnen eine exquisite Auswahl zusammenstellen, die ihren Anforderungen mehr als zusagen wird.“

„Ich bin sicher, Sie würden das Gros der Geschmäcker treffen, allerdings gibt es zwei unserer Freunde, die etwas recht Ausgefallenes wünschen. Daher würde ich gern einen Blick in das Buch werfen, um die richtigen beiden Kandidatinnen dafür selbst auszusuchen.“

Zögerlich nahm Lisa die Hände vom Buch, dennoch schob sie es ihm nicht sofort über den Tisch.

„Ausgefallenes?“

„Ja … es handelt sich dabei um …“

„BDSM.“

Navan sprang David zur Seite und lächelte.

„Wir sind zwar alle Dominante, aber zwei unserer Freunde haben ganz spezielle persönliche Neigungen.“

Endlich glitt das Goldene Buch über den Schreibtisch und gemeinsam blätterten Navan und David darin, lasen Steckbriefe, betrachteten die Ganzkörperfotos genauer, und wählten dann zwei Damen aus, aus deren Steckbriefen hervorging, dass sie devote Neigungen besaßen.

Lisa verabschiedete die beiden Gäste, und auch Leonie verschwand eilig, nachdem David und Navan gegangen waren.

Der rote Salon im Westflügel war der Aufenthaltsraum, in dem die Frauen sich frei bewegen und entfalten konnten. Eine kleine Gruppe auf der Terrasse machte Yoga, während andere auf der großen Wohnlandschaft lagen und fernsahen. Joy war gerade damit beschäftigt, einige durchgebrannte Birnchen der verschiedenen Leuchten auszutauschen, als Leonie, fast ohne Luft zu holen, von den Neuigkeiten plauderte.

„Er sieht so verdammt gut aus, meine Güte Joy. Ich meine, diesen David würde ich ja auch nicht von meiner Bettkante stoßen, aber Navan Moore … Allein sein Gesichtsausdruck, als er den Namen Cinda Lane aussprach … Ich meine gut, die meiste Zeit hat David geredet, aber irgendwie leuchteten Navans Augen richtig auf, als sich das Gespräch um dich drehte.“

„Du meinst um Cinda Lane.“

„Aber du bist doch Cinda.“

Joy hielt in ihrer Arbeit inne und sah von der Leiter auf ihre Schwester hinab.

„Cinda und ich, wir sind nicht dieselbe Person. Er hat Cinda als Callgirl kennenlernt."

„Ja und, trotzdem hofft er, dass sie heute Abend zu diesem Dinner kommen wird. Joy, das ist *die* Chance."

„Was meinst du mit Chance?"

„Na, ihn wiederzusehen."

Joy lachte und schwankte kurz auf der Leiter, hielt sich dann fest und suchte wieder das Gleichgewicht.

„Du bist verrückt, Leonie. Wie soll das denn gehen?"

„Du könntest zum Beispiel heute Abend zu diesem Essen gehen."

Eine Birne fiel aus Joys Hand und zerschellte krachend auf dem Boden.

„Das ist nicht dein Ernst."

Doch der Gesichtsausdruck der Halbschwester sagte etwas anderes. Sie schien felsenfest davon überzeugt und Joy schüttelte ihren Kopf.

„Vergiss es, ich geh da heute Abend nicht hin. Lisa hat sechs Mädchen in der Bestellung, findest du nicht, es würde auffallen, wenn plötzlich sieben dort antanzen? Das ist verrückt, ich geh da nicht hin."

„Sunny wird dir garantiert ihren Platz räumen, wenn du sie fragst."

Langsam stieg Joy die Leiter hinunter und starrte in Leonies entschlossenes Gesicht.

„Sunny?"

„Sie wird als Liebessklavin dort sein, mit Maske und Subbieoutfit."

Noch immer schüttelte Joy ihren Kopf. Leonie grinste ihr hinterher und folgte ihr, während Joy mit der Leiter bewaffnet zu einer weiteren Lampe wechselte.

„Es ist doch ganz einfach, Sunny wird bei dem Outfit helfen und dir sagen, was du tun sollst."

„Mich würde eher interessieren, wie Mutter, die ihr völlig unbekannte Cinda Lane dorthin schaffen will."

„Ich hab da schon meine Ideen …"

„Nein, das glaube ich nicht … du meinst, sie wird Helena … niemals, das würde Navan sofort durchschauen … Helena ist … sie ist …"

„Ein perfekter Escort mit jahrelanger Übung. Sie wird ihre Rolle perfekt spielen."

Die Erkenntnis traf Joy wie ein Blitz.

Das Dinner fand in einem sehr privaten Rahmen statt, und als die Damen eintrafen, trat Stille ein. Vier der bestellten Frauen trugen lange Abendgarderobe. Navan betrachtete die dazugehörigen Gesichter, aber David kam ihm zuvor. Der blonde Gentleman küsste die Handknöchel der Ladies und begrüßte jede einzelne.

„Und Sie müssen Cinda sein."

Navan beobachtete die Frau, die anders als auf dem Ball nicht dieselbe Ausstrahlung zu besitzen schien, die ihn so magisch angezogen hatte. Dennoch nickte sie, sagte jedoch nichts und blickte Navan direkt in die Augen. Bernstein! Sein Herz machte einen Satz und schlug deutlich schneller weiter. Ihr Haar glänzte wie schwarzer Lack. Auch die anderen Männer im Raum stellten sich der Reihe nach vor und jede Dame gesellte sich zu dem dazugehörigen Herrn. Nur zwei der Frauen blieben übrig. Die eine in schwarzem Lack, der gerade das Nötigste bedeckte. Ein schmächtig wirkender älterer Mann trat auf sie zu, betrachtete sie eingehend und nickte, als würde er Fleisch begutachten.

„Wie ist dein Name, Mädchen?"

„Mira, Herr."

„Komm mit."

Sie folgte ihm und Navan beobachtete diese bizarre Situation. Die letztlich übrig gebliebene Frau trug eine schwarze eng geschnürte Korsage unter einem weiten Cape aus Satin, dazu Strapse und Spitzenstrümpfe. Ihr Gesicht war durch eine Ledermaske komplett verbogen. Die Reißverschlüsse waren geöffnet, doch Navan konnte ihre Augen nicht sehen. Der dunkelhäutige, breitschultrige Mann mit langen, zu einem Pferdeschwanz zusammengebundenen Rastazöpfen trat auf sie zu. Er überragte das zierlich wirkende Geschöpf um mindestens vier Kopflängen und sein Blick war dominant und streng. Navan erinnerte sich an ihren Namen, Sunny, aber etwas an ihrer Figur stimmte nicht. Ihre Brüste wirkten viel üppiger als sie auf dem Foto. Überhaupt sah sie nicht annähernd so mädchenhaft aus, viel fraulicher, weiblicher. Auch Alex, der dunkelhäutige Hüne wirkte nicht zufrieden.

„Das hat man davon, wenn man andere schickt. Was bist du?"

Der Körper der Submissiven begann, deutlich sichtbar zu zittern, und Navan wurde das Gefühl nicht los, dass sie überhaupt nicht wusste, was von ihr erwartet wurde.

„Wie meinen Sie das, Sir?"

Ihre Stimme klang so gebrochen und dünn, dass sie fast schon die Vorstufe zur Hysterie verriet. Alex umrundete, musterte sie, als wäre sie ein Stück Vieh, das er gleich zur Schlachtbank schicken würde.

„Deine Proportionen sind unförmig, die Titten viel zu groß, der Arsch viel zu breit."

Er beugte sich nah zu ihr hinunter.

„Du widerst mich an, aber ich werde dafür sorgen, dass du es wiedergutmachst."

Das Zittern des Frauenkörpers nahm zu und ein düsteres Funkeln leuchtete in Alex schwarzen Augen. Navan wollte gerade etwas sagen, als plötzlich eine Frauenhand nach seinem Arm griff.

„Ich freue mich, dich wiederzusehen."

Cinda! Fast hätte er sie völlig vergessen, denn das eben beobachtete Ereignis hatte ihn so gefesselt und hinterließ auch jetzt noch ein seltsam ungutes Gefühl in seinem Magen, dass er kaum den Blick von der Frau nehmen konnte.

„Ja, ich mich auch."

Er zwang sich zu einem Lächeln, sah aus dem Augenwinkel zu, wie Alex nach dem Halsband der zitternden Frau griff und sie mit sich zog. Er würde wohl nicht erst an dem Dinner teilnehmen, denn er verschwand mit seiner Beute in einem der Nebenzimmer. Navan widerstand dem Impuls, ihnen zu folgen, sie aus dieser unglücklichen Situation zu befreien. Sein Gefühl sagte ihm, dass diese Frau nicht freiwillig hier war. Dennoch wischte er den Gedanken beiseite.

„Entschuldige mich kurz, ich bin gleich wieder da."

Der Waschraum war groß und geräumig. Navan beugte sich über eins der Waschbecken und spritzte sich kaltes Wasser ins Gesicht. Plötzlich legte sich eine breite Männerhand auf seine Schulter. Durch den Blick in den Spiegel erkannte er Davids grinsendes Gesicht wieder.

„Du hattest recht, sie ist eine Nutte und sie spielt ihre Rolle perfekt. Sie verhält sich völlig anders als auf dem Ball."

„Hab ich es dir nicht gesagt? Für Scheine sind sie alles, was du dir wünschst."

Ein Schrei unterbrach die Unterhaltung und sowohl David als auch Navan rannten alarmiert aus dem Bad. Alex hielt seine Submissive an den Schultern fest und es war offensichtlich, dass sie fliehen wollte.

„Verdammt noch mal, was ist das hier für eine Scheiße?"

Die Frau weinte herzzerreißend.

„Ich hab noch nicht einmal angefangen, mit ihr zu spielen! Verdammt Dave, was ist das hier? Ich dachte, sie ist eine Professionelle."

Alex ließ sie los und in dem vorher so dominant wirkenden Gesicht spiegelten sich plötzlich Verzweiflung und sogar Panik wieder.

„Hey, jetzt beruhige dich mal wieder, ich hab dich fast gar nicht angefasst."

Navan trat vor und fing das zitternde Häuflein Mensch gerade noch rechtzeitig auf, bevor sie in die Knie sackte. Eine der Frauen löste sich von ihrem Kunden und kniete sich zu der Sub hinunter.

„Sunny? Bist du in Ordnung?"

Das Stirnrunzeln der Frau, die sich ihnen als Melanie vorgestellt hatte, vertiefte sich, als die beiden einen Blick wechselten. Melanie half der Frau auf die Beine, zückte ihr Handy und entschuldigte nach einem kurzen Telefonat die Situation mit einem Missverständnis, dass Sunny doppelt gebucht worden war, aber sofort hier sein würde. Alex beäugte missmutig die noch immer zitternde Sub, die mit ihrer Maske auf dem Kopf zur Tür begleitet wurde. Er folgte den beiden Frauen und Navan blieb an der Tür stehen.

„Hey, ähm, ich wollte dich wirklich nicht erschrecken. Es tut mir leid wegen dieses Missverständnisses."

Alex berührte sanft die Schulter der Maskierten, doch die Stimme des Dominanten ließ sie nicken. Melanie kehrte zurück in den Raum und blieb neben Navan stehen. Ihr Blick hatte etwas von Vorwurf und Unverständnis, jedenfalls konnte er es nicht richtig deuten.

„Sie haben ja gar keine Ahnung."

Er folgte ihr mit den Augen und sah in Cindas bernsteinfarbene Augen. Seine Cinda, die jetzt sauertöpfisch ihre Lippen verzog und sichtlich gelangweilt dreinblickte. Auch an dieser Frau stimmte etwas nicht, doch noch konnte er nicht benennen, was es genau war, das ihn störte.

Nur schwerlich kehrte die Stimmung zurück, was hauptsächlich an Alex lag, dem deutlich die Laune vergangen war. Selbst als die Richtige nach einem Anruf von einer der Frauen noch dazustieß, schien er seine Lust an einem kleinen BDSM-Spielchen verloren zuhaben. Doch Sunny verstand es gut, sein Begehren doch noch zu wecken und zu vorgerückter Stunde verschwanden die beiden im Nebenzimmer. Für eine Weile sogar schaffte Cinda es, dass Navan seine Skepsis vergaß, doch jetzt, wo auch David mit seiner Lady in einem Zimmer verschwand und er mit ihr allein zurückblieb, kehrte das Unbehagen wieder. Sie rückte näher auf dem Sofa zu ihm und legte eine Hand sanft auf sein Knie, ließ sie langsam höher wandern.

„Du kommst mir so anders vor, Cinda … ist das dein Spiel?"

„Ich weiß nicht genau, was du damit meinst?"

Ihre Hand legte sich in seinen Schoß und Navan zuckte, als ihre Finger sich um sein Geschlecht legten und zu massieren begannen. Er schluckte hörbar und sie lachte leise.

„Ich dachte, wir beide wären bereits über diesen Punkt hinaus. Mir gehen gerade ganz andere Ideen durch den Kopf als reden."

Sie beleckte sich die roten Lippen und ihre Bernsteinaugen versprachen Lust. Cinda rutschte vom Sitz, kroch auf Knien vor ihn und spreizte forsch seine Knie. Navan war nicht fähig, etwas dagegen zu unternehmen, als sie den Gürtel seiner Anzughose öffnete und langsam den Reißverschluss hinunterzog. Er fühlte sich von der wachsenden Erregung hilflos und gefesselt, alles, was er tun konnte, war, sie zu beobachten. Mit geschickten Händen befreite sie seinen Schwanz aus der Hose und rieb ihn, bis er stöhnte und sein Geschlecht unter ihrer Massage wuchs. Als sie ihn in ihren Mund gleiten ließ, krallte er seine Hände in die Sitzpolster und keuchte. Navan schloss seine Augen und genoss die feuchte Wärme, die Tiefe ihrer Mundhöhle und das köstliche Saugen ihrer Lippen. Seine Hände glitten durch ihr Haar und zogen ihren Kopf dichter an seinen Schoß, dirigierten ihr Tempo und ließ sie gewähren. Ihre leicht angeraute Zunge an der empfindlichen Seide seiner Eichel zu spüren, fegte seinen Kopf gänzlich leer und sein Körper sehnte sich nach Erlösung, wollte sich zwischen ihren Lippen reiben und sich in ihrem Mund ergießen bis zum letzten Tropfen. Sein Griff in ihr Haar wurde fester, fordernder und sie steigerte ihren saugenden, lutschenden Rhythmus. Seine Hüften bewegten sich ihr entgegen und schoben seinen Schwanz tief in ihren Mund. Ein leises Würgegeräusch drang in sein Bewusstsein und ließ ihn automatisch den Griff lockern, wie unter Intuition, denn zu bewusster Handlung war er nicht mehr in der Lage. Navan war bereits so erregt, dass sein Verstand völlig ausgeschaltet schien. Sein Geschlecht glitt mit einem satten schmatzenden Geräusch aus ihrem Mund. Cinda hob ihr Kleid hoch, bis er aus fiebrig wirkenden Augen einen Blick auf ihren haarlosen Schoß warf. Etwas in ihm sagte ihm, es war falsch, doch sein Verlangen gierte nach ihr. Cinda kletterte mit gespreizten Schenkeln auf seinen Schoß, griff zwischen ihre Beine nach seinem pochenden Schaft und dann sah sie ihm direkt in die Augen.

Sie wollte seine Spitze gerade in sich einführen, als Navan plötzlich wie nach einer kalten Dusche hellwach war. Er packte nach ihren Oberarmen und schob sie von sich runter. Dabei starrte er ihr unentwegt in die Augen und Cinda wirkte schockiert und verwirrt zu gleich.

„Was ist los, Baby? Bist du etwa nicht so heiß wie ich?"

„Deine Augen … du …"

Noch immer war Cinda bemüht um ihn, ließ ihre Hände erneut in seinen Schoß gleiten, doch Navan hielt sie so fest davon ab, nach seinem steifen Schwanz zu packen, dass sie vor Schmerz aufquietschte.

„Au! Du tust mir weh."

Sein Geschlecht zuckte und verlangte nach ihr, wollte Sex, sehr dringend, aber Navan stand auf und quetschte seinen Schaft wieder zurück in die Hose.

„Du bist nicht Cinda." Er lachte kalt. „Jedenfalls bist du nicht die, mit der ich die Ballnacht verbracht habe."

„Natürlich bin ich …"

Er hob abwehrend seine Hand und plötzlich veränderte sich etwas scheinbar so gravierend in seinen Gesichtszügen, dass er Angst auf ihrem Gesicht lesen konnte.

„Gut, wenn du immer noch behauptest, die Frau zu sein, mit der ich diese

Nacht verbracht …"

Er verließ den Raum und kehrte mit dem Schuh zurück, den er aus dem Zimmer mitgenommen und seit dieser Nacht immer wieder angestarrt hatte. Er warf ihr den Schuh zu.

„Den hast du vergessen, zieh ihn an."

Es war schon jetzt deutlich sichtbar, dass dieser Schuh ihr nicht passen würde.

„Du hast die ganze Nacht in diesen Schuhen mit mir getanzt. Zieh ihn an und tanz mit mir."

Der kalte Hauch von süßem Sadismus rann seine Wirbelsäule hinunter, als die Frau mit bebenden Händen nach dem zierlichen Schuh griff und sich vorbeugte, um ihn anzuziehen.

„Weißt du, Frauen kaufen grundsätzlich immer viel zu kleine Schuhe, damit die Füße zierlich wirken. Männer mögen so was."

„Aha, gut zu wissen, dann dürfte es ja kein Problem sein."

Navan beugte sich über sie und packte nach ihrem Kinn, zwang sie, ihm in die Augen zu sehen und lächelte erneut kalt und wissend.

„Zieh ihn an."

Sie hätte es jederzeit beenden können, in dem sie einfach gestand, doch das schien die letzte Option für sie zu sein. Er sah zu, wie sie ihre Zehen in den Schuh hineinpresste, quetschte und es gerade so schaffte, sie hineinzuzwängen, doch die Ferse wollte nicht hineinpassen. Verzweiflung lag in dem Blick der falschen Cinda, als sie zu ihm emporsah, doch er gab nicht nach, ließ sich auch nicht erweichen. Stattdessen bot er ihr die Hand.

„Tanz mit mir."

Er betonte jedes einzelne Wort so deutlich, dass es wie Peitschenhiebe auf sie prallte. Navan zog sie an sich, hielt sie in seinen Armen und er genoss den Anblick von Angst in ihren Augen. Wie berauscht davon begann er, sich mit ihr zu bewegen, zu einer Musik, die nur er hörte und jeder einzelne Schritt ließ sie aufstöhnen. Der Schmerz, den der Schuh verursachte, spiegelte sich in ihrem Gesicht deutlich wieder und sie biss die Zähne fest zusammen, doch es half nichts, denn Navan steigerte den Tanzrhythmus immer stetiger, zwang ihr unter seiner Führung die Schritte auf und spürte diese kalte Wut in sich, die sogar eine erotische Spannung in ihm verursachte. Hin und wieder konnte sie einen Schrei nicht unterdrücken und dann in einer Drehung ließ er sie einfach los … schutzlos, hilflos, wehrlos … und er sah zu, wie sie taumelte und schmerzverzerrt in die Knie brach. Tränen rannen ihr die Wangen hinab und verwischten ihr Make-up. Erneut beugte er sich über sie.

„Du musst es nur zugeben, dann ist es vorbei."

Ihre Lippen bebten und sie rieb sich den schmerzenden Fuß. Als sie den

Schuh endlich loswurde, sah er Blut an ihren Zehen und er lächelte.

„Okay! Ich bin nicht diese Cinda. Ich weiß überhaupt nicht, wer das sein soll, du widerliche miese Ratte."

„Verschwinde, und grüß deine hinterhältige Chefin."

Fluchend wie ein Bauarbeiter humpelte sie aus dem Zimmer und ließ die Tür krachend ins Schloss fallen. Navan goss sich einen Whiskey aus der Zimmerbar ein und leerte das Glas mit einem Schluck.

Als es mitten in der Nacht leise an der Hotelzimmertür klopfte, saß Navan noch immer auf dem Sofa und brütete wütend vor sich hin. Das Klopfen wurde energischer.

„WAS?"

„Ich möchte bitte mit Navan Moore sprechen."

Auch David kam aus seinem Zimmer. Die anderen waren längst gegangen. David öffnete die Tür und hob überrascht seine Augenbrauen, dann ließ er Leonie eintreten. Navan beobachtete die hübsche Rothaarige skeptisch, nahm ihr jedoch den Mantel ab und bot ihr einen Platz an. Die Tochter der Begleitagenturchefin lehnte sich lächelnd zurück.

„Ich hoffe, ich komme nicht zu spät."

„Für die Party allerdings."

Sie sah Navan in die Augen und lächelte.

„Ich hoffe, Helenas Talente waren für dich nicht überzeugend genug, Navan."

„Helena?"

„Meine Schwester wurde von meiner Mutter hierhergeschickt."

Ohne Umschweife plauderte Leonie den Plan der Mutter aus. Navans Augen weiteten sich, dann plötzlich, als Leonie ihren Bericht beendet hatte, brach David in schallendes Gelächter aus.

„Ich würde sagen, da hat deine Mutter sich aber den Falschen ausgesucht."

„Sie ist so felsenfest davon überzeugt. Schließlich hat sie Erfahrung damit, reichen Männern die Geldbörse zu öffnen."

„Warum bist du wirklich hier Leonie?"

David lachte noch immer, kam nicht über diese urkomische Situation drüber weg, die nur er und Navan tatsächlich verstanden.

„Ich hatte gehofft, dass ihr meiner Mutter eine Abreibung verpasst, die sie längst verdient hätte. Schließlich habt ihr die Möglichkeiten dazu … finanziell und auch beziehungstechnisch."

Das Lachen von David hob erneut an.

„Warum lacht er so?"

Navan räusperte sich, um das eigene aufkeimende Gefühl zu unterdrücken. „Was meinst du damit, längst verdient?"

Leonie ließ nichts aus, erzählte von den Gerüchten, die im Umlauf waren und auch von den Treffen mit den Unterweltbossen, die unter sich bezüglich Drogen und Waffenhandel die Stadt teilten. Davids Lachen verebbte und seine Aufmerksamkeit konzentrierte sich auf ihre Worte. Dann hob er einen Finger und kräuselte seine Stirn. „Wenn du uns nur für eine Sekunde entschuldigen würdest, ich …" Er zog Navan mit sich in das Nebenzimmer, das David bewohnte. „Was denkst du? Ob wir ihr trauen können?"

Navan rieb sich nachdenklich das Kinn. „Das wäre die Gelegenheit. Eine Bessere wird sich garantiert nicht bieten."

Er erntete ein kaum merkliches Nicken von David, dann kehrten sie gemeinsam zurück ins Wohnzimmer. Leonies Blick wanderte an ihren Körpern hinab. Die Erkenntnis, was sie ihr zeigten, benötigte keiner weiteren Erläuterung. Leonie brach in schallendes Gelächter aus und verstand nun, worüber David sich zuvor so amüsiert hatte.

„Oh … na, das nenn ich doch mal eine Überraschung."

Sie klatschte amüsiert in die Hände und klopfte rechts und links von sich aufs Sofa. „Sieht ganz nach einem Plan aus."

Navan half Leonie in den Mantel, als sie sich voneinander verabschiedeten.

Auf dem Flur wandte sie sich noch einmal um. „Navan?"

David kehrte zurück ins Hotelzimmer, während Navan näher zu ihr trat.

„Ich hab versprochen, nichts zu verraten, aber die, die du suchst, lebt auch in der Villa und du bist ihr schon mehr als einmal begegnet, ohne sie zu erkennen."

Plötzlich klopfte sein Herz wieder schneller, auch wenn er eher uninteressiert erscheinen wollte, es gelang ihm nicht.

„Ihr Name ist nicht Cinda, das war nur eine Rolle für eine Nacht. Aber ich weiß, wer sie ist."

„Wenn sie in dem Haus lebt, dann …"

Leonie schüttelte den Kopf.

„Ich kann es dir nicht sagen, das musst du schon selbst rausfinden. Wenn ich auch nur eine Silbe verrate, dann reißt sie mir den Kopf ab."

„Dann gib mir wenigstens einen Tipp."

Sie pausierte, schien eine Weile darüber nachzudenken, wie viel sie verraten durfte, ohne die Freundin zu verraten.

„Okay. Es wird dich sicherlich beruhigen, zu wissen, dass du nicht mit einem Callgirl geschlafen hast in dieser Nacht."

Navan stand da wie vom Blitz getroffen und ein Hitzeschauder kroch ihm über die Haut. Er sah der Rothaarigen hinterher. Für Sekunden war er nicht fähig, sich zu bewegen, doch als er wieder Herr seines Körpers war, stieg sie gerade in den Lift und die Türen schlossen sich.

„Fuck."

Todunglücklich saß Helena zusammengekauert auf dem Sessel am Schreibtisch gegenüber ihrer Mutter, deren Wut und Enttäuschung über das Scheitern ihrer Tochter noch immer nicht verraucht waren. Helena zupfte an ihren mehr grau als blonden Haaren.

„Meine schönen Haare …"

Ihre Stimme klang so entsetzlich nervtötend und weinerlich.

„Hör auf zu heulen, verdammt. Das bist du selbst schuld, du konntest ja nicht warten bis Anthony einen Termin freihatte, stattdessen hast du versucht, selbst zu bleichen."

Das Haar war stumpf und strohig und Lisa musste jeden Termin für Helena mit Kunden absagen. So konnte sie kein Geld verdienen, wie sie aussah, selbst der Meisterfriseur hatte nach drei Versuchen aufgegeben.

„Leonie ist schon wieder von David gebucht worden."

„Diese fette Qualle? Igitt, ich wusste ja, diese Typen sind nicht ganz richtig im Kopf. Was kann man an so schwabbeligem Gewebe geil finden? Allein die Vorstellung, wie sich dieses Walross auf dem Bett rekelt und ihre gigantischen Rollen sortieren muss. Bäh."

Selbst Lisa wirkte über die Wortwahl ihrer Tochter überrascht, dann wurden ihre Augen zu kleinen Schlitzen.

„Dieses Walross, Schätzchen, verdient zurzeit um einiges mehr Geld als du."

Sofort verstummte Helena, als Lisa ihre Stimme mit tödlicher Präzision durch den Raum schickte wie einen Dolch. Leise schlüpfte Joy mit ihrem Eimer voller Asche aus dem Zimmer, ohne dass die beiden von ihr Notiz nahmen. Auf direktem Wege blieb sie vor Leonies Tür stehen, an der sie leise anklopfte.

„Bist du da?"

Im Raum blieb es still, wie so oft in den letzten Tagen. Jedes Mal, wenn Joy ihr im Haus begegnet war, lächelte die Halbschwester sie nur an, als wüsste sie etwas, das sie nicht wissen sollte. Doch selbst wenn sie versuchte, nachzuhaken, schwieg Leonie eisern. Diese Geheimniskrämerei machte Joy nervös, und jetzt auch noch zu wissen, dass ihre Halbschwester fast täglich von Navans bestem Freund gebucht wurde, machte es nicht besser. Navan! Seit Tagen hatte er keinen Fuß mehr ins Haus gesetzt.

Joy trug den Ascheeimer aus dem Haus, schüttete ihn in die dafür vorgesehene Tonne und bog seufzend ihren Rücken durch. Auf der anderen Seite der Straße stand ein dunkler Wagen, wie jeden Tag in letzter Zeit. Er kam gegen Mittag, blieb für Stunden dort stehen und fuhr erst gegen Einbruch der Dunkelheit wieder davon. Nie hatte sie gesehen, wie jemand ausstieg.

David blätterte die Unterlagen durch, die Leonie ihm zum Treffen mitgebracht hatte. Die Buchungen dienten rein zum Zweck des Informationsaustausches. David war kaum in der Lage, sich wirklich zu konzentrieren, zu sehr zog ihn die Tatsache einer echten Rothaarigen in unmittelbarer Nähe vollkommen in den Bann. Die Textlinie des Testamentes las er jetzt bereits zum x-ten Mal und lachte leise auf.

„Woher hast du das?“

„Ich kenne die Kombination ihres Safes.“

David zwang sich, Leonie nicht anzusehen, denn sonst lief er wirklich Gefahr, seine Beherrschung zu verlieren. Er seufzte gequält auf, lehnte sich zurück und rieb sich mit beiden Händen durch das Gesicht. Tage zuvor hatte er Navan erst eine Standpauke gehalten und jetzt saß er hier, neben diesem Geschöpf, das genau seiner Kragenweite entsprach. Kaum zu glauben, wie schwer es ihm fiel, Profi zu bleiben. Als sie ihren Hintern ein klein wenig vom Sofa hob, um sich über den Tisch zu beugen und nach einer schwarzen Mappe zu greifen, sah er doch hin und keuchte tonlos.

„Das hier sind die Verträge mit den Mädchen, die nicht in der Villa leben. Einige von Ihnen haben Lofts in der Stadt oder treffen die Kunden im Hotel.“

Sie ließ sich zurück aufs Sofa sinken und David konnte nicht wegsehen, sein Blick klebte förmlich an ihren Rundungen. Die knappe Bluse ließ einen köstlichen Blick auf den Ansatz ihrer großen Brüste zu. Er blies die Wangen auf, betrachtete ihre zarte Haut, die wie frische Milch wirkte. Auf ihrem linken Schlüsselbein saß ein entzückendes Muttermal in Form eines Tropfens. David stand auf, ließ seine Hände durch sein blondes kurzes Haar gleiten und räusperte sich.

„Ist alles okay mit dir?“

„Ich kann mich nicht konzentrieren.“

Ihre vollen Lippen verzogen sich zu einem wissenden, lüsternen Lächeln, das ihm fast den Rest gab und ihre grünen Augen funkelten dabei so verheißungsvoll. Er musste sich von diesem Anblick losreißen, das war die reinste Folter. Leonie stand ebenfalls auf und trat hinter ihn. Sanft schob sie ihm die Hände über den Rücken empor und begann, seine Schultern zu massieren.

„Du bist ja völlig verspannt.“

David verdrehte die Augen, bevor er sie schloss, und spürte diese sanften Impulse unter seinem Hemd, die wohlige Gänsehaut ihrer Berührungen.

„Stehst du in letzter Zeit viel unter Stress?“

Ein amüsiertes Lachen drang aus seinem Mund, denn es war wohl kaum möglich, auf ihre freche Frage auch noch zu antworten. *Wenn du wüsstest!* Es kam ihm vor, als hätte sich das Zimmer in wenigen Sekunden um einige Grad erhitzt. Seine Hände waren feucht und durch das Öffnen und Schließen der Finger hoffte er, etwas von der Anspannung loszuwerden. Als Leonie ihren Körper an seinen Rücken schmiegte, schluckte er.

„Du hast ganz harte … Muskeln."

„Oh Gott."

Diese Frau brachte ihn um den Verstand. Noch ein Wort, noch einen Schritt weiter und er würde hemmungslos über sie herfallen. Ihre Finger glitten in seine Taille und schoben sich vor zu seinem Bauch.

„Leo, das ist keine gute Idee."

„Ich weiß."

War das etwa ein Lächeln in ihrer Stimme? *Shit!* Ihre Hände glitten tiefer und er war unfähig, sie daran zu hindern. David schloss die Augen erneut, spürte das sinnliche Tasten und hielt den Atem an. Sie griff ihm ungeniert in den Schritt und natürlich war es kaum zu vermeiden, dass sie herausfand, wie hart er bereits war.

„Mh, das fühlt sich vielversprechend an."

„Das solltest du nicht tun …"

Sie massierte seinen Schaft durch den Stoff seiner Anzughose. Ohne die Hand von seinem Schoß zu nehmen, umrundete sie ihn, blieb vor ihm stehen und hob ihren Blick zu seinem Gesicht. David erwiderte den Blick.

„Das sollten wir wirklich nicht tun."

„Nein, wahrscheinlich hast du recht."

Ihre Mimik besaß eine Mischung aus Wollust und Unschuld. David nahm ihr Gesicht in seine Hände und zog sie zu sich heran.

„Ich kann einfach nicht meine Finger von dir lassen, David. Ich bekomme schon feuchte Träume, wenn ich nur an dich denke, bevor ich einschlafe."

Diese Lippen, während sie ihm zuflüsterte. Er konnte nichts anderes sehen, als diesen perfekt geschwungenen Mund, saftig, süß und kostbar. Er küsste sie, schob unwirsch seine Zunge zwischen ihre Lippen und erkundete hemmungslos ihre Mundhöhle. Für einen kurzen Moment hielt er inne, dachte noch einmal darüber nach, wie falsch es war. *Zu spät!* Seine Finger rissen an den Knöpfen ihrer Bluse, und als er sich unfähig fand, sie behutsam zu öffnen, riss er den dünnen Stoff einfach auf, ergriff diese herrlichen vollen Kugeln, die durch einen hübschen Spitzen-BH gehalten wurden. Mit vollem Körpereinsatz drängte er sie küssend und entkleidend zurück zum Sofa, warf die Bluse hinter sich, während Leonie sich hastig an seinem Hemd zu schaffen machte. Auch diese Knöpfe sprangen durch die sinnliche Gewalt in alle Richtungen. Er schob ihr die Träger des Büstenhalters über die Schultern und kaum entblößte er eine ihrer Brustwarzen, bedeckte er sie mit seinem Mund, saugte daran, bis sie sich auf seiner Zunge zusammenzog. Sie fiel im Eifer des Gefechtes über die Armlehne rücklings auf das Sofa und David folgte ihr. Er knabberte, züngelte abwechselnd an ihren Brustspitze, bis sich die rosigen Knospen ihm erregt entgegenreckten.

„Gott, Frau, du riechst so gut."

Seine Nase schnupperte ihren Hals entlang, legte eine feuchte Zungenspur von ihrem Kinn bis hinunter zwischen ihren weichen Busen. Während er die hübschen Kugeln zusammendrücke, senkte er sanft seine Zähne hinein und keuchte leise vor Verlangen. Aus Leonies Kehle drang ein lüsternes Lachen. Seine Lippen küssten sich langsam weiter abwärts. Sie half ihm dabei, den Rock hochzuschieben und er zog ihr das Spitzenhöschen aus. Sie war tatsächlich ein echter Rotschopf, die kleinen roten Schamhärchen lockten sich zum Beweis zu einem Dreieck rasiert auf ihrem Venushügel. Süße Liebesbisse in den Innenseiten ihrer Schenkel ließen sie stöhnen, dann vergrub er sein Gesicht in ihrem Schoß, saugte an ihren Schamlippen, die noch rosig und geschlossen vor ihm lagen. Er leckte über die sensible Haut, züngelte nach der kleinen Lustperle, die recht schnell anschwoll. Vorsichtig öffnete er mit den Fingerspitzen ihre Scham, kostete den ersten Lustnektar und lutschte an ihrer Klitoris, bis Leonies Hüften sich wie ferngesteuert kreisend bewegten. Abwechselnd mit Fingern und Zunge stimulierte er sie weiter, umkreiste ihre feuchte Öffnung, bis ihre Lustlaute immer lauter wurden. Ihre Hände vergruben sich in seinem Haar.

„Bitte, warte ... nicht so schnell."

Er leckte langsamer, doch das war es wohl nicht, was sie meinte. Sanft schob sie sein Gesicht beiseite und hob ihren Oberkörper. David legte seine Stirn in Falten.

„Alles okay?"

„Ja, natürlich, aber wenn du so weitermachst, wäre ich geplatzt ... und das will ich noch nicht."

Sie war völlig außer Atem, rutschte von der Sitzfläche und öffnete seine Beine, um sich dazwischenzuknien.

„Erst will ich wissen, wie du schmeckst."

„Oh, Shit!"

David lehnte sich zurück, ohne jedoch die Augen von ihr abzuwenden. Der Schweiß trat ihm auf die Stirn und er hatte das Gefühl, in einem Backofen zu sitzen. Sie öffnete den Reißverschluss und kaum umschloss ihre zierliche Hand seinen Schwanz, zogen sich bereits seine Hoden fest zusammen. Seine beschnittene Eichel glänzte prall und rosig, als sie ihn endlich befreite. Sie betrachtete ihn eingehend und lächelte entzückt.

„Ich glaube, das ist der schönste Schwanz, den ich je gesehen habe."

Er wollte jetzt nicht darüber nachdenken, wie viele dieser Prachtburschen sie schon gesehen hatte. Ihre vollen Lippen bedeckten die zuckende Spitze mit sanften Küssen. Die Zunge glitt über die Eichel, leckte zärtlich bis hinunter zum Kranz und David keuchte heiser. Leonie nahm ihn in den Mund, glitt mit den Lippen immer tiefer daran hinab, bis ihre Nasenspitze fast sein Schamhaar erreicht hatte. Das leichte Saugen, mit dem sie sich wieder zurückzog, fegte seinen Kopf leer. Seiner Finger krallten sich in die Sitzpolsterung, obwohl er lieber nach dem Rotschopf greifen wollte. Er stöhnte laut auf. In einem langsamen Tempo leckte, saugte und lutschte sie, stöhnte gedämpft und genüsslich und hob immer wieder ihre Augen zu ihm empor. Dieser Anblick war unbezahlbar für ihn, machte es ihm aber noch schwerer, durchzuhalten, sich zu beherrschen. Sanft schob er seine Hände an ihre Wangen und hielt sie davon ab, ihr Lippenspiel weiterzutreiben und lächelte erregt.

„Komm her, du umwerfendes Stück."

Er zog sie zu sich, über sich, bis sie rechts und links auf dem Sofa über ihm kniete. Gierig zog er ihren Kopf zu sich herunter und saugte sich an ihren Lippen fest.

„Das ist so falsch, was wir hier tun."

„So falsch, aber ich kann nicht aufhören."

„Ich auch nicht. Scheiß auf die Vorschriften."

Er packte mit einer Hand ihre Hüfte, griff nach dem harten Schaft und dirigierte seine Schwanzspitze in die richtige Position. Sie war so feucht und eng, senkte sich auf seinen Schoß und stöhnte laut auf, als er sie gänzlich ausfüllte. Langsam rollten ihre Hüften im Kreis und David klammerte sich an ihren Körper. Mit einer Hand in ihrem Nacken, zog er sie zu sich hinab, lehnte seine feuchte Stirn gegen ihre und fixierte ihren Blick mit seinen Augen. Er wollte die Leidenschaft in ihr wachsen sehen, zusehen, wie ihre Mimik sich erregt verzerrte und den Duft ihres herrlichen weichen und fraulichen Körpers ganz nah bei sich haben. Ihr Rhythmus stieg an und Leonie ließ sich von ihrer Lust regieren, bis der Ritt heftig, hart und rasant wurde. Ihre heftigen Atemzüge glitten über sein Gesicht und David vergrub seine Hände in die festen runden Pobacken. Die Muskeln in seinem Unterleib zogen sich zusammen und das leichte Beben kündigte seinen Höhepunkt an. Leonie schien es zu spüren und hielt abrupt inne.

„Noch nicht … warte noch ein bisschen."

„Shit!"

Er biss die Zähne fest zusammen und versuchte, zu denken, an irgendetwas anderes außer Sex, doch das lüsterne Funkeln in ihren Augen fesselte seinen Blick und es war unmöglich, dabei an etwas Unerotisches zu denken. Sanft rollten ihre Hüften auf seinem Schoß vor und zurück. Erneut umschlossen seine Arme ihren Körper und mit einem Ruck erhob er sich mit ihr und drehte sich um. Leonie landete etwas unsanft in den weichen Sitzpolstern und lachte leise über seine Unbeherrschtheit auf. David kniete sich vor das Sofa, zog ihr Becken an den Rand und stieß zu. Seine Lippen wanderten an ihren Waden entlang. Er leckte ihre Kniekehlen abwechselnd und entlockte ihr einen hingebungsvollen spitzen Lustlaut. Jede seiner Bewegungen brachte ihren Körper in Aufruhr und ihre herrlichen Brüste wippten im gleichen Takt. Mit beiden Händen umschloss er ihre Fußgelenke und presste ihre Beine vor seinem Körper zusammen, was dazu führte, dass sich die Muskeln in ihrem Inneren noch enger um seinen pumpenden Schaft schlossen. David steigerte das Tempo stetig, lauschte ihrem Stöhnen und Keuchen, bis er nur noch das Rauschen seines Blutes in den Ohren hörte. Sie kam mit einem lang gezogenen Schrei und die Zuckungen ihrer Scham molken sein stoßendes Geschlecht mit solcher Intensität, dass er kurz darauf mit einem tiefen Knurren den Gipfel erreichte. In heftigen Schüben entlud er sich tief in ihr und sackte in sich zusammen. Keuchend lehnte er seine Stirn gegen ihr Brustbein. Noch völlig in der süßen Besinnungslosigkeit des Höhepunktes versunken, versuchte er, sich elegant aufzurichten, doch seine Knie schmerzten und knackten laut auf. Lachend ließ David sich neben Leonie auf das Sofa fallen und atmete tief durch.

„Du musst dringend deinen Job aufgeben."

„Hab ich schon, du bist der Einzige, der mich im Moment bucht. Ich denke, das hat sich wohl jetzt auch erledigt, oder?"

David zog sie in seinen Arm und küsste so zärtlich und leidenschaftlich zugleich, dass es ihr bis zu den Zehenspitzen kribbelte. Seine Lippen lösten sich von ihr und er betrachtete sie. Ihre leicht geröteten Wangen verliehen ihrem Ausdruck etwas so Sinnliches, dass sich sein Geschlecht erneut meldete, doch er ignorierte das köstliche Gefühl. Stattdessen küsste er ihre Stirn und lauschte ihrem süßen Seufzen.

„Es wird eine kleine intime Feierlichkeit unter Freunden sein. Ich möchte, dass du sie bewirtest, egal, was sie wünschen, du wirst es ihnen erfüllen."

Lisa trug ein atemberaubendes Abendkleid aus goldenem Stoff und dazu überdimensionale funkelnde Edelsteinschmuckstücke, als wolle sie zeigen, was und wer sie war. Ihre Ansprache richtete sich an die fünf jungen Frauen, aber sie sprach hauptsächlich zu Joy. Die Stiefmutter hatte sie allesamt in kurze, viel zu kurze, Dienstmädchenkleider gesteckt, die Joy kategorisch ablehnte und darauf bestand, sich normal zu kleiden.

Der rote Salon, der sonst als privater Rückzugsort der Hausbewohnerinnen diente, sollte der Rahmen zu der besonderen Feier werden. Eine lange Tafel war elegant gedeckt und dekoriert, während im großen

Kamin ein angenehmes Feuer brannte. Statt der elektrischen Lampen waren überall Kandelaber mit Kerzen aufgestellt und das weiche Licht tauchte den roten Raum in eine sinnliche Atmosphäre.

Die ersten Gäste waren Leiterinnen anderer Ecortservices. Joy nahm ihnen die Mäntel ab und führte sie wie ein weiblicher Butler in den Salon. Sie wusste, dies war keine von Lisas gewöhnlichen Partys.

Joy hörte mehrere Wagen die kiesbedeckte Einfahrt hochkommen und öffnete die Eingangstür. Eine weiße Stretchlimousine wurde jeweils von einem schwarzen Mercedes voraus und einem hinterher begleitet, bis zu den Stufen des Eingangsportals der Villa. Ein Chauffeur stieg eilig aus und öffnete die hintere Tür. Doch erst, als die bullig wirkenden und finster dreinblickenden Männer in ihren schwarzen Anzügen ausstiegen, die, obwohl die Sonne bereits unterging, Sonnenbrillen trugen, stieg ein hagerer, kleiner Mann in einem maßgeschneiderten weißen Anzug aus der Limousine. Sein dunkles nackenlanges Haar war zurückgekämmt und mit Gel fixiert, dennoch sah man deutlich seine hohe Stirn und damit in etwa sein Alter. Den Gehstock, den er mit sich führte, benötigte er nicht, er diente lediglich als eine Art Accessoire, denn er stieg die Treppe mit Elan empor. Er lächelte, als Joy ihn begrüßte und seinen Mantel entgegennahm.

„Antonio Piretti, ich glaube, ich werde erwartet."

Mister Piretti sprach mit schwerem italienischem Akzent, aber klang durchaus charmant, während sein Lächeln jedoch die stahlblauen Augen nicht erreichte.

Joy führte den Italiener mit seinen beiden Bodyguards zum Salon. Die Größe und Breite der Männer wirkte bedrohlich, es benötigte ihren mühselig anhaltenden, kalten und gefährlichen Gesichtsausdruck überhaupt nicht. Allein der Weg bis zum Roten Salon ließ Joy einen steten kalten Schauder den Rücken runterrieseln und sie war froh, den Raum wieder verlassen zu dürfen.

„Jetzt fehlt nur noch ein Gast, dann sind wir komplett."

Erneut blieb Joy am Eingang stehen und sah zu, wie die weiße Limo mitsamt den Begleitfahrzeugen umgeparkt wurde. Dann rollte der nächste Edelblechconvoi an, schwarze Wagen und schon aus der Ferne war ersichtlich, dass sie allesamt gepanzert und als Sonderausfertigung ihrer Wagenklasse hergestellt worden waren. Das Bild des russischen Mafiabosses kannte Joy aus der Zeitung bereits und erkannte ihn sofort, als er aus dem mittleren Wagen stieg. Er kam nicht allein, mal abgesehen von den vier Leibwächtern, die mit ihm die Treppe heraufstiegen. Eine sehr junge Brünette mit grotesk knappem Kleidchen, das mehr zeigte als verhüllte, hakte sich bei dem sehr großen, weißhaarigen älteren Mann unter.

„Dragan Wolkow."

Obwohl auch er lächelte, klang seine Stimme, als könne er Wasser zu Eis gefrieren. Allein die Anwesenheit der beiden gefährlichsten Männer der Stadt in dieser Villa, dem Haus ihres Vaters, war Beweis genug für Joys Vermutung. Lisa schien Großes vorzuhaben und diese Party diente wohl zum Zweck, ein kriminelles Bündnis zu besiegeln. Sie schluckte, nickte und zeigte der russischen Delegation den Weg.

Lisa begrüßte die Russen mit gespielter Fröhlichkeit und als wären sie alte Freunde. Mit Tablett reichten die jungen Dienstmädchen Getränke und leise Musik säuselte durch den Salon. Joy erinnerte sich an Leonies Gerüchte, von denen sie ihr auf dem Ball erzählt hatte. Es hatte also tatsächlich schon vorher Treffen mit diesen beiden Mafiabossen gegeben. Wut stieg in ihr empor, kalte Wut, denn dies her war das Haus ihres verstorbenen Vaters.

„Joy, nimm die Mädchen mit, ihr könnt euch zurückziehen. Wenn ihr gebraucht werdet, rufe ich."

Joy sammelte kommentarlos die jungen Frauen ein und schloss die Flügeltüren des Roten Salons. Sie zeigte ihnen die Gästezimmer, damit sie sich zurückziehen konnten, während Joy über die Terrasse zu dem Cottage ging, das sie selbst bewohnte.

Sie setzte sich auf ihr Bett in dem großen Zimmer, das sowohl als Wohn- als auch Schlafzimmer inklusive einer kleinen Kochnische diente. Angrenzend gab es noch ein kleines, aber sehr hübsches Bad mit Dusche. Ihr eigenes kleines Reich. Minutenlang starrte sie das schnurlose Telefon auf ihrem Nachtischchen an. Nur drei Zahlen, die sie hätte einzutippen brauchen, neun, eins, eins! Doch was hätte sie sagen sollen? Gefährdete sie mit diesem Anruf nicht ihr eigenes Leben und das von Leonie, die noch immer im Haus war? Das Gefühl von Ohnmacht ließ sie wie Stein erstarrt dort sitzen, fassungslos und mit rasenden Gedanken.

Plötzlich riss ein lautes Krachen sie aus ihren Hilflosigkeit, dann Stimmen, Schreie, Geräusche wie zersplitterndes Glas, mehrere Schüsse. Joy rannte den Steinweg hinauf zur Villa und je näher sie kam, desto mehr verstand sie die Worte, die durch das Haus hallten.

„LAPD! Lassen Sie die Waffen fallen."

Sie blieb auf der Terrasse stehen und sah zu, wie Beamte in Zivil und Uniform sich im gesamten Haus verteilten und jeden Raum inspizierten. Erneut fielen Schüsse und jeder der Polizisten, ob er nun direkt in der Nähe oder auch nicht stand, duckte sich automatisch. Stimmengewirr, wütende Verbalschlachten folgten und jemand schrie nach einem Sanitäter.

„Kollege getroffen!"

„Stehen bleiben!"

„Ich will deine Hände sehen!"

Wie ein einziges Chaos wirkte die ganze Szenerie und doch besaß alles seine Ordnung. Joy stand da und beobachtet fasziniert von draußen, bis plötzlich ein Zivilpolizist mit gezogener Waffe auf die Terrasse trat und die Mündung seiner Pistole direkt in Joys Gesicht hielt.

„Hände hinter den Kopf … umdrehen, auf die Knie!"

Sein Gesicht ließ keinen Zweifel, dass er schießen würde, wenn es nötig wäre. Sie folgte der rau und bedrohlich leise geflüsterten Anordnung und zitterte so sehr, dass sie fast von selbst in die Knie brach. Noch nie zuvor hatte sie in die Mündung einer echten Handfeuerwaffe gestarrt und allein die Vorstellung, was dieses Ding anrichten konnte, explodierte in ihrem Kopf und alles drehte sich.

„Nicht bewegen!"

Ihr Herz hämmerte hart in ihrer Brust, dass es fast zersprang und sie den Puls sogar an ihrem Hals spüren konnte. Das Blut rauschte in ihren Ohren und sie kämpfte gegen den Schwindel an. Eine kräftige Hand schloss sich so schmerzhaft um ihre Handgelenke, dass ihr die Tränen in die Augen traten.

„Knie spreizen!"

Die Handschellen klickten leise, nachdem der Polizist ihr die Hände nacheinander auf den Rücken gedreht hatte. Langsam verebbte der Lärm im Haus und einige Männer und Frauen wurden in Handschellen abgeführt. Auch der Cop, der ihr die Handschellen angelegt hatte, zerrte sie grob auf die Füße und schubste sie in die Villa. Fast wäre sie gestolpert und hingefallen, aber die kräftige Hand packte nach ihrem rechten Oberarm und zog sie weiter. Joy sah zu, wie ihrer Stiefmutter die Rechte vorgelesen wurden. Leonie, flankiert von zwei Cops, wurde hinausgeführt. Alles lief wie in einem Kinofilm vor Joys Augen ab, als wäre sie nicht wirklich Teil des Ganzen. Ein Beamter in Uniform hielt sich den blutigen Arm, während ein Mann in Zivil auf einer Trage hinausgeschoben wurde, dessen Gesicht blutverschmiert war und dem ein Teil seines Ohres fehlte.

Die Eingangstüren standen weit offen und draußen leuchteten blaue und rote Lichter auf den Dächern der unzähligen Fahrzeuge. Der weiße Anzug des Italieners war durch Blut rot gefärbt und gerade wurde sein Körper mit einem weißen Laken komplett verdeckt, das nur eins bedeutete. Joy starrte direkt auf die verdeckte Leiche des italienischen Mafiabosses, als der Polizist sie anwies, stehen zu bleiben.

„Cinda Lane? Sie sind verhaftet!"

Sie fühlte sich gar nicht angesprochen, wurde aber von einem erneut kräftigen Griff um ihren Oberarm weggezogen und nach wenigen Schritten in ein Zivilfahrzeug mit Blaulicht auf der Armatur verfrachtet. Der Mann in der schwarzen schusssicheren Weste setzte sich hinter das Steuer und fuhr los. Joy sah aus dem Rückfenster, denn alles wirkte so unwirklich. Nach einer kurzen Fahrt in die Stadt hielt der Wagen und Joy wurde von dem Cop in ein Gebäude gebracht, das sie nicht eine Sekunde tatsächlich wahrnahm.

„Hinsetzen!"

Erst jetzt sah sie ihn genauer an, blond, groß, gut aussehend und bekannt. Die goldene Polizeimarke glänzte an einer Kette hängend auf seiner Brust. Mit überkreuzten Armen lehnte er sich gegen die Wand und sah ins Leere.

„David? Sie sind doch David Wyndam-Price?"

Ein Schmunzeln zuckte in seinen Mundwinkeln.

„Sergeant David Wyndam-Price!"

„Hören Sie, Sergeant, ich bin nicht Cinda Lane … ich … das ist ein Missverständnis, wirklich, ich hab mit all dem überhaupt nichts zu tun."

Er hob die Hand und schüttelte den Kopf.

„Das können Sie gleich alles meinem Kollegen erzählen, Miss Lane."

„Aber …"

Er verließ den Verhörraum und ließ sie allein zurück. Die Wartezeit kam ihr wie eine Ewigkeit vor und ihre Stirn lehnte gegen die Tischplatte. Als sich die Tür wieder öffnete, ruckte ihr Kopf empor und für einen kurzen Moment glaubte sie, David wäre zurückgekehrt. Die gleiche, schwarze Weste, eine glänzende Dienstmarke auf der Brust, doch als dann eine Kiste krachend auf dem Tisch landete, sah sie in sein Gesicht. Erleichterung breitete sich auf ihrem Gesicht aus und ein Lächeln ließ ihre Mimik weicher wirken.

„Navan, ich bin so froh, dich zu sehen."

Navan beugte sich vor und legte seine Hände flach auf die Tischplatte, sah ihr dabei ernst in die Augen.

„Mein Name ist Sergeant Navan Whistler. Ich arbeite als verdeckter Ermittler für das LAPD."

Nicht Moore! Kein wohlhabender Geschäftsmann! Nur langsam und zäh sickerte die Information in ihren Verstand. Sie starrte ihn an.

„Mein Partner und ich wurden auf deine Stiefmutter angesetzt, um ihren Callgirlring auszuheben und deswegen bist du hier."

Joy öffnete den Mund, um zu widersprechen, doch Navans Blick wirkte so kalt, dass sie stumm blieb.

„Gefährdung der Ermittlung, Behinderung der Polizeiarbeit, Prostitution …"

Mit dem letzten Wort sah er ihr erneut in die Augen und ein kalter Schauder lief ihr den Rücken hinunter.

„Das ist alles ein großer Irrtum, ich hab damit überhaupt nichts zu tun, ich putze nur dort. Ich habe das Ihrem Kollegen schon versucht, zu erzählen. Bitte."

Ihr Blick huschte durch den Raum, blieb an der Kamera an der Decke haften und ihr Herz schlug so schnell, dass sie es sogar in ihrem Hals spürte.

Navan setzte sich ihr gegenüber auf den Stuhl, nahm aus der Kiste eine dicke Akte heraus, die er geräuschvoll auf den Tisch fallen ließ. Seine Hände falteten sich darüber.

„Cinda Lane, Sunny, Joy Ashfield … wie viele Pseudonyme hast du noch, mit denen du arbeitest?"

Noch bevor sie etwas erwidern konnte, zog Navan drei Fotografien aus der Akte, legte sie nebeneinander, damit Joy einen guten Blick darauf werfen konnte. Das Bild in der Mitte zeigte sie auf der Party im Hotel mit der Sklavenmaske. Ein eiskalter Schauder lief ihr die Wirbelsäule hinunter, als sie ihre Augen abwendete und stattdessen beschämt die Tischkante fixierte. Erneut öffnete sich ihr Mund, doch was sollte sie ihm sagen? Ihr Herz schlug ihr bis zum Hals und die Situation kam ihr so irreal vor, dass ihr schwindelig wurde. Wie hatte das nur passieren können? Wie war sie nur in solch einen Mist hineingeschlittert? Der Raum wirkte plötzlich noch bedrohlicher und kälter auf sie, als würden die Wände langsam immer näher rücken. Tränen verschleierten ihren Blick.

Navan betrachtete sie lange schweigsam. Seine Hände lagen wieder ineinander gefaltet auf der Akte und ein Schmunzeln legte sich auf seine Lippen. Sie wirkte eingeschüchtert und die Scham färbte ihre Wangen immer mehr. Mit einem tiefen Räuspern klärte er seine Stimme, zog aus der Kiste zwei Beweismitteltüten hervor, in denen jeweils ein roter Samtschuh eingepackt war.

„Erkennst du diese Pumps?"

Ohne hinzusehen, nickte sie, schniefte leise und schluckte geräuschvoll. Selbst als er sich von seinem Stuhl erhob, sah Joy nicht eine Sekunde auf, starrte kontinuierlich auf die Tischkante und rang um Fassung. Navan riss die Tüten auf, stellte die Schuhe auf den Boden neben sie.

„Anziehen."

Er klang streng. Wie ferngesteuert schob sie mit den Zehen ihre Turnschuhe von den Füßen, rutschte auf dem Stuhl seitwärts, um besser in die Pumps schlüpfen zu können. Natürlich passten sie wie angegossen, selbst mit den dünnen weißen Söckchen, die sie noch trug. Joy richtete sich wieder auf dem Stuhl nach vorn. Eine kleine Kerbe an der Tischkante zog wie magisch ihre Aufmerksamkeit auf sich und in ihrem Kopf tobte ein Sturm aus Fragen und Ansätzen, ihm alles zu erklären. Entschuldigungen und reumütige Bekundungen, doch kein einziges Wort wollte ihr über die Zunge kommen. In ihrem Körper breitete sich ein Zittern aus, die Kälte kroch ihr unaufhaltsam unter die Haut und in ihrem Magen krampfte sich etwas zusammen. Ein Tonband lag plötzlich vor ihr und Navan schaltete es ein.

Wie ist dein Name, Sklavin? - Sunny, Sir. - Und wozu bist du hier? - Um Ihnen gefügig zu sein, Sir. - Denkst du, du bekommst genug Geld für deine Dienste als Spiel-

zeug? - Sir? - Beantworte meine Frage? - Ja, Sir!

Die männliche Stimme auf dem Band stammte eindeutig von Master Alex, vor dem sie sich so sehr erschreckt hatte, kaum, dass er die Peitsche ausgerollt hatte. Selbst für ihre Ohren klang ihre eigene Stimme so dünn und kläglich, dass sie sich kaum wiederkannte. Joy schloss die Augen und eine Träne bahnte sich dennoch ihren Weg über ihre glühende rechte Wange. Ein Schluchzen ließ ihre Schultern beben.

„Ich denke, dazu brauche ich nichts weiter zu sagen, oder?"

Als sie ihren Kopf schüttelte, rollte ein weiterer Tropfen Tränenflüssigkeit über ihr Gesicht. Die Beweise gegen sie erhärteten sich und selbst, wenn sie atmete, bebte ihr ganzer Körper.

„Ist das die Gesichtsmaske, die du am Abend der Party getragen hast?"

Abermals bewegte sich ihr Kopf zu einer Bestätigung, ohne dass sie auch nur das nächste Beweisstück, dass Navan direkt vor ihr hinlegte, ansah. Woher wusste er davon nur? Wer hatte ihm gesagt, dass sie mit Sunny die Rollen getauscht hatte. Plötzlich ruckte ihr Kopf hoch.

„Das hab ich nur deinetwegen getan, ich war nur da, weil ich Angst hatte, dass Helena dich täuschen könnte."

Doch die Tonbandaufnahme widersprach ihren Worten und sofort senkte sie ihren Kopf wieder, um seinem Blick auszuweichen. Mit einem Lächeln umrundete Navan den Tisch, blieb hinter ihr stehen und berührte sanft ihre Schultern.

„Das sieht nicht gut für dich aus. Ich hab momentan ein Problem, denn ich weiß einfach nicht, was ich dir glauben kann. So viele verschiedene Egos, Namen und Rollen. Von der mysteriösen Tänzerin auf dem Ball über eine ungehorsame Sexsklavin zur erotischen Putzfrau. Ich frage mich, wie du mir beweisen kannst, wer du wirklich bist?"

„Mein Name ist Joy Ashfield, ich bin in Los Angeles geboren und aufgewachsen, mein Vater war Graham Ashfield, der dritte Ehemann meiner Stiefmutter Lisa Bell. Nach seinem Tod hat sie alles geerbt und über das Testament bin ich gezwungen, in der Villa zu bleiben, bis ich entweder heirate oder mein dreißigster Geburtstag ist, damit ich endlich die Truhe meiner leiblichen Mutter bekomme. Darin ist alles enthalten, was ihr gehört hat. Ich habe sie nie kennengelernt, denn sie ist bei meiner Geburt gestorben und diese Truhe ist mir unendlich viel wert. Sie enthält das ganze Leben meiner Mutter, ihre Tagebücher, Bilder, einfach alles. Lisa hat gedroht, die Truhe zu vernichten, wenn ich nicht tue, was sie sagt. Und deswegen arbeite ich seit meinem fünfzehnten Lebensjahr als Putzfrau und Mädchen für alles in der Villa meines Vaters."

Sie sprach, ohne einmal Luft zu holen. Ihre Ausführung klang nüchtern, dennoch zitterte sie mittlerweile am ganzen Leib. Ihr Blick richtete sich auf die Wand ihr gegenüber, kalt, weiß, mit einigen Schmutzflecken versehen.

Navan schob sanft ihr Haar im Nacken beiseite, beugte sich langsam hinunter und hauchte seinen heißen Atem auf die Haut.

„Eine Putzfrau nimmt an einem Ball teil? Geht als Escort zu einer Privatparty?"

„Ich … es war doch nur Spaß. Meine Halbschwester, Leonie, sie hat mich dazu überredet.."

Als sich ohne Vorwarnung seine Zähne in ihren Nacken senkten, schrie sie heiser auf und ein heftiger Impuls schoss direkt zwischen ihre Schenkel. Versöhnlich leckte seine Zunge die empfindliche, empfängliche Haut, hinterließ feuchte Kreise und nasse Linien, bis Joy von einem sinnlichen Hitzeschaudern durchgeschüttelt wurde.

„Du bist also das Mädchen für alles?"

Diese Doppeldeutigkeit in seiner rauen Stimme wirkte wie Feuer in ihrem Gesicht, ihre Wangen glühten so heiß, dass sie spürte, wie die Haut sich spannte. Sein Atem floss noch immer über ihren Nacken und sie konnte sich nicht dagegen wehren, dass sich ihre Brustwarzen zusammenzogen und das Kribbeln immer wieder in Schüben langsam bis zu ihrem Schoß hinunterrieselte.

Navan berührte mit den Fingerspitzen hauchzart ihre Halsbeuge und genoss das süße Beben, das er damit verursachte. Seine Kuppen gruben sich in ihr Haar am Hinterkopf. Als er ihren Hals heftig überstreckte, sog sie den Atem geräuschvoll ein und hielt die Luft an. Der Wechsel von zärtlicher Berührung zu Grobheit verbreitete ein Pulsieren in ihr, das sie verwirrte. Eigentlich hätte sie ängstlich, ja sogar panisch reagieren müssen, doch ihr Körper fühlte völlig widersprüchlich und ihr Verstand setzte immer mehr aus.

„Ich werde schon herausfinden, wer du bist. Ich habe so meine Methoden."

Abermals glitten ihre Augen zu der Kamera an der Decke, fast bettelnd fixierte sie die Linse und hoffte, gleich würde David einschreiten. Doch was, wenn er wirklich zusah und ihm gefiel, was die Videoaufzeichnung ihm zeigte? Gab es noch mehr Polizisten, die zusahen? Ihr Herz setzte einen Takt aus, schlug dann noch heftiger in ihrer Brust. Joy spürte gegen ihren Willen, dass ein sinnliches Prickeln wild durch ihre Adern rauschte.

Navan beobachtete jeden ihrer Atemzüge, jede Regung auf ihrem Gesicht und ihm entging keine Reaktion ihres Körpers. Ihre Brustspitzen ragten unter dem dünnen Shirt, das sie trug, hervor und die Gänsehaut in ihrem Nacken und ihren Armen war eindeutig. Seine Lippen legten sich sanft auf ihre Stirn, noch immer hielt er ihr Haar in seiner Faust und überstreckte ihren Hals nun noch ein wenig mehr, bis sie ihn ansehen musste.

Die Mischung aus Dominanz und Zärtlichkeit, der Griff in ihrem Haar, die zärtlichen Lippen auf ihrer Stirn und sein weicher, warmer Blick in ihre Augen. Joy konnte sich nicht dagegenstellen, denn ihr Verstand arbeitete nicht mehr richtig und ihr Körper reagierte anders auf all das, gehorchte ihr nicht und sehnte sich nach ihm. Ihre Hände wollten ihn berühren, doch die Fesseln an ihrem Rücken hielten sie gefangen. Joy zerrte daran, fluchte stumm, doch selbst das wirkte wie ein sinnlicher Impuls.

„Dein Körper wird mir alles verraten. Wie viele Männer du bereits hattest, wie viel Erfahrung er gemacht hat, wie willig und gefügig er wirklich sein kann und … was er Neues erfährt."

Sein Flüstern auf ihre Stirn, die Lippen, die ihre Haut berührten, seine Worte, erneut schoss eine Hitzewelle durch ihren Körper und reagierte umgehend auf seine Ankündigung. Ein sehnsüchtiges Pochen erwachte in ihrer Scham, drängend, reizvoll, lüstern. Joy keuchte leise, schloss ihre Augen und hörte das Blut in ihren Ohren rauschen. Die Handschellen an ihrem Rücken klickten leise, lösten sich jedoch nur um ihr linkes Handgelenk. Sofort rieb sie die wunde Stelle, doch Navan griff danach, verschränkte ihre Hände vor ihrer Brust und zog sie dicht an sich. Seine Finger schlangen sich kraftvoll um ihre Gelenke, dass es fast schmerzte.

„Ich werde schon herausfinden, was Wahrheit oder Lüge ist."

Er kickte geräuschvoll den Stuhl unter ihr zur Seite und hielt sie fest an sich gepresst. Ihr Atem beschleunigte sich und ihr Puls schoss sofort in die Höhe. Als Navan sie zu sich umdrehte, ihre Schultern fest packte, hob sie langsam ihre Augen zu ihm empor. Mit einer Hand umschloss er ihren Hals. Ihr fiel das Atmen immer schwerer, je enger sich seine Finger um ihre Kehle schlangen. Sein Gesicht war dem ihren so nah, dass sich ihre Nasenspitzen berührten. Der Sauerstoffmangel setzte langsam ein, ihr fiel es schwer, die Augen offen zu halten, um seinen Blick zu erwidern und der Schwindel in ihrem Kopf ließ sie dem verlockenden Schwebezustand der Besinnungslosigkeit entgegentaumeln. Joy spürte nicht, wie sich der Griff lockerte, nur der Instinkt war noch wach, brachte sie dazu, tief nach Luft zu schnappen. Erst ein Klaps ins Gesicht holte sie wieder in die Wirklichkeit zurück. Ihre Hände hatten sich um sein muskulöses Gelenk gekrallt, doch der Griff ließ sich nicht lockern. Erneut schnürten seine Finger ihr die Kehle langsam zu und sein Blick wirkte fasziniert, warm und besaß eine solch intensive Geborgenheit, dass Joy nicht einmal Angst verspürte. Der nächste Klaps ließ sie rückwärts gegen die Wand stolpern, denn Navan hatte sie losgelassen. Ihre Knie wurden weich und sie glitt langsam an der Mauer hinunter. Er überbrückte mit schnellen Schritten die Distanz zu ihr und hielt sie an den Schultern fest. Ihr Kopf war wie leer gefegt und ihr Körper war so nachgiebig, dass sie eingesackt wäre, wenn er sie nicht halten, nicht seinen

Körper gegen ihren stützen würde. Kleine, zarte Küsse wanderten abwechselnd über ihre brennenden Wangen, als wolle er sich für die Hiebe entschuldigen, doch sein Blick sagte etwas anderes. Darin lag keine Reue, sondern schiere Lust.

Navan löste sich von ihr und das plötzliche Fehlen von Halt ließ sie wanken.

„Zieh dich aus."

Zögernd nestelte sie an dem Bund ihres T-Shirts, noch immer verwirrt und durcheinander, wie hypnotisiert wollte sie seinem Befehl folgen, doch dann schien ihr Verstand entsetzt aufzuschreien und sie hielt inne.

„Ich ... ich habe Rechte."

Das amüsierte Auflachen dröhnte durch den kahlen Raum und wurde von den Wänden zurückgeschleudert. Das Echo prallte wie Eiswürfel auf sie nieder.

„Hier bist du in meiner Verantwortung, du hast keine Rechte."

Der kurz aufgekeimte Mut in ihr zerbröckelte deutlich durch seine strengen Worte. Seine Mimik wirkte so kalt, dass ihr fröstelte und als er wieder auf sie zukam, schüttelte er langsam seinen Kopf. Die Bewegungen, mit denen er ihre Hände wieder mit den Handschellen fesselte, waren schnell und geübt. Sie wollte protestieren, doch jedes Wort endete in einem erstickten Krächzen. Seine Hände strichen an ihren Armen empor, sanft, zärtlich und sehr langsam.

„Wer nicht hören will, muss fühlen."

Er griff nach dem Halsausschnitt ihres Shirts und der Stoff riss umgehend unter seinen kräftigen Fingern. Sofort umschloss er ihre entblößten Brüste, bespielte ihre Brustspitzen und abermals verließ ein ungewolltes Keuchen ihre Kehle. Als seine Fingerspitzen sie kniffen und fester rieben, zuckte Joy zusammen, wollte dem entfliehen, doch er ließ es nicht zu, verstärkte den Druck nur noch mehr und ein schmerzvoller Laut drang über ihre Lippen. Dennoch schoss das stechende Gefühl wie ein Lavastrom durch ihren Bauch zwischen ihre Schenkel. Je stärker er rieb und kniff, desto empfindlicher wurden die Brustwarzen und der Schmerz immer deutlicher und ebenso lustvoller. Seine manikürten Fingernägel kratzen über die Haut ihres nackten Bauches und das wohlige Schaudern prickelte bis zu ihren Zehenspitzen hinunter. Joy lehnte sich mit dem Rücken gegen seine Brust, spürte seine warmen feuchten Lippen auf ihrer rechten Schulter. Als er dort seine Zähne hineingrub, stöhnte sie vor Wonne auf. Sie bemerkte erst, dass er sie vor sich herschob, als ihre Wange gegen die Wand gedrückt lag und sie den rauen schmutzigen Putz auf ihrer Haut spürte.

„Bleib so und rühr dich nicht von der Stelle."

Seine Drohung klang deutlich in seiner Stimme und Joy gehorchte. Doch nicht Angst ließ sie Folge leisten, eher die gespannte Erwartung. Als Navan zurückkehrte, fielen beige Seile neben ihr auf den Boden. Er umfasste ihre Taille, öffnete die Knöpfe ihrer Jeans und zog den eng anliegenden Stoff mühsam von ihren Beinen. Er befahl ihr mit sanfter Stimme, die Füße zu heben und zog die Hosenbeine von ihren Unterschenkeln, eines nach dem anderen. Nun stand sie nur noch mit einem G-String bekleidet, mit dem Rücken zu ihm gewandt an der Wand und selbst jetzt noch schoss die Wärme wie Blitze kreuz und quer unter ihrer Haut hindurch.

Joys fester Po unter seinen Händen fühlte sich perfekt an, rund, weich und doch jugendlich straff. Als die Handfläche laut klatschend auf ihrer linken Hinterbacke landete, zuckte sie so herrlich zusammen, dass sich sein Unterleib köstlich zusammenzog. Seine Fingerkuppen malten die schwarze Spitze ihres Höschens nach, das zwischen ihren hübschen Halbkugeln verschwand. Er folgte der Linie, tastete sich den schmalen Stoffsteg entlang, berührte ihren Anus, rieb tiefer und Navan stöhnte, als er die feuchte Hitze ihres Geschlechtes berührte. Joy ballte ihre gefesselten Hände zu Fäusten. Jeder Hieb der freien Hand ließ sie zucken, hitzig keuchen und ließ noch mehr Lust aus ihr sickern. Der Spitzenstoff zwischen ihren Schenkeln war nass und je tiefer er seine Fingerkuppen zwischen ihre Schamlippen drängte, desto intensiver spürte er ihre Begierde. Ihr Hintern streckte sich ihm wie automatisch noch weiter entgegen, seine Fingerkuppen kreisten lockend und reizend in ihrer Spalte auf und ab. Jedes Mal, wenn Navan wie zufällig ihre Klitoris erreichte, keuchte sie halb schreiend, halb stöhnend auf.

Seine Lippen wanderten an ihrem Hals entlang, bedeckten ihre Schultern mit Küssen und seine Zunge leckte gierige Spuren auf ihre Haut.

„Spreiz deine Beine."

Er half nach, drängte seine Knie zwischen ihre Schenkel und Joy ließ sich führen. Breitbeinig und gegen die Wand gelehnt stand sie da, den Po lüstern gegen seine Hand in ihrem Schoß gepresst. Seine Daumenkuppe schob sich an dem Höschen vorbei, drang unvermittelt direkt in sie ein und schob sie tief in ihr enges nasses Fleisch, das sich gierig darum schloss. Seine Mittelfingerspitze rieb über ihre Lustperle, während der Daumen in sie hinein- und hinausglitt. Lustvoll stöhnte sie, begann, ihre Hüften zu rollen. Navan unterband die Reaktion, packte fest ihr Becken und grub seine Fingerkuppen in ihre weiche Rundung. Er entzog ihr die Hand, folgte dem Steg ihres Höschens wieder zurück. Seine Finger waren nass von ihrem Verlangen und seine Handkante verrieb ihren Lustsaft zwischen ihre Pobacken. Durch den geöffneten Mund hört er sie geräuschvoll atmen und als die Daumenkuppe gegen ihren Anus drückte, hielt sie erschreckt die Luft an. Ihre Augenlider hoben sich sofort und aus dem Winkel versuchte sie, ihn anzusehen. Er umkreiste den engen Muskelring, drückte sanft, zog sich wieder zurück und löste sich von ihr. Lächelnd beugte Navan sich zu den Seilen hinunter. Eine Schlinge legte sich um ihren Hals. Er zog sie daran an seine Brust und küsste ihre Wange. Der folgende Knoten lockerte zwar die Schlinge, doch Navan verband die losen Enden mit ihren Handschellen, bis ihre Ellbogen etwas gebeugt waren. Jedes Mal, wenn sie versuchte, die Arme zu strecken, strangulierte sie sich selbst mit dem Seil um ihre Kehle. Navan griff nach den Strängen, die zu ihrem Nacken führten, zog sanft daran, bis sie wieder gegen seine Brust lehnte.

Navan wusste genau, was er tat, ließ sie schweben, überließ sie für wenige Sekunden diesem Gefühl zwischen Besinnungslosigkeit und Ohnmacht. Navan kannte diese Lächeln, wusste, welche Glückhormone durch ihre Adern schossen, dann löste er der Zug an den Stricken und holte sie erbarmungslos mit mehreren kräftigen Schlägen auf die Brüste zurück ins Hier und Jetzt. Keuchend kippte sie nach vorn, doch Navan fing sie auf. Nach Luft ringend hing sie auf seinem Unterarm, zuckte und zitterte so ungestüm, dass es selbst ihm eine Gänsehaut verschaffte. Sanft zog er sie mit dem Arm zurück an seine Brust, wiegte sie zärtlich und liebevoll, bis sich ihr Hecheln beruhigt hatte. Er hangelte nach weiteren Seilen, während Joy wie benebelt an seinem Oberkörper gelehnt auf ihren Unterschenkeln hockte. Mehrmals umschlang er ihre rechte Brust mit dem Strang, zog langsam das Bondage immer enger darum und verknotete die Enden mit dem Strick um ihren Hals.

Es dauerte eine Weile, bis Joy den Effekt immer deutlicher spürte. Während Navan sich ihrer linken Brust widmete, staute sich langsam das Blut und ein Kribbeln breitete sich aus. Sie starrte auf die prall gebundenen Brüste, zerrte an den Handschellen, zog damit nur den Strang um ihren Hals enger und hob das Brustbondage schmerzhaft empor. Wimmernd verfolgte sie das gemeine Spiel seiner Fingerspitzen und nur eine Frage schoss ihr durch den Kopf. Würde er sie berühren oder nicht? Joy keuchte gegen die Pein, denn ihre Brustspitzen waren nun so unendlich sensibel, dass selbst hauchzarte Berührungen zu quälenden Nadelstichen mutierten. Panik weitete ihre Augen, doch allmählich wandelte sich die Qual immer mehr in pure lustvolle Hitze. Erleichtert ließ die Anspannung Joy langsam los.

„Braves Mädchen."

Sein Lob sickerte voll Wohlgefühl durch ihren Kopf langsam in ihren Verstand und sie lächelte, dabei floss jeglicher Rest von Widerstand aus ihr hinaus. Er strich ihr zärtlich durch das Haar, drehte am Kinn ihr Gesicht zu sich und küsste sanft ihre Lippen. Navan zog sie mit sich auf die Beine, führte sie zum Tisch. Mit etwas Nachdruck legte sie sich mit dem Bauch über die Platte und er schob sie so zurecht, dass ihre Brüste in der Luft hingen und sie ihren Kopf emporstrecken musste, um sich nicht zu strangulieren. Die Seile rieben ihre Haut wund, doch sie spürte es kaum. Navan schlang ein weiteres Seil um ihr Fußgelenk, zog den Samtschuh ab und küsste ihre Fußsohle. Die beiden Enden des Strangs verband er mit ihren Handschellen. Sie hustete, als sie versuchte, das Knie zu strecken. Ebenso verfuhr Navan mit dem anderen Fuß. Die Knie angewinkelt mit minimalem Freiraum war sie ihm nun völlig ausgeliefert und hilflos, dennoch hatte sie bereits ein Stadium erreicht, das keine Panik und Furcht mehr aufkommen ließ.

„Bequem genug?"

Das Röcheln aus ihrer Kehle klang verzweifelt, sollte aber eigentlich ein Lachen sein, doch seine Stimme durchbrach die Stille so plötzlich, dass sie zuckte und der Strang um ihren Hals das Atmen erschwerte. Seine Worte klangen so amüsiert und erregt zugleich, dass Joy sich tatsächlich und trotz der Position, in der sie sich befand, begehrenswert und schön empfand.

Navan kramte wieder in der Beweismittelkiste und für einen Moment fragte Joy sich, was er noch darin verborgen hielt, verwarf die Neugier jedoch schnell wieder, denn sicherlich würde sie es noch früh genug herausfinden. Lässig beugte er sich neben ihr über den Tisch, stellte die Ellbogen auf und hielt einen seltsam geformten Gegensand in der Hand.

„Weißt du, was das ist?"

Das Kopfschütteln verging ihr gleich wieder, ließ sie röcheln.

„Nein." Die Antwort glitt krächzend aus ihrer Kehle und aus dem Augenwinkel erkannte sie ein verspieltes spitzbübisches Grinsen auf seinem Gesicht. Als er neben ihr verschwand, verlor sie auch den Gegenstand aus den Augen. Ein schwarzer Griff mit Regler, eine rote Spitze, aber zu flach, als dass es sich um einen Dildo handelte könnte Ihr Magen hob sich für den Bruchteil einer Sekunde vor Schreck bei der ersten Berührung mit dem Gerät, doch nichts geschah. Die Spitze glitt sanft über ihre Haut, die freien Stellen ihres Rückens hinunter zu ihrem Hintern. Dann plötzlich schoss ein elektrischer Schlag durch sie hindurch und ließ sie aufschreien. Der Schock fuhr ihr durch Mark und Bein, zog ihre Gelenke auseinander, bis sie erneut würgte. Selbst nachträglich summte der elektrische Impuls noch gehaltvoll durch ihren Körper.

„Weißt du es jetzt?"

„Ja …"

Fast schon erwartete sie, dass der nächste Stromstoß folgen würde, doch Navan lachte nur leise und berührte mit dem Teaser sanft ihre Haut, ohne dass etwas geschah. Seine Fingerspitzen glitten wieder zwischen ihre Pobacken, tiefer in ihren völlig nassen Spalt und Joy stöhnte, weil er das

Fingerspiel wieder aufnahm. Sanft zog er ihr Höschen beiseite, drang dann mit einem Fingerpaar in sie ein und füllte sie köstlich und erregend aus. Das Spiel seiner Kuppen stieg langsam an, gab ihrer Lust neue Nahrung und Hitzeschauder durchfluteten sie. Erneut zuckte ein Schlag durch sie hindurch und ließ sie hemmungslos laut schreien, doch der Schmerzlaut verwandelte sich umgehend in lustvolles Stöhnen. Jede Berührung des Gerätes ließ sie zucken, ob nun ein elektrischer Impuls laut knackte oder nicht. Navans Unberechenbarkeit und das heiße Spiel seiner Finger in ihrem Schoß hoben sie immer weiter zum Gipfel empor. Wimmernd nahm sie die Stromstöße hilflos entgegen, ließ sich gierig stöhnend von seinen Fingerkuppen weiterhin bespielen und dieses Wechselbad der Gefühle trieb sie immer weiter an. Das Pulsieren in ihrer Scham wurde unerträglich heiß und die Sehnsucht nach Erlösung wuchs mit jeder Sekunde, wurde immer wieder von den Teaserschlägen zurückschleudert. Die Intensität, mit der sich ihre lustvolle Gier anstaute, war so gewaltig, dass sie fürchtete, zu explodieren, doch jeder Stromstoß schien ihr die Erlösung verweigern zu wollen.

„Oh Gott, Navan, oh Gott … bitte lass mich kommen, bitte, bitte, lass mich jetzt kommen!"

Ihre Worte murmelte sie wie ein Gebet leise vor sich hin, bettelte, flehte förmlich um den Höhepunkt, doch das Spiel stoppte damit. Enttäuschung ließ ihren Kopf sinken, den sie jedoch sofort wieder anhob, als sie spürte, wie das Seil sich enger um ihre Kehle schnürte. Sie jammerte leise vor sich hin, gequält von ungestillter Lust und seiner gemeinen Willkür. Tränen schossen ihr in die Augen und rannen unaufhaltsam über ihre Wangen.

„Noch nicht, mein Täubchen … noch nicht."

Sein Kuss auf ihrer Pobacke brannte förmlich. Mit jedem geräuschvollen Atemzug genoss er ihre unsägliche Enttäuschung und Verzweiflung.

Langsam umrundete er den Tisch und blieb an ihrem Kopf stehen. Sanft strich er über ihre schweißnasse Stirn, berührte die Tränenspuren auf ihren glühenden Wangen und lächelte zärtlich. Als der Teaser jedoch wieder in ihr Sichtfeld rückte, keuchte sie entsetzt.

Die Spitze näherte sich ihren gebundenen und hochsensiblen Brüsten. Ihr Atem drang stoßweise aus ihrer Kehle. Der Stromstoß floss zögernd durch ihre Brust, dafür viel intensiver und schmerzvoller als die Berührungen zuvor und violette, surrende Lichter tanzten auf ihrer geschundenen Haut.

„Bitte nicht mehr … bitte …Oh, Gott!"

Sie schrie, als sich die rote Spitze ihren Brüsten abermals näherte. Sein sadistisches Schmunzeln tropfte wie zäher Honig in ihr Gemüt und sie biss tapfer die Zähne zusammen. Doch nichts geschah, als der Teaser ihre Brustspitzen umkreiste. Zuerst löste er die Knoten an dem Seil um ihren Hals, öffnete behutsam das Bondage ihrer Brüste und Joy sog die Luft in ihre Lungen, als die Blutzirkulation wieder begann. Dieser pochende heiße Schmerz war fast nicht zu ertragen und Navans Massage war erst mit Verzögerung tatsächlich eine Wohltat. Die Riefen des Seiles hinterließen rote Male wie Einkerbungen auf ihrer Haut und das Muster wirkte sogar hübsch, wie Joy überrascht feststellte. Auch das Seil um ihren Hals löste er, dennoch blieb die Verbindung mit ihren Fußgelenken bestehen. Seine zärtlichen Hände berührten ihren Rücken, massierten ihre Schultern, die von der Haltung ganz steif und verkrampft waren. Er beugte sich tief über sie, bis ihr Gesicht direkt vor seinem Schoß hing. Sein herber männlicher Duft von Lust stach ihr direkt in die Nase und durchflutete ihren Körper. Ihre Lippen berührten die Schwellung in seinem Schritt und sie lauschte dem leisen Aufkeuchen. Angestachelt setzte sie ihren Mund noch mehr ein, tastete den Schaft unter dem Stoff entlang, ließ ihn deutlich ihre Zähne spüren und sein erregtes Stöhnen füllte ihre Ohren. Ein heißer Kuss senkte sich in die Mitte ihres Rückens, seine Hände umschloss ihre Pobacken und massierten, kneteten im gleichen Rhythmus, wie ihre Lippen seinen harten Schwanz bearbeiteten. Ihre Zunge leckte nach dem zuckenden Geschlecht, provozierte ihn, dass er näher an sie herantrat und seine Hüften etwas vorschob. Ihre Lippen ertasteten die pralle Eichel knapp unter dem Hosenbund, saugten daran, umschlossen sie zur Hälfte, und als sie dort ihre Zähne einsetzte, zuckte Navan aufstöhnend zusammen. Er hielt sich an ihren Hinterbacken fast, grub seine Fingerspitzen in ihre weichen Rundungen und schob seinen Schoß ihrem frechen, neugierigen Mund entgegen. Versucht, ihre Hände zu benutzen, sie nach vorn zu ziehen, öffnete sie ihre Schenkel und murmelte fluchend in seinen geschwollenen Schritt.

Navan erhob seinen Oberkörper, öffnete den Gürtel und Joy sah zu, wie er den Knopf löste und den Reißverschluss seiner Anzughose langsam hinunterzog. Tief atmend schob er seine Hand hinein und befreite sein Geschlecht aus dem Stoff. Es war hart, dick und lang, seine Eichel glänzte prall und rosig und der Geruch von Lust und Sex füllte ihre Nase. Joy hob ihre Augen zu seinem erregten Gesicht, lächelte und öffnete ihre Lippen. Er bog ihr die Schwanzspitze entgegen und zuckte unter dem ersten Zungenschlag, der ihn traf, wie unter einem Peitschenhieb zusammen. Joy leckte über die gesamte Seide der empfindlichen Haut und umkreiste die Eichel leise stöhnend. Eine Hand legte sich sanft in ihren Nacken, noch immer hielt er den Schaft in einer Faust und beobachtete ihr provokantes Zungenspiel keuchend. Seine Hüften schoben sich wie ferngesteuert nach vorn. Seine Eichel stieß gegen die geöffneten Lippen, ihre leckende Zunge, dann drang er tiefer in ihre Mundhöhle ein. Er schob ihr Haar beiseite, sah zu, wie sein Schwanz immer weiter in sie glitt, die Lippen sich eng um ihn schlossen, um ihm verstärkt das sinnliche Gefühl von Macht zu geben.

Ihre Zunge leckte an der Unterseite seines Geschlechtes entlang, während er bei jedem sanften Vorstoß immer tiefer in sie fuhr. Er legte seinen Kopf in den Nacken und schob seinen Unterleib rhythmisch ihren saugenden Lippen entgegen, zog ihren Kopf am Nacken immer weiter zu sich, bis ihre Nasenspitze einen Moment sein Schambein berührte. Ein Würgen drang gedämpft aus ihrer geknebelten Kehle, dennoch hielt er sie fest, um sie erst Sekunden später wieder zu entlassen.

Der Reiz in ihrer Kehle ließ unaufhaltsam neue Tränen über ihr Gesicht fließen, dennoch lächelte sie heftig nach Luft ringend, schob ihre Lippen erneut über seinen Schwanz und sah zu ihm empor, um nicht eine der erregten Regungen auf seinem Gesicht zu verpassen. Ihr Name floss stöhnend über seine Lippen und wie ein sinnliches Lied grub es sich ihr unter die Haut, berührte ihr Herz und verstärkte ihre Bemühungen, ihn immer wieder vollkommen in sich aufzunehmen.

Die Begierde in seinem Gesicht zu sehen, zu wissen, welche Lust sie ihm verschaffen konnte, war wie eine einzigartige Belohnung für all die Qual, durch die er sie zuvor geschickt hatte. Sie ignorierten den immer wieder aufkommenden Würgereiz, bemühte sich, seine Härte und ganze Länge immer wieder bis auf den Grund ihrer Kehle aufzunehmen und blinzelte die Tränen weg. Joy schmeckte Navans Lust, fühlte sein Verlangen und spürte, dass er kurz davorstand, seine Beherrschung zu verlieren. Diese Art von Macht über einen Mann zu besitzen, hätte sie sich nicht einmal in ihren kühnsten Träumen vorstellen können. Sie wollte, dass er kam, sich in ihrem Mund zuckend ergoss, sich vor ihren Augen gehen ließ, doch Navan stoppte sie, keuchend hielt er ihren Kopf fest und lächelte mit einer animalischen Gier in den Augen, dass sie leise stöhnte. Sein Schwanz glitt aus ihrem Mund, doch egal, wie fest sie ihre Lippen darauf presste, er entzog sich ihr, übernahm wieder die Kontrolle.

Mit einem leisen Auflachen beugte er sich zu ihr hinunter, hob ihr Kinn an und küsste sie, zuerst zärtlich, dann voller Leidenschaft. Er wischte sich den Schweiß von der Stirn, umrundete den Tisch und griff erneut in die Kiste.

Zwei Dinge kamen zum Vorschein und beide konnte Joy nicht richtig sehen. Etwas Flüssiges tropfte zwischen ihre Pobacken direkt auf ihren Anus, der sich unweigerlich durch die plötzliche Kälte zusammenzog. Navan verrieb das kühle Gel sanft, umkreiste den Schließmuskel und übte mit der Daumenkuppe erneut Druck aus. Die Fingerspitze öffnete den festen Ring, überwand so leicht das Hindernis, dass Joy laut aufstöhnte. Immer tiefer glitt der Daumen in ihren Anus, füllte sie ungewohnt und doch überraschend erregend aus. Sanfte Küsse auf ihre Pobacken vertrieben die letzte Anspannung und er eroberte immer leichter ihr Hintertürchen. Kaum entzog er ihr den Finger, drang erneut etwas ein, immer wieder, wie dicke Kugeln aufgereiht an einer Kette.

Navan sah zu, wie die Analperlen langsam mehr und mehr in ihr verschwanden, bis nur noch ein schmaler Ring zu sehen war, die Öse gerade groß genug für einen Finger. Seine Eichel glitt an ihrem nassen Spalt auf und ab, stieß gegen ihre geschwollene Klitoris und er lauschte ihrem süßen lustvollen Stöhnen. Sanft hob sie ihr Becken an. Er griff nach ihren Hüften und stieß laut aufstöhnend in sie hinein. Wie Schockwellen durchflutete ihn das enge, heiße und nasse Gefühl, mit dem sich ihre inneren Muskeln eng um seinen Schwanz legten, ihn willkommen hießen und kraftvoll an ihm saugten. Langsam zog er sich wieder zurück, schob sein Becken wieder vor und genoss dieses herrliche Gefühl, endlich in ihr zu sein.

Joy schrie auf, als er sie plötzlich ausfüllte und die Dehnung ihres Schoßes war herrlich satt und gierig, dass sie fast den Gegenstand in ihrem Hintern vergaß. Doch dieses Gefühl, doppelt penetriert zu werden, zuckte wie Blitze durch ihr tiefstes Inneres. Sein Tempo stieg langsam an und sie spürte deutlich die pulsierende Äderung seines Schaftes, diese kleinen unregelmäßigen Erhebungen reizten sie auf sie entzückende, erotische Weise, dass sie kaum mehr Luft bekam. Stöhnend lag sie da, fieberte dem Gipfel entgegen, spürte, wie sich ihre Muskeln erneut anspannten und innerlich flehte sie, es würde diesmal bis zum Schluss reichen.

Navan brauchte jegliche Kraft, um nicht den Verstand zu verlieren. Jedes tiefe Eintauchen in ihren Schoß fühlte sich heiß und eng an, doch dieses Wahnsinnsgefühl die Analkette, die kleinen Kugeln auf der Oberfläche seines Schwanzes durch die dünne weiche Hauttrennung zu spüren, katapultierte ihn bereits seinem Höhepunkt entgegen. Jede einzelne dieser Latexperlen massierte sein Geschlecht, besonders seine Eichel und lockte ihm ein tiefes Knurren aus der Kehle, das sich so animalisch und instinktiv anhörte, dass sich selbst Joys Lippen zu einem sinnlichen Lächeln verzogen. Sein Rhythmus passte sich an seine Gier an, Hemmungslosigkeit trieb ihn immer wieder tief in ihr nasses heißes Fleisch und sein Finger schob sich in die kleine Öse der Kette. Die erste Kugel schlüpfte aus ihrem Anus und Joy schrie so lustvoll auf, dass Navan sich wirklich fest konzentrieren musste, um nicht auf der Stelle zu kommen. Die nächste Kugel drang aus ihr und sie zuckte so heftig zusammen, dass er es in ihrem Geschlecht deutlich spürte und ihm der Schweiß langsam von der Stirn tropfte. Navan keuchte laut, sammelte den Rest seines Verstandes, der noch vorhanden war, zusammen und zog erneut, die dritte Perle rutschte aus ihrem Anus, diesmal war er auf die sinnliche Verkrampfung gefasst. Ihr Stöhnen klang lang gezogen und hemmungslos lüstern. Ihr köstliches Jammern klang wie ein Mantra aus Betteln und Flehen. Die nächste Kugel kam zum Vorschein und Navan biss fest die Zähne aufeinander, denn diese Tortur wirkte wie eine Kettenreaktion von ihr auf ihn. Seine Hüften schoben sich abermals vor und die Beherrschung hing nur noch ein einem seidenen Faden, denn Navan spürte das wachsende Zucken ihrer inneren Muskeln an seinem Schwanz, sie stand kurz davor, in ihrem Höhepunkt unterzugehen. Ein letzter Stoß, die letzte Kugel, und sie kam so gewaltig, dass allein das rhythmische Muskelspiel ihres Orgasmus ihn mit einem Schrei zur Explosion brachte.

Sanft hob Navan sie auf die Arme, nachdem er die Seile gelöst und sich wieder angezogen hatte, trug sie durch den Verhörraum in ein anders, viel gemütlicheres Zimmer mit einem Bett. Er deckte sie zu und blieb neben ihr sitzen. Langsam arbeitete ihr Verstand wieder, trotz dieser herrlichen Erschöpfung sah sie sich um.

„Wo zum Teufel sind wir hier?"

„Unsere Einsatzzentrale, ein gemietetes Lagerhaus, das irgendwann einmal zu einer Wohnung umgebaut wurde."

Sie hob ihre Hände über die Decke und betrachtete die Handschellen, die sie nun nicht mehr am Rücken trug.

„Ich bin kein Callgirl, Navan."

„Das weiß ich doch längst, Liebes. Du bekommst die Truhe und das Testament deiner Mutter, sobald die Beweise gesichtet sind und die relevanten Informationen gefiltert wurden."

Wie ein plötzlicher Wasserfall kamen die Worte über ihre Lippen. Der Plan ihrer Stiefmutter, Helena reich zu verheiraten, ihre Angst, dass er darauf reinfallen könnte. Mittendrin legte er ihr sanft die Fingerspitzen auf die Lippen und sie holte tief Luft.

„Das weiß ich alles. Ich bin tatsächlich fast auf sie reingefallen. Als sie ihre Kontaktlinse verloren hat, wurde mir klar, dass sie nicht mein verlogenes Aschenputtel sein konnte. Ich muss allerdings gestehen, als sie in dem viel zu engen Schuh auch noch tanzen musste ... sie leiden zu sehen, hat mich erregt. Dich jedoch leiden zu sehen ..."

Mit einem sadistischen Schmunzeln brach er ab und der Kuss brannte sich wie ein Zeichen auf ihre Stirn, hitzige Lippen suchten nach ihrem Mund und seine Zunge drängte sich in ihre Mundhöhle. Atemlos löste sie sich von ihm, sah ihn schuldbewusst an.

„Es tut mir leid, dass ich dich angelogen habe."

„Nein, das tut es nicht."

Bevor sie widersprechen konnte, küsste er sie erneut und lachte leise, denn sie verbarg beschämt ihr Gesicht an seiner Brust.

„Behinderung der Polizeiarbeit? Gefährdung der Ermittlungen?"

„Du bist mir nicht mehr aus dem Kopf gegangen, also konnte ich mich kaum auf die Arbeit konzentrieren und Sex mit einer Prostituierten hätte unsere wochenlange Ermittlungsarbeit gefährden können."

„Was ist mit Leo?"

„Mach dir keine Sorgen, sie war eine tolle Informantin und wir haben ihr Straffreiheit versprochen. Sobald David ihre Aussage aufgenommen hat, kann sie gehen. Die Beweise, die sie uns verschafft hat, werden deine Mutter für etliche Jahre in den Knast bringen."

Deswegen die Treffen und ihre Geheimniskrämerei in den letzten Tagen. Joy lächelte dankbar. Erneut hob sie ihr Handgelenk.

„Machst du mich jetzt endlich los?"

„Ich denke nicht, mir gefällt dieser Anblick sehr."

„Bitte."

„Nein, es sei denn …"

Er zupfte an der kleinen Kette zwischen den Schellen, und als er nicht weitersprach, wurde sie ungeduldig.

„Es sei denn, was?"

„Wirst du noch da sein, wenn ich später meine Augen schließe und morgen wieder aufwache?"

„Navan, du kannst mich nicht ewig mit diesen Dingern rumlaufen lassen. Ein bisschen Vertrauen solltest du schon in mich haben."

„Das war keine Antwort auf meine Frage."

„Du klingst jetzt schon wieder wie ein Bulle."

„Vorsicht, kleines Aschenputtel, sonst lass ich die Schellen dran."

„Das würde dir gefallen, nicht wahr?"

Er nickte mit fiebrig glänzenden Augen.

„Ich würde dich an mein Bett ketten und könnte jederzeit wie es mir gefällt über dich verfügen … du siehst so unglaublich sexy aus, wenn du wehrlos daliegst und der Gedanke, was ich alles mit dir anstellen könnte …"

Sie schüttelte amüsiert den Kopf und erneut röteten sich ihre Wangen.

„Nicht reden, Bulle."

Die zertanzten Schuhe

KIRA MAEDA

Es war einmal ...

So beginnen Märchen. Geschichten und Sagen, die vor langer Zeit geschehen sind. Ihre Personen verlieren sich in den Tiefen der Vergangenheit und mit ihrer Glaubwürdigkeit ist es auch nicht weit her.

Was aber, wenn sie ebenso unglaubwürdig wie wahr sind?

Es war einmal ... jetzt!

Die Blicke, die ihn trafen, schienen über seine Haut zu kratzen. Es waren misstrauische, ängstliche Blicke und es war keiner unter ihnen, der auch nur das kleinste bisschen Wohlwollen in sich trug. Marek kümmerte es wenig. Wohin er sich auch wandte; als Söldner war er immer zu abgerissen, immer zu muskulös, immer zu wild. Inmitten von Dorfbewohnern und Stadtbürgern fiel er zwangsläufig auf und er war es müde geworden, sich zu verstecken, wenn es doch nichts brachte.

Hufe donnerten über den Boden. Marek trat von der Straße hinunter und sah nicht auf, als die Kutsche an ihm vorüberpreschte. Immer wieder zogen Kutschen, Wagen und auch Reiter an ihm vorbei – Grund war das Dorf, dessen Silhouette sich nicht weit vor Marek am immer grauen Himmel abzeichnete.

Es war die einzige Übernachtungsmöglichkeit, die sich in diesem Land bot und niemand wollte länger als nötig in diesem Landstrich verweilen. Marek war erst seit drei Tagen hier – zu Fuß brauchte er erheblich länger als die anderen Reisenden – aber er spürte bereits die deprimierende Wirkung des ewig grauen Himmels. Tagsüber erreichte kein einziger Sonnenstrahl den Boden und selbst in der Nacht gab es kaum Sternlicht. Der Mond war so gut wie nie zu sehen.

Eine weitere Kutsche raste über den Weg und Marek beschleunigte seine Schritte. Er wollte endlich wieder in einem Bett schlafen, so flohverseucht es auch sein mochte! Der Gedanke an eine warme Decke und etwas anderes als Trockenfleisch hob seine Stimmung wieder an.

Der graue Himmel wurde dunkler, die Farbe veränderte sich langsam zu einem trüben schwarz. Die Nähe zum Dorf war trügerisch gewesen – Marek marschierte noch immer, als es schon Nacht wurde. Der Wald zu beiden Seiten des Weges wurde zu einem schier undurchdringlichen Gehölz, und wie es schien, war die letzte Kutsche vor Stunden an ihm vorbeigefahren. Es wurde merklich kälter, und leiser Nieselregen setzte ein. Marek fluchte lauthals und zog sich die Kapuze seines Mantels über den Kopf. Augenblicklich umfing ihn der Geruch von nasser Wolle.

Wie weit konnte es noch bis zu diesem verfluchten Dorf sein? Er blieb stehen, um zu den wenigen Lichtern zu sehen, die so unglaublich nah zu sein schienen, aber dennoch schon so lange auf sich warten ließen. Marek überlegte, ob er versuchen sollte, zu rennen, als plötzlich ein Schrei ertönte. Er war hoch und von Trauer und Entsetzen geprägt – sein Ursprung kam irgendwo aus den Tiefen des Waldes, rechts von der Straße. Aus einem Reflex heraus riss Marek das Schwert aus der Scheide auf seinem Rücken und rannte los. Er hatte Mühe, sich durch die dicht stehenden Bäume und zusammenhängenden Äste zu kämpfen, aber mithilfe der scharfen Schneide erreichte er einen schmalen Weg, der durch den Wald führte. Darauf kniete eine Frau vor einem leblosen Körper. Sie schrie nicht, aber ihr Gesicht war vor Angst verzerrt und sie schluchzte. Tränen strömten über die schmalen Wangen und ihre schwarzen Augen waren leer.

Hinter ihr standen zwei weitere Männer und sahen fassungslos auf den Leichnam am Boden. Es handelte sich um einen jungen Mann. Jemand hatte ihm die Kehle herausgerissen; das Blut bedeckte sein Gesicht und besudelte die teure Kleidung. Es war ein grotesker Anblick: die kniende Frau und die beiden Männer in ärmlichen, fadenscheinigen Lumpen, die entsetzt um den Leichnam eines Edelmannes weinten.

Marek trat näher und wie ein aufgescheuchtes Kaninchen sprang die Frau auf. Sie schrie wieder leise und suchte Schutz in den Armen einer der Männer, der sie sofort an sich zog. Die Blicke der drei lösten sich von dem Toten und hefteten sich auf Mareks gezücktes Schwert. Der bemerkte, worauf sie sahen und senkte die Klinge, ließ sie aber nicht ganz verschwinden. „Ist das euer Werk?", fragte er. Seine Stimme war ruhig – seine Frage eigentlich überflüssig. Er hatte genug Kriege und Schlachten miterlebt, um zu sehen, dass diese drei kauernden Menschen unmöglich einen Mord an einem Edelmann verübt haben konnten. Ihre Haltung war zu geduckt und es fehlten die Blutspuren an ihren Händen und der Kleidung. Rachemord von Untergebenen an ihrem Herrn sah anders aus. Dennoch hatte er fragen müssen, nur, um sicher zu gehen.

Der ältere der beiden Männer schüttelte den Kopf, während der andere die schluchzende Frau tröstete. „Verzeiht Sire, aber wir …"

Etwas raschelte im nahen Unterholz. Der Geruch von frischem Blut wehte zu ihnen herüber und mischte sich mit dem der Leiche. Der Mörder war noch hier gewesen – und jetzt flüchtete er. Marek ließ die drei Menschen einfach stehen, hob das Schwert wieder an und lief los.

Seine Beute wurde schneller; sie machte sich keine Mühe mehr, ihre Anwesenheit zu verbergen, sondern rannte mit hörbarem Hecheln vor ihm her. Marek hörte die Äste knacken und reißen, als der Mörder sich durch das

Unterholz kämpfte. Marek war es ein Rätsel, wie er sich durch den nahezu stockdunklen nächtlichen Wald bewegen konnte, ohne gegen einen Baum zu schlagen oder hängen zu bleiben.

Marek konnte der Fährte mühelos folgen – er hatte von klein auf gelernt, sich durch andere Sinne im Dunklen zurechtzufinden und seine tastenden Hände und der Geruch der frisch gebrochenen Zweige wiesen ihm den Weg. So kam er zwar langsamer voran als der Mörder, aber er würde ihn ohne Zweifel finden.

Soweit es ging, verzichtete Marek darauf, mit seinem Schwert durch das Gehölz zu hacken. Es hätte seine Klinge nur unnötig stumpf gemacht und wer wusste, was ihn erwartete, sobald er den Mörder gestellt hatte.

Marek schob einige Efeustränge beiseite – und fand sich plötzlich auf einer großen Lichtung wieder. Eine verfallene Burgruine nahm sie fast vollständig ein; durch die Dunkelheit konnte Marek ihre vollständigen Ausmaße nicht ganz ausmachen, aber aus einigen der Fenster drang Licht. Marek stockte – damit hatte er nicht gerechnet. Er blieb stehen und lauschte, doch die Geräusche des Mörders waren verstummt. Nichts war mehr zu hören, außer dem leisen Rascheln der Blätter, die von kleinen Windstößen bewegt wurden.

Einer streifte Mareks schweißnasse Stirn und fuhr durch sein kurzes schwarzes Haar. Unwillkürlich schauderte ihm und er spürte, wie jeder seiner Sinne die Umgebung noch aufmerksamer abtastete.

Mit einem Mal kehrten die Geräusche zurück. Ein infernalischer Lärm erscholl direkt hinter Marek aus dem Wald und aus Reflex machte er einen Sprung nach vorn. Der Lärm wurde lauter, ein Gemisch aus schrillem Schreien, Brüllen, Knurren und Fauchen. Marek konnte nicht genau ausmachen, was der Ursprung dieses Geheuls war, noch, wie viele Angreifer auf ihn zuströmten. Sicher war, dass es sich um mehr als einen handeln musste, denn der Wald hinter ihm machte den Eindruck, als würde sich eine ganze Armee auf ihn zuwalzen – Bäume bewegten sich, Baumkronen schüttelten sich und dünne Stämme wurden zur Seite gedrückt. Marek blieb nicht stehen. Er wirbelte herum, nachdem er einen Blick über die Schulter geworfen hatte und rannte auf das Schloss zu. Irgendjemand musste sich dort befinden – immerhin brannte Licht. Er sah nicht mehr zurück, sondern rannte über die Lichtung, bis ihm ein schmiedeeisernes Tor den Weg versperrte. Marek biss die Zähne zusammen, wurde nicht langsamer, sondern rannte weiter und rammte im Lauf mit der Schulter gegen das Tor. Er hatte erwartet, dass er abprallen würde, aber zu seiner Überraschung sprang das Schloss mit einem rostigen Krächzen auf.

Noch immer wurde Marek nicht langsamer. Er schlug das Tor wieder zu und lief in den Burghof, das Schwert noch in der Hand. Doch kaum war das

Tor zugefallen, erstarb das Geheul mit einem Schlag. Außer Atem und schweißüberströmt blieb Marek stehen und drehte sich um; er hatte erwartet, eine Meute von Soldaten mit wilden Hunden am Tor zu sehen, aber dort war niemand. Alles, was Marek sah, war die Schwärze der mondlosen Nacht.

Er ließ das Schwert sinken und sah sich, so gut es ging, um. Der flackernde Widerschein von Flammen erhellte Bruchstücke des Hofes, aber das wenige Licht reichte Marek. Er sah schmieriges Moos und Farnpflanzen, die sich in gesprungenen Mauerspalten eingenistet hatten. Überall lagen Unrat und abgerissene Äste herum. Marek schlich sich weiter ins Innere der Burg. Hier war die Burg ebenso heruntergekommen wie im Hof.

Im Toreingang stieß er auf eine zerbeulte und an einigen Stellen zerfetzte Eisenrüstung. Er berührte das aufgerissene Metall – zurück blieb krümeliger Rost, den er zwischen seinen Fingerkuppen verrieb.

Irgendetwas hatte dem Träger der Rüstung mit Klauen tiefe Wunden zugefügt und das Eisen wie Papier zerfetzt. Nicht vor Kurzem, aber dass sich niemand die Mühe gemacht hatte, diese Rüstung wegzuschaffen, machte Marek misstrauisch. Er umfasste den Schwertgriff etwas fester und stieß das Tor auf, durch das er ins Innere der Burg gelangte. Licht blendete ihn. Hunderte von Kerzen und Fackeln erleuchteten die Eingangshalle. Im Licht des Feuers konnte Marek eine gewundene Treppe und eine Kuppel voller Mosaikgesichtern sehen. Ihre Augen wirkten im Kerzenlicht gespenstisch lebendig und schienen jeden seiner Schritte zu beobachten, als der in die Mitte der Eingangshalle trat.

Marek nahm mit der linken Hand eine der Fackeln aus ihrer Halterung und hielt sie hoch. Die Kuppel wurde so besser ausgeleuchtet und er sah, warum ihm der Blick der Steingesichter nicht behagte: anstelle von bunten Vierecken hatte man winzige Spiegelsplitter in die Augen gesetzt. Die Lichter verliehen ihnen ein seltsames Leben und Marek ließ die Fackel wieder sinken.

Er war versucht, zu rufen, aber noch wusste er nicht, wer oder was dieses Gemäuer bewohnte. Er war jedoch gewillt, es so schnell wie möglich herauszufinden.

Die Fackel noch immer in der einen, das Schwert in der anderen Hand, stieg er die Treppe hinauf. Das Geländer war an vielen Stellen verrostet und durchgebrochen, die Steinstufen ausgetreten und an vielen Stellen geborsten. Marek hielt sich nah an der Wand und beeilte sich, die Treppe hinter sich zu bringen. Als er ihr Ende erreicht hatte, fand er sich in einem großen Saal wieder. Er legte staunend den Kopf in den Nacken – es gab nur ein Möbelstück, einen Thron aus Holz, mit Blattgold bezogen, das an mehreren Stellen abgeplatzt war. Er schien sich tausendfach im Raum zu befinden, was an den Spiegeln lag, die die Wände bedeckten. Keiner sah aus wie der andere; es gab die unterschiedlichsten Größen und Formen. Marek schritt an den Wänden entlang, vorbei an Handspiegeln, nicht größer als sein Mittelfinger, mit schlichten Rahmen und mannshohen Spiegeln mit Ranken aus Bronze und Blüten aus Gold verziert. Die Spiegel waren genau angepasst, jeder passte perfekt und nahtlos in die Lücke zwischen den anderen.

Die einzige Stelle, an der sich kein Spiegel befand, war der Kamin gegenüber dem Thron. Das Feuer, das darin brannte, reichte, um den Saal zu erhellen. Der Lichtschein wurde von den glänzenden Oberflächen eingefangen und wieder und wieder weitergeworfen.

„Ein beeindruckendes Schauspiel", sagte eine hohe Stimme und Marek fuhr herum. Die Spitze seines Schwertes deutete auf einen alten Mann, der, von den Jahren gebeugt, an der Tür stand.

Er trug einen Pelzmantel. War der vor Jahren sicher ein prächtiges Stück gewesen, so wirkte er wie auch der ganze Rest der Burg alt und schäbig. Das Fell war an vielen Stellen abgeschabt und die nackte Haut schimmerte durch. Was der Alte darunter trug, konnte Marek nicht sehen, aber es spielte auch keine Rolle. Der Mann wackelte mit dem Kopf und machte einen Schritt auf ihn zu. Seine fettigen, weißen Haarsträhnen wippten auf und ab. Zusammen mit der hakenförmigen Nase erweckte diese Bewegung den Eindruck eines Geiers, der Beute gerochen hatte.

„Du hast es auch bewundert, nicht wahr? Das Schauspiel."

Marek hob das Schwert etwas an. „Wer bist du, alter Bussard?", knurrte er und hielt den Mann mit dem geschliffenen Stahl auf Abstand.

„Alter Bussard?" Der Alte richtete sich auf.

Marek erkannte einen dürren Körper, eingehüllt in Lumpen unter dem Pelzmantel.

„Nennst du so deinen König? Nennst du so den Herrn der tausendköpfigen Armee, den Meister über das Schicksal des Landes?" Die Stimme des Alten, bisher ein hohes Fisteln, wurde für einen Augenblick zu einem Donnern. Einen Augenblick lang stand wirklich ein König vor Marek, doch das Bild verblasste einen Herzschlag später.

„Du hast recht, Schwertträger", fuhr der Alte fort. „Ein alter Bussard, das bin ich."

Marek ließ das Schwert sinken. „Ich brauche ein Lager für die Nacht. Draußen ist es nicht sicher – auf dem Weg hierher habe ich einen Toten gesehen."

Der Alte erstarrte. „Einen Toten? Was für einen Toten? Trug er eine Samtjacke und einen goldenen Ring?"

Marek nickte.

Das Gesicht des Burgbewohners schien regelrecht zu schmelzen. Er verzog es in tiefster Trauer und sank auf die Knie. Dabei stieß er einen derart klagenden Schrei aus, als hätte ihm Marek Nachricht über den Tod seines einzigen Sohnes gebracht.

Mit einer geschmeidigen Bewegung warf Marek die Fackel in den Kamin und steckte das Schwert ein. Er stützte den Alten, bis dieser wieder stand.

„Weh mir", schluchzte der, „und weh uns allen. Es ist hoffnungslos, einfach hoffnungslos. Ich habe wieder einen verloren."

„He, Alter, beruhige dich doch. War das ein Anverwandter von dir?"

Der Mann schüttelte den Kopf. Er machte sich von Mareks Hilfe frei und zog seinen Mantel zurecht. „Du sagtest, du brauchst eine Unterkunft für die Nacht. Ich zeige dir, wo du schlafen kannst."

Der plötzliche Stimmungswechsel irritierte Marek und ließ sein Misstrauen wieder aufflammen. Er vergewisserte sich, dass sein Schwert und auch der Dolch an seinem Gürtel noch an Ort und Stelle waren, und folgte dem Alten dann aus dem Saal hinaus. Der alte Bussard sah sich nicht einmal um oder blieb stehen, sondern ging an der Treppe vorbei einen langen Gang hinunter. Auch hier erhellten Fackeln den Weg und wieder glotzten Mosaikfratzen Marek aus ihren Spiegelaugen hinterher.

Der Alte stoppte vor einer hohen Tür, fast doppelt so groß wie Marek selbst. „Das Bett ist nicht das Jüngste", krächzte der Burgbewohner, „aber es ist groß und man schläft ruhig darin."

„Hab Dank", brummte Marek.

Er wartete, dass der Alte noch etwas sagte, aber der sah ihn nur musternd an. Abrupt drehte er sich um und verschwand im Gang.

Marek hatte sich nah am Kamin eine Decke zurechtgelegt und sich dort zum Schlafen hingelegt. Den Dolch hatte er unter sein Kissen gelegt und nur gedöst.

Im Gasthaus hätte er sicherlich besser schlafen können, aber zum einen war es zu spät und zu gefährlich, wieder hinaus in den Wald zu gehen, zum anderen musste ee zugeben, dass ihn die Neugier gepackt hatte. Er konnte sich weder auf den Alten noch auf den toten Edelmann und die trauernden Leute einen Reim machen und das beschäftigte ihn. Er wollte das Rätsel lösen.

Leises Lachen streifte Mareks Ohr. Sofort setzte der Söldner sich aufrecht hin und lauschte. Da war es wieder: ein leises, lockendes Lachen; die helle Stimme einer Frau. Marek zog den Dolch unter dem Kissen hervor und ließ ihn zurück in die Scheide gleiten; das Schwert ließ er unter der Decke.

Die Fackeln auf dem Flur brannten noch immer. Er blieb nah an der Wand und lauschte weiterhin – das Lachen wiederholte sich immer wieder und wurde dann tiefer. Die Unbekannte stöhnte.

Schlussendlich stand Marek vor dem seltsamen Spiegelsaal. Der Kamin in der Wand war erkaltet, der Geruch von altem Rauch und verbranntem Holz lag in der Luft. Dennoch war es nicht dunkel; aus den Spiegeln heraus drang Licht. Marek trat neugierig näher. Es war nicht nur Licht, das er in den Spiegeln sah, dort war viel mehr. Er stand direkt vor dem größten Spiegel, der ihn noch um eine halbe Mannslänge überragte. Doch anstelle seiner eigenen Reflexion sah Marek ein Zimmer. Es war nicht sonderlich groß, dafür aber umso edler eingerichtet. Ganz anders als der heruntergekommene Spiegelsaal wirkte das Zimmer sauber und die Möbel waren mit Seide und Samt bezogen.

Mehrere Lüster waren im Raum verteilt. In der Mitte des Raumes, beschienen vom Licht der Kerzen, stand eine Frau. Sie war jung, schön – und vollkommen nackt. Jemand hatte ihre Handgelenke gefesselt und sie an einem langen Seil an der Decke befestigt. Durch die emporgereckten Arme standen ihre Brüste hervor, sie waren milchweiß und mit kleinen, harten Nippeln gekrönt.

Trotz ihrer Lage wirkte sie nicht ängstlich. Das Gesicht unter den blonden Locken war heiter und erwartungsvoll. Als ihr Blick Marek streifte, sah der beschämt auf den Boden, bis er merkte, dass sie ihn gar nicht sehen konnte. Ihr Blick war zwar in seine Richtung gerichtet, aber sie sah etwas anderes an. Einen Augenblick später konnte Marek auch erkennen, was; ein Mann trat näher und sagte etwas zu der Frau.

Marek konnte nicht verstehen, was, denn kein Laut drang aus dem Spiegel heraus, aber ihr Lächeln wurde strahlender.

Der Mann war nicht nackt wie sie. Er trug eine einfache Hose und stellte seinen gestählten Oberkörper zur Schau. Die Haut war straff.

Seine Bewegungen erinnerten Marek an ein Raubtier – sacht, geschmeidig und präzise. Er umrundete die Frau, die wegen ihrer Fesselung nur mit ihren Augen folgen konnte. Ihr Brustkorb hob und senkte sich in raschen Abständen und die blasse Haut ihrer Wangen begann, rötlich zu schimmern. Der Mann hatte seine Umrundung beendet und blieb vor der blonden Schönheit stehen. Er lächelte schmal und umfasste das Gesicht seines Opfers mit einer prankenartigen Hand. Erstaunlich zärtlich hob er das zerbrechlich wirkende Kinn an und hauchte einen Kuss auf ihre Lippen.

Die Frau gab sich ihm widerstandslos hin. Ihre langen Wimpern senkten sich hinab und willig ließ sie sich küssen. Mit einem Mal packte der Mann mit seiner freien Hand den Hintern der Frau. Seine Fingernägel waren unnatürlich lang und spitz.

Sein Griff riss rote Linien in die helle Haut und Marek sah, wie die Frau den Kopf zurückwarf und die Lippen zu einem Stöhnen öffnete. Obwohl es so still war, meinte er, den spitzen Schmerzensschrei der Frau zu hören. Selbst die unterschwellige, lustvolle Note entging seinem Vorstellungsvermögen nicht. Er schauderte und spürte, wie seine Hose enger wurde. Der Anblick und die Vorstellung, die die beiden Personen da aufführten, blieben nicht ohne Wirkung.

Der Mann hatte seine Hand wieder erhoben und strich etwas von dem roten Blut auf die Lippen der Frau. Sie waren vom Küssen leicht angeschwollen und das Blut glänzte verführerisch darauf. Sie sah ihn aus verschleierten Augen an und wollte ihm entgegenkommen, um noch einen Kuss zu erhaschen, aber der Mann ließ sie nicht. Er wich zurück und sein Gesicht wirkte mit einem Mal streng.

Die blonde Frau sagte etwas und ihre ganze Körperhaltung war ein Flehen nach der Nähe des Mannes. Der entfernte sich noch weiter und verschwand für einen Augenblick aus Mareks Blickfeld. Als er wiederkam, hielt er in seinen Händen eine lange, geflochtene Reitpeitsche. Mareks Miene verdüsterte sich, er sprang vor und hämmerte mit der Faust gegen das Glas des Spiegels. „Lass sie frei – Frauen schlägt man nicht, du Bastard!", brüllte er, aber die Figuren hinter dem Spiegel bemerkten ihn nicht.

Der Mann entrollte die Peitsche. Sie war nicht sehr lang – ihr Ende lag knapp auf dem Boden, nachdem er sie ausgerollt hatte. Marek bemerkte zu seinem Erstaunen etwas im Gesicht der Frau: In die blauen Augen war ein gieriges, ja, ein lüsternes Funkeln getreten und ihr Blick lag unverwandt auf der Peitsche. Erst nach einigen Herzschlägen konnte sie ihren Blick losreißen und sah ihren zukünftigen Peiniger an. Leise nickte sie.

Die Bewegung kam so schnell, dass Marek unwillkürlich zusammenzuckte. Die Peitsche wand sich geschmeidig in der Luft, beschrieb einen Bogen, und landete auf der Kehrseite der Frau. Diese wand sich, ihre Hände klammerten sich in die Fesseln, als das Leder ihre Haut schlug.

Die Muskeln unter der braunen Haut zuckten, als der Mann zum zweiten Schlag ausholte und die Peitsche über ihre runden Pobacken tanzen ließ. Die Haut färbte sich nahezu augenblicklich rot.

Wieder und wieder schlug der Riemen der Peitsche auf den weißen Körper und verlieh ihm einen, wie Marek zugeben musste, bezaubernden Schimmer. Und auch wenn der blonde Lockenkopf sich in Schmerz hin- und herwarf und sie bei der Berührung der Peitsche schrie – die Frau schien jeden einzelnen Schlag zu genießen. Marek konnte die unverkennbare Lust auf den unschuldigen Zügen deutlich sehen.

Schweiß breitete sich aus und ihre Zuckungen hatten etwas Ekstatisches angenommen. Ihre Hüften bewegten sich den Schlägen entgegen, sie bettelte um mehr.

Marek merkte, wie sein Atem sich im Takt der Schläge beschleunigte und gebannt beobachtete er, wie die gefesselte Frau sich immer weiter ihrer Ekstase hingab, bis sie sich mit einem Schlag aufbäumte und den Kopf so weit in den Nacken legte, dass Marek fürchtete, sie würde sich verletzen. Nach einer Ewigkeit sackte sie in sich zusammen.

Der Mann ließ die Peitsche fallen, band die Frau los und fing sie auf. Umsichtig strich er ihr die schweißverklebten Locken aus der Stirn und küsste ihre Lippen. Die Frau schmiegte sich katzengleich an ihn und sprach nicht.

Marek schluckte und zog sich unwillkürlich zurück. Plötzlich sah er eine Bewegung und wirbelte herum. In einem der größeren Spiegel auf der anderen Seite des Raumes war eine weitere Frauengestalt aufgetaucht. Sie war nicht nackt, sondern trug ein weißes, weich fallendes Kleid.

Marek konnte darunter zarte Kurven erahnen; es schmiegte sich immer wieder gegen ihren Körper, wenn sie sich bewegte. Gerade hatte sie sich zu ihm hingewandt, durch die Bewegung fielen ihr einige der kastanienfarbenen Haarsträhnen über die Schultern und berührten den Ansatz ihres Dekolletés. Es war aber nicht ihr Anblick, der Marek auf der Stelle aus dem Raum flüchten ließ. Es war ihr Blick. Die geisterhafte Frau im Spiegel hatte ihm ihr Gesicht zugewandt, weil sie wusste, dass er da war. Die Gestalt hatte Marek direkt in die Augen gesehen.

Der Geruch nach brennendem Holz weckte ihn. Er schlug die Augen auf und fuhr sich mit der Zunge über die Lippen. Sie waren trocken und spröde; der Geschmack von kalter Asche lag darauf. Marek nahm seinen Wasserbeutel aus dem Gepäck und spülte sich den Mund aus; den Schluck Wasser spuckte er in den erkalteten Kamin. Dann erst stand er auf, nachdem er sich vergewissert hatte, dass sein Schwert noch versteckt und der Dolch in der Scheide war.

Der Geruch nach Harz und Holz wurde im Flur stärker. Marek hörte den Alten lamentieren und beschleunigte seinen Schritt. Er fand die gebeugte Gestalt am anderen Ende des Flures in einer offenen Tür. Er schien Angst zu haben, den Raum dahinter zu betreten, gleichzeitig zog ihn etwas immer wieder dorthin. Wie an unsichtbaren Fäden gezogen, wankte er vor und zurück, ohne vor- oder zurückzugehen.

„Alter?", rief Marek und näherte sich ihm. Kaum hatte er den Namen ausgesprochen, sprang der Mann herum und starrte ihn an, als hätte er ihn zum ersten Mal gesehen. „Du lebst?!"

Marek schnaubte leise. „Sollte ich tot sein?"

Der Alte legte den Kopf schief und musterte ihn. „Ja", sagte er. „Ich hätte gedacht, du wärst es." Dann glomm etwas in seinen Augen auf und plötzlich sehr eifrig, fasste er Mareks Arm und zog ihn in das offene Zimmer. Dieser

Raum war anders als die wenigen Zimmer und Säle, die Marek bisher gesehen hatte. Er war ebenfalls groß, doch vollgestopft. Jede freie Stelle war als Stellplatz für ein Bett genutzt worden. Insgesamt waren es zwölf, kreuz und quer im Zimmer angeordnet. Sie waren kostbar ausgestattet, mit leichten, zerfetzen Gazevorhängen. Die Laken und Decken waren reinweiß und in jedem Bett lag eine Frau.

Der Alte führte Marek zwischen den Betten hindurch – eine schlafende Frau schien schöner zu sein als die andere. Jede von ihnen war in ebenso weiße Kleider wie die Laken gehüllt und alle schliefen.

„Meine Töchter", brach der Alte das Schweigen, während Marek die Frauen betrachtete. „Sie schlafen auf diese Weise schon seit fast einem Jahr."

Marek trat an eines der Betten näher heran. Blondes, lockiges Haar, das Gesicht eines Engels – er hatte diese Frau bereits gesehen, ebenso wie die zarte Gestalt mit den kastanienbraunen Haaren, die im Bett daneben lag. Es waren die Frauen aus den Spiegeln. „Niemand kann so lange schlafen", murmelte Marek abwesend und konnte seine Augen nicht von den beiden Frauen nehmen. Sie sahen so unterschiedlich aus, aber die Form der Gesichter und die zarten Züge waren ähnlich.

„Sie tun es auch nicht immer, dummer Kerl!", keifte der Alte und war erstaunlich schnell an Mareks Seite und riss die Bettdecke der blonden Tochter weg. Das Kleid war nicht mehr nur weiß; wie aufgestickte Blüten hatten sich Blutflecken auf dem Stoff ausgebreitet. Marek war sicher, dass er unter dem Stoff die Striemen der letzten Nacht sehen würde. Doch das schien dem Alten nicht genug zu sein. Überraschend behutsam zog er der anderen Frau den linken Schuh aus. „Sieh dir das an – sieh dir an, was meine Töchter tun!"

Marek hütete sich, den Schuh zu berühren, aber er betrachtete ihn genau. Es waren teure Damastschühchen mit einer hauchdünnen Sohle aus Pappe. Anscheinend hatte die Trägerin getanzt und gefeiert, denn die Pappe unter dem Fußballen war zerrissen und durchgescheuert, als hätte sie viele Pirouetten zum Klang von Musik gedreht.

„Sie feiern", murmelte der Alte, aber das irre Funkeln hatte seinen Blick noch nicht verlassen. „Sie tanzen, sie trinken, sie vergnügen sich auf abartige Weise – sie leben, Söldner, sie leben! Aber mich haben sie zu diesem Unleben verdammt. Mich lassen sie dahinvegetieren und bringen jedem den Tod, der mich erlösen will."

„Wann tanzen sie? Woher weißt du das alles?" Marek hatte eigentlich vorgehabt, dieses unselige Gemäuer an diesem Tag wieder zu verlassen, aber diese neue Wendung ließ ihn stutzig werden. Er war sicher, dass die vergangene Nacht kein Traum gewesen war und auch wenn er die blonde

Tochter bei ihrem seltsamen „Schmerz-Lust"-Spiel beobachtet hatte, war es der Blick der brünetten Tochter, der ihn nicht losließ. Sie hatte ihn gesehen und sie wusste, dass er da gewesen war.

„Nachts", brummte der Alte, der sorgsam den Schuh wieder auf den Fuß der jungen Frau zog. „Jeden Abend kleide ich sie neu und am Morgen sind die Schuhe durchtanzt. Sie verschwinden und lassen mich zurück."

„Und du folgst ihnen nie?"

„Ich kann nicht!" Allein, diese Tatsache auszusprechen, trieb dem alten Mann den Geifer in die Mundwinkel. „Sobald es Mitternacht schlägt, schlafe ich ein und kein Mittel hat geholfen. Die Adligen und Ritter, die an meiner statt wach bleiben sollten, starben. Alle starben. Keiner ist geblieben – ich habe alle verloren."

Marek sah zu der brünetten Tochter. Ihr Gesicht zierte ein unschuldiger Frieden, der Mareks Verlangen weckte. Er wollte bei ihr liegen und das erste sein, das sie sah, wenn sie jemals aus diesem Schlaf erwachen würde. Er wollte, dass sie neben ihm einschlief. „Lass mich heute Nacht hier wachen."

Der Alte kniff die Augen zusammen und umrundete Marek. „Ich hatte eigentlich erwartet, dass du bereits heute tot bist."

„Das sagtest du bereits, Alter."

Der Mann lachte meckernd. „Allein für deine Frechheit sollte ich dich in den Spiegelsaal sperren! Aber dass du noch lebst, spricht für dich." Er legte den Kopf schief. „Und was willst du für deinen Dienst?"

„Sie." Marek antwortete, ohne zu zögern und deutete auf die brünette Frau.

„Iza? Meine Iza?!" Der alte Mann schüttelte heftig den Kopf. „Sie ist meine jüngste Tochter, mein Augapfel."

„Sie ist mein Preis", erwiderte Marek ruhig und ließ seine Augen nicht von der jüngsten Tochter des Königs.

Der Alte schien angesichts Mareks ruhiger Hartnäckigkeit mit sich zu hadern und seine Augen wanderten hin und her, als würde er sich die Vor- und Nachteile dieses Handels durch den Kopf gehen lassen. Schlussendlich nickte er. „Gut, du kannst sie haben. Aber nur, wenn du dafür diesen Fluch aufhebst und mir alle meine Töchter zurück in dieses Leben holst!"

Marek zuckte mit den Schultern. Er war ein Söldner – er ging selten nur den halben Weg. „Morgen früh hast du deine Töchter wieder. Und ich meinen Preis."

Den Tag verbrachte Marek damit, seine Waffen zu schärfen und das Schloss zu erkunden. Es besaß drei Etagen, wobei alle Wege immer wieder zum Spiegelsaal zu führen schienen. Marek hatte anfangs gar nicht bemerkt, dass über den obersten Spiegeln noch eine Balustrade angebracht war, auf der eventuelle Gäste das Treiben im Spiegelsaal von oben betrachten konnten. Direkt darüber erhob sich die Decke, deren Wölbung ebenfalls vollkommen mit Spiegeln ausgelegt war. Anders jedoch als die gerahmten Spiegel waren diese nahtlos ineinandergefügt und von Zeit und Alter geschwärzt. Man konnte nur grobe Schatten sehen, die sich darin verbargen.

Die restlichen Räume des Schlosses machten einen ebenso verwilderten und heruntergekommenen Eindruck wie die Außenfassade. Niemand kümmerte sich darum und es schien, als sei dieses Gemäuer und all seine Bewohner einfach in Vergessenheit geraten.

Kurz bevor die Sonne unterging, stieg Marek über eine lange, gewundene Treppe auf die Zinnen des Schlosses. Unter sich sah er nichts als Wald. Die letzten Sonnenstrahlen, die sich durch die Wolken drängten, verliehen der Szenerie etwas Totes, obwohl die Kronen unter ihm Blätter trugen. In der Ferne wagten sich einige Schornsteine über die Wipfel hervor. Sicher das Grenzdorf, das Marek am Vorabend hatte erreichen wollen. Er runzelte die Stirn. Rauch kräuselte sich in einer dichten Spirale über dem Dorf, aber er kam nicht aus den Schornsteinen.

„Sie verbrennen den Toten", murmelte der Alte. Wie aus dem Nichts war er neben Marek erschienen und sah an ihm vorbei zum Dorf.

„Eine Beerdigung?", fragte er nach, nachdem er sich von seinem Schreck erholt hatte.

Der Alte lachte schnarrend. „Sie verbrennen sein Fleisch, damit es keine Bestien anlockt." Bevor Marek fragen konnte, was er damit meinte, war der Alte schon wieder verschwunden. Nur sein Lachen klang noch in Mareks Ohren nach.

Die Nacht verbrachte Marek wieder vor dem Kamin. Er legte sich unter die Decke und tat, als würde er schlafen, aber in Wirklichkeit blieb er hellwach und lauschte aufmerksam auf jedes noch so kleine Geräusch. Anfangs waren da nur das Knacken des Holzes im Gebälk und die Schreie der Käuzchen im Wald. Er kämpfte gegen den Schlaf, aber je weiter die Nacht fortschritt, desto schwieriger wurde es.

Irgendwann hörte er ein leises Klingeln und eine Frau lachte. Nicht sehr laut, aber Marek hörte es eindeutig. Er schob so leise wie möglich die Decke zur Seite und stand auf. Wie am Vorabend schon hatte er das Schwert wieder versteckt und nur den Dolch eingesteckt. Die lange Klinge des Schwertes würde ihn womöglich verraten, wenn er irgendwo anstieß.

Er schlich über den Flur und verharrte vor dem Spiegelsaal. Er hatte sich nicht getäuscht: Im Saal waren zwölf Frauen. Sie lachten miteinander, scherzten und stießen sich immer wieder neckend mit den Ellbogen an. Anscheinend freuten sie sich auf etwas, denn eine gespannte Erwartung lag in der Luft.

Nach einigen Augenblicken wurde es ruhiger und alle Frauen sahen zu dem größten Spiegel des Saals. Davor stand die Königstochter mit den blonden Locken, die Marek schon am Abend zuvor gesehen hatte. Direkt neben ihr befand sich Iza. Allein ihr Anblick bestärkte Marek in seinem Vorhaben, aber noch war es zu früh, sich zu offenbaren. Noch hatte er nicht herausgefunden, wohin die Töchter des alten Mannes jede Nacht verschwanden und was sie dort taten.

Die Frauen raunten sich etwas zu, als das Bild des großen Spiegels sich veränderte. Die Oberfläche verschwamm und wurde trüb – einen Augenblick später klärte sich das Bild wieder. Es zeigte noch immer den Spiegelsaal, aber von den Frauen, die darin standen, war auf der Spiegeloberfläche nichts mehr zu sehen. Stattdessen standen dort Männer. Marek kniff die Augen zusammen – er war nicht sicher, ob er von seinem Standpunkt aus alles sah, aber er konnte elf Männer im Spiegel zählen. Teilweise trugen sie Hosen aus dunklem Leder oder abgerissene Hemden dazu. In ihren Augen lag etwas, was Marek bereits einmal gesehen hatte. Aber nie zuvor in einem menschlichen Gesicht.

Einer von ihnen trat vor. Sein Haar war ebenso dunkel wie seine Augen und es reichte ihm bis auf die Schultern. Er lächelte und streckte auffordernd die Hand aus. Die älteste Königstochter tat es ihm nach – und griff durch das Glas hindurch.

Mareks Augen weiteten sich, als er sah, wie erst die älteste und dann nach und nach all die anderen Frauen durch den Spiegel hindurchgingen als wäre er nichts weiter als ein Schleier aus Wasser.

Als letzte trat Iza durch den Spiegel. Einen Fuß auf die andere Seite gesetzt, hielt sie inne und sah über die Schulter zurück, als würde sie auf irgendetwas warten. Sie atmete deutlich ein und folgte ihren Schwestern.

Marek wartete, bis die Silhouetten der Töchter nicht mehr zu sehen waren; rasch durchquerte er den Spiegelsaal und sprang durch das Glas hindurch.

Iza setzte vorsichtig einen Fuß vor den anderen. Sie trug neue Schuhe, wie jede Nacht, aber dennoch musste sie sich jedes Mal aufs Neue daran gewöhnen. Ihren Schwestern erging es ähnlich. Die Frauen bewegten sich als würden sie auf rohen Eiern gehen. Iza hielt sich ein wenig abseits von den anderen – sie waren keine wirklichen Schwestern. Der alte König hatte sie einzeln aus den umliegenden Dörfern gestohlen, als sie noch Kinder waren. Er hatte niemals geheiratet, aber sein Bedürfnis nach Kindern war so groß gewesen, dass er die Mädchen der Bauern stahl.

Trotz allem oder vielleicht aus dem Grund, dass sie alle dasselbe Schicksal teilten, bestand zwischen den jungen Frauen eine Bindung.

Iza war froh darum, denn die Frauen waren die einzige Familie, die sie kannte. Sie ging ein wenig schneller und schloss zu den anderen auf, bis sie neben Darcia lief, der ältesten Schwester. „Hast du mit Lykan gesprochen?", wisperte sie ihr zu und warf einen Blick den Mann mit den halblangen braunen Haaren, der, wie die anderen Männer auch, vorweg lief.

Darcia legte den Arm um Izas Schulter und drückte sie tröstend. „Noch nicht. Bisher haben sie noch keinen passenden Mann für dich gefunden."

Iza seufzte. „Ich möchte aber nicht wieder allein sein", klagte sie und sah wieder auf die Männer. Es waren, wie in jeder Nacht, elf. Jeder hatte eine Favoritin unter den Schwestern, ebenso, wie sich die Königstöchter ihren Liebhaber ausgesucht hatten. Nur Iza war allein.

„Du kannst heute Nacht wieder zuschauen", schlug Darcia vor. „Lykan hält jeden Tag Ausschau nach einem geeigneten Kandidaten – er will dir nicht irgendeinen Mann an den Hals hetzen."

Abermals seufzte Iza. „Ich weiß ja, dass ihr euch um mich sorgt. Aber was ist mit dem Mann, den ich gestern gesehen habe?"

Darcias hübsches Gesicht verzog sich nachdenklich. „Ich habe ihn noch nicht gesehen und ..."

„Er war stark!", erwiderte Iza und merkte, wie warm ihre Wangen wurden. „Du hättest ihn dir anschauen sollen, Darcia, sein Körper war mindestens so kräftig wie Lykans und in seinen Augen lag etwas Wehmütiges ... fast, als hätte er mich wirklich gesehen!"

Darcia lachte über den offensichtlichen Übermut. Dann wurde sie wieder ernst: „Vernarre dich nicht zu sehr in ihn. Nur weil er stark aussieht, heißt es nicht, dass er es auch ist. Ohne die Prüfung zu bestehen, wird er keine Chance haben, dich zu bekommen."

Sie durchquerten den Saal des Spiegelschlosses. Anders als sein Zwilling beherbergte diese Seite des Spiegelbildes nur einen Rahmen. Die Wände waren bis auf den großen Spiegel leer.

Die Männer führten sie zur Treppe und die Gruppe spaltete sich auf. Viele der Männer nahmen ihre Geliebte an der Hand, manche hoben sie hoch und trugen sie in verschiedene Zimmer des Schlosses. Das ganze wurde von Lachen und gespielten Protesten begleitet, was Iza ein wehmütiges Lächeln entlockte.

„Sieh dich um und hab Spaß", flüsterte Darcia ihr zu, ehe Lykan näher trat und sie an sich zog. Der große Mann lächelte Iza zu und küsste dann Darcia. „Ist sie eifersüchtig?", murmelte er an Darcias Ohr. Iza schmollte, weil Lykan so tat, als höre sie ihn nicht. Darcia verdrehte die Augen. „Besorg ihr endlich einen guten Mann", forderte sie ihren Liebhaber auf, und zog ihn die Treppe hinauf in das nächste Stockwerk.

Die Stimmen verklangen und einmal mehr blieb Iza allein zurück. Sie schlang ihre Arme um sich und seufzte leise. Seit wie vielen Nächten ging es schon so? Jede der Frauen hatte jemanden, auf den sie sich freuen konnte. Alles, was Iza blieb, war zuzusehen.

Leises Stöhnen weckte ihre Aufmerksamkeit und lenkte sie von ihren düsteren Gedanken ab. Auf leisen Sohlen schlich sie über den Gang bis zu einer schmalen Kammer. Ihr Eingang war als Mauer getarnt und nur Lykan, Darcia und Iza wussten davon. Dahinter war ein schmaler Durchgang; an den Wänden hingen Fackeln, die nicht brannten. Iza griff in eine Nische in der Wand und holte Zunderbuchse und feine Wolle hervor. Mit geübten Händen entzündete sie eine der Fackeln und ging den Durchgang entlang.

Ihre Schwester und deren Liebhaber hatten ihr den Gang gezeigt, damit sie zuschauen konnte. Der geheime Weg führte quer durch das Spiegelschloss und Iza konnte ohne Mühe durch die Wände hindurchsehen – für die Person im Geheimgang waren die Mauern wie aus Glas. Die Personen in den Zimmern sahen nur massive Mauern.

Iza schlug den Weg zum Jagdzimmer ein, ihre Eingebung trog sie nicht. Dort waren ihre Schwestern Laris und Meava mit ihren Gefährten. Beide Frauen waren nackt und hatten die Augen mit Seidentüchern verbunden. Sie saßen Rücken an Rücken auf den weichen Fellen, mit denen der gesamte Raum ausgelegt war; die Männer knieten zwischen ihren gespreizten und angewinkelten Beinen. Ihre Münder hatten sie tief zwischen den weichen Schenkeln vergraben und Iza konnte nur raten, wie es sich anfühlen musste, eine weiche, aber beharrliche Zunge an ihrem empfindlichsten Körperteil zu spüren. Eine Weile sah sie zu, wie ihre Schwestern sich unter den Liebkosungen wanden, dann wandte sie sich ab.

Der Geheimgang beschrieb seltsame Wege – mal stieg er steil an, dann fiel er ohne ersichtlichen Grund ab. Sie kam an weiteren Zimmern vorbei, in denen ihre Schwestern und deren Liebhaber sich zu zweit oder mit mehreren vergnügten, lachten, tanzten und Wein tranken. Iza blieb nicht stehen, sondern folgte dem Weg, bis sie an das Kaminzimmer kam. Diesen gemütlichen Platz hatten sich Lykan und Darcia für die Nacht als Liebesnest auserkoren. Darcia war bereits nackt und lag, an einem Kelch mit Wein nippend, auf dem Sofa.

Lykan warf einige Scheite Holz ins Feuer und streifte sich das Hemd ab. Mit einem wissenden Lächeln glitt sein Blick über Darcias nackten Leib und geschmeidig durchquerte er den Raum, um vor dem Sofa niederzuknien.

Iza wurde heiß.

Lykan lächelte. Das Lächeln geriet zum Grinsen und die Bewegung seiner Lippen schien sich durch den gesamten Körper zu ziehen. Das Gesicht, der ganze Schädel des Mannes wurde länger, die Gliedmaßen verdrehten und verrenkten sich zu seltsamen Stellungen.

Lykan streifte seine Hose ab und Iza beobachtete, wie der goldene Ton seiner Haut dunkler wurde. Fell spross aus den Poren und Iza sah ihre Schwester heftig einatmen.

Die Verwandlung dauerte nur Sekunden – binnen kürzester Zeit stand anstelle von Lykan ein schwarzer Wolf vor der ältesten Königstochter. Das Tier sprang zu Darcia auf das Sofa und beschnüffelte den Hals der Frau.

Darcia lachte, strich dem Wolf ohne jede Angst durch das dichte Nackenfell und sagte etwas. Es war zu leise, als dass Iza sie hätte verstehen können, aber sie konnte ahnen, was es war: Nichtssagende Zärtlichkeiten, die ihrem Werwolf galten.

Lykan schien selbst als Wolf zu grinsen. Er legte sich halb über Darcias nackten Schoss und biss ihr leicht in die Schulter.

Darcia stöhnte laut, aber nicht vor Schmerz. Wieder ging eine Verwandlung durch den schwarzen Körper. Lykan wurde zum Menschen, auch wenn das grüne Funkeln der Wolfsaugen noch immer in seinem Blick tanzte. Auch seine Hände hatten noch mehr von Klauen als von Fingern.

Ohne eine Vorwarnung warf er Darcia plötzlich bäuchlings auf das Sofa und spreizte ihre Beine.

Iza blieb der Mund offen stehen und sie drückte sich näher an die durchsichtige Wand heran. Darcia hatte der plötzlich erwachten, rohen Kraft des Mannes nichts entgegenzusetzen, und ihren Bewegungen nach wollte sie es auch gar nicht. Lykan drückte sie mit seinem Gewicht auf die weichen Polster und schlug, ohne zu zögern, einen harten, treibenden Rhythmus an.

Darcia hatte kaum Möglichkeit, ihm entgegenzukommen. Sie keuchte laut, klammerte sich Halt suchend an die Lehne des Sofas und winkelte die Beine an, richtete sich ein wenig auf und bot Lykan Widerstand gegen seine Stöße.

Ein heiseres Knurren, wie das eines Tieres, antwortete ihr. Lykans Hand packte Darcias Hüfte und die langen Klauen rissen die weiße Haut auf. Darcia schrie hell und erwiderte das, indem sie ihre Finger tief in die Polster grub.

Iza konnte kaum die Augen von dem Bild abwenden. Alles in ihr sehnte sich danach, ebensolche Lust, solche Ekstase zu erfahren, wie Lykan ihrer Schwester schenkte.

Sie presste die Lippen aufeinander. Zwischen ihren Schenkeln brannte es heiß und sie spürte Feuchtigkeit. Unbewusst fuhr ihre Hand zwischen ihre Schenkel und drückte sich gegen ihren Schoss. Die Lust wurde zu einem Brand, der ihren ganzen Körper einnahm – sie musste all ihre Beherrschung zusammennehmen, um nicht aufzuschreien und das Paar im Zimmer zu stören.

Schwach stützte sie sich mit dem Unterarm an der Wand ab und sah aus halb geschlossenen Lidern den verschlungenen Körpern zu. Ihre Schwester wand sich noch immer unter Lykans Stößen. Iza strich über den Stoff an der Stelle, an der ihre Klitoris sich gegen das weiche, fließende Kleid drückte.

Starke Finger schlossen sich um ihr Handgelenk und setzten den Liebkosungen ein abruptes Ende. Iza wollte erschreckt aufschreien, aber eine weitere Hand legte sich über ihren Mund. „Verzeiht, Herrin", streifte eine raue Stimme ihr Ohr. Sie sah aus den Augenwinkeln, wer sie hielt. Es war der Söldner! „Kann ich meine Hand herunternehmen?"

Iza beeilte sich, zu nicken. Sein harter Körper presste sich durch seine Haltung an ihre Kehrseite; seine Lederrüstung vom Vorabend hatte er nicht an und alles, was seine Haut von ihrer trennte, waren zwei dünne Lagen Stoff.

Iza spürte einen Schauder über ihren Rücken gleiten. Sein Name, sie erinnerte sich, im Traum seinen Namen gehört zu haben, genannt mit der Stimme ihres Adoptivvaters: Marek.

Er kam noch näher und sah über ihre Schulter. Winzige Bartstoppeln kratzten über ihre Haut – Iza hatte so etwas noch nie verspürt, aber anstatt angeekelt oder empört zu sein, ließ das Gefühl sie aufseufzen.

„Das ist also der Grund, warum ihr Damen euch jede Nacht fortschleicht", murmelte der Söldner und seine Stimme war heiser. Er sah tiefer und Iza wünschte sich plötzlich, ein anderes Kleid angezogen zu haben. „Und das ist auch der Grund, warum Ihr so erregt atmet."

Iza drehte den Kopf halb und versuchte, Marek tadelnd anzusehen, aber kaum hatte sein Blick ihren gefangen, war Iza willenlos. Seine Nähe hatte ihr bereits den Atem geraubt und seine Augen versprachen ihr die Erfüllung der Sehnsucht, die sie jede Nacht quälte. Ihm schien es ähnlich zu gehen, denn seine großen Hände legten sich auf ihre Hüften und etwas Hartes, Pochendes, drückte sich an Izas Po. „Ich kann euch helfen, mehr zu tun, als nur zuzusehen", wisperte er an ihrer Wange und trotz aller Vorsicht entschlüpfte ihr ein Stöhnen. Erschreckt presste sie die Lippen aufeinander und schüttelte heftig den Kopf. Marek drehte sie mit Schwung zu sich herum und drückte sie zärtlich, aber bestimmt, gegen die Wand.

„Weist mich nicht ab, Iza", murmelte er fahrig und küsste ihren Hals. Was sie nur einen Moment zuvor noch als harte Erhebung an ihren runden Pobacken gespürt hatte, drückte sich nun gegen ihre Hüfte, ebenso wie die harten Muskeln des Söldners. Sein Duft, ein tiefer, erdiger, männlicher Duft, stieg ihr in die Nase und seine kurz geschnittenen Haare kitzelten die Haut ihres Dekolletés, als seine Lippen ihr Schlüsselbein entlangglitten.

Er verweilte nicht dort, sondern kehrte mit seinem Mund zurück zu ihrem Ohr. Diesem verdammt sinnlichen Mund, der ihr Lust und Erfüllung in Ekstase versprach, ohne auch nur ein Wort davon gesagt zu haben. Izas

Blick lag auf diesen Lippen und tausend diffuse, unscharfe Bilder von dem, was er damit tun konnte, tanzten vor ihren Augen.

„Ich habe von Eurer Haut, Eurem Geschmack und Eurer Gestalt geträumt, seit ich Euch sah, Herrin", fuhr Marek fort. „Lasst mich diesen Traum wahr machen. Gewährt mir, Euch berühren zu dürfen."

Iza versuchte, den letzten Rest Verstand, der ihr geblieben war, zusammenzukratzen. „Nein", hauchte sie. „Das darfst du nicht. Kein Mann darf mich haben, ohne die Prüfung bestanden zu haben."

„Ich bestehe jede Prüfung, wenn sie mich am Ende nur zu Euch führt", erwiderte er heiser und nahm ihre Hand. Willig ließ Iza sich führen – auch wenn ihr Kopf noch vor den Gefahren und dem Risiko warnte, hatte ihr Körper sich doch längst diesem Mann mit den aufregend rauen Händen ergeben. Sie hatte gewusst, dass er sie holen würde, schon in dem Augenblick, in dem sie ihn durch das Spiegeltor gesehen hatte.

Ihre Handfläche wurde auf die Beule zwischen seinen Beinen gedrückt. „Könnt Ihr fühlen, wie groß meine Sehnsucht ist?"

Iza schluckte und merkte erst jetzt, wie trocken ihre Kehle war. Bevor sie antworten konnte, ging Marek vor ihr auf die Knie und packte ihre Hüften mit seinen Händen.

„Was hast du vor?", hauchte sie leise, aber Marek antwortete nicht mit Worten. Stattdessen spürte sie die Hitze seines Mundes durch den dünnen Stoff ihres Kleides. Marek küsste ihre Scham mit suchenden, zärtlichen Lippen.

Iza presste die Lippen aufeinander und sah auf den dunklen Haarschopf hinunter. Die Gefühle, die sein Mund auslöste, ließen ihre Knie weich werden. „Marek", wisperte sie schwach und gab dem Bedürfnis nach, ihre Finger in das weiche Haar zu schieben.

Er löste sich von ihr und sah auf. Iza fühlte ihr Kleid nass auf ihrem Schamhügel liegen. In den dunklen Augen des Söldners lag etwas Drängendes, Hungriges, dass Iza schaudern ließ.

Er richtete sich auf und zog den Saum ihres Kleides höher. Kühle Luft streifte über Izas nackte Schenkel. Sein Blick hielt sie fest und sie hätte nichts getan, um aus dieser Gefangenschaft zu entkommen. Er beugte sich näher und küsste ihr Ohrläppchen. „Sagt noch einmal meinen Namen", bat er.

Sie schloss die Augen und fuhr mit ihren Händen über seine Brust. Die Muskeln waren straff und luden ein, sie näher zu erkunden. Iza ließ ihr Verlangen ihr Denken übernehmen und schob ihre Finger unter sein Hemd.

„Marek", flüsterte sie noch einmal und vergrub ihr Gesicht an seiner Halsbeuge. Der Söldner atmete harsch ein und trat einen Schritt zurück, aber nur, um sich das Hemd über den Kopf zu ziehen. Iza atmete tief ein.

Sie wiederholte ihre Berührung und genoss es, diesmal zu sehen, was sie dort berührte. Wie sie vermutet hatte, war seine Brust stark; die Haut darauf war gebräunt, nur einige wenige Narben verunzierten die Perfektion.

Unter ihren Händen spannte er sich an und kam wieder näher. „Wisst ihr, was Ihr mit mir tut?", keuchte er und presste sie eng an sich. Iza ließ sich vollkommen in seine Umarmung fallen. Sie schüttelte ansatzweise den Kopf und hob das Kinn an. Marek umfasste ihr Gesicht und küsste sie tief. Seine Hand wanderte zwischen ihre Schenkel und erfühlte die Beschaffenheit ihrer nassen Scham.

Iza konnte nicht mehr an sich halten; sie hatte so lange von so etwas geträumt, hatte so oft zusehen müssen, wie andere diese Freuden auskosten durften. Seit sie Marek gesehen hatte, bekamen ihre Träume endlich ein Gesicht.

Ihre Finger öffneten den Verschluss seiner Hose, während Mareks schwieligen, großen Hände Lustschauder über ihren Körper sandten. Iza stöhnte leise an seinem Mund und erfuhr eine Erwiderung, als ihre Hand sein pochend heißes Glied fand. Das Gefühl war ungewohnt, aber nicht weniger aufregend als Mareks Hände zwischen ihren Schenkeln. Sein Schaft war lang und stand steif ab – Iza strich die gesamte Länge entlang und erntete ein weiteres Stöhnen.

„Iza", sagte er und packte ihren Po. Mit einem Ruck hob er sie hoch. Instinktiv schlang sie ihre Arme um seinen Nacken und ihre Beine um seine Hüften.

Immer wieder murmelte er ihren Namen, bedeckte ihren Hals, ihr Gesicht und immer wieder ihre Lippen. Fahrig zog er den Ausschnitt ihres Kleides tiefer und bedachte ihre Brüste mit der gleichen Aufmerksamkeit.

Sein Glied berührte die Innenseite ihrer Schenkel. Er half mit der Hand nach und nur einen Augenblick später drang er in sie ein. Iza riss die Augen auf und starrte Marek ins Gesicht. Das Gefühl war überwältigend – Iza hatte niemals zuvor so etwas gespürt und brauchte einen Moment, ehe sie wieder Luft bekam.

„Geht es?", fragte Marek und Iza nickte. Sie wollte mehr von diesem Gefühl und versuchte durch ihren hungrigen Kuss, Marek das zu sagen. Er verstand sie, denn sein Kuss war ebenso verlangend wie der ihre. Er umfasste ihren Po, drückte zu und begann, sich immer wieder in ihr zu versenken.

Iza kam ihm so gut es ging entgegen. Seine Stöße und sein heißer Körper in ihren Armen machten sie willenlos; immer wieder keuchte und stöhnte sie, presste sich an ihn und flüsterte Kosenamen in sein Ohr.

Sie spürte, wie die Lust zu stark wurde; wie eine riesige Welle brach sie über Iza herein und sie warf den Kopf zurück, um ihren Höhepunkt und

Mareks Namen hinauszuschreien.

In ihrem Bauch wurde es heiß, aber Iza spürte es kaum. Sie fühlte sich vollkommen erschöpft und sackte in sich zusammen. Marek hielt sie sicher und küsste sanft ihren Mund.

„Iza", sagte der Söldner noch einmal und seine Blicke liebkosten ihr Gesicht, so wie seine Finger es mit ihrem Haar taten. Sie lächelte und küsste ihn, während sie sich langsam von ihm löste.

Ein dunkles, vibrierendes Geräusch ertönte. Iza spürte, wie Marek sich wachsam anspannte. Noch gefangen in den vergangenen Momenten ihres Orgasmus, brauchte sie einen Moment, ehe sie das Geräusch einordnen konnte; als sie es aber erkannte, wurde ihr kalt. Sehr kalt.

„Du musst hier weg!", rief sie aus und schob Marek tiefer in den Geheimgang.

„Was ist das?", fragte er und blieb stehen, wo er war. Iza hob den Kopf, als das Geräusch lauter wurde. Es schien direkt aus den Mauern zu kommen und war nun deutlich als Knurren zu erkennen. „Wir hätten das nicht tun dürfen!", sagte Iza verzweifelt.

„Warum nicht? Woher kommt das?", knurrte Marek nun selbst. Er wartete nicht auf eine Antwort, sondern nahm Izas Hand fest in seine und rannte. Iza folgte ihm ohne Widerstand. Sie wusste, wessen Knurren es war. „Das sind Lykan und das Rudel!", keuchte sie, während Marek weiterrannte.

Seine Hand ließ sie nicht los und schon bald hatten sie das Ende des Geheimganges erreicht. Marek stieß die Tür mit dem Ellbogen auf und Iza stolperte hinter ihm her auf den offenen Flur.

Noch immer war das Knurren um sie herum, aber nun hatten sich auch Hecheln und Schnarren darunter gemischt. Iza konnte die Krallen des Rudels hören, die auf den Stein schlugen.

„Das kenne ich", murmelte Marek und sah gehetzt über die Schulter zu ihr. „Das ist die gleiche Meute, die mich im Wald gehetzt hat!"

„Das kann nicht sein. Das Rudel kann die Spiegelwelt nicht verlassen. Du musst das Echo gehört haben."

„Was auch immer es war, damit ist jetzt Schluss", presste der Söldner zwischen zusammengebissenen Zähnen hervor.

Iza hatte sie schon lange gehört, aber jetzt erst sah sie sie: Aus den offenen Türen glitten geschmeidige Schatten. Das Licht der Kerzen brach sich in gelb glänzenden Augen und auf scharfen Fangzähnen. Das schwellende Knurren war noch immer allgegenwärtig und jetzt setzte das Heulen ein.

Iza konnte nicht verhindern, dass sie aufschrie. Das Heulen war tief, klagend und viel zu nah – Lykan war auf ihrer Spur.

„Halt durch", sagte Marek und sah sich gehetzt um. Iza tat es ihm nach.

Die Wölfe jagten sie nicht; sie trieben sie nur. Sobald die beiden sich einer Treppe oder einer Tür näherten, fletschte einer der Wölfe sein Gebiss und deutete ein Schnappen an.

Marek schien nicht weiter darauf zu achten, zielsicher zog er Iza in Richtung des Spiegelsaals. „Können wir einfach so hindurch?", fragte Marek hastig. Sein Kopf ruckte immer wieder von einer Seite zur anderen, um die Wölfe im Auge zu halten.

Sie hatten den Spiegelsaal betreten und die Wölfe waren ihnen gefolgt. Es waren zehn und Iza konnte jeden Einzelnen von ihnen beim Namen nennen. Sie waren mit wenigen Sätzen vor dem Spiegel und bildeten eine nahezu undurchdringliche Front. Marek fluchte lauthals und zog Iza näher. Sie stellte sich hinter ihn und rang nach Luft. „Sie werden uns nicht gehen lassen", flüsterte sie und drückte sich an seinen Rücken.

Marek öffnete den Mund, als wolle er etwas sagen, verstummte aber. Auch Iza hörte es; die Wölfe hatten aufgehört, zu knurren, dafür unterbrachen die Schritte nackter Füße die Stille.

Iza drehte sich um und spürte Mareks Arm um sich, als er es ihr gleichtat. Sie ahnte, wer dort stehen würde und als sie aufsah, wurde die Ahnung Gewissheit. Lykan stand zwischen ihnen und der Tür; den Kopf leicht gesenkt, die Hände zu Klauen gebogen. „Gib sie zurück", grollte er so dunkel, dass Iza ihn kaum verstand.

Marek schob Iza zur Seite, hielt seinen Arm aber um ihre Taille geschlungen. „Sie gehört dir nicht."

„Sie gehört dem Rudel."

Iza spürte, wie Mareks Arm sich für einen Augenblick verkrampfte. „Nicht mehr", sagte er erstaunlich ruhig.

Lykans Klauen wurden länger. „Du hast sie beschmutzt, ohne die Prüfung zu durchlaufen. Du hast dich dem Leben hinter dem Spiegel nicht gestellt, hast nicht gegen einen von uns gekämpft und dir einfach das genommen, was dir nicht zusteht." Die Zähne des Werwolfs wurden größer und er kam näher.

Marek beugte den Oberkörper leicht vor und sein Arm glitt tiefer, zu Izas Hüfte; sie spürte, dass er sich für den Zusammenstoß bereit machte. „Einen Kampf kannst du gern haben." Er schnaubte leise. „Sag nur noch einmal, dass ich Iza beschmutzt hätte! Sie kommt mit mir, als meine Frau, nicht wie die Frauen, die ihr hier als Huren missbraucht!"

Lykan zuckte zurück, als hätte ihn ein Schlag gestreift. „Huren?", murmelte er fassungslos. „Du denkst, sie sind Huren für uns?"

Marek sprang vor, Iza konnte ihn nicht aufhalten. Er holte aus und seine Faust traf Lykan im Gesicht. Der Werwolf keuchte und drehte sich durch die Wucht des Schlages halb zur Seite. Als er sich wieder zu den anderen wandte, hatte er die Lippen zurückgezogen und fixierte Marek. Er duckte sich und sprang – Marek wollte ausweichen, aber Lykan war schneller. Iza spürte, wie sein Arm von ihrer Taille gerissen wurde und sie stolperte zur Seite. „Lykan, lass ihn!", schrie sie, aber der Werwolf war taub dafür. Er schlug auf Marek ein; der Söldner konterte die Schläge, so gut er konnte, schaffte es aber nicht, sich unter Lykan hervorzukämpfen.

Mit einem Mal drehte er sich aus der Hüfte und warf den Werwolf durch sein eigenes Gewicht um. Die beiden rangen miteinander und wälzten sich über den Boden des Spiegelsaals. Die restlichen Wölfe verhielten sich ruhig und Iza wagte nicht, dazwischenzugehen.

Lykan schaffte es, Marek auf den Rücken festzunageln. „Weißt du, was wir für diese Frauen aufgegeben, was wir geopfert haben?", knurrte er und seine Klauen legten sich um Mareks Hals. „Wir waren einmal normale Männer, so wie du. Keine Tiere! Und selbst da wollte der Alte uns seine kostbaren Töchter nicht geben. Er hat uns in diese Spiegelwelt gesperrt, verdammt dazu, als Tiere zu leben!"

Die Klauen gruben sich tiefer; Iza sah Blutperlen hervorrinnen, aber Marek zeigte kein Anzeichen von Schmerz. Er starrte nur wütend Lykan an, wagte aber nicht, sich zu wehren. Nur eine falsche Bewegung und die Klauen würden sich in seine Schlagader graben.

„Wir konnten sie nicht vergessen", fuhr Lykan leiser fort. „Und sie uns auch nicht. Um ihn zu strafen, schlafen die Königstöchter bei Tag und kommen zu uns in der Nacht."

Lykan schüttelte den Kopf, als würde er aus einem Traum erwachen. „Iza war damals zu jung, um einen Mann zu finden. Wer sie haben will, muss beweisen, dass er sie liebt."

Iza biss sich auf die Unterlippe. Lykans Klauen lösten sich aus Mareks Haut und dessen Blick wurde weicher. Er drehte den Kopf und sah Iza an. Die senkte den Blick. „Wer mich liebt, wäre auf ewig gezwungen, hinter dem Spiegel zu leben", sagte sie leise. „Das ist es, was Lykan mit der Prüfung meint."

Iza fröstelte und schlang die Arme um sich, als die Erinnerung sie einholte. „Vater lässt immer wieder Prinzen aus anderen Ländern kommen. Er verlockt sie mit einem Bild von mir und der Aussicht auf Gold, den Fluch zu brechen, den er selbst heraufbeschworen hat und nun nicht mehr lösen kann. Aber sie alle versagten. Alles, was ihnen blieb, war der Tod."

Lykan sah Iza an und erhob sich langsam. Marek machte keine Anstalten, den Kampf neu zu entfachen. Stattdessen stand er ebenfalls auf und kam zu ihr. Sie wagte noch immer nicht, aufzusehen, auch nicht, als seine warmen Arme sich um sie schlossen. „Sie sind alle gestorben, weil ihre Gier zu groß war", flüsterte sie und wagte es, ihr Gesicht an seine bloße Brust zu drücken. Das klopfende Herz unter ihrer Wange beruhigte sie ein wenig und dankbar atmete sie ein. „Wer mich will, hat nur die Möglichkeit, als Wolf für immer hinter dem Spiegel zu leben. Falls du das nicht willst ...“ Ihr Blick glitt zu Lykan, der am Boden hockte und sie beide nicht aus den Augen ließ. „Dann bleibt dir nur, zu kämpfen“, sagte sie mit erstickter Stimme, weil Tränen ihre Kehle hinaufdrängten. Allein der Gedanke, dass sie Marek gefunden hatte und gleich wieder verlieren sollte, schnürte ihr das Herz zusammen.

„Nur diese beiden Möglichkeiten gibt es?“, fragte Marek nach einer Weile. Sein Atem strich über ihren Scheitel. Iza nickte.

„Nein“, antwortete er ihr und schob sie mit einem Mal beiseite. Er bückte sich und zog einen schweren Dolch, so lang wie Izas Unterarm, aus einer Scheide an seiner Wade. „Ich denke, es gibt noch eine dritte Möglichkeit.“ Noch bevor irgendeiner der Wölfe oder Iza reagieren konnten, hatte der Söldner den Arm ausgestreckt und warf den Dolch mit der Spitze voran in den massiven Spiegel, der in Abertausend funkelnde Teile zerbrach.

„Und du bist sicher, dass du nicht hierbleiben und Königin sein willst?“

Marek sah seiner frisch angetrauten Ehefrau prüfend in die Augen. Iza trug noch immer Reste des Blumenschmucks in ihrem Haar. Sie strahlte und schüttelte den Kopf. Ihre Arme lagen um seine Taille und sie schmiegte sich an seinen Rücken, während er dafür sorgte, dass das Pferd ruhig weiterlief. „Regierungsgeschäfte, diplomatische Beziehungen pflegen, Bälle und Empfänge – das ist alles eher etwas für Darcia und Lykan.“ Sie kicherte und biss Marek ins Ohr, aber dann hörte er, wie etwas Nachdenkliches in ihre Stimme trat. „Außerdem ist es nun so viele Jahre her, dass ich die Sonne sehen durfte. Ich will meine Zeit nicht mehr zwischen Mauern verbringen.“ Sie biss ihn in den Nacken, dass er lachend zusammenzuckte und der Schalk kehrte in ihre Stimme zurück. „Ich verbringe sie lieber mit dir.“

Marek lachte und legte den Kopf in den Nacken. Zum ersten Mal spürte er in diesem kargen Land die Sonne auf seinem Gesicht; nur eines von vielen Dingen, die sich in Izas Heimat geändert hatten.

Er sah Menschen an ihnen vorbei in den Wald gehen, bewaffnet mit Äxten, um frisches Holz zu schlagen. Selbst ihre Gesichter wirkten gelöst und heiter. Lag es wirklich nur daran, dass die Welt hinter dem Spiegel nicht mehr bestand? Hatte sie solch eine Auswirkung auf die Menschen und das Land gehabt?

Er erinnerte sich an den Moment, in dem sie alle im Spiegelsaal der richtigen Welt gewesen waren. Anstelle der zehn Wölfe hatten zehn Männer an der Tür gestanden. Lykan, mit dem Rücken zum Spiegel, war ebenso verblüfft gewesen, wie auch Iza. Marek war vielleicht noch am wenigsten überrascht gewesen – er hatte geahnt, dass so etwas geschehen würde, auch wenn das Risiko groß gewesen war. Wenn er sich geirrt hätte, wäre ihnen allen der Weg zurück in die richtige Welt versperrt geblieben.

Die Töchter des Königs waren im gemeinsamen Schlafzimmer aufgewacht, als wären sie nie fortgewesen und der alte Zausel war so glücklich, dass sie wach und bei ihm waren, dass er ihnen das gesamte Reich überließ.

Marek musste lächeln. Wer wusste schon, was in dem umnachteten Verstand des Alten vor sich ging und wie lange seine gute Laune anhalten würde. Bis dahin würden sich jedoch Darcia und ihr Mann Lykan um das Wohlergehen des Reiches kümmern. Und er ... nun, er hatte die beneidenswerte Aufgabe übernommen, sich um das Wohl der jüngsten Königstochter zu kümmern.

Iza riss ihn aus seinen Gedanken, weil sie seinen Kopf halb zu sich drehte. „Woher wusstest du eigentlich, dass der Fluch aufgehoben wird, wenn du den Spiegel von dieser Seite zerbrichst?", fragte sie ihn und ihre Augen funkelten neugierig.

Marek konnte sich ein Schmunzeln nicht verkneifen. „Ich wusste es nicht."

„Was? Und wenn du niemals hättest zurückkehren können, weil du den einzigen Weg zurück zerstört hast?", fragte sie entgeistert.

Marek strich über ihren Arm um seinen Körper. „Dann hätte das auch nichts geändert. So oder so, ich wäre für den Rest meines Lebens mit dir zusammen gewesen."

Iza schwieg lange Zeit. Sie rückte noch näher und hauchte einen Kuss auf seine Lippen. „Ich liebe dich", sagte sie leise.

Marek erwiderte ihren Kuss und hob ihre Hand an seine Lippen, um die zarten Finger zu küssen. „Ich liebe dich", erwiderte er, ehe er dem Pferd die Sporen gab, damit es sie weitertrug.

Wohin?

Immer dorthin, wo ihnen die Sonne ins Gesicht scheinen würde.

Es war einmal ...

So beginnen Märchen. Geschichten und Sagen, die vor langer Zeit geschehen sind. Ihre Personen verlieren sich in den Tiefen der Vergangenheit und mit ihrer Glaubwürdigkeit ist es auch nicht weit her.

Aber manchmal tragen sie kleine Splitter von Glück in sich. Ihr Glück liegt immer am Ende: Denn wenn sie nicht gestorben sind, so leben sie noch heute.

Die Prinzessin auf der Erbse

NINA JANSEN

Zu einer Zeit, als Prinzessinnen noch nicht von Paparazzi verfolgt wurden, lebte im Königreich Dreibergen die wunderschöne Königstochter Riana. In klaren Vollmondnächten fiel es ihr immer schwer, zur Ruhe zu finden. So auch in einer milden Mainacht. Die letzte Stunde des Tages war längst vorbei, da wälzte sie sich immer noch in den Laken, während eine hauchzarte Brise die Vorhänge bauschte und das Mondlicht ihren Körper streichelte.

Schließlich erhob sie sich, trat ans Fenster und genoss das Fließen der weichen Seide ihres Nachtgewands. Wie gern wäre sie barfuß hinausgegangen, um das Gras unter ihren Füßen zu spüren und ihre Nase in die ersten Rosenblüten des Sommers zu tauchen.

Und wieso tue ich es nicht einfach?

Es wäre nicht das erste Mal, dass sie ein Verbot übertreten hatte. Ja, hinter ihrem Rücken – das hatte ihre Zofe Emma berichtet – wurde sie gar die unbändige Prinzessin genannt. Riana verstand das nicht. Sie bemühte sich durchaus, so tugendsam zu sein wie ihre Schwestern. Was konnte sie denn dafür, dass ihr Gesang nicht so lieblich klang wie Corinnas? Dass sie die Laute nicht so melodisch zu zupfen verstand wie Andrea? Handarbeiten gelangen Riana immer leicht krumm und schief, egal, wie sehr sie sich anstrengte. Stillsitzen fiel ihr schwer.

War es denn schändlich, wenn man lieber durch den Garten streifte und mit den Blumen sprach? Und was hatte es Corinna und Andrea gebracht, dass sie so vortreffliche Prinzessinnen waren? Sie hatten langweilige Prinzen heiraten müssen.

Riana verließ ihr Schlafgemach. Im Vorzimmer schlief Emma. Riana lauschte einen Augenblick den tiefen, gleichmäßigen Atemzügen. Am liebsten hätte sie Emma geweckt und gefragt, ob sie mit ihr zusammen die Düfte und Geräusche der Nacht erkunden wolle. Doch falls sie entdeckt würden, musste Riana allenfalls mit einer Strafpredigt rechnen, während Emma womöglich vom Hofe gejagt würde. Das wollte Riana keinesfalls riskieren, denn die stets vergnügte Emma hatte Sonne in ihr Leben gebracht. Zu Emmas Aufgaben gehörte es, Riana zu baden, ihre langen, goldenen Haare zu bürsten und ihre Füße zu massieren. Und wenn es ein Gewitter gab, was Riana jedes Mal zu Tode ängstigte, kam Emma zu ihr ins Bett und beruhigte sie.

Riana schlich an Emmas Bett vorbei zur Tür. Sie lauschte, das Ohr fest an das reich verzierte Holz gepresst. Kein Geräusch war aus dem Gang zu hören.

Riana atmete tief durch, zog die Tür auf, schlüpfte in den Gang und schloss die Tür geräuschlos hinter sich. Im Vergleich zu ihren vom Mondlicht durchfluteten Gemächern war es hier stockfinster. Sie wartete, bis ihre Augen sich an die Dunkelheit gewöhnt hatten, dann folgte sie dem geknüpften Seidenteppich bis zur Treppe. Sie spähte übers Geländer, versicherte sich, dass niemand zu sehen oder zu hören war, nahm Stufe für Stufe und flog in Gedanken schon voraus in den Park. Sie war so in Vorfreude gefangen, dass sie fast zu spät die halb offene Tür zum kleinen Salon bemerkte, durch die eine Kerze einen fahlen, flackernden Lichtschein warf. Riana erstarrte auf der letzten Treppenstufe. Nun war ihr der Weg zum Garten abgeschnitten, denn genau durch diesen Salon hatte sie über die Terrassentüren hinausgehen wollen. Die große, schwere Eingangstür war nachts verschlossen. Riana überlegte noch, was sie tun sollte, da drang die Stimme ihres Vaters an ihre Ohren.

„… an der Zeit, auch unsere Jüngste zu vermählen."

„Wollen wir ihr nicht noch ein oder zwei Jahre geben?", hörte sie ihre Mutter fragen. „Sie ist noch so kindlich und unbedarft."

„Umso wichtiger ist es, dass sie das wahre Leben kennenlernt."

Ihre Mutter seufzte. „Aber welcher Prinz möchte eine Prinzessin, die in den schönen Künsten und in Handarbeiten so untalentiert ist? Die lieber durch den Garten streift und Tagträumen nachhängt, als das Personal zu beaufsichtigen? Die keine Angst vor Hunden hat? Die noch voll kindlichem Ungestüm ist und manchmal sogar ihre Röcke rafft und losrennt, weil ihr danach zumute ist. Kein Prinz wird jemals um die Hand unserer Riana anhalten, zumal für sie nur eine kleine Mitgift übrig ist."

Riana nickte bekräftigend in die Dunkelheit. Sie wollte noch lange keinen Prinz. Wozu überhaupt? Sie hatte doch Emma, die drei Jahre älter war und ihr so viel beibrachte. Sie hatte Riana gezeigt, wie man im Herrensattel ritt. Im nahen Wald hatten sie mit ihr heimlich fechten geübt. Sogar das Schwimmen hatte Riana von ihr gelernt. Zuweilen schlich Emma sich nachts davon und traf sich mit einem Diener oder Stallburschen. Riana fragte sich oft, was sie wohl miteinander taten und wieso Emma am nächsten Morgen immer so erschöpft, aber zufrieden wirkte. Sie hatte noch nicht gewagt, sie danach zu fragen.

Riana wollte umdrehen und zur Treppe zurücklaufen, da es ungehörig war, zu lauschen, doch da hörte sie etwas, dass sie sofort wieder erstarren ließ.

„Sei unbesorgt", sagte der König. „Es hat bereits jemand um ihre Hand angehalten. Und ich habe ihm Riana freudig versprochen."

„Ohne mich zu fragen?", wunderte sich ihre Mutter.

Ohne *mich* zu fragen!, schoss es Riana durch den Kopf.

„Um wen handelte es sich denn?", fragte ihre Mutter. „Ist er wenigstens ein Edelmann?"

„Er ist ein König", hörte sie die triumphierende Stimme ihres Vaters.

Riana runzelte die Stirn. Ein König? In keinem der angrenzenden Königreiche gab es einen König, der jung genug war für eine Ehe mit ihr.

„Ein König?", staunte ihre Mutter.

„Ja, es ist kein geringerer als König Ottobart von Hochhauenstein."

Oh nein, bitte nicht!

Ottobart war schon über dreißig Jahre alt, und wenn er zu Besuch kam, mied Riana ihn so gut es ging, da sein Verhalten sie erschreckte. Wenn sie nur daran dachte, wie er beim letzten Festbankett ständig versucht hatte, ihren Oberschenkel zu tätscheln, wurde ihr ganz schlecht. Sie hatte ihm schließlich auf die Finger gehauen, womit sie ihn allerdings nicht lange im Zaum halten konnte. Schließlich kam Emma ihr zu Hilfe, indem sie beim Nachschenken Rianas Weinbecher umstieß, sodass sich die rote Flüssigkeit über Ottobarts Schoß ergoss. Wütend war er aufgesprungen, hatte Emma ein ungeschicktes Huhn gescholten und sich ans andere Ende der Tafel gesetzt.

Sicher würde auch ihre Mutter nicht zulassen, dass sie mit diesem grässlichen Menschen verheiratet wurde.

„Ach ja?", sagte ihre Mutter. „Ist er nicht verwitwet?"

„Genau und darum nicht mehr so wählerisch. Eine wirklich gute Partie für unser Sorgenkind."

Sorgenkind? Den Tränen nahe, stürmte sie in den Salon. „Niemals, nie nie, niemals heirate ich König Ottobart. Das könnt ihr nicht von mir verlangen."

„Es wird dir keine andere Wahl bleiben", sagte ihr Vater.

Verzweifelt ballte Riana die Hände zu Fäusten. „Lieber bleibe ich unverheiratet."

„Es steht einem König nicht gut an, wenn eine seiner Töchter bei Hofe versauert."

„Ich versauere nicht. Ich bin sehr glücklich hier. Ich habe Emma und Molli und …"

„Deine Stute Molli kannst du natürlich mitnehmen. Emma allerdings muss hierbleiben. Ottobart hat ausdrücklich gesagt, dass er sie nicht an seinem Hofe zu sehen wünscht."

Riana warf ihrer Mutter einen Hilfe suchenden Blick zu, doch die zuckte nur die Schultern. „Dein Vater hat recht. Ottobart ist eine gute Partie. Und bedenke, er ist nicht mehr so ungestüm wie ein jüngerer Mann", fügte sie mit dem kläglichen Versuch eines aufmunternden Lächelns hinzu.

Riana verstand nicht, wie ihre Mutter das meinte. Sie verschränkte die Arme vor der Brust. „Ich weigere mich, ihn zu heiraten."

„Das wird dir nichts nützen." Ihr Vater deutete auf ihr dünnes Nachthemd. „Wenn es eines letzten Beweises bedurft hätte, dass du ein hoffnungsloser Fall bist, dann hast du ihn soeben geliefert, indem du unschicklich gekleidet mitten in der Nacht durchs Schloss geisterst, anstatt artig in deinem Bett zu liegen und süße Träume zu träumen. Ottobart wird mit dir alle Hände voll zu tun haben."

Riana musste unwillkürlich an die grapschenden Hände von König Ottobart denken. Tränen brannten in ihren Augen. Sie biss die Zähne zusammen, um nicht aufzuschluchzen, drehte sich um, raffte das Nachthemd und rannte in ihre Gemächer, wo sie sich aufs Bett fallen ließ und das Kissen mit den Fäusten bearbeitete.

Nach einer Weile fühlte sie eine Berührung an der Schulter und wollte sie schon abschütteln, da sie dachte, es wäre ihre Mutter, die sie mit schalen Worten trösten wollte, doch dann hörte sie Emmas Stimme: „Meine liebste Herrin, habt Ihr schlecht geträumt?"

Riana drehte sich um und sah zu Emma hoch, die an ihr Bett getreten war und besorgt auf sie herabsah. „Ach, ich wünschte es wäre nur ein böser Traum gewesen. Doch es ist die schreckliche Wahrheit. Mein Vater will mich mit König Ottobart vermählen."

Emma setzte sich an die Bettkante und streichelte Rianas Haar. „Das kann er nicht ernst meinen. Sicher will er Euch mit diesem Schock nur dazu bringen, Euch mehr Mühe zu geben. Dass Corinna und Andrea nun verheiratet sind, hat sicher eine große Lücke in seinem Leben hinterlassen."

Riana hob den Kopf. „Was für eine Lücke soll das sein? Das Geräusch eines Webrads? Oder der Anblick flinker Finger, die einen Wandteppich knüpfen?"

„Er liebte es, zu lauschen, wenn Andrea Laute spielte und Corinna dazu sang."

Schmerz durchzuckte Riana, als sie daran dachte, wie glücklich ihr Vater immer ausgesehen hatte, wenn ihre Schwestern musizierten. Sie hatte ihm nie ein solches Lächeln entlocken können. „Wäre ich ein Prinz", sagte sie bitter, „so wäre er stolz darauf, dass ich reiten kann. Er hätte mir erlaubt, Fechten zu lernen, und so hätte ich es nicht heimlich mit dir üben müssen." Niedergeschlagen fügte sie hinzu: „Das Schlimmste weißt du noch gar nicht. Ottobart gestattet nicht, dass ich dich an seinen Hof mitbringe."

Emma schlug die Hände vor den Mund. „Hätte ich doch nur damals nicht den Wein über ihn verschüttet. Das ist nun die Strafe."

„Mach dir keine Vorwürfe. So oder so wäre ich lieber tot, als ihn zu

heiraten." Sie schwieg eine Weile, versunken in ihre verzweifelten Gedanken. Selbst das Mondlicht, das ihre Körper umschmeichelte, konnte sie
nicht trösten.

Nach einer Weile fragte Emma: „Was werdet Ihr tun? Ins Kloster gehen?"
Riana schüttelte den Kopf. Dort wäre sie sicher ebenso fehl am Platz wie
an einem Königshof. „Es gibt nichts, was ich tun könnte. Darum bin ich ja
so verzweifelt."

„Oh doch, es gibt etwas", sagte Emma. „Allerdings ist es gefährlich."
Voller Hoffnung sah Riana ihre Zofe an. „Was ist es?"
„Ihr könntet – ich meine *wir* könnten fliehen."

In dieser Nacht, in der an Schlaf sowieso nicht zu denken war, plante Riana
mit Emma ihre Flucht. Es war ein großes Wagnis, doch als sie alles be-
sprochen hatten, war die gespannte Vorfreude größer als die Angst

Am nächsten Tag war Riana beim Morgenmahl zunächst schweigsam,
bemerkte dann aber die argwöhnischen Blicke ihrer Eltern. Da wurde ihr
klar, dass sie sich weiterhin beklagen musste, wenn niemand Verdacht
schöpfen sollte. „Ich konnte kaum schlafen diese Nacht. Immer musste ich
daran denken, dass ich bald mit Ottobart vermählt werden soll. Gibt es
denn keine Möglichkeit, euch umzustimmen?"

„Ich habe dich König Ottobart bereits versprochen. Wenn ich jetzt einen
Rückzieher mache, verliere ich mein Gesicht", sagte ihr Vater. „Füge dich in
dein Schicksal."

Ihr Mutter legte eine Hand auf Rianas Schulter. „Geh am besten zur
Kräuterfrau und lass dir einen Trank geben, damit du in den kommenden
Nächten besser schlafen kannst."

„Danke, Mutter." Das hatte Riana sowieso vorgehabt, aber der Trank war
keineswegs für sie selbst. Emma würde am Abend bei den Torwachen
vorbeischauen und in einem unbeobachteten Moment etwas davon in den
Weinkrug tun, aus dem die Wachmänner in ihren Pausen tranken.

Nachdem sie den Trank besorgt hatte, gab sie ihn sogleich an Emma
weiter, mit der sie sich im Stall traf. Emma packte Proviant in die Satteltaschen, den sie aus der Speisekammer besorgt hatte. „Das dürfte für fünf
Tage reichen, wenn wir es uns gut einteilen", sagte sie und versteckte die
prall gefüllten Taschen hinter einem Heuballen.

In ihrem Gemach packte Riana sorgfältig ihren Schmuck sowie einige
Goldtaler in ein Tuch, das sie stets um den Körper gebunden tragen würde.

Aus der Rüstkammer entwendete sie einen schlanken Dolch, den sie in
ihrem Reitstiefel verstecken konnte.

Emma dachte an die praktischen Dinge wie Deckenbündel und Ersatz-
kleidung. Da sie außer der Reitkleidung nur unpraktische Kleider besaßen,

besorgte sie aus der Nähstube Männerkleidung. Zwar hatten sie nicht vor, sich als Burschen auszugeben, aber sie wollten auch nicht sofort als alleinreisende Frauen auffallen.

Beim Abendessen war Riana zu aufgeregt, um Appetit zu haben, aber sie zwang sich, wenigstens den gröbsten Hunger zu stillen, um nicht mit knurrendem Magen loszureiten. Als ihre Mutter besorgt fragte, ob die Aussicht auf die Ehe mit Ottobart ihr auf den Magen geschlagen habe, war Riana für einen Augenblick den Tränen nahe, da sie ihre Mutter wohl nie wiedersehen würde. Hastig schluckte sie gegen den Kloß in ihrem Hals an und nickte nur stumm. Dann gab sie ihrer Mutter einen Gutenachtkuss, was sie lange nicht mehr getan hatte.

Es war schließlich ein Abschiedskuss.

In den ersten drei Tagen ihrer Flucht wagten Riana und Emma kaum, anzuhalten und Rast zu machen, denn sie waren getrieben von der ständigen Angst, die Suchtrupps, die König Karl inzwischen sicher ausgeschickt hatte, könnten sie entdecken. Sie ritten gen Süden. Erst nachdem sie die Grenze zwischen dem Königreich Dreibergen und dem Fürstentum Finsterwald überschritten hatten, fühlten sie sich ein wenig sicherer. Sie hatten ihr erstes wichtiges Ziel erreicht. Ihr Plan war es, Finsterwald zu durchqueren, bis sie die Seenmark erreichten. Ein reisender Musikant, der bei der Hochzeit von Rianas Schwester Andrea aufgespielt hatte, hatte in einem seiner Lieder die Schönheit der wilden Landschaft und der glasklaren Gewässer der Seenmark besungen. Dort wollten sie ein neues Leben beginnen.

Am vierten Tag verließen sie die offenen Ebenen und erreichten einen Wald. Sie fanden einen Bach, an dem sie die Nacht zu verbringen gedachten.

„Nach dem Essen könnten wir ein Bad nehmen", schlug Riana vor, nachdem sie die Pferde angebunden hatten. „Ich fühle mich staubig und bedarf dringend einer Abkühlung. Vor allem hier." Sie strich sich über die vom langen Reiten wunden Gesäßbacken.

Sie genossen ein karges Mahl, bei dem Riana sich mit der Vorstellung tröstete, dass sie lieber in Freiheit trockenes Brot und harten Käse aß, als an Ottobarts Tafel zu schlemmen.

Danach sahen sie sich gründlich um, damit sie sicher sein konnten, dass niemand in der Nähe war. Und schließlich schälten sie sich aus ihrer Reitkleidung. Nachdem sie erst einmal angefangen hatten, sich auszuziehen, mochten sie nicht mehr aufhören, bis auch das letzte Stück Stoff abgelegt war. Riana stopfte das Tuch mit ihrem Schmuck und den Goldtalern in die Satteltaschen. Dann breitete sie die Arme aus und atmete tief ein. „Herrlich, wie der Abendwind meine Haut streichelt."

„Pscht", machte Emma. „Ihr lockt noch jemanden an."

Die Vorstellung, ein Fremder könne sie nackt sehen, erschreckte Riana. Doch sie brauchte das Bad, also folgte sie im letzten Tageslicht, das schräg durch die Bäume schimmerte, mit Emma die niedrige Böschung zum Bach hinab und tauchte vorsichtig einen Fuß ins Wasser. „Es ist ziemlich kalt. Aber wohltuend", fügte sie hinzu, als sie mit beiden Füßen im Bach stand, der ihr bis knapp unter die Knie reichte. Emma folgte ihr. Bald vergaßen sie, wo sie waren, und tobten juchzend und quietschend im Bach herum, als badeten sie daheim im Seerosenteich. Sie bespritzten sich gegenseitig mit Wasser und wuschen sich den Reiseschweiß von der Haut. Emma hatte sogar daran gedacht, Seife einzupacken. Da ließ ein knackendes Geräusch sie aufschrecken.

„Hoffentlich ist es nur ein Tier", sagte Riana, während sie vor Angst bereits zu zittern begann. Doch schon im nächsten Moment brachen zwei Männer durchs Dickicht, Burschen eher, jünger als sie selbst.

Sofort schob Emma sich schützend vor Riana. Dass sie nackt und tropfend im eisigen Bach standen, machte sie zu einer leichten Beute.

Die Burschen boxten sich mit den Ellbogen gegenseitig in die Rippen. „He, was haben wir denn da? Zwei badende Schönheiten. Wollen wir sie ausrauben?"

„Na klar. Und ihnen die Unschuld nehmen!", meinte der Ältere von den beiden. Sie lachten großspurig.

Emma machte scheuchende Bewegungen. „Lauft um euer Leben. Wenn die Krieger, die uns begleiten, euch entdecken, hacken sie euch in Stücke."

Die Burschen lachten, sahen sich nun aber doch etwas unsicher um. „Aber hier sind nur zwei Pferde", meinte der Ältere.

Und der Jüngere sagte mit leuchtenden Augen: „Da würde Vater staunen, wenn wir ihm so edle Rösser nach Hause bringen."

Riana erschrak so sehr, dass sie ihre Scham vergaß. Nie und nimmer würde sie zulassen, dass man ihr Molli wegnahm. Mehr von Verzweiflung getrieben als von Mut, hechtete sie die Böschung hoch und griff nach ihren Reitstiefeln. Den linken warf sie einem der Burschen an den Kopf, aus dem anderen zog sie den Dolch und ging sofort zum Angriff über, solange sie das Überraschungsmoment auf ihrer Seite hatte. Mit einem lauten Kampfschrei stürzte sie auf die Kerle los, die mit panisch geweiteten Augen die Flucht ergriffen.

Als Riana sich nach Emma umdrehte, sah sie diese halb lachend, halb weinend, am Ufer knien. „Oh Gott, das war ja was. Ich dachte schon, sie würden uns schänden. Aber Herrin", fuhr sie mit mühsam unterdrücktem Kichern fort, „dieser Anblick eben!"

Da erst wurde Riana bewusst, dass sie keinen Faden Stoff am Leibe trug.

Erschöpft von der Panik, die sie kurzfristig erfasst hatte, sank sie neben Emma ins weiche Moos und begann nun ebenfalls zu kichern. „Sie müssen mich für eine Hexe gehalten haben oder gar den Teufel persönlich."

Nach diesem Zwischenfall waren Riana und Emma auf ihrer Weiterreise vorsichtiger. Da sie ihren Proviant verbraucht hatten, suchten sie immer wieder Gehöfte auf, baten um ein Nachtlager in der Scheune und um eine bescheidene Mahlzeit. Riana wagte nicht, mit ihren Goldtalern zu bezahlen, da man sie vielleicht im Schlaf ausrauben würde, wenn man sah, welchen Reichtum sie besaß. Stattdessen boten sie Hilfe in Haus und Hof an und zogen alsbald weiter. Sie gaben falsche Namen an, um nicht erkannt zu werden. Riana nannte sich Marie, und Emma hieß jetzt Clara.

Einen Monat, nachdem sie das Schloss Dreibergen verlassen hatten, überquerten sie die Grenze zur Seenmark, wo König Roderich regierte. Er hatte einen einzigen Sohn, Prinz Richard, der, wie man hörte, seit Jahren auf der Suche nach einer richtigen Prinzessin war.

Riana interessierte sich mehr für die Frage, welches Handwerk sie wohl ausüben könne, um in der Seenmark für sich und Emma ein Leben aufzubauen. Sie vergaß oft, dass sie eine Prinzessin war, doch Emma beharrte darauf, sie ihre Herrin zu nennen.

Die Tage waren nun fast unerträglich heiß und sie ritten überwiegend bei Nacht. In der glühenden Mittagshitze rasteten sie, wobei sie oft Mühe hatten, einen schattigen Ort zu finden oder eine Stelle, an der sie ihre Wasserschläuche auffüllen konnten.

„Ich kann nicht mehr", gestand Riana, als sie an einem nicht nur heißen, sondern auch schwülen Tag zwischen Felsen Schutz gesucht hatten. „Wann werde ich endlich das Gefühl haben, weit genug von zu Hause weg zu sein? Könnten wir nicht wenigstens in einer Schenke übernachten? Ich möchte endlich wieder in einem Bett schlafen."

„Eine Schenke wäre zu gefährlich", mahnte Emma. „Zwar sind wir längst kein schöner Anblick mehr mit unseren verfilzten Haaren, den sonnenverbrannten Wangen und der dreckigen Kleidung, doch glaubt mir, Herrin, es gibt genug Männer, die sich nicht darum scheren und sich einfach über uns hermachen würden."

Solcherlei kannte Riana nur aus Liedern und Erzählungen, aber sie gab Emma recht, dass sie lieber jegliches Risiko vermeiden sollten.

Als sie am späten Nachmittag weiterritten, zogen bedrohliche Wolken am Horizont auf, die rasch näher kamen. Die Pferde wurden unruhig.

„Wir müssen ein Haus finden, in das man uns einlässt, bevor das Gewitter losbricht", sagte Riana mit angstgeweiteten Augen.

Die Wolken hatten den Himmel bald völlig verdunkelt. Erste Blitze zuckten in der Ferne, als sie endlich ein Gebäude ausmachen konnten, ein Wasserschloss. Sie hielten darauf zu und trieben die Pferde zur Eile an. Dann öffnete der Himmel seine Schleusen und ein dichter Regenschleier durchnässte sie binnen Kurzem bis auf die Haut und nahm ihnen jegliche Sicht.

Riana schlotterte vor Angst.

„Da entlang!", rief Emma gegen den Donner an.

Ungehindert galoppierten sie über die Brücke. Die Wachen mussten sich vor dem Gewitter in Sicherheit gebracht haben.

Emma stieg ab und hämmerte gegen die Tür des Gesindehauses. „Hilfe, lasst uns rein, oder wir werden vom Blitz erschlagen."

Riana hing vor Entsetzen wie leblos auf ihrem Pferd.

Ihnen wurde aufgetan und starke Arme trugen sie ins Schloss. Das letzte, was Riana mit wachem Bewusstsein mitbekam, war, dass jemand sagte, er würde die Pferde versorgen. Was danach geschah, war so wunderbar, dass es Riana vorkam, als geschähe es im Traum. Sie wurden entkleidet und gebadet. Man bürstete ihre Haare, salbte sie mit wohlriechenden Ölen und gab ihnen trockene Kleider. Sie bekamen stärkende Suppe eingeflößt, die erste warme Mahlzeit seit Langem, und trug sie schließlich zu Bett. Eingehüllt in weiche Daunen, schmiegten Riana und Emma sich aneinander und fielen sogleich in einen tiefen, erlösenden Schlaf.

Prinz Richard saß in seinem Studierzimmer und versuchte im flackernden Kerzenlicht, die verblasste Schrift auf einer Pergamentrolle zu entziffern.

Das Gewitter hatte die Luft gereinigt und nun wehte eine frische Brise durch die weit geöffneten Fenster. Er stand auf und trat aus der Terrassentür, um die Abendluft einzuatmen, die so angenehm war wie seit Wochen nicht.

Er verbrachte den Sommer im Wasserschloss und gedachte erst im Herbst auf das Schloss seines Vaters zurückzukehren, wenn er Glück hatte mit einer Braut. Seit Langem schon suchte er die vollkommene Prinzessin. Schön sollte sie natürlich sein und sittsam, von schlanker Gestalt und mit seidigem Haar. Geschmeidig und zart stellte er sie sich vor, aber auch von einer gewissen Sinnlichkeit. Katharina, seine Haushälterin, hatte außerdem gemeint, dass eine richtige Prinzessin äußerst zart besaitet sein sollte, und hatte dafür einen Test erdacht. Unter der Matratze im Gästegemach lag eine getrocknete Erbse.

Zwei Prinzessinnen, eine Fürstentochter und drei Edeldamen waren diesen Sommer bereits auf dem Wasserschloss zu Besuch gewesen. Viele von ihnen hatten sich beschwert, dass sie sehr unbequem gelegen hätten.

Richard hatte jede wieder weggeschickt, ohne ihr einen Antrag gemacht zu haben. Er wusste nicht, woran es lag, aber keine der Frauen, so schön sie auch sein mochten, hatte sein Herz berührt. Keine hatte in ihm den Wunsch erweckt, sein Leben an ihrer Seite zu verbringen.

Es klopfte an der Tür des Studierzimmers. Richard wandte sich um und rief: „Herein."

Katharina betrat den Raum, sah ihn auf der Terrasse stehen und trat zu ihm. „Herr, ich möchte Euch Bescheid geben, dass wir zwei Frauen Obdach gewähren, die bei dem Gewitter Schutz gesucht haben. Sie waren durchnässt und sahen aus, als hätten sie einen langen, beschwerlichen Ritt hinter sich. Die Hände voller Schwielen, die Gesichter sonnenverbrannt, die Haare verdreckt. Ich habe Weisung gegeben, dass man sich liebevoll um sie kümmert. Das ist gewiss in Eurem Sinne."

Richard lächelte. „Ja, Katharina, das ist es. Du hast recht getan." Schon als kleiner Junge hatte er ein Herz für Menschen gehabt, denen es nicht so gut ging wie ihm. Sehr zum Missfallen seines Vaters hatte er im Winter immer wieder Bettler ins Schloss eingeladen, damit sie sich aufwärmen konnten. Schließlich hatte sein Vater auf Richards Drängen hin außerhalb der Schlossmauern ein Haus errichtet, das allen zur Verfügung stand, die Schutz suchten.

„Wo sind die beiden jetzt?", fragte er.

„Im Gästegemach. Sie schlafen tief und fest. Dies hier habe ich bei einer von ihnen gefunden." Katharina reichte ihm ein Stoffbündel und einen Dolch in einer Lederscheide. „Ich dachte, Ihr solltet es besser für die Damen aufbewahren."

Richard bedankte sich. Als Katharina gegangen war, setzte er sich an den Studiertisch, rollte das Pergament zusammen und breitete den Schmuck aus. Es waren edle Stücke, kein billiger Tand. Nur Könige konnten sich solche Preziosen leisten. Als Nächstes inspizierte er den Dolch. Feinste Arbeit, eine Klinge ohne Scharten. Auf der Scheide prangte das Wappen des Hauses Dreibergen.

Richard lehnte sich zurück und lächelte. Vor einer Woche war ein Gesandter König Karls vorbeigekommen und hatte berichtet, dass Prinzessin Riana und ihre Zofe Emma gesucht wurden. Sie waren auf Pferden unterwegs mit unbekanntem Ziel.

Kein Zweifel, seine beiden Gäste mussten die Gesuchten sein. Morgen könnte er sie fragen, was der Grund für ihre Flucht war. Auch wenn der Gesandte nichts Derartiges behauptet hatte, so war Richard doch sicher, dass keine Prinzessin einfach zum Spaß durch die Gegend ritt. Ein Wunder überhaupt, dass sie unbeschadet so weit gekommen war. Durch ganz Finsterwalde musste sie geritten sein!

Was also mochte sie dazu bewegt haben? Richard wusste über die jüngste

Tochter König Karls nur das, was fahrende Sänger berichteten. Eine kleine Traumtänzerin sollte sie sein, ungeschickt in häuslichen Dingen und noch recht kindlich für ihre achtzehn Lenze.

Richard knotete den Schmuckbeutel wieder zu. Zusammen mit dem Dolch legte er ihn in den abschließbaren Schrank, in dem er seine wertvollsten Besitzstücke aufbewahrte. Danach ging er in den Stall, um sich zu überzeugen, dass es den Gastpferden gut ging. Sie waren gestriegelt und gefüttert worden. Er streichelte die weichen Nüstern und betrachtete im Licht der Stalllaterne die beiden Sattel, die über einem Holzbock lagen. Auch hier fand er das Wappen von Dreibergen.

Natürlich war es möglich, dass die Frauen in seinem Gästezimmer gar nicht Riana und ihre Zofe waren, sondern Diebinnen, die sich deren Pferde angeeignet hatten. Daher beschloss Richard, auch noch einen Blick auf seine Gäste zu werfen.

Lautlos betrat er das Gemach. Er hatte keine Kerze dabei, um die beiden nicht zu wecken. Im schwachen Licht der Fackeln aus dem Gang betrachtete er die schlafenden Frauen. Die blonden Locken der einen und die glatten dunklen Haare der anderen passten auf die Beschreibung, die der Gesandte ihm gegeben hatte. Richard wollte sich schon zufrieden abwenden, als er merkte, wie sehr ihn der Anblick berührte. Er hielt noch eine Weile inne, ließ den Blick langsam über die schlafenden Frauen gleiten, die so entspannt und vertrauensvoll dalagen wie womöglich nicht mehr, seit sie die sicheren Schlossmauern verlassen hatten. Nun oblag es ihm, sich um sie zu kümmern, ihnen zu helfen, falls sie das wünschten. Er würde sie nicht zurückschicken, wenn sie ihm einen guten Grund für ihre Flucht nannten. Es mochte politische Verwicklungen geben, wenn er ihnen Obdach gewährte, aber wann hatte er je davor zurückgeschreckt, jemandem zu helfen?

Lächelnd zog er sich zurück. Ihm war, als hätte das Schicksal ihm das Gewitter geschickt.

Riana beobachtete amüsiert, wie Emma sich voller Entzücken auf das Morgenmahl stürzte, das ein Dienstmädchen ihnen auf einem Tablett ans Bett gebracht hatte.

„Oh, wie lange habe ich schon keine Sahne mehr gesehen. Und diese Beeren, wie sie glänzen. Und seht nur, Herrin, das frische Brot. Wie alles duftet und … hm … schmeckt." Sie kaute ein Stück Kruste. „So knusprig, so voller Aroma. Ich bin im Paradies."

Riana aß mit langsamem Genuss. „Wenn wir doch nur eine Weile bleiben könnten! Wenn wir uns ausruhen und frische Kräfte tanken könnten." Bisher hatten sie nichts weiter gewollt, als so schnell und so weit wie möglich von Dreibergen fortzukommen. Nun aber galt es, Pläne zu schmieden.

„Emma, du darfst mich nicht mehr Herrin nennen. Wir müssen unsere Rollen jetzt ständig spielen, nicht nur wenn jemand dabei ist. Die Gefahr ist zu groß, dass wir uns verplappern."

Emma grinste und wischte sich etwas Sahne aus dem Mundwinkel. „Ihr habt Euch ... ich meinte: Du hast dich gerade auch verplappert, Marie. Du hast mich Emma genannt."

Riana zwinkerte ihr zu. „Entschuldige, Clara."

Emma goss den dampfenden Tee in die Becher. „Ich werde mir etwas einfallen lassen, wie wir uns ein paar weitere Tage der Ruhe verschaffen. Ich habe da schon eine Idee."

Nach dem Essen wuschen sie sich und schlüpften in die schönen Seidenkleider, die man ihnen hingelegt hatte sowie in weiche Pantoffeln.

„Wo sind unsere eigenen Sachen?", fragte Riana. „Die Reithosen, mein Schmuck, mein Dolch? Alles weg." Unruhig ging Riana auf und ab, bis endlich jemand kam, eine Frau mittleren Alters, mit freundlichen Augen und wachem Blick.

„Guten Morgen", sagte sie. „Ich bin Katharina, die Haushälterin des Prinzen. Er bat mich, euch zu ihm zu bringen."

„Unsere Sachen – wo sind sie?"

„Die Kleidung wird gesäubert und geflickt. Die Wertsachen bewahrt Prinz Richard für euch auf. Wenn ihr mir nun folgen würdet."

Riana atmete erleichtert auf. „Verzeiht mein Misstrauen. Wir haben viel erlebt. Mehrmals wollte man uns unseren einzigen Besitz rauben."

Katharina nickte verständnisvoll, dann ging sie voraus, eine Treppe hinab, durch eine weite Vorhalle und ein Studierzimmer hinaus in den Park. Am See stand ein Pavillon, in dem Riana einen Mann sitzen sah, der aufs Wasser hinausblickte. Sie sah nur sein Halbprofil und lange, dunkle Locken, die ihm auf die Schultern fielen. Ein stattlicher junger Prinz. Je näher sie ihm kamen, desto schneller schlug Rianas Herz. Es musste die Angst sein, dass er sie gleich wieder fortschicken könnte, oder dass er gar von ihrer Flucht gehört hatte und sie in einer Kutsche nach Dreibergen zurückbringen ließ.

Doch als der Prinz sich umwandte und ihr Herz daraufhin noch wilder zu schlagen begann und Hitze ihren Körper durchflutete, musste Riana sich eingestehen, dass er es war, der sie so durcheinanderbrachte. Seine Augen, so schwarz wie ein See in der Nacht, ließen sie wohlig erschaudern. Die markanten Züge, das strenge Kinn, die Ruhe, die in seinen Bewegungen lag, als er sich erhob und ihnen zwei Schritte entgegenkam, all das brachte sie in einer Weise aus dem Gleichgewicht, die sie nie zuvor erlebt hatte. Was geschah nur mit ihr?

„Meine Damen, ich wünsche Euch einen schönen guten Morgen." Seine Stimme war so samtig und voll, dass Riana sich von ihr gestreichelt fühlte.

Emma verneigte sich, wie es sich einem Prinzen gegenüber geziemte, und Riana tat es ihr nach.

„Habt Ihr gut geschlafen?", fragte Prinz Richard.

„Himmlisch."

Er neigte den Kopf. „Von der Erbse unter der Matratze habt Ihr nichts gespürt?"

Riana fragte sich, wieso jemand eine Erbse unter eine Matratze legte. Welch seltsame Sitte! Sie zuckte die Schultern. „Ich war so erschöpft, ich hätte auch auf einem Sack Erbsen schlafen können. Wir haben wochenlang nichts Bequemeres gekannt als Waldboden oder Strohballen."

Er lächelte und zeigte ebenmäßige weiße Zähne. „Kommt, setzt Euch zu mir und genießt diesen wundervollen Ausblick. Die Schwanenküken sind geschlüpft."

Riana setzte sich auf die gepolsterte Bank und zog Emma neben sich, um nicht direkt neben dem Prinzrn zu sitzen, der sie so verwirrte. Außerdem wollte Emma ja ihr Ansinnen vorbringen.

„Wir haben uns noch gar nicht vorgestellt", sagte Emma.

„Das ist auch nicht nötig", erwiderte er lächelnd.

Das kann nur bedeuten, dass er uns baldmöglichst wieder loswerden will. Hoffentlich kann Emma ihn umstimmen.

„Doch, Herr, es ist nötig, da ich eine Bitte vorbringen möchte", sagte Emma. „Mein Name ist Clara, und meine Schwester heißt Marie. Wir sind die Töchter eines Kaufmanns, der uns allein großgezogen hat, da unsere Mutter starb, als wir noch sehr jung waren. Nun starb auch …"

Der Prinz gebot ihrem Redefluss mit erhobener Hand Einhalt. „Marie und … Clara?"

Emma nickte eifrig. Wieso lag so ein amüsierter Zug um den Mund des Prinzen? Waren die Namen lächerlich? Unüblich für Kaufmannstöchter? „In Finsterwalde, wo wir herkommen, sind das gebräuchliche Namen", behauptete Riana schnell.

Er hob eine Augenbraue. „Ihr kommt aus Finsterwalde." Es klang wie eine belustigte Frage.

Emma nahm Rianas Hand und drückte sie kurz, wohl um ihr zu sagen, dass sie alles Weitere ihr überlassen sollte. Also schwieg Riana, während Emma ausführte: „Ihr wundert Euch sicher, warum wir in die Seenmark gereist sind. Wie ich eben erzählen wollte, starb nun auch unser Vater. Unser großer Bruder übernahm das Geschäft. Marie und ich sind unterwegs zu der Schwester meines Vaters, die jenseits der südlichen Grenze der Seenmark lebt."

Der Prinz sagte eine Weile nichts, durchbohrte sie nur mit seinem beunruhigenden Blick. Rianas Herz vollführte seltsame Kunststücke und wartete bang, dass ihre dreisten Lügen entlarvt wurden.

„Natürlich sind wir nicht allein und ohne Schutz losgeritten", versuchte Riana die Geschichte glaubhafter zu machen. „Doch der Reiter, der uns begleitet hat, wurde in einer Wirtshausschlägerei schwer verletzt. Wir mussten ihn in der Obhut eines Medikus zurücklassen."

„Wahrlich ein Abenteuer", sagte der Prinz.

Emma nickte. „Allerdings. Meine Schwester ist völlig erschöpft. Die große Hitze macht ihr sehr zu schaffen. Könnten wir für eine Weile bleiben, bis das Wetter angenehmer wird? Wir sind gern bereit, uns den Aufenthalt zu verdienen. Marie könnte in der Küche mithelfen und ich tauge durchaus als Pferdeknecht."

Ein Grinsen breitete sich auf dem Gesicht des Prinzen aus. Kleine Falten bildeten sich in seinen Augenwinkeln. Riana ertappte sich bei der Vorstellung, ihn zu berühren. Beschämt sah sie auf ihre Hände hinab, die sie im Schoß gefaltet hatte.

„Ich habe mehr als genug Personal", sagte Prinz Richard.

Emma kaute auf ihrer Unterlippe. „Ich wäre auch bereit, Euch als Gespielin zu dienen."

Riana atmete hörbar ein, hob den Kopf und sah ihre Zofe mit schreckgeweiteten Augen an. Sie hatte nur eine vage Vorstellung, worin die Aufgabe einer Gespielin bestand, aber es hatte etwas mit den rätselhaften Dingen zu tun, die Frauen und Männer miteinander machten und über die Riana noch nicht nachzudenken gewagt hatte.

Der Prinz schien teils amüsiert, teils erfreut. „Nun, das hört sich schon besser an. Eine Gespielin käme mir sehr gelegen, zumal es eine Weile her ist, dass eine Liebesdienerin das Bett mit mir geteilt hat. Allerdings ..." Er blickte zwischen Emma und Riana hin und her. „Allerdings habe ich gewisse Vorlieben, die nicht jeder Frau genehm sind."

Emma errötete so heftig, dass Riana erschrak. Wovon redete er nur? Begab sich Emma etwa in Gefahr?

Bevor Emma etwas erwiderte, ergriff der Prinz erneut das Wort. „Außerdem muss ich gestehen, dass deine Schwester mir besser gefällt."

„Oh nein, das ist ausgeschlossen", sagte Emma sofort. „Marie ist völlig unerfahren in solchen Dingen."

Der Prinz lächelte. „Umso besser."

Riana schluckte und klammerte sich an Emmas Arm. „Vielleicht könnte ich ja ...", begann sie, wusste aber nicht, was sie noch sagen sollte, da sie nicht wusste, um was für „solche Dinge" es sich handelte.

„Nein, dann reiten wir lieber weiter", sagte Emma fest.

Riana dachte an das bequeme Bett, das köstliche Frühstück ... und auch an das Flattern in ihrem Herzen, das so aufregend war, und so ungewohnt, und das sie es gern noch weiter erforscht hätte. „Clara, lass uns bitte allein", sagte sie.

Emma sah sie mit gerunzelter Stirn an und schüttelte fast unmerklich den Kopf. Doch Riana blieb fest. Auch wenn sie sich als Schwestern ausgaben, war sie immer noch die Prinzessin und Emma ihre Zofe, die ihr zu gehorchen hatte. „Geh und schau nach unseren Pferden", sagte sie mit einem Hauch Strenge in der Stimme.

Widerstrebend erhob sich Emma. „Versprich mir, dass du nichts Unüberlegtes entscheidest", sagte sie, dann ging sie mit langsamen Schritten davon und drehte sich immer wieder um.

Erst als Emma aus ihrem Blickfeld verschwunden war, sagte Riana: „Es stimmt, was meine Schwester sagt. Ich bin gänzlich unerfahren und weiß nichts von dem, was eine Gespielin tut. Aber ich könnte es lernen." Sie errötete und senkte den Blick.

„Da gibt es nicht viel zu lernen, schöne Marie. Du brauchst nur die Bereitschaft mitzubringen, alles zu tun, was ich von dir wünsche. Traust du dir das zu?"

Ist es leichtsinnig, wenn ich ja sage? Es kann doch unmöglich gefährlicher sein als unsere Flucht. Nachdem ich solch ein Wagnis eingegangen bin, kann ich mich auch auf dieses neue Abenteuer einlassen.

„Ja, das tue ich", sagte sie mit kaum hörbarer Stimme.

„Gut, dann beweise es mir."

Hoffentlich bat er sie nicht, für ihn zu tanzen. Auf den Banketten ihres Vaters waren zu später Stunde oft Tänzerinnen aufgetreten, nachdem alle Frauen zu Bett gegangen waren und die Männer unter sich blieben. Mehr als einmal hatte Riana von einer der Emporen aus, gut versteckt, das Treiben beobachtet. Niemals könnte sie sich so bewegen, während ein Mann ihr zusah, niemals sich so aufreizend und schamlos zeigen!

„Entkleide dich", bat der Prinz.

Riana hielt den Atem an. Jetzt wünschte sie sich, er hätte sie stattdessen aufgefordert, für ihn zu tanzen. Sie erhob sich, um ihren guten Willen zu zeigen, stellte sich in die Mitte des Pavillons und sah eine Weile zu Boden. Der Prinz sagte nichts mehr.

Schließlich schlüpfte Riana aus ihren Pantoffeln und schob sie zur Seite. Sie dachte an den glitzernden See hinter sich, nicht an den Prinzen, der vor ihr saß und sie anstarrte. Sie zog die Schleife auf, die den Träger über der linken Schulter hielt. Der Stoff löste sich und entblößte einen Teil ihrer linken Brust. Noch nie hatte ein Mann sie nackt gesehen außer dem Hofmedikus, der sie von Geburt an kannte.

„Weiter", sagte der Prinz, und nun klang es nicht mehr wie eine Bitte. „Ich will dich völlig nackt sehen."

Ein Kribbeln wanderte Rianas Körper entlang. Es war keineswegs unangenehm. Sie zog an der zweiten Schleife, die Seide fiel flüsternd zu Boden. Da sie kein Unterkleid trug, war sie damit dem Wunsch des Prinz nachgekommen. Riana wagte nicht, sich zu rühren. Die linke Hand lag immer noch auf der rechten Schulter, wo sie die Schleife aufgezogen hatte.

„Heb den Kopf", sagte der Prinz

Riana tat es und ließ dabei auch den Arm sinken.

„Streich dir die Locken aus dem Gesicht."

Riana zögerte. Dann nahm sie ihren Mut zusammen und strich alle Haare nach hinten, sodass ihre Brüste völlig bloß seinen Blicken ausgesetzt waren.

Der Prinz stand auf und Riana wollte reflexartig nach hinten ausweichen, doch sie verhedderte sich in dem Kleid um ihre Füße. Schnell machte er einen Schritt und nahm sie um die Taille, bevor sie hinfallen konnte.

Warm lag seine Hand auf ihrer Haut. Riana fühlte sich so zerbrechlich wie nie zuvor. Er war ihr so nah, sie brauchte nur das Kinn ein wenig zu heben und schon konnte er sie küssen. Was für ein erstaunlicher Gedanke! Wo war der hergekommen?

Doch da ließ er sie bereits los, trat zurück und meinte, sie solle besser ganz aus dem Kleid steigen.

Riana folgte. Sie war sich so sehr ihres Körpers bewusst, dass ihr jeder Windhauch wie eine Sturmböe vorkam.

„Dreh dich um."

Fast war sie erleichtert, dass endlich wieder eine Anweisung erfolgte, denn sie hatte nicht gewusst, wohin mit ihren Händen. Nun kreuzte sie sie vor ihrem Bauch und drehte dem Prinz den Rücken zu.

Ob er sie noch einmal berühren würde? Sie könnte vorgeben, erneut ins Stolpern zu kommen.

„Danke. Du kannst dich wieder anziehen."

Riana bückte sich, um ihr Kleid aufzuheben.

„Warte, bleib so."

Oh Gott, was bedeutete das? Was hatte er vor?

„Du hast die vollkommenste Kehrseite, die ich je gesehen habe."

Das war zu viel! Sie griff nach dem Kleid, presste es an ihren Körper und lief hinter einen Busch, wo sie sich hastig ankleidete.

Als sie wieder hervorkam und ihre Pantoffeln holen ging, sah sie, dass Prinz Richard lachte. „Du wirst eine vortreffliche Gespielin sind. Sobald ich eine Prinzessin gefunden habe, die ich ehelichen will, werde ich an den Hof meines Vaters zurückkehren. Bis dahin könnt ihr beide bleiben."

„Danke", sagte Riana mit erstickter Stimme.

„Ich werde euch ein Zimmer in der Nähe meiner Privatgemächer herrichten lassen." Er stand auf und sah wie beiläufig zum See. „Damit du mir jederzeit Gesellschaft leisten kannst."

Katharina führte Riana und Emma zu ihrem neuen Gemach, ein helles Zimmer mit Blick auf den See. Anschließend zeigte sie ihnen das Schloss und die Nebengebäude sowie den Raum neben der Küche, in dem sie zusammen mit den Dienstboten ihre Mahlzeiten einnehmen würden.

Erst am Nachmittag hatten Riana und Emma Gelegenheit, allein miteinander zu reden, als sie in den Stall gingen und nach ihren Pferden sahen. Riana strich zärtlich über Mollis Hals und küsste sie auf die weichen Nüstern.

„Du hättest dich auf keinen Fall darauf einlassen sollen", schalt Emma in einem Tonfall, als wäre sie wirklich Rianas größere Schwester. „Ich hätte das Opfer gern für dich gebracht, aber dass du dich dafür hergibst, ist völlig ausgeschlossen."

„Was kann er denn Schreckliches von mir verlangen?", fragte Riana schulterzuckend. „Mag sein, dass ich nackt für ihn tanzen muss, aber das bekomme ich schon hin."

Emma machte ein unglückliches Gesicht. „Er wird dich berühren. Überall."

Ein leises, wohliges Schaudern ging durch Rianas Körper. „Ach, das werde ich aushalten. Es ist ganz anders als damals, wo König Ottobart mich betatscht hat. Das war widerlich. Aber Prinz Richard ..." Sie lächelte versonnen. „Hast du seine Augen gesehen? So dunkel und geheimnisvoll." Sie spürte, wie ihr Herz heftig zu klopfen begann. „Ich freue mich fast darauf, dass er mich heute Abend zu sich ruft. Aber zugleich habe ich lähmende Angst, dass ich etwas falsch machen könnte. Ich bin aufgeregter als am Tag unserer Abreise. Ich ... oh Emma!"

„Clara", verbesserte Emma.

Riana ließ sich von Emma in den Arm nehmen, denn es half ihr, ruhiger zu werden.

Am Abend gestattete sie Emma, wieder ihre Zofe zu sein, sie zu waschen, ihre Haare zu bürsten und die Schleifen des Kleides zu schließen, da Rianas Hände gar zu sehr zitterten.

Danach setzte sie sich aufs Bett und wartete. Natürlich mochte es sein, dass er heute Abend gar nicht ihre Gesellschaft wünschte.

Wäre ich dann erleichtert oder enttäuscht?

Emma räusperte sich. „Weißt du was, ich werde dir jetzt erklären, was eigentlich deine Mutter dir hätte beibringen sollen. Hast du je einen nackten Mann gesehen?"

„Gott bewahre", sagte Riana. Obwohl ... es würde sie schon interessieren. Vor allem, wie Prinz Richard nackt aussah. Aber er würde doch nicht ...

oder? „Und du?"

„Zum einen habe ich vier Brüder, da ließ es sich nicht vermeiden. Zum anderen hatte ich schon einige schöne Tändeleien." Emma setzte sich an den Schreibtisch, auf dem Pergamentblätter lagen und ein Tintenfass bereitstand. Riana hörte die Feder kratzen. Nach einer Weile kam Emma zu ihr und überreichte ihr das Blatt. „So in etwa sieht ein Mann unter seiner Kleidung aus."

Riana betrachtete das Bild mit weit aufgerissenen Augen. „Das ist ja wie ... wie bei einem Pferd. Nur kleiner. Viel kleiner", fügte sie stirnrunzelnd hinzu.

„Im richtigen Moment wird es größer."

Riana betrachtete nachdenklich die Zeichnung. Wie es ihren Schwestern wohl in der Hochzeitsnacht ergangen war? Niemand hatte sie auf so etwas vorbereitet, dessen war sie sicher, denn ihre Mutter hatte nie auch je nur ein Wort darüber verloren, wie ein Mann beschaffen war. „Und was genau geschieht, wenn das größer geworden ist?"

Emma lächelte wissend und wollte mit einer Erklärung beginnen, als es an der Tür klopfte.

Richard hatte gebadet und nichts weiter angezogen als einen samtenen Morgenmantel, der so schwarz war wie seine Haare. Barfuß stand er mitten in seinem Schlafgemach und stellte sich vor, dass Prinzessin Riana bald in seinem Bett liegen würde.

„Ich muss daran denken, sie Marie zu nennen", murmelte er. Indem er vorgab, ihre Tarnung zu glauben, brauchte er sich keine Gedanken mehr darüber zu machen, dass es eigentlich seine Pflicht wäre, sie zurück an den Hof ihres Vaters zu schicken.

Er würde sie gern fragen, wieso sie davongelaufen war. Aber jetzt gab es Wichtigeres. Er musste dafür sorgen, dass sie ihm nicht auch noch davonlief, durfte nicht zu forsch sein, aber auch nicht zu behutsam. Sie mit sicherer Hand anfassen, auch im übertragenen Sinne. Das schien sie zu brauchen.

Im Moment überwog bei ihr die Unsicherheit. Es war gewagt gewesen, sie aufzufordern, sich zu entkleiden. Er hätte vollstes Verständnis gehabt, wenn sie aufgesprungen wäre und ihn geohrfeigt hätte. Doch sie hatte sich gefügt, und wenn er sich nicht allzu sehr irrte, gar nicht so ungern.

Der Gedanke, diese unerfahrene, unschuldige Frau gleich in seinen Armen zu halten, ihren von Männerhand noch unberührten Körper zu spüren und auszuloten, wie weit er gehen konnte, erregte ihn über alle Maßen.

Er schenkte aus einem Tonkrug Wein in einen Becher und nahm einen tiefen Schluck. Wieder wanderte sein Blick zum Bett. Er musste verhindern, dass sie davonlief, so wie heute Morgen am See, als er ihr ein unüberlegtes Kompliment gemacht hatte. Ihre Kehrseite war aber auch wirklich zum Anbeißen gewesen, als sie sich gebückt hatte. Das goldene Vlies ihrer Schamhaare hatte verführerisch zwischen den Schenkeln hindurchgeschimmert.

Nein, sie würde heute Nacht nicht davonlaufen können, er wusste schon, wie er dafür sorgen würde.

Prinz Richard leerte den Becher, ging zur Tür und bat den dort wartenden Lakaien, Marie zu holen.

Es waren nur wenige Schritte, die Riana über den Gang machen musste, und doch hätte sie sich gern an dem Lakaien festgehalten, der vor ihr herging und die Tür aufhielt. Ihre Beine drohten beständig, einzuknicken.

Der Raum war groß und wurde beherrscht von einem riesigen Bett mit einem Baldachin, der von gedrechselten Säulen gehalten wurde. Durch hohe Fenster an zwei Seiten des Raumes fiel mildes Abendlicht herein. Prinz Richard wartete, nur in einen Morgenmantel gehüllt, an einem kleinen Tisch, auf dem ein Weinkrug und zwei Becher standen. Er schenkte beide Becher voll, nahm sie auf und kam ihr entgegen. „Magst du etwas Wein?"

Riana zuckte zusammen, als der Lakai hinter ihr die Tür schloss. Sie streckte die Hand aus, um den Becher zu ergreifen, bemerkte, wie offensichtlich ihre Finger zitterten, und ließ die Hand wieder sinken. Er kam näher, so nah, dass er ihr den Becher an die Lippen setzen konnte und ihr einige Tropfen einflößte. Sie genoss den Geschmack, der so ungewohnt süß und voll war, nachdem sie lange Zeit nur Quellwasser getrunken hatte. Sie griff mit beiden Händen nach dem Becher und ließ einen zweiten, längeren Schluck folgen. Etwas Wein rann ihr Kinn hinab. Der Prinz wischte es mit dem Daumen weg und leckte ihn dann ab.

„Danke", sagte Riana und reichte ihm den Becher zurück. „Ich sollte nicht zu viel trinken, sonst werde ich berauscht." Schon jetzt merkte sie, dass sich ein Hauch von Leichtigkeit in ihr ausbreitete. „Ich bin nicht mehr daran gewöhnt."

Er nahm ihren Becher und stellte ihn zusammen mit dem anderen auf den Tisch. „Sag einfach, wenn du wieder etwas trinken möchtest."

Riana nickte. Er schien sehr darauf bedacht zu sein, ihr die Scheu zu nehmen.

Er zog einen der beiden Stühle heraus, die am Tisch standen, setzte sich und schlug die Beine übereinander. Riana erhaschte einen Blick auf seine behaarten Schienbeine und die gepflegten Füße.

„Entkleide dich."

Riana zog den anderen Stuhl heran, schlüpfte aus den Pantoffeln und stellte sie ordentlich unter den Stuhl. Sie stellte sich vor, sie wäre daheim und würde sich zur Nacht ausziehen. Keinesfalls durfte sie daran denken, wer sie gerade ansah, sonst würde sie sich so ungeschickt anstellen wie am See. Sie zupfte die Schleifen auf, ließ das Kleid wie einen Vorhang an sich hinabfallen, stieg einen Fuß nach dem anderen heraus, hob den dünnen Stoff auf und legte ihn ordentlich über die Stuhllehne, hinter der sie stehen blieb, die Hände darauf gestützt. Im Moment konnte Richard nur ihren Oberkörper sehen, doch das schien ihm zu genügen. Unter seinem prüfenden Blick begannen ihre Brüste, zu kribbeln. Sie sah an sich hinab und stellte fest, dass eine Veränderung mit ihnen vorgegangen war. Die rosigen Nippel standen keck hervor.

Richard stand auf und ging um sie herum. „Beug dich nach vorn."

Riana zögerte. Sie wollte sich weigern, aber ihr Körper schien einen eigenen Willen zu haben, denn er begann bereits, sich in der gewünschten Weise zu bewegen. Langsam ließ sie ihren Oberkörper nach vorn sinken und stützte die Handflächen auf den Sitz. Ihr war heiß und eine seltsame Mischung aus angstvoller Erwartung und Sehnen erfüllte sie.

„Meinst du, du schaffst es, stillzuhalten, während ich dich berühre?"

Niemals! „Sicher, Herr."

Sie hielt den Atem an, während sie wartete. Dann spürte sie seine Finger ganz leicht auf ihrem Rücken. Sie fuhren die Wirbelsäule hinunter, sacht, kaum spürbar. Seufzend atmete Riana aus und ergab sich in ihr Schicksal.

Auch seine andere Hand fand den Weg auf ihre Haut, tastete sich an ihrer Taille entlang und umgriff warm und sicher eine Pobacke. „So zart", sagte er. „Trotz des langen Ritts." Immer forscher wurden seine Berührungen, immer tiefer wagten sie sich vor, bis eine Hand den Weg zwischen ihre Schenkel fand, die Riana unwillkürlich zusammendrückte, aber sogleich wieder öffnete, als ihr klar wurde, dass sie seine Finger damit gegen ihren Schoß presste. Dort geschah etwas absolut Unheimliches. Es fühlte sich an, als würde sie langsam, aber sicher, dahinschmelzen. „Verzeiht, ich ... ich weiß nicht, was mit mir los ist", keuchte sie. Es war ihr unsäglich peinlich.

„Du wirst feucht", sagte Prinz Richard. „Das ist mit dir los. Und es ist ein sehr gutes Zeichen. Es bedeutet, dass du erregt bist."

„Erregt? So wie unsere Küchenmagd im – im Haus meines Vaters." Beinahe hätte sie Schloss gesagt. „Wenn sie ihren Gehilfen ausschimpft, weil er das Gemüse nicht gründlich geputzt hat, dann heißt es auch, sie wäre erregt."

Lachen perlte durch den Raum. „Nein, keine zornige Erregung. Ich spreche von Lust. Du weißt sehr wenig, wie ich sehe."

„Ich weiß gar nichts", gestand Riana. „Aber ich kann fechten und schwimmen", fügte sie hinzu, damit er sie nicht für völlig untauglich hielt.

„Nun, das verlange ich von meinen Gespielinnen für gewöhnlich nicht", sagte Richard. Seine Hände wanderten an ihren Seiten entlang bis zu ihren Brüsten und umschlossen sie sanft. Erstaunt, wie schön sich das anfühlte, hielt Riana still und ließ sogar zu, dass er die empfindlichen Brustwarzen zwischen Daumen und Zeigefinger nahm. Das zerfließende Gefühl in ihrem Schoß wurde stärker.

„Komm mit zum Bett."

Als sie sich aufrichtete, merkte sie, dass ihre Beine sie kaum trugen. Sie fühlte sich schwach, aber es war keine unangenehme Schwäche. Sie folgte dem Prinzen. Am Fuß des Bettes blieb er stehen, öffnete die Kordel, die seinen Morgenmantel hielt, und formte ein Ende zu einer Schlaufe. Zu Rianas Verwirrung nahm er ihre rechte Hand, schob die Schlaufe darüber und zog sie um ihr Handgelenk zu. Das andere Ende der Kordel warf er über die Stange, die den Baldachin hielt, der an dieser Stelle einen Schlitz hatte, weil er sich in zwei Vorhänge teilte. Er griff nach dem frei herabhängenden Ende der Kordel und wies Riana an, den rechten Arm zu heben. Sie war zu verblüfft, um sich zu sträuben. Mit einer weiteren Schlaufe fesselte er auch ihr linkes Handgelenk. Mit erhobenen, leicht angewinkelten Armen stand sie da, an den Betthimmel gefesselt, den Händen des Prinzen völlig preisgegeben. Erst jetzt dämmerte ihr, wie hilflos sie plötzlich war. Nicht mehr ihre Scham setzte ihr Grenzen, sondern die Tatsache, dass sie ihre Hände nicht benutzen konnte. Ihr wild schlagendes Herz sagte ihr, dass sie Angst hatte, doch ihr heiß pochender Schoß bat um ... um Berührung. Konnte das sein? Wollte sie, dass Richard sie noch intensiver berührte als bisher? Sie ließ den Kopf nach vorn sinken, damit ihre Haare ihr Gesicht verschleierten.

„Ich glaube, du brauchst noch einen Schluck Wein." Richard brachte ihren Becher und ließ sie daraus trinken. Er stellte den Becher wieder ab, dann trat er nah an sie heran, hob ihr Kinn mit dem Zeigefinger und küsste ihre Augenlider. Die andere Hand legte er in ihren Nacken, indem er unter ihre Haare fuhr. Der Morgenmantel, seiner Kordel beraubt, stand offen und entblößte seinen behaarten Oberkörper, der sich an ihrem Bauch und ihren Brüsten rieb. Gehalten von den Fesseln und seinen Händen, konnte Riana plötzlich an nichts mehr denken. Sie ließ sich treiben und ergab sich immer mehr seinen Küssen und seinen Berührungen. Ihr wurde so heiß, als wäre es Glühwein gewesen, den er ihr eingeflößt hatte. Als seine Lippen die ihren fanden, drängte sie sich ihm entgegen. Sie wollte mehr von ihm spüren. Sein harter Bauch, seine Schenkel. Oh, und da war noch etwas, das sie ein wenig erschreckte. Es war hart und vorwitzig und drückte gegen ihren Bauch. Sie dachte an Emmas Zeichnung und erschrak zu Tode. „Nein!"

Der Prinz ließ sie los. „Du musst keine Angst haben. Es ist das Natürlichste der Welt, dass ein Mann und eine Frau sich auf diese Weise vereinigen."

Riana wand sich. Sie spürte Panik aufsteigen.

„Ist ja gut", sagte er. „Dann warte ich damit bis morgen. Oder übermorgen", fügte er nach einem forschenden Blick in ihre Augen hinzu. Er schloss den Bademantel, so gut es ohne Kordel ging. Rianas konnte wieder entspannter atmen. „Bitte bindet mich los", hauchte sie. „Ich kann Euch Emma schicken. Sie hat Erfahrung."

„Emma interessiert mich nicht", sagte Richard. „Sie mag eine hübsche, dralle Person sein, aber du bist eine Frau, die mein Blut in Wallung bringt. Und damit du siehst, dass ich nicht nur an mein Vergnügen denke, sondern durchaus auch an deines, werde ich dir jetzt einen Vorgeschmack des Paradieses geben."

Wieder widmete er sich ihren Brüsten, zärtlich, aber unnachgiebig, denn auch wenn sie zurückwich, weil das Gefühl zu intensiv wurde, ließ er nicht von ihr ab. Schließlich verließ eine Hand ihre Brüste und folgte, wie es ihr schien, dem ziehenden Gefühl, das ihren Bauch hinuntergewandert war und sich zwischen ihren Schenkeln eingenistet hatte. Als seine Hand in das Vlies ihrer Haare fuhr, sog sie hörbar die Luft ein und wollte schon wieder die Beine zusammendrücken. Er kam ihr zuvor und spreizte ihre Füße mit seinen auseinander. „Bleib so." Die ruhige Strenge in seinem Ton machte es ihr unmöglich, ihm zuwiderzuhandeln.

Jetzt wanderte seine Hand tiefer und umfasste sie schließlich von unten. Ein süßes Gefühl breitete sich aus. War es das, was er als „Vorgeschmack des Paradieses" bezeichnet hatte?

Doch es wurde noch besser. Seine Finger erkundeten sie dort, wo sie sich bisher nur berührt hatte, um sich zu waschen. Er musste ein Zauberer sein, dass er mit so kleinen, sachten Bewegungen derartige Wonneschauder in ihr auslösen konnte. Jetzt bedurfte es keines Befehls mehr. Sie spreizte die Beine noch weiter und ihre Hüften schoben sich wie von selbst vor.

Die Gefühle veränderten sich, wurden immer drängender. Riana erschrak, weil sie sich überhaupt nicht mehr beherrschen konnte. Sie musste sich an seiner Hand reiben, die so hingebungsvoll mit ihr spielte. Dann bekam sie Angst. Ihre Muskeln begannen, zu zucken. Überall, aber besonders in ihrem Schoß. Alles drehte sich um sie.

„Nein, ich ... oh Gott. Was ist das?"

„Das ist ein Höhepunkt der Lust", sagte der Prinz leise direkt an ihrem Ohr. „Es ist das herrlichste Gefühl, das Menschen empfinden können. Männer wie Frauen. Kämpf nicht dagegen an."

Da war ein Punkt, der besonders empfindlich war. Als er ihn zwischen die Finger nahm, wurde Riana schwarz vor Augen. Sie ließ den Kopf nach hinten sinken und ließ zu, dass ihr Körper sich aufbäumte, während Wellen des Wohlbehagens sie überrollten.

Es war vorbei. Schwer atmend horchte sie in sich hinein. Sie fühlte sich matt und entspannt und sehr geborgen, als Prinz Richard nun ihre Hände befreite und sie aufs Bett legte, wo er sie noch eine Weile streichelte.

„Und Ihr?", fragte sie, als sie ihre Sinne wieder beisammenhatte. „Wie bekommt Ihr einen Höhepunkt?"

„Das zeige ich dir morgen. Für eine Nacht hast du genug gelernt."

„Er tut was?" Riana riss die Augen auf und starrte Emma ungläubig an. Es war der nächste Morgen. Sie hatten zusammen mit den Dienstboten gefrühstückt und saßen im Pavillon am See. Riana hatte Emma erzählt, was sie erlebt hatte. Auf die Frage, was sie als Nächstes erwartete, hatte Emma ihr eine absolut unglaubliche Geschichte erzählt. „Aber das ist doch völlig unmöglich."

„Es ist sehr wohl möglich. Und du wirst es mögen", beschwichtigte Emma. „Beim ersten Mal tut es weh, danach ist es nur noch schön. Vorausgesetzt, er versteht es, deine Lust zu entfachen, bevor er in dich eindringt. Mir scheint jedoch, dass es damit kein Problem geben wird. Allerdings ..." Emma sah aus dem Fenster. „Ich bin gestern Abend noch ein wenig durch den Schlossgarten spaziert und habe den Stallburschen Johann kennengelernt. Ein schmucker Bursche, genau mein Fall. Er hat mir einiges erzählt über die besonderen Vorlieben des Prinzen. Er mag es, seinen Gespielinnen Schmerzen zuzufügen."

„Nie und nimmer! Das glaube ich nicht." Riana dachte an Richards starke Hände, seinen strengen Tonfall, an die Fesselung. „Oder vielleicht doch?"

Sie kam nicht dazu, weiter darüber nachzudenken, denn von der anderen Seite des Schlosses war Hufgetrappel zu hören und das Rattern von Kutschrädern auf dem Steinpflaster.

Riana und Emma tauschten einen kurzen Blick, dann liefen sie, um nachzusehen, wer da kam.

Hoffentlich ist es kein Gesandter vom Hof meines Vaters, der nach uns sucht. Dann wäre alles vorbei!

Sie verbargen sich hinter einem Strauch, von dem aus sie die Auffahrt im Blick hatten. Die Kutsche hatte angehalten. Riana spähte um den Busch. Sie sah den Kutscher absteigen und sich vor dem Prinzen, der aus dem Haus getreten war, tief verneigen.

„König Ferdinand ersucht Euch, ihm und seiner liebreizenden Tochter Verena für einige Tage die Gunst Eurer Gastfreundschaft zu erweisen."

Riana schluckte gegen ein ungutes Gefühl an. Dabei kannte sie weder König Ferdinand noch seine Tochter, konnte von den beiden also nicht als die geflohene Prinzessin vom Königshof Dreibergen entlarvt werden. Dennoch erschienen ihr die beiden wie Störenfriede.

Als der Prinz sagte, dass er die Besucher gern willkommen hieße, öffnete der Kutscher die Tür. Der König stieg zuerst die beiden Stufen herab, dann reichte er seiner Tochter die Hand. Sie war eine zierliche Gestalt mit feinen Gesichtszügen und rotblonden Haaren, die sie zu einer züchtigen Frisur hochgesteckt trug. Kaum war sie ins Freie getreten, öffnete sie ihren Sonnenschirm.

Prinz Richard ergriff Verenas Hand. „Ich freue mich sehr über Euren Besuch. Katharina wird sogleich die Gästegemächer herrichten.“

Riana wartete, bis alle im Schloss verschwunden waren, dann sagte sie zu Emma: „Komm, wir gehen durch den Kücheneingang hinein. Dann werden wir nicht gesehen.“

„Was wäre so schlimm daran?“

„Ich möchte den Besuchern nicht gegenübertreten, ohne dabei zeigen zu dürfen, dass ich ihresgleichen bin. Es fühlt sich einfach falsch an.“

„Dem Prinzen trittst du doch auch gegenüber, ohne dass er wüsste, mit wem er es zu tun hat.“

Riana zog die Nase kraus. „Ja, aber das ist etwas anderes. Das gehörte zu unserer Flucht. Aber nun ...“ Sie hielt inne, als ihr klar wurde, dass sie nicht mehr fliehen wollte. Sie hatte den tief empfundenen Wunsch, genau da zu bleiben, wo sie jetzt war. Doch das war leider völlig ausgeschlossen.

An diesem Abend wartete Riana lange, dass jemand sie holen kam.

Emma ging immer wieder, um nachzusehen, was sich im Schloss tat und berichtete, dass Verena zu Bett gegangen war. Doch Prinz Richard unterhielt sich noch in seinem Studierzimmer mit König Ferdinand.

Schließlich, als Riana sich schon schlafen legen wollte, erschien doch noch der Lakai, der sie holte. Sie hatte das Schlafgemach des Prinzen kaum betreten, da begann er, sich zu entkleiden.

Riana erwartete, dass er sie bitten würde, es ihm gleichzutun, doch er gab ihr keinen entsprechenden Befehl und so stand sie befangen daneben, während er sein Hemd öffnete und über den Kopf zog, aus der Hose stieg, seine Unterkleidung ablegte, und ihr schließlich ohne einen Fetzen Stoff am Leib gegenüberstand. „Ich möchte, dass du mich berührst, wie und wo du möchtest. Heute sollst du den Körper eines Mannes richtig kennenlernen.“

Sie begann mit seinem Gesicht. Was für einen schönen Haaransatz er hatte. Sie reckte sich auf die Zehenspitzen und küsste ihn hoch auf der Stirn und dann an den Seiten hinab bis zu den Schläfen. Andächtig fuhr sie die Linie seiner Augenbrauen und der Wangenknochen nach und war froh, dass er sie gewähren ließ, ohne sie anzufassen. Sie strich sein Haar nach hinten und küsste ihn in die Halsbeuge. Dort roch er so wunderbar nach sich selbst, dass sie einen Augenblick verweilte. Sie warf einen Blick auf sein Glied. „Es ist größer geworden", staunte sie.

„Das will ich doch hoffen."

Rianas Schoß reagierte auf den Anblick mit einem sehnsüchtigen Ziehen. Wie seltsam, dass ihr Körper mehr zu wissen schien als sie. Sie strich durch sein Brusthaar, das sich erstaunlich seidig anfühlte. Mit Küssen bahnte sie sich einen Weg bis zu seinem Bauch. Dort hielt sie inne. Kniend sah sie zu ihm auf.

„Keine Angst, er beißt nicht."

Sie streckte eine Hand aus und schloss die Finger um den Schaft, der noch etwas größer geworden zu sein schien. Hart und schwer lag er in ihrer Hand. Richard stöhnte. Schnell ließ sie los. „Verzeiht."

„Nein, du hast mir nicht wehgetan. Im Gegenteil."

Riana begann, das Glied zu streicheln, als wäre es ein eigenständiges Lebewesen. So benahm es sich auch. Es zuckte und wippte, als wolle es ihr entwischen. Schließlich wurde es ihr unheimlich und sie erhob sich, um Richard eine Weile einfach nur zu betrachten, bis ihr Herzschlag sich normalisiert hatte. Die glatte, sonnengebräunte Haut, die feinen schwarzen Haare auf seiner Brust, die breiten Schultern, das Spiel der Muskeln. Sie sog alles mit den Augen auf, ging um ihn herum und legte eine Hand auf seine Schulter, strich den Arm hinab und fühlte seine Wärme. Neue Schauder gingen durch ihren Körper. Sie nahm die zweite Hand hinzu und erkundete seinen Rücken. Es fiel ihr leichter, wenn er sie nicht ansah. Sie legte ihre Wange zwischen seine Schulterblätter und sog seinen Geruch ein. Sie ließ ihre Hände um seinen Körper herumgleiten, streichelte seine Brust, den Bauch. Mutig packte sie seine festen Hinterbacken und staunte, mit welch heftiger Erregung ihr Körper darauf reagierte.

Plötzlich drehte er sich um. Sie wankte, ihres Halts beraubt. Er ergriff sie, hob sie hoch und trug sie zum Bett, auf das er sie niederdrückte.

„Ich dachte, ich könnte mich beherrschen, aber ich habe mich schon gestern viel zu sehr zurückhalten müssen." Noch während er sprach, riss er die Schleifen ihres Kleids auf und zog so heftig daran, dass der dünne Stoff zerriss. Seine Zunge glitt über ihre Lippen, die sie fest zusammenpresste, aus Angst, schreien zu müssen. Er griff in ihre Locken und bog ihren Kopf zurück. „Öffne dich mir."

Überwältigt von Schreck und einer wilden Faszination, öffnete Riana den Mund und empfing willig seine Zunge. Sein Gewicht lastete schwer auf ihr, doch anstatt ihn wegzustoßen, zog sie ihn noch fester an sich.

Er ließ von ihr ab, bewegte sich etwas weg, umfasste ihre Brüste, jede mit einer Hand, und knetete sie zärtlich. Als er ihre Nippel zwischen Daumen und Zeigefinger fasste, keuchte Riana vor Entzücken. Er drückte fester zu, bis es schmerzte. Sie ließ es geschehen. Ihn zu spüren, seine Hände, seinen Körper, seine Lippen, war alles, was sie wollte.

Richard beugte sich herab und leckte über eine Brust, biss ihr leicht in den Nippel und wanderte dann zur anderen Brust, der er dieselbe Beachtung schenkte.

Riana war inzwischen so feucht, dass es ihre Beine hinabrann. Sie rieb die Schenkel aneinander.

„Spreiz sie. So weit du kannst."

Gefügig öffnete sie die Beine und beobachtete, wie seine Hand ihren Bauch hinabglitt. Richards Hand war groß und heiß, schlank und doch kräftig, von einer leichten Rauheit, die sie erregte, als er über ihre Schamlippen rieb und Einlass suchte in der Enge ihres feuchten Schoßes. „Bist du sicher, dass du deine Unschuld an mich verlieren willst?"

Sie nickte.

„Es wird wehtun", sagte er.

„Ich weiß."

Er nahm ihr Gesicht in seine Hände. „Ich kann dir nicht versprechen, dass ich behutsam sein werde."

Bang dachte sie daran, wie es gewesen wäre, wenn sie dieses erste Mal mit König Ottobart erlebt hätte.

Womöglich hätte ich mich unters Bett geflüchtet.

Kurz darauf spürte sie die Spitze seines Glieds, das ihre Spalte fand. Riana spreizte die Beine und schob sich ihm entgegen. Sie klammerte sich an seine Schultern und wartete auf den Schmerz.

Ein Ruck, und sie schien zu zerreißen. Dann war er in ihr. Seltsam gedehnt fühlte es sich an. Als der kurze, scharfe Schmerz vorbei war, breitete sich ein großes Staunen in ihr aus. „Es passt ja wirklich rein."

Richard begann, sich zu bewegen. Vor und zurück. Hitze durchflutete ihren Körper in Wellen, ihr wurde schwindelig. Er hielt inne, als sie heftig zu keuchen begann, und küsste sie. Ihre Brüste drängten sich ihm entgegen, bis sie seine Brusthaare streiften. Sie meinte, mit ihm zu verschmelzen und fragte sich, ob sie sich je wieder voneinander würden trennen können. Was, wenn er einfach in ihr stecken blieb?

Bald konnte sie keinen klaren Gedanken mehr fassen. Alles versank in einem Rausch. Fester und schneller stieß er in sie hinein. Obwohl es mehr Schmerz als Wonne war, genoss sie es mit jeder Faser ihres Körpers. Sie umfasste ihn mit den Beinen, als könne sie ihn damit noch tiefer in sich hineinziehen. Sie warf den Kopf nach hinten und schrie. Der Höhepunkt durchzuckte sie so heftig, als wolle er sie in Stücke reißen. Sie bog den Rücken durch und sank kurz darauf ermattet auf das Laken zurück. Prinz

Richard zog sich mit einem Ruck aus ihr hinaus. Etwas Heißes, Klebriges ergoss sich auf ihren Bauch. Sie lag kraftlos und stöhnend da, am ganzen Körper mit Schweiß bedeckt, und dabei so zufrieden, dass sie hätte heulen können.

Mit halb geöffneten Augen sah sie, wie Richard ein Tuch aus einer Wasserschüssel nahm, die auf der Kommode neben dem Bett stand. Damit reinigte er sie, bevor er sich wieder zu ihr legte. Sie drehte sich zu ihm und barg den Kopf an seiner Brust. Er roch noch besser als davor. Sie streichelte seine schweißnasse Brust. Er wusste nicht, dass er soeben eine Prinzessin entjungfert hatte.

Am nächsten Morgen erwartete Emma wieder einen ausführlichen Bericht, doch Riana fehlten die Worte. „Es war die unglaublichste Erfahrung meines Lebens", war alles, was sie sagen konnte.

„Berauschender als Wein?", fragte Emma.

„Ja."

„Und köstlicher als frische Erdbeeren?"

„Oh ja. Aber auch anstrengender als ein Ritt in vollem Galopp."

Emma lachte. „Genau so soll es sein. Ich glaube, es wird höchste Zeit, dass ich auch wieder so einen wilden Ritt hinlege. Der Prinz hat drei höchst interessante Stallburschen. Besonders Johann hat es mir angetan, und ich glaube, er ist auch nicht abgeneigt."

Nachdem sie sich angekleidet hatten, gingen sie in die Küche, um mit den Dienstboten zu frühstücken. Natürlich war die Ankunft der Gäste das wichtigste Gesprächsthema.

„Hat Verena etwas über das Bett gesagt, Lorna?", fragte Katharina eine kräftige junge Frau mit schwarzen Locken, die Verena als Zofe zugeteilt worden war.

„Ach, den ganzen Morgen hat sie mir etwas vorgejammert", berichtete Lorna. „Sie hätte kein Auge zubekommen, wäre grün und blau am ganzen Körper."

Katharina nickte wohlwollend. „Eine wirkliche Prinzessin! Benimm dich gut, Lorna, womöglich ist sie schon bald Prinz Richards Gemahlin und somit deine und unsere Herrin."

Rianas Herz gefror bei der Vorstellung, dass eine andere Frau den Körper berühren würde, den sie letzte Nacht so hingebungsvoll erforscht hatte.

Lorna faltete die Hände und richtete sie in einer theatralischen Geste gen Himmel. „Da sei Gott vor. So ein zimperliches Ding! Ich konnte sie kaum ankleiden, weil ihr alles zu eng oder zu weit war, zu lang oder zu kurz, die Schleifen zu groß oder zu klein gebunden. Von dem Zirkus, den sie gemacht hat, als ich ihr Haar gebürstet habe, will ich gar nicht anfangen."

Riana hatte das Frühstück kaum beendet, da wurde sie in den kleinen Salon gerufen. Sie warf den anderen am Tisch einen fragenden Blick zu, doch niemand wusste, was das bedeuten mochte. Also folgte sie dem Lakaien und hoffte, dass Prinz Richard, zu dem er sie vermutlich bringen würde, ihr nicht sagen wollte, dass er sie fortzuschicken gedachte, da nun eine Prinzessin im Haus und Rianas Gegenwart somit nicht mehr schicklich war.

Doch im Salon fand sie nur Verena vor, die an einer Teetasse nippend auf einem Stuhl saß und sie ungeduldig hineinwinkte.

„Setz dich", sagte sie schroff.

Riana wollte sich auf den anderen freien Stuhl setzen, da herrschte Verena sie an: „Doch nicht da, du dummes Ding. Auf den Boden."

Hätten die Flucht und die Nächte im Heu Riana nicht Demut gelehrt, hätte sie Verena die Tasse aus der Hand gerissen und ihr den Tee über ihr weißes Kleid geschüttet. Doch so setzte sie sich auf den kalten Steinboden und blickte zu der jungen Frau auf, die ein Gesicht machte, als würde sie sich ekeln. „Als mein Vater mir vorhin anvertraute, dass der Prinz eine Gespielin hat, hätte ich am liebsten dafür gesorgt, dass du augenblicklich vor die Tür gesetzt wirst. Aber Vater meinte, ich solle lieber versuchen, mich mit dir gut zu stellen, um Richards Herz zu gewinnen. Der Prinz hat nämlich höchst fragwürdige Ansichten. Er meint, es adelt einen umso mehr, wenn man sich mit Menschen jedes Standes vorurteilsfrei abgibt. Er hat sogar schon Bettler bei sich aufgenommen." Verena schüttelte sich. „Wo man doch weiß, dass sie die grässlichsten Krankheiten verbreiten. Wenn ich erst einmal Herrin in diesem Schloss bin, wird es damit vorbei sein. Aber bis dahin muss ich wohl so tun, als wäre ein Weib wie du mir willkommen. Ich werde nachher mit dir durch den Garten spazieren und wir werden so tun, als unterhielten wir uns ganz vortrefflich. Wehe, du kommst mir dabei zu nahe! Und wage es ja nicht, dem Prinzeb zu wiederholen, was ich eben gesagt habe. Sonst werde ich dich des Diebstahls bezichtigen. Ich habe viel Geschmeide dabei und kann jederzeit etwas davon verschwinden lassen. Hast du mich verstanden?"

Riana hatte vor allem eines verstanden: Sie musste Prinz Richard unbedingt vor Verena warnen. Doch wie sollte sie das bewerkstelligen, ohne zu riskieren, dass sie mit Schimpf und Schande davongejagt wurde? Wer würde ihr glauben, wenn das Wort einer Prinzessin gegen ihres stand. Und falls sie dann einräumte, wer sie wirklich war, würde das ihre Glaubwürdigkeit erst recht erschüttern.

„Ja, Herrin", sagte sie zähneknirschend.

So verbrachte sie den Vormittag an Verenas Seite und gab vor, mit ihr zu reden und sich zu amüsieren, während Verena mit falschem Lächeln neben ihr flanierte und ihren Sonnenschirm drehte. Endlich wurde es Verena zu heiß und sie kehrte ins Haus zurück.

Riana verzichtete auf das Mittagsmahl und ging in ihr Gemach. Emma war nicht da und als sie später kam, sprudelte sie so vor Lebenslust und Ausgelassenheit und schwärmte in den höchsten Tönen von „ihrem Johann", dass Riana es nicht übers Herz brachte, ihr die Laune zu verderben, indem sie ihren Kummer mit ihr teilte.

Sie wartete, bis Emma wieder gegangen war, dann schlich sie durch die Gänge in der Hoffnung auf eine Eingebung, wie sie Verenas wahren Charakter enthüllen konnte. Doch alles, was sie mitbekam, war, dass Verena im großen Salon glockenrein zur Harfe sang und sich damit sicher noch mehr in das Herz des Prinzen stahl.

Am Vormittag stand Richard am Fenster und hatte sinnend in den Garten hinausgesehen, wo Riana und Verena spazieren gingen. Seine Gedanken waren nur um eine Frage gekreist: Wie weit konnte er bei Riana gehen? Sie war noch unerfahren, aber sie lernte schnell. Wäre es besser, sie langsam an den Schmerz heranzuführen oder sie schnell und gnadenlos damit vertraut zu machen? Sollte es ein Spiel sein oder Ernst? Ihre Unschuld hatte ihn von Anfang an ganz besonders gereizt. Diese Mischung aus Erstaunen und Entzücken, das ihr so leicht zu entlocken war. Die Lust auf neue Erfahrungen, von denen sie nie auch nur geträumt hatte. Er dachte an die letzte Nacht, in der er sie behutsam hatte entjungfern wollen, damit es für sie keine abschreckende Erfahrung wurde. Doch dann hatte er nicht anders gekonnt, als sie wild und leidenschaftlich zu nehmen. Und sie hatte reagiert wie jemand, der noch nie ein Pferd geritten hatte und dennoch im Galopp nicht hinunterfiel und genau wusste, wie er den Bewegungen des Tiers folgen musste. Ein Naturtalent, das war sie. Ja, er würde sie fordern, würde sich nicht mehr zurückhalten.

Er war gerade zu diesem Schluss gelangt, als König Ferdinand zu ihm ins Studierzimmer kam.

„Sieh an", sagte er, als er sich zu ihm ans Fenster stellte. „Meine Tochter scheint Freundschaft mit Eurer Gespielin geschlossen zu haben. Ich hoffe, es stört Euch nicht, dass sie so unverkrampft im Umgang mit Untergebenen ist. Sie hat nun mal ein großes Herz."

Solchermaßen aus den Gedanken gerissen, hatte Richard nichts zu erwidern gewusst.

Der König fuhr unbeirrt fort. „Ich bin so stolz auf meine Verena. Von all meinen Töchtern ist sie mir die liebste. Klug ist sie, aber nicht vorlaut. Bewandert in vielen Künsten. Sie malt für ihr Leben gern, wusstet Ihr das?"

„Nein", gab Richard zu und hoffte, dass er bald wieder mit seinen Gedanken allein sein konnte, die gerade um einen Lederriemen kreisten, den er schon viel zu lange nicht mehr benutzt hatte.

Als Riana an diesem Abend das Gemach des Prinzen betrat, empfing er sie mit den Worten: „Es hat mir gefallen, dich in der ersten Nacht zu fesseln, darum werde ich es heute wieder tun.“

Sie nahm den Becher entgegen, den er ihr reichte, und trank einen Schluck Wein.

Er trug diesmal nicht den Morgenmantel, sondern eine schwarze Hose und ein weißes Hemd. Sein Augen waren noch dunkler, als sie sie in Erinnerung hatte.

Er deutete auf das Bett, auf dem einige zusammengerollte Seile lagen. Sofort schlug ihr Herz schneller und ihre Kehle wurde eng.

„Ich mag es, wenn du hilflos bist“, sagte er und lächelte dabei. Es war nur ein Hauch von einem Lächeln, wie ein Versprechen, eine Vorahnung von Glückseligkeit. Riana dachte, wie erstaunlich es war, dass ihr an ihm Nuancen im Ausdruck auffielen, die sie bei anderen Menschen nie bemerkt hatte.

Sie stellte den Becher ab, zog sich aus, ohne auf seine Aufforderung zu warten, und legte sich aufs Bett. Die Erinnerung an den grässlichen Vormittag mit Verena verblasste angesichts Richards überwältigender Gegenwart.

Er setzte sich an den Bettrand und betrachtete sie eine Weile, bevor er eins der Seile aufnahm und ihre rechte Hand in seine nahm. Sie dachte, er würde sie jetzt fesseln, doch er ließ sich Zeit, die Struktur ihrer Haut zu studieren. Er küsste die Innenseite ihres Handgelenks, leckte die Zwischenräume ihrer Finger und biss ihr sacht in den Daumenballen. Als ihre Hand unter seinen Zärtlichkeiten so sensibel geworden war, dass sie einen eigenen Willen zu haben schien, wand er das Seil um ihr Gelenk, führte ihren Arm nach oben und zurrte das Seil fest, indem er es um den Bettpfosten band. Dann war ihr rechtes Bein dran. Wieder beschäftigte er sich lange und genussvoll mit ihrem Fuß, leckte zwischen den Zehen, bis sie kicherte, weil es so sehr kitzelte, küsste ihre Knöchel und wärmte mit seinen Händen ihre Fußsohle. Dann wurde auch ihr Bein weit nach außen gestreckt gefesselt.

Er ging zur anderen Seite hinüber und wiederholte die Prozedur. Riana wurde immer aufgeregter, konnte kaum noch stillhalten. Immer wieder schloss sie die Augen, zwang sich, ruhig zu atmen, und fand sich schließlich zu einem X ausgebreitet in einer völlig hilflosen Lage wieder. Sie war so gespreizt, so gedehnt, dass sie nur noch den Kopf bewegen konnte. Bang und zugleich voll süßer Erwartungen verfolgte sie jede seiner Bewegungen.

Er schloss die Vorhänge und zündete einige Kerzen an. Einen Kerzenleuchter nahm er mit ans Bett, wo er sie im flackernden Kerzenschein betrachtete. Als er eine unbedachte Bewegung machte, fiel ein Wachstropfen auf ihren Bauch. Riana zuckte zusammen. Ein seltsames Gefühl flammte in ihr auf. Sie konnte es nicht benennen. War es wirklich ein Versehen gewesen?

Er sah ihr in die Augen und neigte die Kerze, diesmal mit offensichtlicher Absicht. Ein weiterer Tropfen landete neben dem ersten. Ein kurzer Schmerz, ein Zucken, ein Hauch von Wut, der sich sogleich in Lust verwandelte.

Richard stellte den Leuchter auf den Nachttisch und hob mit dem Fingernagel die beiden erkalteten Wachsplättchen ab. Er betrachtete ihre Haut. „Keine Rötung", stellte er fest. „Ich kann weitermachen."

Riana beobachtete mit einer Mischung aus Faszination und Schrecken, wie er die Kerze aus dem Leuchter nahm und über ihren Brustkorb hielt. Er neigte die schlanke weiße Kerze und bewegte sie dabei. Mehrere Tropfen trafen die Unterseite ihrer linken Brust.

Riana atmete keuchend ein. Als er sich der anderen Brust zuwandte, versuchte sie, auszuweichen, doch die Fesseln hielten sie. Er wartete einen Moment, der ihr endlos erschien. Nur ein paar Herzschläge, aber sie reichten, um ihr klar zu machen, wie nackt sie war, wie preisgegeben. Dann fielen die nächsten Tropfen. Sie bog den Kopf zurück. Warum erregte es sie so, dass er ihr wehtat, maßvoll und mit sichtlichem Vergnügen?

Er senkte die Kerze etwas tiefer und zeichnete eine Linie aus Wachstropfen knapp über dem Ansatz ihres Schamhaars. Riana gab einen flehenden Laut von sich.

Richard steckte die Kerze wieder in den Leuchter und entfernte das Wachs von ihrer Haut. Er küsste all die Stellen, die er misshandelt hatte.

„Du scheinst es zu mögen", sagte er. „Ich will sehen, wie dir das hier gefällt."

Er öffnete eine Truhe und brachte einen langen Lederriemen zum Vorschein, der etwa drei Fingerbreit war und geschmeidig zu sein schien, denn er ließ sich ohne Widerstand um Richards Hand winden. Das lange Ende hing herab und berührte ihren Bauch. Richard strich damit über ihre Haut. Riana fühlte das kalte Leder und horchte in sich hinein. Jetzt wäre ein guter Moment, ihm zu sagen, dass er sie losbinden solle und mit ihr endlich das zu tun, wonach sie sich sehnte. In sie eindringen, sie wieder ausfüllen. Doch sie brachte kein Wort über die Lippen.

„Nein, das muss noch einen Augenblick warten." Er wickelte den Riemen von seiner Hand und legte ihn weg. Riana sah Richard zu, wie er das Hemd über den Kopf streifte. Sein nackter Oberkörper und seine muskulösen Arme kamen zum Vorschein. Er warf das Hemd in Richtung eines Stuhls und verfehlte ihn. Dann kniete er sich über sie und senkte seinen Mund auf ihren. Der Kuss dehnte sich lange aus. Seine Zunge, die tief in sie eindrang, gab ihr einen wohligen Vorgeschmack auf das, was er hoffentlich bald mit ihrem Schoß machen würde.

Er löste sich von ihr und griff nach dem Riemen. Sie krampfte die Hände zusammen und beobachtete, wie er das Leder erneut um seine Hand wickelte. Sie beobachtete die Muskeln, die sich unter seiner Haut abzeichneten, die Bewegung, mit der er den Arm hob und ausholte, den ernsten Blick, mit dem er sie ansah, als er den Riemen auf ihren Oberschenkel knallen ließ. Sie zuckte zusammen, noch bevor sie den Schmerz spürte.

Erneut holte er aus und schlug ein zweites Mal zu. Fünf Hiebe später hielt er inne und wartete, bis ihr keuchender Atem sich beruhigt hatte. Er umrundete das Bett und widmete sich ihrem anderen Schenkel. Hieb um Hieb. Glühende Lust hielt Riana fester gepackt als die Fesseln.

Als er aufhörte, kühlte ein Schweißfilm ihre Haut.

Er kniete sich zwischen ihre Schenkel und streichelte die Stellen, die er eben noch so grob behandelt hatte. Seine linke Hand fand den Weg in ihre Spalte. Finger für Finger glitt in sie hinein. „Wie heiß und feucht du bist. Aber du könntest noch heißer sein."

Er setzte sich auf die Fersen, wickelte den Riemen noch einmal um die Rechte, und holte mit dem nun kurz gewordenen Ende aus. Das Leder klatsche auf ihre Schamlippen. Angesicht so viel sinnlicher Grausamkeit schloss Riana die Augen und gab sich ganz dem Gefühl hin, das mit jedem klatschenden Schlag in immer schnelleren Wellen über sie hinwegrauschte. Es war unfassbar, aber sie stand kurz davor, zu kommen. Während er sie schlug! Riana warf den Kopf hin und her und fühlte plötzlich seine Hand an ihrer Kehle. Sie riss die Augen auf. Er hatte den Riemen weggelegt. „Ich will dich spüren, wenn du kommst."

Sie ertrug tapfer, dass die eben noch brandende Lust allmählich zu einem Plätschern verebbte.

Ob er mich noch einmal in so einen Rausch versetzen kann?

Richard küsste ihre Lider und sagte: „Ich werde dich jetzt losbinden, aber nur, um dich erneut zu fesseln."

Er befreite ihre Beine und Arme. Schamlos nutzte sie den Augenblick der Freiheit, um nach Richard zu greifen und so viel von seiner Haut zu berühren, wie sie konnte. Sie merkte, wie er schwankte, die Seile weglegte, sich ihr hingab, um dann doch wieder die Oberhand zu gewinnen. „Nein, so weit sind wir noch nicht. Die Nacht ist lang, und ich werde dich erst nehmen, wenn du mich unter Tränen darum anflehst."

Sie schloss eine Hand um seinen Schaft. „Und wenn Ihr es seid, der zuerst fleht?"

Er grinste. „Warum sollte ich flehen, wenn ich jederzeit alles von dir haben kann, was ich will. Und jetzt will ich dich lecken, bis deine Schreie durchs ganze Schloss hallen. Da sich das eine Weile hinziehen kann, möchte ich es möglichst bequem haben."

Er befahl ihr, sich ans Kopfende des Bettes zu knien. Dann band er ihre Handgelenke zusammen und führte das Seil über einen Querbalken. Er spannte es so straff, dass sie an ihren erhobenen Armen fast hochgezogen wurde und ihre Knie kaum das Laken berührten. Mit zwei weiteren Seilen fesselte er ihre Füße an die Seiten des Bettes, sodass sie die Beine nicht schließen konnte.

Riana fragte sich, was er denn damit meinte, dass er sie lecken wollte. Da legte er sich hinter sie und schob sich unter ihren Beinen durch. Sein Kopf lag genau unter ihrer pochenden Scham. Seine Augen blitzen frech zu ihr herauf. Er nahm ein Kissen, legte es sich unter den Kopf, packte ihre Pobacken, griff zwischen ihre Schenkel, spielte mit ihrem Schamhaar. Was für unsägliche Dinge würde er noch mit ihr tun?

Und dann kam seine Zunge zum Einsatz. Ungläubig nahm sie wahr, wie er damit ihre intimste Stelle berührte, als wäre es das Selbstverständlichste der Welt. Langsam leckend, dann wieder saugend oder fest zustoßend brachte er sie schnell wieder dorthin, wo sie vorhin gewesen war. In ein wogendes Meer aus Lust. Waren das tastsächlich ihre Laute, die den Raum füllten? Dieses tiefe Stöhnen, diese animalischen Schreie?

Mit den Händen drückte er ihre Schenkel noch weiter auseinander, seine Zähne fassten eine Schamlippe und zogen daran, dann an der anderen. Er stieß mit den Daumen in sie hinein, während er sie weiter in langen, genussvollen Zügen leckte.

Glühende Pfeile durchbohrten ihren Körper. Sie zog sich an den Fesseln nach oben, wand sich und war bereits auf dem Weg ins Paradies, als er plötzlich unter ihr wegrutschte, ein Messer nahm und die Seile durchtrennte, die sie hielten.

Er warf das Messer zu Boden, legte sich auf den Rücken und zog sie über sich.

Rianas Hände waren immer noch zusammengebunden, aber der Rest ihres Körpers war frei und folgte einem Impuls, den sie nie und nimmer hätte unterdrücken können. Sie senkte sich auf Richards aufgerichtetes Glied hinab und nahm ihn begierig in sich auf. Dann ritt sie ihn. Auf und ab. Ihre Pobacken klatschen lauter auf seine Schenkel als der Riemen vorhin auf ihre. Sie beugte sich vor, stützte sich mit den gefesselten Händen auf seine Brust und küsste ihn. Er hob den Kopf und sie verstand, was er wollte. Sie streifte die Hände über seinen Hinterkopf, bis sie in seinem Nacken lagen, wühlte die Finger in seine Locken, barg ihren Kopf in seiner Halsbeuge und hielt still. Nun war er es, der sich bewegte. Er stieß in sie hinein, bis der Höhepunkt, der vorhin so jäh unterbrochen worden war, sich erneut ankündigte. Alle Muskeln in ihrem Inneren zogen sich zusammen. Sie spürte, wie sein Glied sich in ihr noch steiler aufrichtete. Er drehte sie, bis sie unter ihm lag und glitt aus ihr hinaus. Sie zog ihre Hände wieder über seinen Kopf und legte sie, gefesselt, wie sie waren, um sein Glied, das sich wunderbar glatt und feucht anfühlte. Sie rieb es und beobachtete den kräftigen Strahl, der stoßweise hinausschoss, begleitet von Richards lautem Ächzen.

Danach lagen sie eine Weile schweigend nebeneinander, bis Richard sich aufraffte, die klebrige Flüssigkeit von seinem Bauch zu waschen und die Weinbecher zum Bett zu bringen. Riana trank und fiel seufzend auf das Kissen zurück. Geduldig sah sie zu, wie Richard das Seil um ihre Handgelenke aufknotete, dann streichelte sie seine Wangen. „Ihr habt ja gar nicht gewartet, bis ich Euch unter Tränen angefleht habe."

Er küsste sie sanft. „Vielleicht schaffe ich es morgen."

Als Riana in ihr Gemach zurückkehrte, fand sie das Bett leer vor. Doch sie war zu müde, um sich Gedanken zu machen.

Als Emma auch am nächsten Morgen noch nicht erschienen war, wurde Riana unruhig. Sie zog Bluse und Hose an, die sie während ihrer Flucht getragen hatte. Die Sachen waren gewaschen und kunstvoll geflickt worden. Riana fühlte sich darin wohler als in einem Kleid. Sie schlüpfte in ihre Reitstiefel und ging durchs Haus. „Hat jemand meine Schwester Clara gesehen?", fragte sie jeden, dem sie begegnete, doch es brachte ihr nur Schulterzucken ein.

Sie kam in die Küche, wo die Vorbereitungen für das morgendliche Mahl in vollem Gange waren. Auch hier wusste niemand, wo Clara abgeblieben war. Um sich für die weitere Suche zu stärken, trank sie einen Becher Milch, den eine freundliche Küchenmagd ihr reichte, bedankte sich und trat durch den Küchengarten in den Park hinaus. Mit wachsender Sorge betrachtete sie den See, der friedlich in der Morgensonne glitzerte. Zwei Schwäne zogen in der Ferne vorbei.

Riana öffnete den Mund, um nach Emma zu rufen, doch dann überlegte sie es sich anders. „Emma" durfte sie nicht rufen, und auf „Clara" hörte sie vielleicht gar nicht.

Sie lief über das von Morgentau glitzernde Gras zu den Stallungen. Sie hatte die Hälfte des Weges zurückgelegt, als sie einen spitzen Schrei hörte. Augenblicklich begann Riana, zu rennen. Ein zweiter Schrei. Sie lief schneller.

Vor den Ställen waren zwei Burschen dabei, einen feurigen schwarzen

Rappen und eine friedliche wirkende gescheckte Stute zu satteln. Wieso reagierten sie nicht auf die Schreie?

Den nächsten Schrei konnte sie endlich orten. Er kam aus dem Schuppen hinter den Stallungen. Vor dem Schuppen blieb Riana keuchend stehen, wartete einen Augenblick, bis ihr Herzschlag sich beruhigt hatte, dann wagte sie es, den Kopf vorzustrecken und durch das kleine Fenster in der Tür zu sehen. Emma und ein Stallbursche, vermutlich der von ihr angehimmelte Johann, liebten sich auf einem Berg Stroh.

Du lieber Himmel, war ich letzte Nacht auch so laut?

Riana zog sich zurück und schaute sich verstohlen um, bevor sie sich auf den Weg zurück ins Haus machte. Als sie um den Stall herumgehen wollte, sah sie Richard und Verena Arm in Arm über den Hof kommen. Riana hielt bei Richards Anblick unwillkürlich den Atem an. In seiner schwarzen Reitkleidung, mit glänzenden Stiefeln und Handschuhen, sah er auf hinreißende Art gefährlich aus, zumal er sich an diesem Morgen nicht rasiert hatte und ein dunkler Schatten seine Wangen und sein Kinn bedeckte.

Dass Verena, die heute ein praktisches Wollkleid trug, sich bei ihm untergehakt hatte, gefiel Riana jedoch gar nicht.

Die beiden gingen auf die Pferde zu, Richard begrüßte seinen Rappen mit einem freundlichen Klopfen auf den Hals. Verena bat um eine Aufsteighilfe. Umständlich und erst nach mehreren Versuchen schaffte sie es, sicheren Halt im Damensattel zu finden. Riana sah die beiden einen Weg am See entlang einschlagen und beschloss spontan, ihnen zu folgen.

Sie wartete, bis die Stallburschen ebenfalls fort waren, dann lief sie in den Stall und sattelte Molli. Mit elegantem Schwung saß sie auf. Sie nahm den Weg auf der anderen Seite des Sees. Sicher würden die beiden spätestens dann rasten, wenn sie das ferne Ende des Sees erreicht hatten. Wenn Riana vor ihnen dort war, konnte sie sich ein Versteck suchen und ihr Gespräch belauschen. So bekäme sie vielleicht endlich Gewissheit, ob Richard in Gefahr war, eine Frau zu ehelichen, die ihn mit Lügen umgarnte.

Sie verfiel bald in einen leichten Galopp. Es war ein wunderschöner Morgen. Das Sonnenlicht spielte mit den Blättern der Bäume, die das Ufer säumten. Riana verspürte ein ungeheures Freiheitsgefühl und eine tiefe Liebe zu den Geschöpfen des Waldes.

Nach etwas über einer Stunde erreichte sie die dem Schloss gegenüberliegende Seite des Sees, wo der Wald sich plötzlich zu einer Lichtung hin öffnete. Kaum war sie aus dem Schatten der Bäume geritten, da zügelte sie Molli und starrte entsetzt zum See. Prinz Richard war bereits da und sah sie mit zusammengezogenen Augenbrauen an. Er saß auf einem Stein, neben sich einen Lederbeutel, auf dem Rasierzeug ausgebreitet war. Eine Hälfte seines Gesichts war bereits glatt rasiert, die andere mit Seifenschaum bedeckt.

Wieso war er schon hier? Verena konnte im Damensattel unmöglich so schnell geritten sein. Und wo war sie überhaupt?

Verstört sah Riana sich um, während Richard sich erhob und auf sie zukam, die Rasierklinge in der Hand. „Was zum Teufel tust du hier?"

„Ich ... mein Pferd braucht Bewegung."

„Dir muss doch klar sein, dass du das Schloss nicht ohne meine Erlaubnis verlassen darfst."

Riana wollte schon sagen, dass sie tun und lassen durfte, was auch immer ihr in den Sinn kam, als ihr wieder bewusst wurde, dass sie hier nicht die Freiheiten einer Prinzessin genoss, sondern sich an die Regeln für Dienstboten zu halten hatte. Seufzend stieg sie ab und tätschelte Mollis Hals. „Es tut mir leid, Herr."

„Ich werde dich dafür bestrafen", sagte er. Auch wenn er mit dem Rasierschaum auf einer Wange nicht besonders bedrohlich aussah, jagte sofort ein Schauder Rianas Rücken hinunter.

Sie neigte den Kopf. „Ja, Herr."

„Aber erst später." Richard kehrte zu dem Stein zurück und beendete die Rasur, wobei er die Wasseroberfläche als Spiegel benutzte.

Riana wartete, bis Richard fertig war, dann führte sie Molli an den See, um sie trinken zu lassen. Anschließend band sie sie an einen Baum, unter dem sie grasen konnte.

An einer schattigen Stelle war eine Decke ausgebreitet.

„Immerhin habe ich nun doch noch Gesellschaft beim Essen", sagte Richard und bedeutete Riana, sich auf die Decke zu setzen. „Verena kam nicht sehr weit. Ihr waren die Mücken lästig. Sie ist schon nach wenigen Minuten wieder umgekehrt." Er holte allerlei Leckereien aus einer Satteltasche, Früchte, Brot, geräucherten Schinken und Wein.

„Zuerst brauche ich eine Abkühlung", sagte er und begann, sich zu entkleiden. „Kannst du schwimmen?"

Riana, der vom Ritt ebenfalls heiß war, entledigte sich in Windeseile ihrer Kleidung. Richard kämpfte noch mit den Reitstiefeln, das war sie schon splitternackt und lief juchzend auf den See zu. Sie war während des Ritts keiner Menschenseele begegnet, aber es hätte sie auch nicht gekümmert, wenn ein Bauer oder eine Beerensammlerin sie jetzt gesehen hätte. Sie genoss die Sonne auf der Haut, den leichten Wind und das herrlich frische Gefühl, das sie durchflutete, als sie sich ins kühle Wasser gleiten ließ.

Ein solches Verhalten geziemte sich wahrlich nicht für eine Dame ihres Standes. Wäre sie eine wirkliche Prinzessin, so säße sie jetzt am Ufer, einen Sonnenschirm in der Hand, und schlüge mit zierlichen Handbewegungen nach den Mücken. Die Rolle der Gespielin gestattete ihr ganz neue Freiheiten, und so war Riana in diesem beseligten Augenblick dem Schicksal nicht mehr gram, das sie zu dieser Scharade gezwungen hatte.

Zwei Enten mit ihren Küken umpaddelten sie, stoben davon, kamen zurück, angelockt von den Brotkrumen, die Richard ihnen vom Ufer aus zuwarf. Auch er war jetzt nackt, wie Gott ihn erschaffen hatte. Der Wind kämmte sein Haar.

„Kommt ins Wasser, oder traut Ihr euch nicht?", rief Riana ihm zu. Sie hatte ihn nur necken wollen, aber tatsächlich schien er nicht so abgehärtet zu sein wie sie. Er tauchte einen Zeh ins Wasser und verzog das Gesicht. „Recht kühl möchte ich meinen."

„Allerdings", bestätigte Riana und spritze mit raschen Handbewegungen Wasser in seine Richtung. Lachend und spielerisch drohend wich er erst zurück, dann preschte er vor. Riana schwamm davon. Hinter sich hörte sie ihn ins Wasser platschen. Sie schwamm, so schnell sie konnte, doch bald hatte er sie eingeholt, drückte sie an sich und schalt sie ein freches Ding.

So tobten sie ausgelassen, schwammen um die Wette und kehrten erschöpft und glücklich prustend ans Ufer zurück. „Wir haben vergessen, Tücher mitzunehmen", stellte Richard fest. „So wird uns der Wind trocknen müssen, bevor wir uns anziehen können."

Riana rekelte sich auf der Decke, warf eine Traube in die Luft und fing sie mit den Lippen auf.

Schweigend und zufrieden aßen sie, von Trägheit eingelullt, bis Richard schließlich aufstand und das Rasierzeug einsammelte. Wollte er etwa schon wieder aufbrechen?

Doch er ging damit zu einem Baum, der morsch geworden und umgeknickt war. Sein Stamm lag, von mehreren Ästen gestützt, etwa in Hüfthöhe quer über dem Boden. Richard knickte einige Zweige ab, bis er einen Teil des Stamms zu einer glatten Fläche gemacht hatte. Das Rasierzeug legte er daneben, dann kam er zu Riana. „Steh auf, ich brauche die Decke."

Sie gehorchte und beobachtete verwundert, wie er die Decke über den Stamm breitete.

„Lehne dich dagegen, mit dem Gesicht zu mir."

Er schob sie etwas zurecht, ließ sie die Beine auseinanderstellen, die Hüfte vorschieben und war schließlich zufrieden. Dann stand er auf und zog sich in aller Ruhe an. Riana fühlte ein leises Zittern durch ihre Glieder gehen.

Richard füllte die Seifenschale am See mit Wasser und kehrte damit zu Riana zurück.

Sie stütze sich rechts und links an dem Baumstamm ab und sah verwirrt zu, wie Richard sich vor sie hinkniete, den Pinsel ins Wasser tauchte und die Seife damit aufschäumte. Grinsend schaute er zu ihr auf. „Ich weiß, du wirst gleich heftig protestieren, aber ich versichere dir, sie werden nachwachsen."

Endlich verstand sie und kreuzte schützend die Hände vor ihrem Schoß.

„Mein schönes goldenes Vlies!"

„Ja, ich weiß, es sind wunderbar seidige Locken. Aber du wirst überrascht sein, wie zart sich erst die Haut darunter anfühlt, wenn sie bloßgelegt ist. Wie empfindsam sie wird."

Riana drückte die Hände fest auf ihr Schamhaar und schüttelte energisch den Kopf.

„Wenn du dich jetzt nicht freiwillig rasieren lässt", sagte Richard seelenruhig, „werde ich es heute Abend tun, während zwei Stallburschen dich festhalten."

„Ist das Euer Ernst?"

Rianas Herz klopfte wild. Sie nahm die Hände fort und stützte sich wieder an dem Baumstamm ab. „Bitte seid ganz vorsichtig."

Er hob den Pinsel und tupfte den Seifenschaum auf ihre Locken. Riana sah zu, wie er nach und nach ihre gesamte Scham bedeckte. Die Berührung durch die Borsten kitzelte sie und sie hätte ihn am liebsten gebeten, den Pinsel tief durch ihre Spalte zu führen, sie damit zu reizen.

Richard spülte den Pinsel aus, nahm das Rasiermesser und fuhr mit der Klinge in schnellen Zügen über den Schleifriemen. Riana wurde angst und bange. Wenn er abrutschte, sie verletzte ...

„Du musst stillhalten", sagte er und begann sein Werk. Riana wollte die Augen schließen, doch sie konnte nicht. Sie musste nach unten sehen, musste zuschauen, wie die Klinge eine Bahn kahler, weißer Haut hinterließ, wo eben noch ihr mit Schaum getränktes Schamhaar geglänzt hatte. Richard tunkte das Messer in die Schale und setzte erneut an. In ruhigen, sicheren Zügen legte er ihren Venushügel bloß. Dann waren ihre Schamlippen an der Reihe. Er hieß Riana, die Beine noch weiter zu spreizen und ein wenig in die Knie zu gehen. Riana gehorchte und atmete nur noch ganz flach. Ihr war schwindlig. Wieder schabte die Klinge, sie meinte zu spüren, wie jedes einzelne Haar abgeschnitten wurde. Richards Finger zogen ihre Haut auseinander, damit er mit der Klinge bis in die kleinste Falte gelangen konnte.

Er tupfte die Seifenreste mit dem Ärmel seines Hemds ab und überprüfte sein Werk. „Ja, kein einziges Härchen ist mehr übrig. Du bist nun vollkommen nackt. Fass hin und sag mir, wie es sich anfühlt."

Riana führte die rechte Hand langsam über den nackten Venushügel und staunte, wie glatt die Haut geworden war. Weiter unten schien sie eine völlig neue Welt zu entdecken. Samtige Haut, unendlich weiche Falten, die empfindliche Knospe nicht mehr in einem Nest aus Flaum verborgen. Mit wachsender Erregung streichelte sie sich.

Der Prinz befahl ihr, die Hände wegzunehmen. Dann strich er sachte über ihren Bauch hinunter auf den frisch entblößten Venushügel. Bald lagen seine heißen Fingerspitzen da, wo Riana sie am besten spüren konnte. Sie glitten über ihre Scham, klopften, massierten, zupften und kniffen. Jede Berührung war ihr willkommen, selbst die kleinen Momente des Schmerzes.

In diese wundervolle Selbstvergessenheit hinein drang plötzlich seine Stimme. „Jetzt werde ich dich bestrafen."

Er drehte sie um und drückte sie über den Stamm. Sie war noch zu sehr in einem Gefühl von Lust gefangen, um sich zu wehren. Als er sie anwies, sich so weit wie möglich nach vorn zu beugen, gehorchte sie ohne Angst. Nun lag sie mit dem Bauch auf dem Baumstamm. Ihre Fußspitzen erreichten kaum noch den Boden. Ihr Po war weit in die Höhe gereckt.

Sie hörte, wie er zurücktrat, und stellte sich vor, was für einen Anblick sie bot. Erst da stellte sich die Scham ein und ein Hauch von Furcht kitzelte sie im Nacken. Sie hörte seine Schritte und versuchte, durch ihre Beine hindurchzusehen, was er tat. Er ging zu den Pferden und kehrte kurz darauf mit einem Lederriemen und der Reitgerte zurück. Plötzlich wurde ihr siedend heiß vor Angst. Doch noch bevor sie anfangen konnte, sich zu wehren, band er mit dem Riemen ihre Handgelenke an einen der Äste, die den Baumstamm stützten.

Richard ging um den Stamm herum und stellte sich seitlich von ihr hin. Holte aus. Schlug zu. Holte erneut aus. Schlug wieder zu. In stetem Rhythmus. Eine viel zu harte Bestrafung für ihr Vergehen. Doch ihr blieb keine Zeit, über die ungerechte Behandlung wütend zu werden, denn in kürzester Zeit bestand Rianas Wahrnehmung nur noch aus der Angst, wenn sie die Gerte zischen hörte, und dem glühenden Schmerz, wenn sie auf ihre Pobacken klatschte. Danach ebbte der Schmerz ein wenig ab, war aber immer noch kaum zu ertragen. Doch kurz bevor er erneut ausholte, gab es einen kleinen Moment, in dem sie ein Quäntchen Lust empfand, die sofort von Angst überrollt wurde, wenn das Zischen den nächsten Hieb ankündigte. Jedes Mal schrie sie auf und riss an den Fesseln, strampelte mit den Beinen, flehte um Gnade. Wie durch ein Wunder, so schien es ihr, setzte der Moment der Lust jedes Mal schneller ein und dauerte länger, bis Schmerz und Lust ineinander überflossen, und auch die Angst zu ihrem Verbündeten machten.

Bald verstand sie, dass sie den Prinzen wie rasend begehrte und alles für ihn auszuhalten bereit war. Sie schrie und strampelte nun nicht mehr, sondern ertrug die nächsten drei Hiebe mit Würde und einem Gefühl innerer Stärke, das sie glücklicher machte als alles, was sie je zuvor in ihrem Leben empfunden hatte.

Diese drei Hiebe waren auch die letzten gewesen. Richard trat an sie heran und sagte, er würde etwas holen, um sie abzukühlen. Sie hörte ein Plätschern am See, dann leerte er die mit frischem Wasser gefüllte Seifenschale über ihre erhitzte Haut. Dankbar atmete sie durch. Er wiederholte das mehrere Male, bis sie neben der wohltuenden Kühlung spürte, wie das kalte Wasser ihre Schamlippen hinunterperlte.

Er legte seine Hände auf ihren unteren Rücken. „Ich glaube, nun ist deine Haut so weit beruhigt, dass ich dich nachher guten Gewissens auf den Sattel steigen lassen kann." Im nächsten Moment spürte sie seine Lippen auf ihrer Pobacke, die er mit vielen kleinen Küssen bedeckte, um sich dann der anderen zu widmen.

Eben noch war es der Schmerz gewesen, der sie die unbequeme, vornübergebeugte Haltung vergessen ließ, nun war es seine Zärtlichkeit. Er bedachte beide Pobacken mit derselben Aufmerksamkeit und tupfte zuletzt viele zarte Küsse auf ihre Scham, die ein so wunderbar zerfließendes Empfinden erzeugten, dass sie jederzeit bereit gewesen wäre, weitere Hiebe mit der Reitgerte auszuhalten, wenn sie danach so fürstlich belohnt wurde.

Danach band er ihre Hände los und half ihr, sich aufzurichten. Ermattet lehnte sie sich an ihn. Er nahm sie auf die Arme und trug sie zur Wiese zurück, wo er sie auf die Füße stellte, um die Decke vom Baum holen zu gehen. Er breitete sie aus, woraufhin Riana sich sofort draufsinken ließ. Sie rollte sich auf die Seite und spürte einen Moment später, wie er sich von hinten an sie kuschelte. Seine Hand glitt in ihre Spalte. „So zart", seufzte er. „Frauen sind wahre Wunder. Und du bist das größte Wunder von allen."

Sie lächelte mit geschlossenen Augen, drehte sich etwas in seine Richtung und öffnete die Beine, damit er sie weiter streichelte. Er tat es mit langsamen, behutsamen Berührungen, die sie fast unmerklich zu einem hauchzarten Höhepunkt trugen. Danach nahm er sie so sacht, dass sie es zu träumen meinte. Als er kurz davor war, zu kommen, hielt er inne. Sie öffnete die Augen und sah zu ihm hoch. Sah ihm direkt in die Augen und spürte, wie ihr Herz sich vor Liebe weitete. Er war so tief in ihr, dass sie jedes noch so kleine Zucken seiner Muskeln spürte und ihm musste es ähnlich gehen. Sie zog ihre Scheide zusammen, sah, wie er sich auf die Lippen biss. Da, wo ihre Körper sich berührten, wurde sie sich wieder der Nacktheit ihres Schoßes bewusst. Sie bewegte sich, um ihn besser zu spüren, erstaunt, dass er immer noch stillzuhalten vermochte, obwohl die Furchen in seiner Stirn tiefer wurden und ihr verrieten, dass er um Selbstbeherrschung rang. Sie genoss dieses kleine Gefühl der Macht und rieb sich weiter an ihm, beugte die Hüften, drückte sich ihm entgegen und entzog sich wieder, warf den Kopf nach hinten und sagte: „Bitte küsst meine Brüste."

Danach konnte von Beherrschung keine Rede mehr sein. Fest drückte er Rianas Brüste zusammen, um mit der Zunge in schnellem Wechsel ihre Brustwarzen lecken zu können. Seine Hüften arbeiteten, in kurzen, ruckartigen Bewegungen stieß er sie zu einem weiteren Höhepunkt, der so berauschend war, dass sie schrie. Die Enten, die am Ufer rasteten, stoben aufgeregt davon.

Er ließ ihre Brüste los, stützte sich mit den Händen neben ihrem Kopf ab, saugte an ihrer Kehle und zog sich im letzten Moment aus ihr zurück, um seinen Samen der Wiese anzuvertrauen. Riana fühlte ein leises Bedauern. Wenn sie seine Frau wäre und ihm Kinder gebären dürfte, dann müssten sie das Liebesspiel nie wieder so jäh unterbrechen. Doch diese Rolle würde vielleicht bald Prinzessin Verena spielen.

Der Gedanke ernüchterte sie. Nach einer Weile einvernehmlichen Schweigens drehte sie sich so, dass sie Richard, der links neben ihr lag, in die Augen sehen konnte. Sie *musste* etwas sagen. Sie konnte doch nicht zulassen, dass Richard eine Frau ehelichte, die ihren wahren Charakter vor ihm verbarg.

„Herr, gestattet Ihr mir eine Frage?"

„Ja."

„Wenn ..." Wie sollte sie nur beginnen? „Wie wichtig ist Euch Ehrlichkeit?"

„Es ist eine der wichtigsten Tugenden."

„Könntet Ihr Euch vorstellen, eine Frau an Eurer Seite zu haben, die nicht ehrlich und aufrichtig zu Euch ist? Die Euch etwas vorspielt? Die ... nun einfach nicht die ist, die sie zu sein vorgibt?" Deutlicher wollte sie nicht werden. Es würde nach Neid oder gar Eifersucht klingen, wenn sie ihm erzählte, dass Verena ein falsches Spiel spielte.

Ein Lächeln breitete sich langsam über seine Züge aus. „Oh, ich weiß, worauf du hinauswillst." Er nahm ihre Hand und küsste sie. „Du brauchst dir keine Gedanken zu machen. Ich habe es von Anfang an gewusst."

Er hatte Verena also durchschaut. Erleichtert atmete Riana aus. „Und Ihr seid nicht böse oder verletzt?"

„Nein. Genaugenommen bist du diejenige, die Grund hätte, wütend zu sein."

Das stimmte. Wenn Riana an die Drohungen dachte, mit denen Verena sie eingeschüchtert hatte, packte sie ein regelrechter Zorn. Doch nun, da sie Verenas Falschheit entlarvt wusste, verflog auch die Wut. Sie erwiderte sein warmes Lächeln. „Nein, mein Prinz, es ist ein viel zu schöner Tag, um ihn mit schlechten Gefühlen zu verderben."

Er nahm sie in den Arm und küsste ihr Haar. „Dann lass uns das Spiel einfach weiterspielen."

Von da an fiel es Riana leicht, Verena gegenüber so zu tun, als würde sie ihr falsches Spiel mitmachen, denn sie wusste ja, dass der Prinz es so wollte. Sicher würde er diese zimperliche, verlogene Prinzessin nie zu seiner Frau machen, da konnte sie noch so glockenhell zur Harfe singen. Sie war ein Gast und würde gehen, während Riana blieb und es genoss, die Gespielin eines Mannes zu sein, den sie liebte.

Emma hingegen war noch lange nicht besänftigt. Nachdem Riana am Abend nach dem Ausritt endlich eine Gelegenheit fand, Emma alles zu erzählen, plante die sofort einen Rachefeldzug. „Ich schmuggle ihr eimerweise Erbsen unter die Matratze. Ich schütte ihr Kröten ins Badewasser und Pferdeäpfel in die Stiefel."

„Halt ein", bat Riana lachend. „Du riskierst nur, dass wir davongejagt werden, weil wir einen adligen Gast verprellen. Der Prinz hat sicher wichtige Dinge mit König Ferdinand zu besprechen, deswegen duldet er dessen Tochter hier. Aber er macht ihr nicht den Hof und das ist alles, was zählt."

Emma versprach, sich anständig zu benehmen. Beim Abendessen hielt sie sich raus, als alle Dienstboten sich über Verenas Verhalten beklagten. Diese furchtbare Prinzessin schien wirklich Spaß daran zu haben, Untergebenen das Leben schwer zu machen. Auch Riana trug nichts zur Unterhaltung bei. Sie wanderte in Gedanken immer wieder zu ihrem Tag am See zurück. Heute Nacht würde der Prinz sie nicht zu sich rufen lassen, das hatte er bereits angekündigt, da sie beide sich heute schon genug verausgabt hatten.

Am nächsten Morgen erwachte Riana nach einem erholsamen Schlaf zu einem Geräusch, das Hoffnung in ihr aufsteigen ließ. Hufgetrappel. Wurde etwa Ferdinands Kutsche angespannt? Verließen er und seine Tochter das Wasserschloss?

Riana beeilte sich mit dem Anziehen, doch als sie auf den Hof trat, sah sie nur noch, wie drei Reiter davonstoben.

„Es sind Boten, die Einladungen überbringen", erklärte Katharina, als sie sich beim Frühstück erkundigte. „Prinz Richard will in einer Woche ein Bankett geben."

Riana unterdrückte ein sehnsuchtsvolles Seufzen. Wie gern würde sie dem Bankett beiwohnen, aber als Gespielin würde ihr das verwehrt bleiben. Außer er wünschte, dass sie für die Gäste tanzte. Riana betete, dass das nicht geschehen würde, denn sie würde es niemals über sich bringen.

In den nächsten Tagen herrschte im Schloss aufgeregte Betriebsamkeit, denn das so kurzfristig angekündigte Bankett erforderte tausenderlei Vorbereitungen. Riana versuchte, zu helfen, wo sie konnte, auch um sich abzulenken.

Die Nächte wurden für sie immer mehr zu einer süßen Qual. Das lag nicht an den immer neuen Wegen, die Richard fand, sie mit süßer Qual zu erfüllen – diese hatte sie längst in vollen Zügen zu genießen gelernt – sondern an ihren Gefühlen, die immer stärker wurden und ihr klar machten, dass sie lieber sterben wollte, als das Schloss zu verlassen. Doch spätestens im Herbst, wenn der Prinz an den Hof seines Vaters zurückkehrte, würde sie nicht mitkommen können. Sie wagte kaum, daran zu denken.

Der Tag des Banketts war gekommen. Die ersten Gäste trafen ein.

Riana zog sich nach dem Frühstück in ihr Gemach zurück und überlegte, ob sie Richard um die Erlaubnis zu einem Ausritt bitten sollte. Sie hatte Angst, jemandem zu begegnen, der schon auf Schloss Dreibergen zu Gast gewesen war und sie erkennen würde. Je weiter sie von der Gesellschaft fort war, desto besser.

Da klopfte es und Katharina trat ein. Sie trug ein Kleid über dem Arm, in den Händen hielt sie Schuhe und ein Bündel, das Riana wohlvertraut war. Ihr Schmuck.

Sofort schlug ihr das Herz bis zum Hals. Wenn sie ihren Schmuck zurückerhielt, konnte das nur bedeuten, dass der Augenblick des Abschieds bereits gekommen war.

„Prinz Richard wünscht, dass du heute Abend besonders schön bist", sagte Katharina. „Er hat dieses Kleid für dich nähen lassen. Den Schmuck dazu sollst du dir selbst aussuchen."

Riana brauchte eine Weile, bis die Worte zu ihr durchdrangen. „Ich soll dem Bankett beiwohnen?"

„Ja."

„Ist das für eine Gespielin denn statthaft?"

Katharina zuckte die Schultern. „Wenn der Prinz es wünscht, dann wird es seine Richtigkeit haben."

Riana betrachtete das wunderschöne hellblaue Seidenkleid, das Katharina auf dem Bett ausbreitete. „Welchen Anlass hat das Bankett? Hat der Prinz Namenstag?"

„Nein. Er hat lediglich verlauten lassen, dass er eine wichtige Ankündigung zu machen hat. Mehr weiß ich auch nicht. Wenn du Hilfe beim Frisieren brauchst, dann schicke ich jemanden, der Emma holt. Sie ist bei den Stallungen und hilft, die Pferde der Gäste zu versorgen."

„Danke, ich werde allein zurechtkommen."

Wieder allein, öffnete Riana das Schmuckbündel und ließ die edlen Geschmeide durch ihre Finger gleiten. Sie würde sich in diesem Kleid und mit diesem Schmuck wieder wie eine Prinzessin fühlen. Eine heimliche Prinzessin. Oder eine, die schon beim Betreten des Saals erkannt und somit als Lügnerin entlarvt wurde. Was sollte sie nur tun?

Sie ließ sich Zeit mit den Vorbereitungen, aß mit wenig Appetit einen Teller Suppe, den Katharina ihr brachte, und wartete mit sinkendem Mut auf den Abend.

Emma kam hereingehuscht, verschwitzt von der anstrengenden Arbeit.

„Deine Eltern sind soeben angekommen. In einer Kutsche. Als ich sie aussteigen sah, habe ich mich schleunigst versteckt. Du darfst auf keinen Fall das Gemach verlassen." Dann erst schien sie zu bemerken, wie fein Riana sich herausgeputzt hatte. „Bist du etwa zum Bankett geladen?"

Riana nickte. „Was soll ich jetzt tun? Einfach hier oben bleiben?"

Emma trat zurück und betrachtete Riana. „Der Schal ist die Lösung."

Sie nahm das feine, halbdurchsichtige Gewebe, das um Rianas Schultern lag, und legte es ihr über den Kopf. Dann zog sie einen Teil als Schleier tief in ihr Gesicht. „Wenn ich außerdem deine Haare nach hinten kämme und deine Locken mit einer Spange bändige, werden sie dich nicht erkennen."

Prinz Richard erschien. Ausgerechnet er selbst kam Riana abholen.

„Du hast dich verschleiert", wunderte er sich.

„Ich habe einige hässliche Mückenstiche, die sich entzündet haben."

Kam es ihr nur so vor oder unterdrückte er ein Grinsen?

„Schon gut, Riana, ich weiß ja, wovor du Angst hast. Aber noch lange, bevor der Abend zu Ende ist, wirst du keinen Grund mehr haben, dich vor meinen Gästen zu verbergen."

Den ganzen Weg hinunter zum Saal rätselte Riana über die Bemerkung des Prinzen. Dachte er etwa, sie hätte vor Verenas Bosheit Angst? Das war im Moment ihre kleinste Sorge. In den letzten Tagen waren Verenas höhnische Bemerkungen einfach an ihr abgeprallt. Einige Male hatte sie sie bedienen müssen, weil das andere Personal mit den Bankettvorbereitungen beschäftigt war. Besonders tückisch war es gewesen, Verena ein Bad zu bereiten. Erst war es ihr zu heiß, dann zu kalt, dann wieder zu heiß. Riana hätte ihr am liebsten einen Eimer kaltes Wasser über den Kopf gegossen, aber sie konnte sich gerade noch beherrschen. Dafür bekam sie selbst den Bimsstein an den Kopf, den Verena nach ihr schmiss.

Sie waren am Fuß der Treppe angelangt. Riana zögerte und Richard musste sie die letzten Schritte schieben.

Ein Lakai an der offenen Flügeltür verbeugte sich. Dann betraten sie den festlich geschmückten Saal. Riana sah ihre Eltern sofort. Sie hielt nach einem Platz Ausschau, an dem sie den ganzen Abend unauffällig bleiben konnte, doch Richard zog sie mit zum Kopf der Festtafel, wo es vier Plätze gab. Zwei davon waren von einem älteren Paar besetzt, vermutlich Richards Eltern, König Roderich und seine Gemahlin. Zwei weitere Plätze waren frei, auf die steuerte Richard zu. Sie unterließ es, sich zu sträuben, weil sie nur Aufmerksamkeit auf sich gezogen hätte.

Die Gäste erhoben sich. Richard blieb hinter seinem Stuhl stehen und griff nach dem Weinbecher, der an seinem Platz stand. Er hob ihn zum Gruß, die Gäste taten es ihm nach. „Willkommen im Wasserschloss der

Seenmark. Ich danke euch allen, dass ihr hier seid, um diesem wichtigen Tag in meinem Leben beizuwohnen. Bevor das Festmahl beginnt, möchte ich eine Ankündigung machen." Er nahm einen Schluck und stellte den Becher ab. „Wir feiern heute meine Verlobung, denn nach langer Suche habe ich endlich eine Prinzessin gefunden, die mir eine würdige Gemahlin sein wird."

Verena, die links an der Mitte der Tafel saß, strahlte und senkte dann in gespielter Bescheidenheit den Kopf. Beifälliges Gemurmel ging durch den Saal.

Er tut es! Er heiratet Verena. Aber ich hatte ihn doch gewarnt ... Er wusste doch, dass sie ein falsches Spiel spielt. Er hat doch selbst gesagt, dass er es von Anfang an gewusst hat. Und hat er mir nicht eben noch gesagt, dass er glaubt, ich hätte Angst vor Verena?

Seine Worte hallten in ihrem Kopf wider, als würde sie diese jetzt erst hören. *Schon gut, Riana, ich weiß ja, wovor du Angst hast.* Er hatte sie Riana genannt!

Plötzlich war es, als würde sich ein Nebel lichten, der ihre Sinne die ganze Zeit umfangen hatte. Von Verena war bei der Unterhaltung am See gar nicht die Rede gewesen. Weder sie noch er hatten den Namen genannt. Richard hatte von etwas ganz anderem gesprochen: von Rianas falscher Identität. Und seine Bemerkung, sie wäre diejenige, die Grund hätte, wütend zu sein, bezog sich darauf, dass sie allen Grund hatte, ihm zu zürnen, weil er sie zu seiner Gespielin gemacht hatte, obgleich er wusste, dass sie eine Adlige war.

Was konnte sie jetzt tun? Sie durfte ihn doch nicht in sein Verderben rennen lassen. Nie und nimmer würde er mit Verena glücklich werden. Seine Dienstboten würden unter der neuen Herrin leiden. Alles würde sich verändern – zum Schlechten. An die Folgen, die das für sie selbst haben würde, mochte sie gar nicht denken.

Sie wollte etwas sagen, doch ein Band aus Schmerz hatte sich um ihre Brust gelegt und schnürte ihr den Atem ab.

Das Gemurmel im Saal war wieder verstummt, und der Prinz sprach weiter. „Ich möchte also nun, vor allen Anwesenden, beim Vater meiner zukünftigen Braut um die Hand seiner Tochter anhalten."

König Ferdinand lächelte wissend in die Runde. Riana meinte, jeden Augenblick das Bewusstsein zu verlieren. Sie sah zu ihrer Mutter am fernen Ende des Tisches, um Halt zu finden.

„König Karl von Dreibergen", sprach der Prinz weiter. „Ich bitte Euch um die Hand Eurer wunderschönen, klugen und liebreizenden Tochter Riana."

Sie sah, wie ihr Vater sich erhob und sich verwirrt umschaute, während sich auf dem Gesicht von Rianas Mutter Erkennen ausbreitete. Sie schob den Stuhl zurück und eilte um die Tafel herum auf Riana zu.

Sie fiel in die Arme ihrer Mutter und erst da drangen Richards Worte langsam zu ihr durch. Sie war, es die er heiraten wollte. Sie war seine Prinzessin!

Vor Glück schluchzend löste sich Riana von ihrer Mutter. Ihr Vater war dazugetreten und murmelte etwas von „Ich habe sie doch König Ottobart versprochen."

„Schweig", sagte ihre Mutter. „Ich möchte mein Kind nicht noch einmal verlieren."

Während König Karl dem Prinzen feierlich Rianas Hand darbot, entstand ein kleiner Tumult im Saal, weil Verena angefangen hatte, wütend ihr Geschirr an die Wand zu werfen. Mehrere Personen waren nötig, um sie zur Räson zu bringen. Auch Emma war erschienen, und half, die Scherben einsammeln.

„Prinz Richard kann unmöglich dieses schäbige Luder ehelichen", kreischte Verena. „Sie war seine Ge…"

Weiter kam sie nicht, da hatte Emma ihr eine Hand über den Mund gelegt und zerrte sie aus dem Saal.

„Also wirklich", sagte König Karl kopfschüttelnd. „Das ist ja nun kein gebührliches Verhalten für eine Prinzessin."

Riana streifte den Schleier ab und lächelte ihren Prinzen an. Ein warmes Gefühl fassungsloser Seligkeit breitete sich in ihr aus. Ihr war, als wäre ein Wunder geschehen. Sie vergaß all die Gäste um sich herum und küsste den Mann, dem sie von nun an bei Tag und Nacht gehören würde.